D0174715

La piel del cielo

Poniatowska, Elena.
La piel del cielo /
2001.
33305204432821
GI   05/15/03

La piel del cielo

Elena Poniatowska

SANTA CLARA COUNTY LIBRARY

3 3305 20443 2821

LA PIEL DEL CIELO
D. R. © Elena Poniatowska, 2001

ALFAGUARA M.R

De esta edición:
D. R. © Aguilar, Altea, Taurus, Alfaguara, S.A. de C.V., 2001
Av. Universidad 767, Col. del Valle
México, 03100, D.F. Teléfono 5688 8966
www.alfaguara.com.mx

- Distribuidora y Editora Aguilar, Altea, Taurus, Alfaguara, S.A.
  Calle 80 Núm. 10-23, Santafé de Bogotá, Colombia.
- Santillana S.A.
  Torrelaguna 60-28043, Madrid, España.
- Santillana S.A.
  Av. San Felipe 731, Lima, Perú.
- Editorial Santillana S.A.
  Av. Rómulo Gallegos, Edif. Zulia 1er. piso
  Boleita Nte., 1071, Caracas, Venezuela.
- Editorial Santillana Inc.
  P.O. Box 19-5462 Hato Rey, 00919, San Juan, Puerto Rico.
- Santillana Publishing Company Inc.
  2043 N. W. 87 th Avenue, 33172, Miami, Fl., E.U.A.
- Ediciones Santillana S.A. (ROU)
  Constitución 1889, 11800, Montevideo, Uruguay.
- Aguilar, Altea, Taurus, Alfaguara, S.A.
  Beazley 3860, 1437, Buenos Aires, Argentina.
- Aguilar Chilena de Ediciones Ltda.
  Dr. Aníbal Ariztía 1444, Providencia, Santiago de Chile.
- Santillana de Costa Rica, S.A.
  La Uruca, 100 mts. Oeste de Migración y Extranjería, San José, Costa Rica.

Primera edición: abril de 2001.
Tercra reimpresión: noviembre de 2001

ISBN: 968-19-0824-4

D. R. © Cubierta:_nuevacocina
D. R. © Fotografía de cubierta: _nuevacocina_andreaboffetta

Impreso en México

Todos los derechos reservados. Esta publicación no puede ser reproducida, ni en todo ni en parte, ni registrada en o transmitida por un sistema de recuperación de información, en ninguna forma ni por ningún medio, sea mecánico, fotoquímico, electrónico, magnético, electroóptico, por fotocopia o cualquier otro, sin el permiso previo, por escrito, de la editorial.

A Mane y Viviana,
Felipe y Pepi,
Paula y Lorenzo,
mis hijos.

1

—Mamá, ¿allá atrás se acaba el mundo?

—No, no se acaba.

—Demuéstramelo.

—Te voy a llevar más lejos de lo que se ve a simple vista.

Lorenzo miraba el horizonte enrojecido al atardecer mientras escuchaba a su madre. Florencia era su cómplice, su amiga, se entendían con sólo mirarse. Por eso la madre se doblegó a la urgencia en la voz de su hijo y al día siguiente, su pequeño de la mano, compró un pasaje y medio de vagón de segunda para Cuautla en la estación de San Lázaro.

Que la locomotora arrancara emocionó a Lorenzo, pero ver huir el paisaje en sentido inverso, despidiéndose de él, lo llenó de asombro. ¿Por qué los postes pasaban a toda velocidad y las montañas no se movían? Nada le preocupaba tanto como la línea del horizonte, porque seguramente llegarían al fin del mundo y caerían con todo y tren al abismo. Cuando se iba acercando a la parte más alta de la montaña, Lorenzo se levantó varias veces del asiento. "Allí viene el barranco; ahí se acaba todo." En los ojos del niño, Florencia leyó el horror al vacío.

—No, Lorenzo, vas a ver que todo recomienza. Vas a encontrarte con un valle y a continuación otro valle. Después del Popo y del Izta hay otras montañas, otro horizonte, la Tierra es redonda y gira, no tiene fin, sigue, sigue y sigue, las puestas de sol dan la vuelta y van a otros países. Nunca se acaban.

Aquel viaje alimentó a Lorenzo durante meses. Antes de dormir volvía a repasarlo para descubrirle algo que se le había escapado. El viaje le planteaba dilemas. "Entonces lo que veo, mamá, es sólo una parte insignificante de la totalidad." La alarmante limitación de los sentidos era motivo de otro desvelo. "¿Por qué el ojo no ve más allá? ¿Por qué no abarca más campo? ¿Entonces, mamá, soy yo el que no da para más?"

—Dentro de poco ya no tendré respuestas, las encontrarás en la escuela —advirtió.

Florencia conocía las cosas de la Tierra y del cielo, la multitud de seres vivos en el aire y en el agua. "Esta noche tenemos que taparnos bien, porque va a hacer frío. Fíjate m'hijo cuántas estrellas y cómo brillan." No había necesidad de escuela. Florencia gozaba enseñándoles a los cinco. No contó con que el mayor pondría en duda lo establecido. Sólo un libro de lectura le era suficiente, el de la naturaleza. "A ver, Emilia, píntame un círculo aquí sobre la tierra. Tú, Lorenzo, píntale otro encima."

Juan y Leticia eran espectadores.

—Tú, Juan, dime qué es...

—Son dos jitomates encimados.

—¡Un ocho! —gritaba Lorenzo.

Reían. Los círculos se multiplicaban, los palitos, los puntos sobre las íes y las historias acerca de la edad de los árboles, los anillos que en el tronco remontan los años, el polen en el centro de las flores, el cristal convexo que logra encender la fogata con el rayo de sol.

Florencia, no dejaba de encandilarlo. La madre respondía a sus porqués como ningún maestro. Su rostro se cubría de sudor al jugar con sus hijos. Imposible permanecer inmune al sortilegio de su cuerpo, de sus piernas que daban pasos de danza siguiendo alguna música interior o zancadas fluidas como de río bajo enaguas también ondulantes.

Lorenzo y Juan se parecían, el mismo torso, los mismos ojos inquisitivos, el mismo nerviosismo. ¡Cuánta gracia en Emilia y Leticia! Habrían flotado de no ser por su cercanía con la huerta. "Angelitas", las llamaba doña Trini. "Allá vienen las angelitas", decían los vecinos porque caminaban sobre la punta de los pies y sonreían a quien se les pusiera enfrente.

Despertar en San Lucas era abrirse al primer rayo de sol. Florencia los sentaba a desayunar en medio de risas. De una cesta dorada salía el pan caliente y también dorado y la mermelada y la mantequilla confeccionadas por ella. ¡Los grandes tazones de café con leche, qué maravilla! "A ver a quiénes les salen mejores bigotes", reía viendo a sus cinco hijos, el más pequeño, Santiago, sobre sus rodillas. Lorenzo y Emilia, los mayores, la devoraban con los ojos; los que seguían, Leticia y Juan no podían vivir sin ella. Después del desayuno corrían a la huerta, a las tareas de su responsabilidad.

—Emilia y Lorenzo son los únicos autorizados para sacar agua del pozo.

También eran los escogidos para encender las velas en la noche, dar pastura a la vaca y Emilia ya sabía ordeñarla. A Lorenzo le gustaba el sonido del chisguete de leche en la cubeta, pero nada lo atraía tanto como visitar a "El Arete". En el momento de su entrada, El Arete volvía la cabeza con el gesto más gallardo imaginable y afocaba sus ojos centelleantes en la puerta. En guardia, sus orejas al aire, parecía preguntar algo. Todo él era oro líquido, un oro que tiraba a rojo, tanto que habían dudado en llamarlo "Colorado". A Florencia le gustó "El Arete" por delicado, fino, lucidor como el oro columpiándose en el lóbulo de su oreja.

El caballo tenía siete años, tres menos que Lorenzo: "Para mí ese animal es más misterioso que las pirámides de Teotihuacán", decía Florencia, "no lo vamos a conocer nunca. Este caballo es para ti, Lorenzo, y la burra para Emilia."

—Sí, sí, la burra de Emilia.

Florencia investía las labores matutinas en la huerta con un ritual exacto que las sacralizaba. Nada más importante que hacerlo bien, sacar el día adelante. A los animales había que cuidarlos, a los árboles y a las plantas también. De la tarea hecha conscientemente, dependía el orden del mundo.

A las seis llegaba Amado. Los niños lo querían. Era "el trabajador de los Tena". Nadie sabía bien a bien de donde venía ni donde dormía, pero su total devoción por doña Florencia saltaba a la vista. Iba por pastura, acomodaba las pacas, limpiaba el establo, componía lo irreparable con una lenta y asoleada sabiduría mientras devanaba con voz pausada cuentos de su pueblo que se le quedarían grabados a Lorenzo.

En la tarde, los niños tenían permiso de acompañarlo a vender la leche sobrante y a caminar por un Coyoacán arbolado porque él los cuidaba mejor que cualquier mujer. Sobre todo al más pequeño, Santiago. A horcajadas sobre sus hombros inauguraba para él una insuperable manera de ver el mundo. Con su criatura en alto, parecía un San Cristóbal a mitad del río.

Años antes había cargado a Lorenzo en la misma forma mientras le contaba de los gladiadores romanos.

Graco, el mejor de los gladiadores, el más diestro y fogoso de los esclavos, pidió al emperador permiso para luchar contra su maestro. Aunque sorprendido, porque ningún discípulo lo había desafiado, el emperador lo concedió siempre y cuando el anciano aceptara.

Graco, el joven, encontró a su mentor, de pelo blanco y músculos cansados, sentado al sol de la tarde sobre una piedra caliente, su noble rostro en actitud contemplativa.

— Maestro, quiero luchar contigo.

—¿Por qué conmigo, hijo, si todo lo que sabes te lo enseñé yo?

—Porque eres el único al que no he vencido.

El antiguo gladiador lo miró largamente.

—Está bien, lucharemos.

En medio de fanfarrias, de la expectación y el morbo de la multitud, los luchadores entraron al Co-

liseo. Desde su palco real de oro y plata, el emperador dio la señal. Todos los cuellos se tensaron al ace-
cho. Se inició la lucha. A medida que transcurría, el
joven se veía más fuerte y ágil, el viejo daba traspiés,
sin aliento bajo los golpes despiadados de Graco. Un
lamento femenino recorría las graderías cada vez que
el maestro mordía el polvo. Lorenzo imaginaba a los
luchadores, de túnicas cortas y fuertes piernas calza-
das con sandalias iguales a las del libro que en la noche hojeaba con su madre. En una de sus caídas,
Graco se atrevió a ponerle el pie encima, un agudo
murmullo apretó el círculo en torno a la arena. El
viejo sangraba, ni un solo pedazo de su cuerpo libre
de heridas, y de pronto, y ante el azoro general, de-
rribó al joven y apretó su cuello sin matarlo. El emperador entonces declaró victorioso al más notable
de los gladiadores y cuando ambos salían por un túnel del Coliseo, Graco reclamó:

—Maestro, eso nunca me lo habías enseñado.

—No, porque es la llave del traidor.

El mismo arrobo que ese cuento le producían
los conocimientos de Florencia al enseñarle a descifrar esas arañitas danzarinas difíciles de atrapar: las
letras. "Son veintiséis, recuérdalo, veintiséis." Gracias a ella destacó en el primer año de escuela porque
sabía leer, sumar y restar. "Yo no terminé la primaria, hijo, no quiero que a ustedes les pase lo mismo."
Florencia enseñaba a cada paso en la huerta. Trazaba
un signo en la tierra: "¿Adivinen qué letra es?" En la
cocina, los ponía a vigilar el momento de la subida
de la leche para que entendieran la pasteurización y
los mayores se disputaban el privilegio de retirar la

olla a tiempo, fascinados por el estallido de las burbujas y la subida del vapor. "¡Mira, bailan y cantan!"

En la noche, los misterios se volvían más impenetrables. Florencia los hacía reconocer la Osa Mayor y la Menor y las Siete Cabrillas, y en la casa a la luz de la vela, frente a la pared, les enseñaba a formar con sus manos la mariposa, el caracol, el lobo, en sombras chinas. También resultaba mágico lanzar pompas de jabón. "Flotan porque pesan menos que el aire", les decía, y de allí a hablar de los hermanos Wright no había más que un paso y Lorenzo lo dio de la mano de Florencia.

Los animales de la huerta eran parte de su aprendizaje. Ver que el polluelo —esa cosita fea y endeble con su ridículo piar— se convertía al cabo de unos meses en un imponente gallo de cresta de monarca era un prodigio. La burra de Emilia, en cambio, era zonza, inamovible, gris, imposible comunicarse con ella, pero el gallo tenía mucho que mostrar y sus actitudes impresionaban a Lorenzo por su trato desdeñoso con las hembras. Súbito y colérico montaba a la gallina y la tonta se sometía doblando el pico y cerrando los ojos. La intensa vibración de sus plumas incendiaba la atmósfera y los pensamientos de Lorenzo. Una enorme oleada de vida salía del corral cuando lanzaba su canto, al que respondían otros gallos coyoacanenses. "Kikirikí, no quiero flojos aquí" coreaba Florencia risueña. El gallo, el cuello alargado, estallaba como un flamboyán, era un animal en flor o una roja flor de plumas que desafiaba al universo.

También el pito rojo del Orión salía a veces de su matorral de pelos intrigando a Lorenzo. Con

Santiago en brazos, bien amarrado dentro del rebozo ("cada día pesa más", sonreía Florencia), la madre ponía todo en su lugar con una naturalidad que Lorenzo no habría de encontrar en ninguna otra mujer. "Es que se lo quiere acomodar dentro a alguna perra, anda ganoso." Al ver la atención que su hijo le daba a los acoplamientos del gallo y del perro pastor, Orión, Florencia le explicó que las especies todas, plantas, animales, hombres, se cruzan para no morirse. "Es su afán, hijo."

—¿Cuál afán?

—El de la vida.

Cuando la vaca empezó a bramar le llevaron un toro prestado por doña Trini, pero la montó tan rápido que Lorenzo no alcanzó a ver. O a lo mejor Florencia no propició el espectáculo. Sólo mandó a su hijo con Amado a que le pagaran a doña Trini, su amiga. A los nueve meses, cuando La Blanquita tuvo su becerro, llamó a los mayores. "Ustedes van a traerme el agua."

La Blanquita empezó a moverse de aquí para allá en el establo, desesperada, sus pezuñas rascaban las piedras, iba y venía del pesebre a la puerta sin encontrar acomodo, algo dentro de su gran vientre la sacudía entera, tenía que librarse del estorbo, de vez en cuando un ronco mugido salía de su garganta. En un momento dado, como si una voz se lo ordenara, fue al pajar, se abrió de patas y algo debió abrírsele también por dentro, porque bajo el impacto se dobló. "No sale", dijo Florencia. Entonces enrolló su manga arriba del codo y metió su mano y luego todo su brazo en las entrañas sanguinolentas de la vaca. "Viene bien, viene bien", dijo en voz alta y jaló. Primero salió la cabeza enorme y luego el cuerpo, las patas flaquísimas pegadas al costillar y las pezuñas tiernas.

Después de que el becerro empapado estuvo sobre la paja, el brazo de Florencia siguió hurgando dentro de La Blanquita que se dejaba hacer, los ojos a media asta. Buscaba algo, y al encontrarlo jaló muy fuerte una bolsa roja, gelatinosa, que a Lorenzo le pareció una enorme lengua enroscada. El becerro no se movía y la vaca también ausente se había instalado en una inmensa indiferencia. Florencia se lavó el brazo en la cubeta ante los ojos espantados de sus dos mayores y sólo dijo:

—Tiren esa agua y traigan más.

Cuando regresaron ya no estaba la placenta (que así habría de llamarla su madre) ni la sangre babeante. Acariciaba a La Blanquita con su estrella en la frente. Los niños guardaron silencio y de pronto escucharon que Florencia se dirigía al becerro:

—Ahora tú, ponte de pie, órale.

Rodeó su vientre y su lomo, lo apoyó contra su pecho, el becerro se arrodilló y luego, sobre sus patas, guardó el equilibrio.

Vuelta hacia sus hijos, Florencia les dijo triunfante:

—Ya ven, lo que al hombre le cuesta año y medio, el animal lo hace al nacer.

¡Oh, mi flor de monte, oh, mi flor de agua, mi Florencia!

En los días que siguieron vino el deleite de ir a ver a la vaca amamantarlo, el becerro de pie bajo el gran vientre como un cielo protector. La Blanquita, otra vez ella misma, lamía a su cría, la testereaba, la volvía a lamer, el chorro poderoso y caliente de su orina amarilleaba el suelo cubierto de boñiga, llenaba sus cuatro estómagos con su lento y eterno rumiar, sus enormes ubres encima del recién nacido que las succionaba sin comedimiento.

Esa huerta de San Lucas era una celebración de la vida. La luminosidad, quién sabe si del cielo o de su madre, hacía que Lorenzo entrecerrara los ojos. Después de la lluvia, subía de la tierra un olor a hierba fresca y los árboles goteaban su verdor causándole una emoción viva parecida a la que le provocaba su madre. Lorenzo asociaría siempre a la tierra mojada con ella, sin pensar que a veces la naturaleza toma venganza, cosa imposible en Florencia.

Lo único que a Lorenzo le oscurecía los días era la visita de su padre. A la inmediata simpatía que producía la presencia de su madre, la de su progenitor inhibía a sus hijos. Descendía con los guantes puestos de un automóvil de alquiler. Hasta sus palabras traían guantes y su mirada azul, muy extranjera, se posaba con displicencia sobre la tierra apisonada de la casa.

—Niños, vengan a saludar a su papá.

Florencia sacaba una silla al patio; imposible que él hiciera el menor esfuerzo por ayudarla.

Don Joaquín de Tena venía a verlos directamente de la tintorería, lo que contrastaba con la ropa de su mujer y de sus hijos, pantalones de ayer, suéteres gastados, zapatos enlodados. Al tomar asiento, don Joaquín jalaba su pantalón para que la raya no fuera a perderse. Y Florencia lo miraba con los mismos ojos de La Blanquita, húmedos y dulces, a veces implorantes. Nada de eso le gustaba a Lorenzo, nada de ese señor tieso con su bastón de empuñadura de plata o su paraguas negro, según el clima.

—Cuéntenle a su papá lo que han hecho.

Emilia se lanzaba graciosa, comunicativa, los más pequeños intervenían sin acercarse a él para no ensuciarlo, Lorenzo no abría la boca. Don Joaquín de Tena apenas los veía con su mirada deslavada, como si sus ojos muy hundidos en las cuencas no hubieran alcanzado color. "Ojos de pescado muerto", pensaba Lorenzo. A él no podía importarle que su hijo mayor no le dirigiera la palabra porque ni lo tomaba en cuenta. Veía a sus hijos como a un racimo, sin distinguirlos.

—Despídanse de su papá.

Cuando los mandaban a dormir, Lorenzo ignoraba si su padre se iba. Sabía, sí, que en el ropero había ropa suya. "Las camisas de tu papá", decía Florencia que las planchaba con esmero con sus callosas manos de campesina.

Don Joaquín de Tena vivía en la colonia Juárez con su hermana y los domingos por la tarde viajaba a Coyoacán en coche de alquiler desde "la ciudad". Ese viaje era una inmensa deferencia.

Para él, para su hermana Cayetana de Tena, para la sociedad mexicana, Joaquín era soltero. La clase social a la que pertenecía invalidaba su unión, y por lo tanto, los hijos no existían. Ningún De Tena registraría a un hijo ilegítimo. En contadas ocasiones, Cayetana disertaba en voz baja con Carito, amiga de confianza, acerca de "la campesina", error de Joaquín, pero lo hacía como si fuera alguna enfermedad contra la cual había que vacunarse. A veces pasaban quince días y Joaquín no llegaba. A veces, hasta tres meses y Florencia informaba por si lo echaban de menos: "Su papá se fue a una reunión de exalumnos de Stoneyhurst, en Inglaterra", o bien: "Su papá viajó a Vichy a tomar las aguas." Ni una postal siquiera. Qué bueno, para Lorenzo, entre menos noticias mejor. Ese hombre los separaba de su madre.

Hacía algo peor, la denigraba con su presencia y eso quizá solamente Lorenzo lo percibía. Su madre podía no saber lo que es Picadilly Circus, pero sabía observar. Sabía que la Tierra no ocupaba el centro del universo y deducía, por lo tanto, que tampoco el hombre era el centro del mundo y al creerlo reducía todo a su justa proporción. "No hagamos una montaña de eso", le decía a Emilia que tenía tendencia a dramatizar. "Hoy en la noche te parece enorme, mañana te darás cuenta de su insignificancia." "Es que papá no me hace caso, no me ve", gritaba Emilia mesándose los cabellos. "Bueno, ¿y? A mí tampoco y no me he muerto." ¿Qué podía ser el llanto de una niña malquerida bajo la inmensidad de la bóveda celeste?

Si a Florencia le hacía falta don Joaquín, tampoco se le notaba. Entre los hijos, los animales y las plantas, no había en su vida resquicio para la nostalgia. Cuando Santi —el de brazos— dormía arropado en su cuna y la madre cosía o remendaba alguna prenda, uno de los hijos iba a recargarse en sus rodillas:

—Mamá, cuéntame algo.

Todo la distraía de pensamientos que no fueran los inmediatos, hasta que después de una prolongada ausencia de don Joaquín, Lorenzo la escuchó decirle a Amado que se le estaba acabando el dinero. Algo debió hacer Amado, quizá preguntó en el barrio porque a los diez días, quién sabe por qué artes, le ofrecieron a Florencia el empleo de vendedora a comisión de la dulcería del cine Edén y ella dijo que sí, que todos los días estaría allá antes de la función de las cuatro y llevaría a los dos mayores para que ayudaran. Entonces la vida de Lorenzo y Emilia ya no se confinó al paraíso de la huerta, sino que entró al de las imágenes proyectadas en la pantalla, imágenes que a ambos les produjeron un gran desasosiego porque los arrojaban a lo desconocido. Una noche, también a Lorenzo le resultó desconocido el tono suplicante en la voz de su madre.

—Pero, ¿cómo vas a vender dulces en un cine? —reclamaba don Joaquín.

—Es que no me alcanza, entiende, Joaquín, son muchas bocas, no me doy abasto.

—No puedo aceptar que mi hijo ande con un cajón de dulces en el Edén. ¿Qué pasa si lo reconocen?

—Nadie nos conoce, has tenido buen cuidado de que así sea. La única que se asoma a la huerta de vez en cuando es doña Trini y siempre para hacernos un favor.

—¡Ah sí, la que nunca se quita el delantal!

—No se quitará el delantal, pero me lame el alma como La Blanquita lame a su becerro.

—En Coyoacán los conocen, Florencia, y al cine Edén van muchas personas.

—No las de la colonia Juárez, el Edén es un cine de barrio.

—No puedo permitirlo.

En ese momento, Lorenzo oyó el sollozo de su madre, el primero que había escuchado jamás. "Yo a este hombre lo mato, lo mato", lo sacudió la rabia. Habría entrado a golpearlo de no estar la puerta cerrada con llave.

2

Lorenzo se hizo amigo del cácaro del Edén, don Silvestre, y éste le permitió quedarse en la cabina, con todo y cajón de dulces. A la hora del intermedio, se levantaba a toda prisa a venderlos. "Dulces, chicles, chocolates, muéganos, cacahuates garapiñados", voceaba en los pasillos para luego deslizarse entre las filas de butacas. La oscuridad lo devolvía a la cabina y el pespunteo del proyector era su arrullo. Florencia dejó de preocuparse por el contenido de las películas, porque si al principio Lorenzo siguió la trama, otro interés sustituyó a la anécdota. En la cabina, don Silvestre echaba la película para atrás: el agua regresaba a la jarra, la tormenta al cielo, la rosa al botón, la flecha al arco y Lorenzo se rompía la cabeza tratando de entender si los hombres podrían regresar a ser niños.

También Florencia devolvió a Emilia a la huerta. "El Edén no es para ti." Los adanes del barrio ni siquiera entraban a la sala y, boleto en mano, zumbaban en torno al mostrador de la dulcería atrapados por la miel en los ojos de la niña de trece años, su aliento de pastilla de anís, sus labios más rojos que las gomitas, su cintura de paleta Mimí. "Mejor quédate a cuidar a tus hermanitos, Emilia." Ante la ausencia de Emilia, algunos desaparecieron pero otros no se inmutaron. Lorenzo se dio cuenta de que también su madre era deseable, ¡oh, mi dulce, mi Florencia con su cuerpo de pétalos en flor!, porque uno de los zánganos aventuró: "¿A qué horas cierra para acompañarla a su casa?" Florencia respondió, severa: "Mi hijo es el caballero que me acompaña."

Lorenzo acribillaba a don Silvestre a preguntas: "¿Qué es la luz?" "¿De qué material es la película?" "¿Cómo es la lente de la cámara?" Misterios que ni en sueños se había planteado el bueno del proyectista. Una tarde, a don Silvestre se le reventó el rollo y Lorenzo cortó, pegó y lo echó a andar de nuevo. "¿Quién sabrá del tiempo?", atosigaba al proyectista. "Yo creo que en la escuela, tu maestro debe saber", le respondió. Florencia era más explícita: "Para mí el tiempo es una medida, un minutero. Es inasible, se va, a nadie le pertenece." "Yo quiero saber si es aire, si es espacio, ¿qué diablos es, mamá?" Le asustaba la intensidad de su hijo, en ella percibía angustia y se decía a sí misma: "Mi hijo no va a ser feliz."

Había que sacudirlo, quitarle peso, entrenarlo a la levedad: "Pompas ricas de colores,/ de matices seductores,/ del amor las pompas son:/ y al tocarlas se deshacen/ como frágil ilusión." Florencia hacía girar a sus hijos para enseñarles "que los sueños son gaviotas/ que a las playas más remotas/ se disponen a emigrar;/ y salpican con sus plumas/ los vellones de la espuma/ que levanta el ancho mar." Aunque los cuatro revoloteaban en torno suyo y bailaba con uno y otro, Santi a ratos en sus brazos, a ratos en los de Emilia, esas sesiones las destinaba a su primogénito.

Su brazo en torno a la cintura materna, él también reía sus dulces ilusiones de un amor que ya se fue: "Mamá, ¿ya no quieres a mi papá?" "Claro que sí, tontito, ¿por qué no habría de quererlo?" "Por las *Pompas ricas*." "Ésa es una canción, hijo, no la realidad." "Entonces, ¿cuál es la realidad, mamá?" "Ay, hijo, la realidad es todo lo que vemos y tocamos con nuestras manos." "Y lo que no vemos pero aquí está, ¿también es la realidad?" "Claro." "Pero lo invisible, lo que sólo tú y yo sentimos, ¿es la realidad?" "Sí, también." "¿Y lo que yo traigo dentro de mi corazón es una realidad?" "Claro, Lorenzo, es tu realidad, aunque no se la enseñes a nadie."

En sus primeros años, una tarde en que don Joaquín la había reñido, el niño se precipitó en sus brazos y no volvió a separarse de ella; tampoco quiso irse a su cama, durmió junto a ella, la cabeza en su almohada. "Este niño lo entiende todo", le dijo Florencia al día siguiente a doña Trini. A partir de ese momento, Florencia ya no buscó devolverlo a su lugar entre sus hermanos. Hasta Joaquín de Tena percibió la fuerza del lazo madre e hijo: "Oye, Flor, ya es hora de que ese muchachito se aparte de tus enaguas."

Si Florencia se hubiera dado cuenta de la forma en que incidía en la vida de su hijo, habría restringido su imperio, pero era una mujer fogosa y tenía la certeza de estar siempre a su lado. Establecía con Lorenzo no sólo una relación de madre a hijo, sino la complicidad que jamás tendría con Joaquín. Desde niño, Lorenzo empezó a sustituirlo. ¿Qué le sedujo a Florencia de Joaquín? La añoranza en sus ojos hundidos y el hecho de que ella, Florencia, tuviera el poder de quitársela.

A ratos, Florencia se impacientaba. No había modo de satisfacer las preguntas del hijo mayor. "El tiempo es una ilusión, Lorenzo." ¿Lo era en verdad? Entonces el niño preguntaba: "¿Qué es una ilusión?" y Florencia respondía: "Es un sueño." "¿Qué es un sueño?" "Es un fenómeno que sucede en nuestro cerebro mientras dormimos." "Entonces yo ya he soñado." "Sí, y también has tenido pesadillas y has despertado llorando, y ahora vamos al corral, ya es hora de alimentar a las gallinas." Lorenzo hubiera querido ser más grande para estrecharla y no dejarla salir nunca de su abrazo.

Don Joaquín de Tena no era jefe de familia ni en la huerta ni en la casa de su hermana y, sin embargo, había majestad en su rostro, algo quieto entre sus cejas y el hundimiento de las cuencas de sus ojos; don Joaquín jamás le haría daño a nadie, eso hasta Lorenzo lo percibía. Se retiraría antes. No estaba en medio de la vida, no le entraba a la lucha, nada compartía con el gallo del corral, ni su fiereza ni la respuesta que les daba a otros gallos.

Florencia, en cambio, era gallo de pelea. Y Lorenzo lo sería, claro que lo sería. Nada que ver con ese catrín planchado de los domingos.

Lo peor que Florencia pudo hacerles a sus cinco hijos fue morirse. Una noche, sin más, una mariposa negra voló dentro de la recámara y, a los diez minutos, Florencia ya no respiraba. Eso le dijo doña Trini a Lorenzo. Los niños, sin entender, pasaron a verla a su cama, su cabello desatado sobre lo blanco, sus manos cruzadas, un rosario negro y triste entre sus dedos. Nunca antes la habían visto rezar. Dormir sí, y lo parecía, una sonrisa sobre sus labios. Atónito, Lorenzo le pidió que despertara. Entonces los sacaron de la pieza. Nadie lloró. En la noche, Amado y Trini prendieron veladoras y un rezo monótono taladró los oídos infantiles. En la madrugada, aún sin entender, Lorenzo salió a caminar de un lado a otro, entre el establo y el jardín de las hortalizas, ida y vuelta. Doña Trini gritaba a través de los árboles: "Lorenzo, ven a desayunar." El niño no acudía. "Lorenzo, ven a comer", tampoco. "Lorenzo, ven a merendar." Amado fue a buscarlo. Quién sabe qué vio en sus ojos que regresó sin él. "Es mejor dejarlo solo", le dijo a la vecina. Por fin, Lorenzo se presentó en la cocina y doña Trini, sin una sola pregunta, puso un plato de sopa en la mesa.

A las ocho de la mañana del lunes, en un coche de alquiler y con una maleta que contenía la ropa de los cinco, viajaron de Coyoacán a la ciudad.

Jamás volvieron a ver a Amado ni a Trini.

Lorenzo escuchó a doña Cayetana ordenarle a Tila, la cocinera: "Suba usted con los huérfanos a enseñarles su recámara, las dos niñas juntas, los dos pequeños juntos, el grandecito hasta arriba, en la buhardilla." A partir de ese día la tía Tana se referiría a ellos como los huérfanos, como si tampoco tuvieran padre. En verdad, no lo tenían. A don Joaquín, distante como siempre, lo saludarían una vez al día, besándole la mano.

"Alístense, mañana van a la escuela", ordenó la tía Tana, "gracias a mi prima hermana Carito Escandón, pude conseguir que los maristas los admitieran."

El infierno no fue el edificio ni la multitud de niños en el patio de recreo, ni los religiosos, ni los vigilantes, ni los pupitres viejos, ni las letrinas sucias, el infierno fue el "Apúrense, córranle" de la tía Tana, que dio instrucciones a Tila para que pusiera en el borde de la ventana que daba a la calle cuatro vasos de leche, cada uno tapado con un pan que los niños debían tomar a las volandas, un pie en la puerta. "Para afuera, anden, para afuera, córranle que se les hace tarde." Al último momento pescó a Santiago del cuello: "Tú no, tú te quedas aquí." Juan y Leticia, pasmados, salieron con su concha en la mano. Al tercer día Lorenzo aventó la suya a una alcantarilla, nada podría aceptar de esa mujer.

Orgullosos, Lorenzo y Emilia jamás preguntaron qué había sido de la huerta, de los animales, de Amado, de doña Trini, de Coyoacán. Alguna vez Emilia subió a la buhardilla de Lorenzo a inquirir tímida: "¿Cómo crees que esté mi burrita?" "Yo no sé nada de esa burra", le respondió Lorenzo con rabia. Entonces Emilia lloró todo lo que no había llorado desde la muerte de su madre hasta que oyó la voz aguda y distinguida de la tía Tana ordenar que bajaran los huérfanos mayores, porque sólo ellos faltaban para el rosario.

—Dios te salve María, llena eres de gracia, el Señor es contigo, bendita eres entre todas las mujeres y bendito es el fruto de tu vientre Jesúuuuus...

La voz cantante de la tía Tana terminaba siempre en interrogación para que contestara la pequeña comunidad de Lucerna 177. Tila, otras dos sirvientas, don Joaquín y sus cinco huérfanos y don Manuel, un marido alto y casi inexistente, al que Tana dominaba por completo. Algún invitado a tomar el té era inmediatamente requerido al rosario. Incluso míster Buckley, un banquero norteamericano, presenció esa costumbre de las buenas familias mexicanas que igualaba a patrones y a sirvientes frente a la Virgen de Guadalupe y a un crucifijo de marfil. La autoridad de míster Buckley, en la casa de Lucerna, hacía que doña Tana les ordenara a los cinco que lo recibieran a coro en la puerta: "Welcome, welcome Mister Buckley." A Lorenzo le parecía humillante semejante ceremonia, pero no por ello dejó de observar a míster Buckley para descubrir qué lo hacía tan singular.

Doña Cayetana, su marido y su hermano, hablaban francés en la mesa "à cause des domestiques". Lorenzo y Emilia eran los únicos que tenían derecho a sentarse con los mayores. "Yo nunca aprenderé francés", gritó un mediodía Emilia antes de abandonarla tapándose los oídos, "el francés me choca, prefiero el inglés". "Muchachita, no se hacen tacos con la comida." "Así me enseñó mi mamá." "Vas a tener que librarte de esa fea costumbre. Todos los que se sientan a mi mesa tienen buenos modales." "Emilia, ¿por qué no inclinas la cabeza a la hora de la elevación?" "¿Por qué he de esconderla si no sé lo que está pasando?" "Ya es hora de que ustedes vayan al catecismo. Su madre los educó como a salvajes." "No se meta usted con mi mamá, porque no respondo." Emilia la desafiaba. Su madre acostumbraba sentarse en el suelo y una vez que Emilia se acomodó en posición de loto en la alfombra de la sala, Tana le gritó: "¿Qué te pasa, te crees perro o qué? Ninguna señorita decente se cruza de piernas en el piso." El perpetuo arqueo de la ceja de Cayetana era una condena a las maneras de sus sobrinos.

—Túpanle al francés —aconsejó Tila en la cocina— y van a ver qué contenta se pone la señora.

En la escuela, los sacerdotes eran franceses, los prefectos venían de Francia. Al superior "Mon père Laville" de Lyon, Tana y Carito lo encontraron en la "Casa Armand", la más distinguida de todas las tiendas, escogiendo, entre un despliegue de telas suntuosas, el brocado para las casullas, porque desconfiaba del gusto de las monjas bordadoras.

—Lo selecciono personalmente —presumió.

La agraciada figura de Emilia muy pronto desapareció de la casa porque doña Tana resolvió procurarse, con la ayuda de una tómbola entre sus amigas de la obra de San Vicente, un pasaje de ida a San Antonio, Texas, donde su prima hermana, Almudena de Tena, vigilaría los estudios de enfermería de la joven. "Recógete el cabello, Emilia, sólo las criadas se lo desatan para salir a la calle." El pelo de Emilia era una insolencia, parecido en su color al de El Arete, y en la calle incendiaba las miradas. Los peatones y los conductores se chiflaban por la pequeñez de su cintura, sus piernas largas, sus pechos dos manzanas, ¡ay, mamacita! ¡Intolerable, una De Tena a la merced de los pelados! Por eso cuando Emilia manifestó su interés por la enfermería, doña Cayetana Escandón de Tena recordó a Almudena en San Antonio, casada con un médico, y pensó que nada mejor podría sucederle que enviar allá a su indomable sobrina.

Emilia partió con una pequeñísima maleta, su pelo suelto hasta la cintura, contenta de dejar la casa detestada y triste de abandonar a sus hermanos, pero con la secreta esperanza de triunfar en América, "The Land of Success", como decía el viejo Buckley, y mandar traer, por lo menos, a Santiago, el que más la necesitaba. Podría trabajar en un banco como míster Buckley. "Sure, I'll be glad to help the little fellow once he's over here", dijo el banquero en alguna ocasión.

—Dios te salve María, llena eres de gracia, el Señor es contigo, bendita eres entre todas las mujeres y bendito es el fruto de tu vientre, Jesús...

Más que en la Virgen María, la figura en cuya cabeza crecían las flores, era Florencia.

—Hermano, cuando tiras una piedra al aire y se mueve en línea recta frente a ti, ¿por qué cae al suelo? —preguntó Juan.

—No se mueve en línea recta, hace una parábola y luego cae —respondió Lorenzo.

—¿Por qué cae?

—Por la gravitación, todo cae.

—¿La gravitación es la fuerza más importante de la Tierra? ¿Si quitamos todas las demás fuerzas permanece la gravitación?

—Supongo que sí, hermano.

—Pero, ¿cómo se mueve la piedra en el aire? ¿Gira?

—No lo he pensado.

—Cuando lo pienses, ¿puedes decírmelo?

—Claro, Juan.

—¡Qué tonterías están diciendo! —interrumpía Tana—. ¡A quien le importan las piedras es a ti, Juan, que según me han contado, juegas batallas en la calle con una banda de pelados! Mejor dedícate a enseñarle algo de provecho a tu hermanita, que los mira con tamaños ojotes. ¡A ver, las tablas de multiplicar!

Como ambos hermanos se las sabían al dedillo enfadaban a Leticia, que se cubría los oídos con la gracia de sus manos llenas de hoyuelos.

—Cuando ya no les vengan los vestidos a tus hijas, dámelos para Leticia, ya ves que ella tiene muy bonito tipo —pidió la tía Tana a Carito Escandón por teléfono.

Leticia había crecido tan espigada como Emilia pero más libre, más desenfadada, mejor dispuesta a adaptarse a las circunstancias. Expansiva, giraba como trompo de colores. Cariñosa, abrazaba a sus mayores que se dejaban porque la niña era blanquita, de pelo ondulado y grandes ojos verdes. Cayetana la presumía:

—Gracias a Dios, ésa salió a nosotros.

También Lorenzo caía en el encanto de la menor de sus hermanas. La niña lo seguía a todas partes.

Inquiría cruzando los brazos como sargento a la hora de comer: "¿Ya te lavaste las manos, Lorenzo? Porque sólo te las lavas al levantarte." Una mañana, Lorenzo escuchó un chiflido y el pájaro lo golpeó en el pecho. Era su madre en Leticia. La recriminación de Tana saltó como gato negro: "¡Las niñas no chiflan!" "¡Ay tía, no seas mala, consígueme un canario, en esta casa hace falta un canario, tiíta!" Cantaba. Hacía reír, era la única en colgarse del cuello de su tía y, para el asombro de los demás, Tana le devolvía el abrazo. A la semana, Tila trajo el canario junto con las lechugas y la bola de ternera. "Me lo dieron barato en el mercado."

Juan, el segundo, tenía una vida misteriosa de la que doña Cayetana desconfiaba. No lo quería porque una noche, después de acusarlo del robo de tres ceniceros de plata, por toda respuesta, Juan se atrevió a una danza frenética en la penumbra del corredor, que como las sombras chinas se reflejó sobre el muro:

Bruja maldita,
te vas a condenar,
bruja inaudita,
muy pronto apestarás.

A veces, Lorenzo se preguntaba quién era Juan, qué hacía. Sacaba muy buenas calificaciones en la escuela pero nunca esperaba recompensa. A lo mejor él mismo se las daba, pero ¿cuáles? Salía a la calle solo. Ninguno de los cinco hermanos compartía su soledad, y ahora que Emilia se había ido Lorenzo subía corriendo a encerrarse en su cuarto. "No lo molesten, tiene que estudiar." En la calle, al ir a la escuela, Lorenzo visualizaba a Juan caminando para arriba y para abajo como él, en su mismo trance solitario, preparándose para reconocer a su madre en alguna figura presurosa que venía a su encuentro y que ahora mismo se inclinaría para abrazarlo. A veces, en su desesperación, Lorenzo acechaba hasta la silueta de su padre con bastón y sombrero y su voz diciéndole: "Vente, vamos a casa", pero el elegante pasaba a su lado, la realidad no se rompía y el joven De Tena escogía a otro posible padre entre los transeúntes. Nunca nadie le dirigió la palabra, lo mejor eran los perros que a veces lo seguían y bruscamente se iban corriendo a otro destino. ¿Era eso lo que le pasaba a su hermano? "¿Te sientes solo, Juan? ¿Qué haces cuando estás solo? ¿A dónde vas?" Ninguno de los dos era el niño de antes y los dos, taciturnos, pretendían demostrarle al otro su autosuficiencia.

Lorenzo se angustiaba por él pero nada le decía. ¿Qué sería de ellos? ¿Cuál, su futuro? El inocente de Santiago seguía a don Joaquín como perro faldero y lo acompañaba hasta la portezuela del taxi cuando se iba al Ritz. En la noche, al verlo de regreso, le decía:

—Papá, ¿quiele sus panfufas?

No se le despegaba. En el momento de su *toilette* le tendía la camisa, el espejo de mano, los tirantes, las mancuernillas, el platito con medio limón con el que alisaba sus canas. Luego inspeccionaba su cabeza para ver si no había quedado algún minúsculo gajito verde que afeara la alineación de cada cabello acomodado escrupulosamente, porque don Joaquín estaba quedándose calvo. "Aquí, aquí papá, mila, aholita te lo quito." Bajaba con él la escalera y lo acompañaba a desayunar, incluso suplía a Tila, ocupada en hacer las recámaras. Al año, don Joaquín admitió: "Ya tengo mi *valet de chumbre*." Lo único que le había enseñado al niño era a contar sus pañuelos y sus camisas con monograma azul bordado por las monjas y a leer J. de T., el "de" en minúsculas mejor dibujado que la J y la T. También podía pronunciar en francés la marca de sus cuellos *Doucet, Jeune et fils*. Al atardecer, el niño reconocía el motor del automóvil que traería a su padre y corría a la puerta.

—¿Ya estás allí moviendo la cola? —preguntaba don Joaquín, divertido.

En la noche, el niño le besaba la mano y él le daba la bendición. Los demás hijos no se aparecían. El mundo los retenía afuera.

3

El seminarista Claude Théwissen detectó la inteligencia de los De Tena y lo comunicó a su superior. Resolvían en escasos minutos problemas que a otros les tomaban horas. Proponían además temas novedosos y sorprendentes.

—Fíjese usted, *mon père*, a Juan de Tena lo puse a dividir el globo terráqueo, lo hizo con exactitud y después me preguntó por qué dos rectas nunca se encuentran. A media clase alzó la mano e inquirió: "¿Tiene el sol un destino final?", y cuando le dije que enfriarse y dejar de emitir luz y calor por lo cual también nosotros moriríamos, tuvo esta respuesta sorprendente: "Maestro, creo que está usted dándonos una imagen parcial del universo, además de la Tierra hay otros soles, otros planetas y posiblemente haya vida en ellos." La verdad, el muchacho me dejó aturdido. Trabajar con gente así resulta fascinante. ¡Voy a hablarles del abate Lemaître! El mayor, Lorenzo, es más desdeñoso, pero se ha apasionado por los años-luz, investiga por su cuenta y el otro día me dijo radiante: "Leí que la Tierra lleva girando en su órbita en torno al sol más de cinco mil millones de años a la velocidad de treinta kilómetros por segundo o ciento diez mil kilómetros por hora."

El seminarista belga no cabía en sí del entusiasmo. ¡Qué suerte la suya con esos dos cerebros!

—¿Cómo dice usted que se llaman? —preguntó el padre Laville. Voy a dar sus nombres a los papás de Tomasito Braniff, que me encargaron buscarle amigos inteligentes a su hijo.

A Lorenzo y a Juan les intrigó la casa de los Braniff porque el niño tenía un cochecito eléctrico al que sólo él podía subirse y se paseaba por las veredas del jardín. Cuando los sentaron a la mesa junto a otro invitado, Diego Beristáin, un mesero se detuvo tras el asiento de cada uno de los comensales. A Juan ni le sabía la comida de tan vigilada, y volvió la cabeza hacia el grandulón:

—¿Se va usted a ir?

—Estoy aquí para atenderlo en todo lo que se le ofrezca.

El niño se encogió.

—¿Me van a llevar a la cárcel?

—Así tendrás la conciencia —terció Diego Beristáin, que se veía perfectamente a gusto.

Al niño Braniff le hizo reír el comentario de Juan y al final de la comida —un pastel de chocolate que se derretía en la boca— se dirigió como un príncipe benevolente a su nuevo amigo.

—¿Quieres subir a mi coche eléctrico?

—No, porque no es peligroso.

—¿Peligroso?

—¿Qué chiste tiene dar vueltas a veinte kilómetros por hora en un jardín, cuando me he ido de mosca en cargueros que van a sesenta?

Tomasito lo observó con admiración. Los meseros se miraron y Lorenzo pidió una segunda ración de pastel "Selva Negra". Al dejar la mesa, Juan de Tena condescendió a subirse en el Fordcito rubí, único en México, y paseó orondo por el parque familiar.

Tomasito se inclinó sobre la rebeldía de Juan —fenómeno nuevo en su vida— y a Diego Beristáin lo atrajo Lorenzo. De Tena tan serio en el salón, tan reflexivo, tan amarrado a sus pensamientos, a la hora del recreo lanzaba sus dados locamente y se volvía de una audacia suicida. "No toleras que alguien te gane —le dijo Diego—, por eso te atreves." El día de su Primera Comunión, la tía Tana, Tila y las sirvientas lo previnieron: tenía que pasarse la hostia con gran suavidad, acariciándola con la lengua, porque si la masticaba le saldrían sapos y culebras de la boca. "No sólo le encajé los dientes sino que la escupí y la pisé." Diego se espantó: "¡Qué bárbaro!" "Me min-tie-ron, nos mien-ten, Diego, tú haz la prueba, no me salió nada." "No, Lorenzo, con que tú la hayas hecho basta." A Diego lo desconcertaba la carga de rabia de su amigo. ¿Por qué tanto odio si era uno de ellos? Discutía los dogmas de fe, el misterio de la Santísima Trinidad, el de la Inmaculada Concepción, la utilidad de los sacramentos, el Cielo prometido. Para él los grandes misterios eran el universo y los fenómenos llamados naturales. Al igual que Dios, los misterios de la fe podían ser producto de la invención humana. ¿Cómo racionalizarlos?

Diego armó caballero a Lorenzo, quien con ese aval pasó a formar parte de la pandilla. Era una clásica pandilla, el gordo, el flaco, el rico, el pobre, el de la cachucha, el que llega tarde y el petimetre. Además del mendigo Víctor Ortiz, los otros cuatro, "La Pipa" Garciadiego, el gigante Gabriel Iturralde, el chaparro Salvador Zúñiga, el gordito encachuchado Javier Dehesa, quien hablaba a todas horas de la tortilla española que hacía su madre, todos seguían al poderoso Diego Beristáin y a su inseparable filósofo Lorenzo de Tena.

La falta de dinero era tolerable porque todos andaban brujas, ni Diego tenía para el café de chinos. Lorenzo sugirió:

—Vamos a quitarle los anteojos a Víctor Ortiz para que se vea más fregado de lo que está y él que tienda la mano.

—Una limosnita, por amor de Dios, para este pobre tullido.

Con unos cuantos centavos entraban al café de chinos. Si Víctor Ortiz —el de las negras ojeras— andaba de suerte les alcanzaba para ir al cine. Si no, caminaban por la avenida Juárez echando relajo y entraban al Sanborn's de Los Azulejos, pero sólo al baño. Una tarde de suerte, en la función de las cuatro, Lorenzo y Diego vieron, al mismo tiempo, una pluma Eversharp en el pasillo. Diego le pegó una patada para que Lorenzo no la alcanzara y se tiró al suelo cuan largo era; Lorenzo también se aventó, pero demasiado tarde porque Diego la tenía bajo su vientre:

—Es mía, yo la descubrí —arguyó Diego.

—No, tú le pegaste una patada pero yo la vi primero.

Diego se la prendió en la bolsa de su camisa, presumiéndola, y cuando menos lo esperaba Lorenzo la sacó de un manazo.

—¡Es mía, ladrón!

—¡Hombre, Diego, deja ver la película!

Se distrajo Lorenzo y Diego se la quitó de nuevo. Otro manazo y Lorenzo la recobró. A punto del hartazgo, Mary Pickford y Douglas Fairbanks encontraron la solución con el beso final. Del cine, la pandilla regresó a casa de Diego y en un descuido Lorenzo reconquistó la pluma.

—Mira, hermano, esto ya va en serio, ¿eh? Aquí te quedas porque esa pluma es mía —amenazó Diego, más alto y musculoso que Lorenzo.

—Pues te vas mucho al carajo porque no te doy nada.

—En ese caso, vas a pasar la noche en la azotea. Yo me voy a dormir.

La pandilla vio cómo Diego amagó a Lorenzo, se lo echó al hombro con facilidad y subió la escalera hasta el techo.

A punto de conciliar el sueño, Diego escuchó que las macetas caían como bólidos estrellándose en el patio. Subió encolerizado.

—¡Estúpido! ¿Qué estás haciendo?

—Pues ya ves, perdí pero te amuelas.

—No, el que se va a amolar eres tú.

Lo amordazó y amarró a una de las columnas de la pérgola.

—Ahora sí, allí te quedas.

Bajó a su recámara a acostarse, pero tuvo pesadillas porque recordó que al irlo cargando en la escalera de servicio, si no lo aprieta, por poco y su amigo se va hasta abajo.

A la mañana siguiente, Diego se levantó corriendo a desatarlo:

—Te invito a desayunar.

Pidió a la cocinera un almuerzo monstruo, huevos rancheros, cecina, frijoles, quesadillas, pan dulce, café traído por el mozo José que instaló una mesa primorosa: "¡Qué bruto, qué desayuno, hermano!" Después del jugo de naranja, Lorenzo le tendió la mano a Diego:

—Aquí está la pluma, tómala.

—¿Y esa pluma, pa'qué la quiero?

— Bueno, si no la quieres tú, yo tampoco.

—Entonces vamos a dársela a José.

—Oye Lorenzo, ¿dormiste algo? —preguntó Diego apenado

—Claro, de pie se duerme muy a gusto, me amarraste muy bien.

En la calle, Lorenzo confesó radiante:

—En realidad la pasé espléndidamente. El cielo estaba muy negro, vi las constelaciones, las reconocí, jamás me ganó el sueño, creo que por primera vez me sentí bien en la ciudad. No sabes lo que has hecho por mí, Diego.

Se emocionó al contarle que había recuperado una imagen sepultada en su memoria, el viaje en tren para ver dónde termina el mundo. Al concluir comentó: "¿Viste lo que me has dado? Hace años que no era tan feliz."

—¿Vas a ir a tu casa ahora?

—¿A la pavorosa Casa de Usher? ¡Ni hablar! Mejor caminemos.

Diego iba a decirle que estaba loco de atar pero algo en los ojos de Lorenzo lo detuvo, una intensidad que le dio miedo, quizá la misma que Amado vio, en la huerta, la noche en que murió Florencia.

En el colegio, Claude Théwissen solicitó al padre Laville que Lorenzo fuera su asistente. "Está perfectamente capacitado para dar clase en mi ausencia. Los dos hermanos, Lorenzo y Juan, llegan a la clase sabiendo tanto o más que yo, no imagina usted, *mon père*, cómo se preparan."

Por eso fue grande la sorpresa cuando *Mon père* Laville anunció al final del año que el primer premio era para Fernando Castillo Trejo, el segundo para Lorenzo de Tena y el tercero se le había destinado a ese muchacho rozagante y adinerado, Diego Beristáin. Lo mismo le pasó a Juan en su clase. Le escamotearon el primer lugar. Lorenzo se indignó. "¡Pero qué perros! Han premiado al que no se lo merece!", reclamó a Théwissen. Resultó fácil averiguar que el progenitor de Castillo Trejo era uno de los benefactores de la escuela.

—Yo los habría premiado pero sólo soy un maestro —se avergonzó Théwissen. Les prometo resarcir esta injusticia que vivo en carne propia concentrándome en ustedes.

—¿Es lo único que va a hacer en contra de esta fregadera? —gritó Juan.

—Por desgracia la justicia no es de este mundo, pero les aseguro que dentro de algunos años, cuando ambos sean abogados, los demás se inclinarán ante su superioridad.

—¡Está usted contradiciéndose! ¿Cómo van a inclinarse si la justicia no es de este mundo? —ironizó Lorenzo.

—Lo que quiero asegurarles es que mientras permanezca en México los protegeré.

—¡Acabamos de ver su protección, muchas gracias! —protestó de nuevo Juan.

Lorenzo y Juan no le creyeron. Théwissen regresaría a Bélgica abandonándolos, como había hecho Florencia.

Al poco tiempo pusieron a prueba la solidaridad del seminarista. Apasionados por la historia de México, los hermanos De Tena y Diego Beristáin promovieron un juicio a Maximiliano. El doctor Beristáin les había contagiado su juarismo. La pandilla, Chava Zúñiga, Javier Dehesa y Gabriel Iturralde, decidieron enmendarle la plana a los maristas y convertirse en abogados del Benemérito. Un alumno del bando contrario defendería a Maximiliano y representarían el juicio en el salón de actos.

—Ese juicio no puede ser —intervino Claude Théwissen—. Si insisten, corren el riesgo de ser expulsados.

—Todos somos juaristas en la clase.

—Todos no, siento contradecirte. Tampoco yo. Les confirmé en clase la nobleza de Maximiliano, quien dijo el día de su fusilamiento: "Soldados, disparen al corazón", y al ver el cielo azul sobre el Cerro de las Campanas comentó que era bueno morir en un día tan bello. ¿Tan pronto lo olvidaron?

—Usted porque es belga, pero nosotros nos reunimos en la biblioteca del doctor Beristáin, la consultamos y nos dimos cuenta de las falsedades que nos enseñan. ¡Qué asesinato ni qué asesinato! El juicio fue perfectamente legal y vamos a demostrarlo caiga quien caiga. Bazaine declaró que los generales mexicanos eran una punta de salvajes que mataban sin juicio, pero Juárez siempre tuvo la ley en la mano. ¡Qué ganas de publicar alguna gaceta juarista para divulgarlo!

Los maristas contaban que el arzobispo de México, don Pelagio Antonio de Labastida y Dávalos, en el momento de elevar la hostia al decir misa, tuvo una visión profética. "Acabo de ver el alma de Juárez descender a los infiernos." Poco tiempo después se confirmó la noticia: Juárez había muerto exactamente en el momento de la elevación. ¿No les bastaba eso a Diego y a sus amigos? ¿No entendían que estaban jugando con fuego? Los muchachos le dieron la espalda a Théwissen.

Diego, que nunca perdía el entusiasmo, decidió representar el juicio en el gimnasio de su casa en la calle de Bucareli. Uno de los compañeros de mayor estatura encarnó al emperador Maximiliano, fusilado entre Miramón y Mejía. Las voces de Diego, Lorenzo, Salvador Zúñiga y la del doctor Beristáin convertido en Benito Juárez, inflamaron el fervor patrio. Al final, el doctor Beristáin repartió la sentencia en volantes, contento de ver que sus enseñanzas no habían caído en el vacío.

Enardecidos por el éxito del que los maristas tuvieron eco, los De Tena, Beristáin, Zúñiga, Dehesa, Ortiz, Iturralde y Garciadiego decidieron fundar una revista: *El Esfuerzo* que los religiosos alentaron porque otro grupo quiso rivalizar con los liberales llamando a la suya: *El Pujido*.

4

Sin que Lorenzo tuviera conciencia de ello, Juan se había apartado cada vez más de la escuela. Y de la casa. Todavía hablaban en el camión de la luz y del calor emitidos por las estrellas y de ir al Observatorio de Tacubaya a verlas por el telescopio, pero sus tres años de diferencia los separaban y aunque Juan, gracias a Lorenzo, participaba con "los grandes", en alguna ocasión le advertían: "A esto sí no podemos llevar a tu hermanito."

—No tengo tiempo qué perder, hermano, hoy no voy a ir con ustedes —se adelantaba Juan al rechazo.

—¿Y qué vas a hacer?

—Trabajar.

Era verdad, componía radios aquí y allá y le pagaban los tenderos, los panaderos del barrio. ¿Qué hacía con su dinero? ¡Quién sabe! También dejó de ir a dormir a Lucerna y a Cayetana no le preocupó mayormente. "Déjalo, es hombre", dijo Tila dándole a Lorenzo unas palmaditas en el hombro. "Anda por allí, no te preocupes, en el barrio todos lo quieren." "¿Y su secundaria?", gritó Lorenzo. "No hay mejor escuela que la de la vida", filosofó Tila. "Mira qué tranquilo está tu papá y él es el de la responsabilidad." Desde luego, don Joaquín jamás se dio por enterado.

Aunque Lorenzo empezara el día con una declaración de odio a doña Cayetana y llegara a la noche rumiando la ira acumulada durante el día, la hermana de su padre lo atraía. Alguna vez escuchó decir al doctor Beristáin: "Cayetana Escandón de Tena es todo un personaje." Y lo era. Imposible no reconocerlo. Tana habría dicho lo mismo de su sobrino. Recurría a su consejo y desde hacía tres años le pedía que la acompañara a las distintas dependencias de gobierno con la esperanza de recuperar su hacienda en Morelos, incautada por la Revolución.

La familia De Tena no era rica, vivía como rica. Por nada del mundo habría cambiado su tren de vida; que no se notara que Tila volteaba los cuellos y los puños de Joaquín y de Manuel, y que a ella le debían tres meses de sueldo. Para eso estaban las tómbolas, las kermesses, las ventas de caridad, las amigas de infancia. "¿No tienes ropa que no le quede a tus hijos y me pases para los huérfanos?"

Cayetana y Lorenzo iban en tranvía a sus diversas diligencias y doña Tana no perdía un ápice de dignidad deteniéndose del pasamanos con su mano enguantada. En la otra llevaba paraguas o bastón, según la temporada, y manejaba ese adminículo como un cetro que la distinguía del vulgo. Impresionó a Lorenzo el día en que dio un paraguazo sobre la imponente mesa de trabajo del gerente del Banco de México porque éste no se levantó a recibirla con suficiente premura:

—Un caballero se pone de pie ante una dama —dijo con una voz que la engrandecía.

El banquero se deshizo en excusas.

Tana mantuvo su tono airado, y por supuesto consiguió el préstamo. En la escalinata de bajada a la calle Venustiano Carranza dijo altanera:

—Así hay que tratar a los lacayos.

Para ella, los mexicanos se dividían en señores y en lacayos, pero un proveedor bien podía ser un señor si ella lo decidía. "Los valores cristianos son los de la aristocracia", decía sostenida del brazo de su sobrino. Olía a polvos de arroz, a violetas, y Lorenzo asociaría ese aroma con la vejez.

—Pruébate mis zapatos, Lorenzo, ¿verdad que te vienen?

—Son de mujer, tía, tienen tacón.

—Un taconcito de nada, ahorita voy a ordenarle al zapatero que se los quite. Mira, para no gastar, pídele el martillo a Tila y tú mismo los eliminas. Con una remozadita quedan como nuevos. Yo, apenas si gasto mis zapatos.

—Pero tía... de mujer.

—Te acostumbras. Nunca tendrás zapatos más finos, te lo digo yo, Lorenzo.

Molesta por la incomprensión, afirmaba que usarlos era un privilegio sólo a él concedido. A punto de las lágrimas, Lorenzo calzó los borceguíes de la tortura, doblaba los pies para adentro y hacía lo indecible por esconderlos bajo la primera mesa, en cualquier sillón, tanto que en la casa de los Beristáin los cuates se dieron cuenta del tormento que para él significaban y no hicieron el menor comentario.

Diego consultó a su padre: "Vamos a regalarle a Lorenzo un par de zapatos." "No seas insensible, significaría que nos hemos dado cuenta. Algún día él se comprará los suyos y fingiremos ceguera."

Tres años más tarde, la tía Tana tampoco se daría cuenta del golpe asestado a su sobrino cuando dijo con aire triunfante que, gracias al apoyo del reconocido Guilebaldo Murillo, abogado de la Mitra, Lorenzo ingresaría a la Escuela Libre de Derecho.

Dirigirse a la Libre en la calle de Basilio Badillo mientras la pandilla entraba por la puerta de la Escuela Nacional de Jurisprudencia en la esquina de Argentina y San Ildefonso sumió a Lorenzo en la desesperación. "No te preocupes, hermano, vamos a seguir como antes, hay manera de sacarle la vuelta a Cayetana de Tena y te la voy a enseñar", le dijo Diego. "Tu horario permite que te la pases con nosotros. Mira, nada más lunes, miércoles y viernes, de ocho a once de la mañana y martes y jueves, de seis a ocho de la noche. No te quejes, tienes dos mañanas y tres tardes libres, además vamos a coincidir en tribunales."

Nunca había usado Lorenzo tantas planillas. Cinco viajes por veinte centavos. El camión Roma-Mérida corría por la avenida Chapultepec hacia la última parada, el Zócalo en obras porque el gobierno decidió quitarle al Palacio Nacional su "estatura de niño y de dedal", según López Velarde, y volverlo imponente. Los prados y andadores, la profusión de arbustos y palmeras, los vendedores de tarjetas pornográficas hacían del centro un entretenimiento y una provocación. Lorenzo seguía a pie por la calle de República de Argentina entre los bazares, la librería

Porrúa, la Robredo y la Pax, zapaterías, cafetines y fondas, el museo de figuras de cera y en cada esquina un puesto de periódicos hasta llegar a la Escuela Nacional de Jurisprudencia. Las imprentitas en San Ildefonso hacían tirajes cortos de tesis y apuntes de cátedras. Un chino ofrecía en su estanquillo café, tortas y un teléfono público frente al que hacían cola los estudiantes vestidos de traje y corbata. Era muy raro que alguno fuese enchamarrado, "Los sin corbata son gente baja y advenediza", comentó Chava Zúñiga. Los "perros" de primer año, humillados el día de su ingreso, usaban boina o sombrero para esconder su cabeza rapada.

A las once de la mañana no cabía un flaco en los juzgados de Primera Instancia y los de Delitos Menores, en Donceles 100, a un lado de La Enseñanza, llamada "la iglesia de Cristo entre dos ladrones". Con los estudiantes pobres Lorenzo conoció los tacos de canasta, mole verde, mole rojo, rajas con crema, papas con chorizo, frijoles, arropados en la canasta de la que colgaba un frasco de salsa roja y otro de verde, "¡qué delicia, están calientitos!", pero lo mejor eran las "pollas" de leche con uno o dos huevos, vainilla y un chorrito de jerez. "Mira, allá frente al Teatro Apolo está el Club Verde, si quieres entrar podemos empeñar tu reloj con el dueño de la accesoria de junto."

Para que los jueces firmaran los acuerdos, los estudiantes tenían que buscarlos en las cantinas y los billares del rumbo y así Lorenzo aprendió a jugar billar. "Hermano, ése es un entretenimiento de pelados", le dijo Chava Zúñiga.

Diego y Chava se aficionaron a Fichot y a sus empanadas recién salidas del horno servidas por una chica con delantal y cofia, hasta que tres señoras de sombrero y guantes los cacharon: "¡Dieguito y Chavita se fueron de pinta!"

—¿Estas brujas inmisericordes amigas de tu madre no pueden quedarse en su escoba y dejarnos en paz? —protestó Chava Zúñiga.

A veces, Lorenzo cansaba a su amigo porque la vida para Diego era fácil. La amaba en todas sus manifestaciones; caballos, automóviles, mujeres, en ese orden, y la compartía con una facilidad que Lorenzo desconocía: para Diego vivir era un acto personal, lo único que hacía falta era conservar el equilibrio entre el ego y los embates cotidianos, a diferencia de Lorenzo, que veía a los demás sin complacencia, Diego sólo retenía lo agradable. O quizá no comentaba lo malo, ni siquiera con su mejor amigo. Su situación económica hacía del joven Beristáin y de la casa familiar una central de energía. En ella, cada uno de los hijos tenía su cuarto propio y la posibilidad de abrirlo a los amigos, que prácticamente vivían entre el comedor, la biblioteca y el gimnasio. Para su fortuna, la casa porfiriana de Bucareli se complementaba con un rancho en Xochimilco rodeado de canales, chinampas, trajineras y barcas de remo, pastizales, caballerizas, flores, huertas frutales y una alberca olímpica. Y no era la casa lo que impresionaba, sino su olor a felicidad. Encontrar sitio entre los Beristáin era fácil, bastaba acogerse a su cordialidad, la amplitud del abrazo, el deleite de la copa de vino a la sombra del doctor Beristáin, que como un dios benevolente los abrazaba.

Carlos Beristáin, vasco, de ojos claros, rebosaba salud, era la encarnación de un fenómeno físico, hervía como la leche a punto de derramarse y se convertía en el padre de todos. En una ocasión en que Lorenzo llegó tarde y habían terminado de comer, el médico insistió en acompañarlo y el muchacho percibió una voluntad de comunicación tan evidente que en su garganta se formó un nudo. "¿Quieres más? Te serviste muy poco." Que el mismito doctor Beristáin lo atendiera, lo distinguía sobre los demás y Lorenzo no olvidaría la forma casual en que Diego dijo al verlos juntos:

—Ah, Lorenzo, estás aquí con mi papá, el Herr Professor.

¿Así que la vida podía ser así de fácil? El doctor Beristáin empleaba su fortuna en libros y en viajes que revivieran y confirmaran sus lecturas. Grecia, Italia, Egipto. Hasta había viajado a Férrières para rendirle homenaje a Rousseau. "A ver, piensen" decía, "saquen conclusiones", "reflexionen, pongan sus sesos a trabajar." Levantaba los brazos: "Sean dioses, no sean hijos de un dios menor. Lean a Tennyson, jóvenes imberbes, hagan ustedes de esta su casa un palacio de ideas."

Lorenzo se prendó del doctor sobre todo porque una tarde, en la biblioteca, le habló del tiempo y juntos sacaron de los anaqueles a Esquilo y a San Agustín. Para Lorenzo volver al tema de su infancia era entrar a una tregua. Había sobrevivido a la muerte de Florencia y, guiado por el doctor Beristáin, volvía al misterio de la vida y de la muerte. San Agustín se preguntaba: "¿Qué es el tiempo? ¿Quién sería capaz de explicarlo sencilla y brevemente? Cuando nadie me lo pregunta yo sé lo que es el tiempo, cuando alguien me pregunta qué es el tiempo, no lo sé. Lo único que sé es que hay cosas que van a venir que son, otras cosas que ya no son y por lo tanto son el pasado y que el presente es un nihilismo." A Lorenzo le entraba una euforia casi incontrolable por esa definición. "Sólo el presente puede ser medido" le aseguraba el doctor Beristáin criticando a la iglesia, madrastra cruel, perseguidora de Galileo y de Giordano Bruno. San Agustín, uno de los cuatro padres de la iglesia, pedía perdón a cada paso: "Busco Padre, no afirmo, Dios mío protégeme". Le rogaba al Señor Todopoderoso que le permitiera investigar, suplicaba que no lo condenara por tratar de entender. "Pinches religiosos de mierda, pinche iglesia", farfullaba Lorenzo. "Contemplo la aurora, predigo que va a salir el sol. Lo que contemplo es presente, lo que anuncio futuro. No es futuro el sol, que ya existe, sino su salida, que no existe aún. Con todo, su misma salida, si no la imaginase en espíritu, como ahora cuando lo estoy diciendo, no podría predecirla. Mas ni esa aurora que en el cielo veo es la salida del sol, aunque lo preceda, ni tampoco lo es esa imaginación que tengo en mi espíritu. Ambas cosas son percibidas como presentes para que pueda ser predicha esa salida futura."

San Agustín le pedía a Dios que le diera la solución y llegó a la idea final de que era el tiempo el que medía la duración del movimiento y no al revés como lo creían otros al afirmar "que son los movimientos del sol, de la luna y de las estrellas los que constituyen los tiempos mismos".

"Lorenzo, ven a jugar ping pong", el grito reventaba no sólo en sus oídos sino en la biblioteca y el doctor le dijo: "Si quieres, ve, estás liberado." "No, doctor, prefiero mil veces quedarme con usted." ¿Cuántos lugares ocultos había en el cielo?, se preguntaba febril. ¿Podría medirse el cielo como se mide la Tierra? La Tierra se divide en campos de cultivo, rectángulos, triángulos, pentágonos, hexágonos. ¿No podría hacerse lo mismo con la bóveda celeste? De dividirla en cuadrángulos, ¿cuántos cabrían? ¿Podría medirse la estratosfera por metros cúbicos? Lorenzo buscaba la respuesta. Beristáin no la tenía y volvía al tema del tiempo y a preguntarse, al igual que San Agustín, si el presente salía de un lugar oculto cuando de futuro se convertía en presente y se retiraba a otro lugar oculto cuando de presente se convertía en pasado. "La verdad, muchacho, lo de medir la bóveda celeste nunca se me habría ocurrido."

Lorenzo se indignó cuando Diego le contó que un poeta más o menos joven, Porfirio Barba Jacob, había escrito:

La vida está acabando
y ya no es hora de aprender.

—¿Lo dices por ti, Diego? A mí es lo único que me apasiona.

—¿Más que las mujeres?

—¡Ni hablar!

—Es que todavía no te has enculado.

Diego cruzaba la alberca de Xochimilco debajo del agua en un parpadeo. Salía y tallaba con fuerza su ancho torso, sus piernas de deportista. Los demás, en traje de baño, no se metían al agua. Lorenzo sí. Para probarse a sí mismo, se echaba clavados desde el trampolín más alto. Ningún "panzazo", aunque su estilo en el "crawl" dejara mucho que desear y después de dos brazadas prefería hundir a quienes se le acercaban y afirmar su poder manteniéndolos bajo el agua. "¡Muéranse, cobardes!" Chava Zúñiga, Víctor Ortiz y Javier Dehesa le temían. Le pusieron "Moby Dick". Competitivo, Lorenzo lo era hasta el enfado. Diego Beristáin ganaba todos los sets de tenis con la mano en la cintura. Lo mismo le sucedía a caballo, su estilo de alta escuela lo hacía sobresalir, En cambio, Lorenzo arriesgaba su vida. "Aunque me mate", decía furioso mientras dos venas azules se le inflamaban en las sienes. El coronel Humberto Mariles, instructor de Diego, extendía la clase de equitación a los miembros de la pandilla, los conducía a campo traviesa y cada fin de semana subía un poco más los obstáculos que Diego y Lorenzo libraban. "Párale, párale, estás loco, Lorenzo, ya párale", suplicaba Diego. Ningún desafío podía permanecer sin respuesta. De los amigos, algunos de plano se conformaban con seguirlos al paso de sus monturas. "¡Vamos a robarnos una monja!", gritaba Lorenzo cuando cruzaban Tlalpan a galope. A Mariles no le quedaba más remedio que observar a ese loco que corría todos los riesgos a pesar de su cuerpo mal balanceado sobre el albardón. "Primero muerto", se azuzaba. "A mí nadie me va a ganar." Contrincante rabioso, no se despegaba de Diego y a todos empavorecía su coraje. "Este muchacho se va a matar", concluía Hum-

berto Mariles. "Si tú puedes, yo puedo", Lorenzo
retaba a Diego y lo seguía al borde del abismo.

Aunque el Ford de Diego era negro, le recordó a Lorenzo el automóvil eléctrico de Tomasito Braniff. La primera semana, los cuates prácticamente
durmieron en él. Diego alzaba la cabeza y las orejas,
su pelambre relucía, se mantenía por encima del rebaño. Conductor y dueño, dominaba. Sus atributos
lo convertían en jefe indiscutible. Jóvenes lobos, yo
soy el que escojo primero la presa y el momento. Sólo
Lorenzo intervenía en sus señales y jamás bajaba la
cabeza como el resto de la manada. Diego no iba a
ceder su rango dentro de la jerarquía de la pandilla.
"La selección natural", habría dicho entre una carcajada y otra. Ahora, adentro del Ford, la tribu discutía, llenando la calle con su impertinencia. En Uruguay,
al pasar frente a la policía, Diego exclamó:

—¡Chinguen a su madre!

Chava Zúñiga, de suyo diminuto, se hizo más
pequeño aún: "Oye, ya le mentaste la madre a la
policía."

"Ni modo", alcanzó a decir Diego antes de que
dos policías los cazaran y llevaran a la delegación.

—Todos mentamos madres, no sólo él —alegó Lorenzo.

—Pues también van a ir a la cárcel. ¿De dónde son ustedes?

—Señor jefe del ejército —se dirigió al comandante—, creo que la cárcel no es la que nos co-
rresponde, sino La Castañeda.

El hombre sonrió.

—¿Qué pasó señor, no hubo mentadas?

—Sí las hubo, pero dentro de lo que estábamos discutiendo, la reforma del artículo 27 de la Constitución. ¿Le parece a usted correcto, comandante, que la Constitución esté al servicio de un presidente de la República y sea letra muerta ante la voluntad del pueblo?

—¿La mentada no fue para la policía? —preguntó cohibido el comandante al recibir la avalancha sabihonda de Lorenzo.

—No señor, por eso le digo que nos mande al manicomio. ¿Cree usted que estamos locos?

—No.

—Entonces, si no estamos locos, suéltenos.

Ni Danton habría sido tan persuasivo como Lorenzo, que se repetía a sí mismo: Bárbara, Celarent, Darií, Ferio, Baralipton para efectos de mnemotecnia de silogismos.

—Váyanse pues, pero una recomendación: peleen por sus creencias sin mentadas de madre.

5

Años atrás, al finalizar la secundaria, Lorenzo empezó a fumar. El humo levantaba un velo entre su timidez y el interlocutor y le permitía ser más atrevido con las mujeres. En realidad, lo atenazaba una sociedad en la que hasta cruzar miradas con el sexo opuesto lo hacía sonrojarse. La vergüenza subía enrojecida y la liberación tenía mucho de caos. Una fenomenal parranda con Diego, Chava Zúñiga, Gabriel Iturralde, Víctor Ortiz y Javier Dehesa terminó en un burdel, y Lorenzo fue el primero en seguir a la gorda que le dio indicaciones.

—Vente pa'cá chiquito, súbete encima de mí, ándale... Pero quítate los pantalones, m'hijito.

De golpe se le bajó la borrachera.

—Pícale mocoso, que no tengo toda la noche.

Todavía se le atoraron los calzones en los zapatos y ella se los zafó al borde de la cama. Después se abrió de piernas en el gesto más inclemente posible. "Móntate, ándale, qué esperas."

Aterrado, Lorenzo se paralizó:

—Métemelo y muévete, chiquito.

Lorenzo se hizo violencia, terminó y ella ordenó: "Ahora límpiate y pásame también a mí de ese papel."

Era papel del excusado.

—Apúrate y ya lárgate.

Diego no olvidaría el dolor con que se lo contó.

—Óyeme Lencho, no es para tanto, a todos nos han tocado esas pinches viejas.

Lorenzo habría de recordar durante años a la gorda de permanente, ojos amarillentos estriados de venas rojas, vientre abultado y piernas fofas abriéndose para enseñar su horrible tesoro.

—Y el cuarto, Diego, el cuarto, la cortina...

—Lorenzo, sé compasivo.

—¡Qué asco, Diego, qué gran asco!

—Pero bien que te veniste, ¿verdad? Bien que te andaba y te veniste.

—Es un fenómeno que todavía no comprendo.

El sexo, ligado al peligro de la sífilis, atormentaba a la pandilla. "Las viejas", como les decían, eran una obsesión. Se lanzaban fuera de la caballeriza, desbocados. A diferencia de otros muchachos sobrados que tenían que arreglárselas solos para controlar su adrenalina, la pandilla podía recurrir al doctor Beristáin

—Queremos ver a mi papá —saludaba Diego a la secretaria en el consultorio, a dos pasos de la casa de Bucareli.

Enfundado en su bata blanca, su estetoscopio colgado del cuello, Beristáin era aún más admirable.

—Siéntanse con confianza, no hay fijón, como dirían ustedes. Tú, Diego, desenrolla la pantalla. Voy a proyectarles algunas transparencias.

Las imágenes surgían aterradoras.

—Miren, señores, aquí tienen el caso de la gonorrea. Ahora, éste es el del chancro Fabostov, fíjense bien, se va comiendo al pene, precisamente en el glande.

Ninguno se movía.

—Miren el hígado, Diego, no metiste bien la lámina dentro del proyector, dale mayor claridad. Tomen ustedes nota, éste es un hígado limpio, señores, y éste, a la derecha, es el de un alcohólico, véanlo bien, lo aqueja la cirrosis.

Al prender la luz, el doctor Beristáin seguía arengándolos.

—Su salud es cosa suya, lo que ordenen sus mercedes. Si quieren morir, para luego es tarde. Yo no impido, señalo. ¿Desean tener familia? Cuídense. ¿Quieren fumar? Acábense su pulmón. Los he traído aquí no para prohibirles, como lo hicieron los maristas, sino para informarles. La decisión es suya.

El silencio los volvía cómplices.

—Si algo les sucede no se lo callen, vengan conmigo de inmediato.

Lorenzo prendía un Delicados con la colilla del otro.

—Mi querido Lorenzo, ¿qué diría usted si yo agarro tierra y con la mano se la echo a este reloj? —sacó su leontina.

—Doctor, diría que es usted un salvaje... bueno, no, no, no, yo, es una verdadera locura.

—Pues este reloj no es nada al lado de lo que está haciéndole a su pulmón, a-ca-bán-do-se-lo, llevándolo derechito al enfisema pulmonar. ¿Sabe usted lo que significa morir por asfixia?

Diego recurría a su padre con frecuencia:

—Quién sabe con quién nos metimos, no vayamos a haber pescado algo...

—Yo los curo, pero ¿qué no conocen los preservativos?

—Es que se pierde sensación, papá.

La pandilla frecuentaba el Montparnasse, al que le pusieron el Monpiernás. Para darse valor, los futuros licenciados, los que pronto llegarían a secretarios de Estado, senadores o presidentes de la República se citaban antes en una cantina en la esquina de Insurgentes y avenida Chapultepec a ver quién aguantaba más. Todos vestían bien excepto Lorenzo que no podía imitar a Mero Bandala, el *arbiter elegantiarum*, como lo llamaba Diego, él sí, poseedor de un *blazer* Navy Blue, un Príncipe de Gales, un London Fog y un número considerable de camisas mil rayas, suéteres y chalecos de *cashmere* provenientes de Burberry's. Entre ellos, Pedro Garciadiego, un verdadero petimetre, era el único que podía competir con Beristáin: la raya del pantalón caía a plomo, los zapatos espejeantes, el pelo engominado por Macazar al modo de Carlos Gardel, las mancuernillas una belleza, todo, hasta su paraguas, era de marca. Cuidaba su perfil, de frente, tres cuartos, poses ensayadas ante el espejo desde la noche en que una admiradora le dijo: "Deberías estar en el aparador de El Palacio de Hierro. Eres un maniquí." El apodo de La Pipa le iba bien porque la fumaba y sobre la mesa, a la vista de todos, ponía su tabaco Dunhill.

Pedro Garciadiego bebía al par que los demás pero aguantaba menos, como lo demostró una noche tristemente célebre. "Ahorita vengo", fue al baño. Se quitó el saco, ya no lo pudo colgar, quedó a sus pies, no logró bajarse los pantalones y se hizo, vomitó encima de su saco. Totalmente ebrio volvió a ponérselo, salió del baño e intentó sentarse de nuevo entre sus compañeros.

—Pero, ¿qué es esto? —se espantó Zúñiga.

Víctor Ortiz, el más compasivo, lo detuvo:

—No te sientes, Pipa, vamos a llevarte a tu casa.

—Yo no lo llevo en mi coche —protestó Beristáin.

—Pero si tú lo trajiste —insistió el buenazo de Víctor.

Acostumbrados a desmanes y borracheras, los meseros reían: una guacareada de ese tamaño nunca la habían visto.

—Hay que mandar traer un Ford de a cincuenta centavos la dejada.

—No, no hay tiempo, llevémoslo ahora mismo —insistió Víctor que sostenía a Garciadiego a punto de caer.

—Oiga usted —dijo Diego con voz de mando al primer taxista que se detuvo—, ¿se puede llevar a este señor?

—No.

—Le damos un peso.

—No.

—Bueno, dos pesos.

—Cinco, pero con periódicos.

Diego y Lorenzo forraron de papel el asiento trasero y una vez que Víctor hubo acomodado a Pedro: "Acuéstate, no te muevas, te vamos a seguir, no estás solo", arrancaron tras el taxi hacia una casa porfiriana en la esquina de Álvaro Obregón y Orizaba. Entre todos pagaron los cinco pesos destinados a las ficheras del Montpiernás y despertaron al portero:

—Oye, aquí viene enfermo el señorito, no es grave, no les avises a los señores y tráenos por favor la manguera.

Ortiz, el único que se atrevía a tocar a Garciadiego, lo recargó contra el gran fresno del jardín. Diego dirigió la manguera al cuerpo de su amigo. Hasta el portero amodorrado dejó escapar una sonrisa cuando el chorro frío del agua llegó al rostro de Pedro y pareció despertarlo, sin conseguirlo porque se desplomó como una fruta podrida.

—Súbelo a su recámara, encárgate de todo. Que no se vayan a enterar los señores.

Diego le tendió una propina de dos pesos al portero, que repetía: "¿Cómo le fue a pasar eso al señorito?"

La sensación de euforia que le producía la primera copa Lorenzo no la cambiaba por nada. Estar entre sus cuates en un ambiente festivo lo volvía lírico. Mis cuates, mis cuatezones, qué ingeniosos, qué buenas gentes, todo lo compartían, eran una comuna, para todos todo, los abrazaba, avalaban sus palabras, México sería un gran país, él lo redimiría, cómo los amaba, qué tipazos, qué inteligentes, Zúñiga un portento, Diego no podía haber mejor hombre, Iturralde los defendería en caso necesario, Lorenzo se felicitaba hasta por la espuma en el tarro de cerveza, no había horas más válidas que las pasadas en el Montpiernás, escuela de vida. Bailaban y al rato desaparecían con una de las ficheras, hogar, dulce hogar, o ¿hay algo más acogedor que un coño?, preguntaba el vasco Gabriel Iturralde.

Decidieron alquilar entre todos un cuarto del tamaño de un ropero en el edificio de Atenas y Abraham González, cercano al sitio del asesinato de Julio Antonio Mella. El leonero de la pandilla resultó más concurrido de lo que se esperaba: que préstame las llaves y préstame las llaves. "Pues yo mañana voy a las ocho de la mañana". "Qué mala hora." "Es a la única en que ella puede, entra a trabajar a las diez." "Préstame las llaves: pido las diez de la noche." "Si llegas antes no vayas a tocar. Te esperas hasta que yo salga." De repente, algún fregado tocaba: "N'ombre, ya ni la amuela Chava, me sebó el romance"; las grandes pasiones se sujetaban a los avatares de un timbrazo o de un grito que subía desde la calle de Abraham González.

Gracias a su facilidad de palabra, Chava Zúñiga logró convencer al secretario de Gobernación, Óscar Molina Cerecedo, de que él le era indispensable a *Milenio* e inmediatamente persuadió al director de que sus cuates, genios en potencia, serían una aportación fabulosa al periódico. Chava tenía el don de hacer reír, la gracia de la inconsciencia. Lúdico y seductor, podía entretenerlos durante horas. "¡Qué buen merolico, hasta los callos nos quitas con tus palabras, te voy a llevar al Zócalo!", reía Lorenzo.

—Hermanito, voy a llegar mucho más lejos que tú, así que trátame bien.

Por lo pronto se había adelantado a todos y repartía los bienes de la Tierra. Ante el secretario Óscar Molina Cerecedo exageraba las deplorables finanzas del poeta, el espantoso desván en el que el mejor novelista de América Latina producía su obra maestra, el cuchitril en el que pintaba el genio inconmensurable y, divertido, el ministro concedía favores. "Redímase", exhortaba Zúñiga. Embellecía su vida privada, la mujer más hermosa de la Tierra yacía bajo su imperio y la descripción de sus lances amorosos, que oscilaban entre el desafío y la súplica, hacía las delicias de sus oyentes. Cortesano, lo era hasta la punta de los dedos, pero había desarrollado un estilo propio. Repartía su sueldo entre el camisero, el sastre, el zapatero, el joyero. "A las mujeres no, ellas pagan mis servicios. Soy un amante portentoso. Por cierto que una de ellas me dijo que Gabriel Iturralde dura poco; eyaculación precoz, querido." Desde niño, Zúñiga registraba el tamaño de los penes atisbados en los retretes escolares. Iba señalándolos en la fila: grande, chiquito, pasadero, inexistente. A Lorenzo no se lo criticaba, pero sí lo compungía su guardarropa:

—Hermanito, ¿cómo puedes usar ese traje detestable? ¿Qué mujer va a poner los ojos en ti vestido de caqui? ¿Te das cuenta de que la moda es una manifestación de cultura? Mi elegancia suprema se revela en éstas líneas verticales, este *blazer* abierto a la imaginación. No, Lencho, estás muy equivocado, no es sólo una mercancía narcisista, este saco de piel de camello me identifica, me da poder, produce la belleza estética que quiero proyectar."

En cambio, Gabriel Iturralde sólo contaba con su simpatía para defenderse y Víctor Ortiz con su bondad y la costumbre de comerse las sobras en los platos de sus cuates, aunque lo acechara la obesidad.

A todos los de la pandilla, Zúñiga les dio oportunidad de publicar, pero la alegría de saberse amigos siguió siendo mayor que la de verse en letras de molde. Con una absoluta falta de envidia, Zúñiga ensalzaba a la pandilla magnificando sus cualidades. Formar un grupo solidario, con un espíritu de camaradería a toda prueba, lo hacía feliz, y por eso mismo repartía felicidad. La redacción de *Milenio*, con sus grandes cuates, sería el cerebro del país. "¿Has visto la modernidad de la maquinaria en la oficina de Cables, hermano Lorenzo? A ti que te gusta la ciencia, te vas a ir para atrás."

A través de sus editoriales, la pandilla creía orientar al gobierno, alimentar a la patria y cuando las cosas salían mal era porque los jefazos no habían seguido su consejo. Ser joven es ser omnipotente, pertenecer al Olimpo, correr con la antorcha en la mano. Y ganar.

—¿Cómo voy a ser periodista si no he hecho un artículo en mi vida?

—Es lo más fácil del mundo, Lenchito. En la redacción pululan destripados de todas las carreras: médicos, abogados, arquitectos, aquí se desquitan. Como fracasaron son periodistas. Tienes una cultura muy superior a cualquiera de los que aquí pergeñan sus mamotretos. Te voy a dar una orden de trabajo. Entrevístame al astrónomo Bart Jan Bok, le dices que eres reportero de *Milenio*.

—Pero no lo soy.

—Mañana tendrás tu credencial y al mes pasarás a la caja.

Jamás sospechó Lorenzo que Bart Jan Bok habría de fascinarlo y que concluiría la entrevista diciéndole: "Joven filósofo, gracias por sus excelentes preguntas."

A Lorenzo le halagó menos la publicación de la entrevista que la conducta del hombre de ciencia. A partir de ese día, decidió: "Voy a aprender a redactar." Su dinamismo lo hacía prolongar el día, sacarle más horas, le alcanzaba hasta para ir al Monte de Piedad a empeñar las esmeraldas de la princesa Radziwill, íntima amiga de la tía Cayetana. Cada seis meses llevaba al Zócalo el joyero de cuero de Rusia que la princesa ponía en sus manos. Medio año más tarde, la princesa, amiga de Manuel Romero de Terreros, le daba un fajo de billetes para que las recuperara. En agradecimiento, le ofrecía una taza de té inglés y devanaba sus problemas en francés. Eran tan distintos a los suyos que, incrédulo, Lorenzo llegaba a la conclusión de que cada quien se crea su propio infierno. "¿Para eso voy a ser abogado, para empeñar joyas en el Monte de Piedad?", se interrogaba colérico.

Lorenzo no perdía su inagotable capacidad crítica, la de desenmascarar, encontrar el móvil de tal o cual acción aparentemente desinteresada. Asistía al espectáculo que daba Chava Zúñiga en la redacción del periódico como a una función de circo. Mientras otros aplaudían, Lorenzo veía las cenizas dispersarse y caer. "Hermano —le gritaba Zúñiga—, libérate de ese nihilismo, sácate de encima esa expresión de muerto, no desprecies a los hombres, sé magnánimo como yo."

Zúñiga lo cautivaba como a los demás.

—Tú, Lorenzo, estás cometiendo el máximo crimen en contra de la humanidad.

—¿Cuál? —inquiría impávido.

—No eres feliz, mírame a mí, hermano.

Se colgaba de la cortina, ensayaba pasos de baile. Su número favorito consistía en tomar a una mujer invisible por el talle, doblarla en dos fingiendo un beso apasionado, lanzarse a un tango al ritmo de: "No desvalorices al ser humano, no desvalorices al ser humano." Ni siquiera Lorenzo podía dejar de reír.

—No te tomes tan en serio, redentor, no vale la pena. Mírame a mí, hermanito. No caigas en esa maligna superchería llamada "conciencia".

En la casa de Lucerna, nadie conocía las actividades de Lorenzo, ninguno sabía de la vida del otro, preferible mil veces flotar sobre los acontecimientos como don Joaquín, que vivía aferrado a su rutina: la copa en el Ritz a la una, el rosario a las siete, el bridge de los jueves, la misa dominical en La Profesa seguida por la comida familiar en casa de Carito Escandón.

A la tía Tana le dio por pedirle a Lorenzo que acompañara a Lucía Arámburu y González Palafox a su casa cada vez que jugaban bridge, los jueves en la noche. De todas las amigas, era la de la boca más roja. Sus movimientos jóvenes la hacían levantarse de su asiento como un resorte. A Lorenzo le dio gusto escoltarla a su casa de la avenida Insurgentes y que lo llamara *darling*. Una noche le pidió que pasara y lo invitó a subir a la recámara. Con Cocorito, la mesera, Lorenzo había aprendido que las mujeres son más atrevidas que los hombres y llegó a la conclusión de que en ellas hay un elemento de locura, porque se tiran de cabeza ignorando dónde van a caer, pobrecitas, de veras, pobres. Cuando Lucía le dijo con la voz más cantarina del mundo: "Desvístete, *darling*" y al final: "Éste es un secreto entre tú y yo, *love*", aceptó de inmediato. ¿Cómo podía ocurrírsele que él fuera otra cosa que un caballero? Tampoco le diría que los senos de la mesera eran más juguetones porque le habían fascinado los suyos, dos peras maduras y en su punto.

Al regresar a la buhardilla en Lucerna se sintió dueño de la calle, las casas cómplices le cerraban el ojo, las aceras bajo sus pies ligeros le repetían a cada paso: "tú eres dueño y señor, dueño y señor, dueño y señor". El aparato entre sus piernas, agresivo y muy bien hecho, había llevado al orgasmo a esa mujer probablemente experimentada. Gracias a esa arma perfecta que hacía de él un hombre, tenía bajo su poder a una vieja veinte o más años mayor que él. Lucía se hincaría a sus pies, cada juego de bridge terminaría en una orgía de dos, qué faena la suya, tenía curiosidad de saber qué diría Diego cuando se lo contara.

Expresarse a través del deseo era para Lorenzo totalmente nuevo. Ahora sí quería hacer el amor, poseer, volverse Jonás, perderse dentro de la gran ballena rosada, la sola idea lo hechizaba. Los jueves se volvieron el punto más alto de la semana. Sin embargo, al siguiente jueves, después de caminar las cinco calles que separaban ambas casas, Lucía se despidió, sin darle un vistazo siquiera a su erección:

—Buenas noches, muchachito, que duermas con los angelitos.

El rechazo lo hundió en la humillación pero ella seguía intrigándolo, ¿por qué unas veces sí, otras no? El grito de su tía: "Lorencito, baja por favor a acompañar a Lucía a su casa", se volvió un canto de sirenas.

Lucía tomaba familiarmente su brazo y él intentaba adivinar qué sucedería. Algunas veces era horriblemente distante, otras, horriblemente apasionada. Ella lo poseía, lo montaba, se transformaba en un macho cabrío. Él era su cosa, su amante y su hijo a la vez. Lo mecía como a un niño en esa cama de dosel con florecitas. Lo único que Lucía no hacía era caminar desnuda por la recámara, a diferencia de Cocorito, la mesera. Su orden fue terminante: "No prendas la luz", y esa oscuridad la volvía más tierra promisoria, el jugar a las escondidas burlaba la realidad. "¡Lucía, Lucía no me dejes nunca!", se sorprendió gritándole una noche y se preguntó cómo era posible no haber sentido nunca algo semejante. Perderse en Lucía, perderse por Lucía. Jamás imaginó perderse por una amiga de Cayetana, a quien consideraba prácticamente una anciana. ¡Qué falta de respeto a sí mismo y a ellas! A partir de Lucía miró a su tía con nuevos ojos. ¿Quién era? ¿Qué hacía en su recámara? ¿Don Manuel, tan desabrido, la alcanzaba en la noche entre las sábanas? ¿Y la buena de Tila, qué hacía cuando iba a su pueblo? ¡Las mujeres, qué misterio insondable y qué pantano! Sin embargo no podía sino aguardar enfebrecido en su buhardilla el grito de la tía Tana abriéndole las puertas del paraíso con su agudo: "Lorencito, haznos el favor de acompañar a Lucía" que lo hacía aventarse por la escalera y llegar, las mejillas enrojecidas, a la sala, lo cual hacía exclamar a doña Cayetana:

—Míralo, parece una manzanita.

A esa manzanita le hincaría los dientes la yegua salvaje de Lucía, ¿o lo mandaría sin recompensa de vuelta a casa? Una noche, Lorenzo decidió ganar la partida. Apenas abrió Lucía, despidiéndolo, metió su pierna en la puerta.

—Óyeme, muchachito...

Lorenzo se le echó encima en el corredor mismo, antes de subir la escalera, y ella rió halagada, los labios un poco hinchados y ese ademán lento del cuerpo que se dispone a la entrega. Lorenzo recordó el consejo de Diego: "Tú házles la lucha, podrán decirte que no pero siempre te lo agradecerán." Pinches viejas, pinche Lucía. Esa noche la poseyó como nunca y él fue la voz de mando: la hizo como se le dio la gana, en un momento dado prendió la luz y la vio. Sus pechos llenos tenían la belleza de las frutas, la miel escurría, se expandía sobre todo su cuerpo armonioso y dulcísimo, era más bella que Cocorito, esta mujer era la Tierra misma con sus axilas un poquito flojas y sus ingles a punto de la entrega. Ella se cubría el rostro y él la miraba arrobado, amándola, sin escuchar su aleteo desesperado. Qué hermosa, Dios mío, qué hermosa. El que ella no lo creyera sólo la hacía más deseable. Tonta, tontita, linda tontita, si eres lo más bello que he visto, Iztaccíhuatl, Popocatépetl, Pico de Orizaba, Nevado de Toluca, cráter de miel y uvas negras. Ninguna mujer de cincuenta años debería avergonzarse de su cuerpo, él lo recibiría como una lluvia largamente esperada. Lucía se dio cuenta de la rendición en sus ojos, el mocoso le devolvía su confianza en sí misma, aunque a lo mejor no tenía con quién compararla, qué bueno, se volvería cada día más ferviente, ella sabría verter el aceite, mantener la llama en la veladora, alimentar su devoción. Lucía impondría las reglas, no, no, que él las impusiera, dejarse ir, asirse al torso de Lorenzo, a la anchura de sus hombros y a su don de mando, a su cabello que se enchinaba en la nuca y a la sabiduría en sus ojos, a su fogosidad y sobre todo a su audacia que nunca nadie habría sospechado. Por primera vez desde su juventud no sentía vergüenza de su desnudez frente a un hombre. "Lorenzo debería haber sido el primero", pensó con ternura. Era él quien merecía haber hecho correr la sangre por sus muslos. ¿Era todavía lo suficientemente estrecha? Las convulsiones de su amante, sus piernas que temblaban hasta los talones lo demostraban. Él la había sacado a ella de su propio cuerpo. Qué hombre tierno y violento a la vez. Había conocido a hombres atrevidos pero como este muchachito, ninguno. Al tener a semejante pariente, doña Cayetana de Tena subía en su estima.

6

Las actividades de Lucía, consignadas en una diminuta agenda de Hermès, llenaban a Lorenzo de asombro, sus *affaires d'argent* como las llamaba, le parecían insólitas. Tenía varias *maisons de rapport* en el centro de la ciudad, en Donceles y en Isabel la Católica, y su *homme d'affaires* cobraba rentas que a ella le permitían viajar a España tres o cuatro veces al año para cultivar su amistad con Alfonso XIII. En su casa reinaban los grandes de España aunque Lorenzo estuviera a punto de desbancarlos. No vivía ya sólo en función de "los reyes" aunque la inercia de la costumbre inmovilizara sobre el piano la fotografía en marco de plata de Alfonso XIII con su dedicatoria: "A Lucía, mi cariño." Para ser digna del rey, iba con frecuencia a la Casa Armand, a renovar el *trousseau* destinado al Palacio de Oriente en Madrid, donde no podía repetirse. El rey, la reina, los príncipes, la Corte tenían en la pupila sus anteriores modelos. Renovarse o desaparecer. El desfile de modas se iniciaba a bordo del *Queen Elizabeth*, donde el capitán la requería a su mesa desde la primera noche. Entre tanto solía invitar a su casa a los diplomáticos europeos porque viajaban constantemente y podían ser invitados a su vez a la Corte y allí mencionarla, afirmar que recibía como reina y que su salón era el más exclusivo de México.

Aunque jamás echaba la casa por la ventana, Lucía abría sus salones varias veces al mes. Para no gastar en servicio, acudía a Tana: "¿No podría Leticia ayudarme el viernes para el coctel que tengo que darle al embajador de Inglaterra? Es una gran oportunidad que le brindo, relacionarse con gente bien." Lo mismo hacía con otras amigas. Allá iba Leticia con su vestido de fiesta y la elasticidad de su talle y le contaba después a Lorenzo que Lucía era de una tacañería suprema. "Los sandwichitos de berro para los diplomáticos", la arremedaba. No podía pasar la charola de plata entre los nacionales. El whisky Old Parr también lo reservaba a los diplomáticos. A los mexicanos les servía un brebaje infame disimulado en garrafas de cristal cortado. Leticia, Elsie, Inés, Concha y Mercedes reían a carcajadas en la cocina mientras se atiborraban con los delgadísimos emparedados que el chef del University Club había entregado dos horas antes y los *petits fours* de El Globo, "sólo para los diplomáticos". Ese día, Lucía deslumbraba a todos con su histrionismo, chispas de oro en su piel y en su cabello. "¿Qué te has hecho que te ves cada vez más joven?", exclamaban a su paso. De vez en cuando sorprendía la mirada húmeda de Lorenzo sobre sus muslos, o ella misma la buscaba. A ojos vistas Lorenzo se aburría, el único sentido que tenían esas reuniones era llegar al mutuo destino final: amarse. "¿Cuándo acabarán de despedirse?" Hablaban de los huevos de Pascua enjoyados de Fabergé, el del Tricentenario de la dinastía de los Romanoff.

En México, eran coleccionistas de huevos de piedra semipreciosa como el lapislázuli, el topacio irisado, la serpentina, la turquesa, el ónix. El ópalo jamás, trae mala suerte. ¿Por qué tanta fijación en los huevos? El destino de Anastasia era otro tema inagotable. La palabra zar les llenaba la boca. La edad de la pintura de la Virgen de Guadalupe en La Villa, su autenticidad cien-tí-fi-ca-men-te comprobada, era el tema mexicano. Para apresurarlos, Lorenzo entregaba a la salida estolas de piel, abrigos negros, sombreros, bastones de empuñadura de plata y marfil y paraguas de Harrods. Leticia solía meterle un pellizco a la pasada. Cuando a Lucía le comentaban: "¡Qué buena facha la de tu ayudante!" respondía con frenesí: "Es un De Tena, el sobrino de Cayetana, no tienes idea, una verdadera monada". De escucharla, Lorenzo la habría ahorcado allí mismo y cuando Leticia se lo contó haciéndole toda la mímica, monísimo, oye, monísimo pero monísimo, la persiguió vengativo.

Como Colette con Gigi, Lucía lo aleccionaba acerca de la función de la ropa, la pureza de esmeraldas con y sin jardín, la del perfume. El sueño de Lorenzo era comprarle alguna vez un Shalimar de Guerlain. Entretanto, asistía a su baño: su tina rodeada de esponjas, talcos y cremas humectantes. "Soy mi mejor inversión", repetía coqueta: "Si yo no me cuido, ¿quién?" Para ella misma no era tacaña. Lorenzo le tallaba la espalda: "Ay, no tan fuerte", secaba con devoción cada miembro de su cuerpo, su sexo sobre todo, le pasaba el *peignoir* y la veía ponerse perfume tras del lóbulo de la oreja, entre sus pechos, en la muñeca derecha y en el doblez de sus brazos.

¡Con qué devoción acariciaba Lucía sus largos muslos al cubrirlos de crema! "Lo hago por ti, mi amor, y esto es para ti, corazón", solía decir en un gritito.

Aunque Diego se habría azorado ante la proeza sexual de su amigo, éste no se lo confió. No entraba dentro de su código de caballero. Además, no festinarlo lo descansaba. Podía volver sin estorbo a lo que más le importaba: el estudio. "No te he visto con frecuencia en la biblioteca en estos últimos meses", comentó el doctor Beristáin, y a pesar de sus diecisiete años Lorenzo se ruborizó: "Es que me dan mucho trabajo en el bufete." Era cierto. Lo que no le dijo al doctor Beristáin fue hasta qué punto odiaba ir a los juzgados de la calle de Donceles y lo repugnantes que le parecían los lanzamientos. Nada peor que recibir en la acera muebles patas para arriba y sillones desfundados. ¡Qué desgracia la suya exhibir la miseria humana!

Los desalojos le hacían concebir un odio aún más acendrado contra los propietarios. Bola de ratas. "No me envíen a otro desahucio, me niego, prefiero renunciar", advirtió en el despacho, y conociendo su carácter y con tal de liberarse del tremendo sermón en contra de la burguesía, Lorenzo fue eximido de ejecución de sentencias. ¿Sabían acaso los señores abogados lo que significaba entrar al cuarto oscuro de uno de los barrios más insalubres del submundo de México para ordenarle a una mujer rechazada de antemano, perdedora de antemano, condenada desde su entrada al almacén, que devolviera la Singer que el abonero sabía a ciencia cierta que no podría pagar? La sola apariencia del cliente bastaba para eva-

luar sus finanzas. El día de la incautación él, Lorenzo de Tena, tenía que enfrentarse a una criatura que
al perder su máquina perdía también su centro de
gravedad. Así era la sociedad cris-tia-na, la sociedad
me-xi-ca-na y el joven, por lo tanto, renunciaba desde ahora al asqueroso bufete, a la inicua moralidad
de la jurisprudencia mexicana.

Curiosamente cualquier agente que visitara de
nuevo a la deudora la habría encontrado cosiendo en
la misma máquina, Lorenzo saldaba la deuda y de haber podido sacar a la costurera de su tugurio lo habría
hecho, ya se lo sugeriría a Lucía pero dudaba de que su
amante renunciara alguna vez a la colección de caji-
tas, cucharitas, elefantes, ranas, rosas de Redouté y otros
talismanes a los que atribuía un valor sentimental.

—Es el alegato perfecto. En realidad, los ricos justifican la acumulación de bienes con un sacri-
ficado: "Lo hago por mis hijos."

—Tú tienes padre, Lorenzo.

—Yo soy un hecho aislado. No sé de dónde
vengo ni adónde voy. Solo me basto y obedezco mis
propias leyes, aunque a lo mejor estoy mintiendo,
Lucía de mi alma, porque ahora te sigo a ti.

"Ni modo, así es ella", se repetía al hacer el recuento de sus fallas que desaparecían apenas la veía.
Esa mujer que él embadurnaba y chorreaba era su sed
y su alivio; a través de ella, de su cuerpo tibio, llegaba
al predio exclusivo de su hombría, después vendrían
la perplejidad, la justificación, la búsqueda de explica-
ciones que darse a sí mismo, pero entre tanto no quería impedimentos. Algún día tendría que reflexionar
sobre su relación con Lucía, porque la vida que a él le

importaba no era la sentimental sino la de las ideas, aunque por ahora su enlace lo había tirado de cabeza al mundo de las sensaciones, un torbellino del cual le era imposible salir. Vivía en trance, le había hecho a Lucía la insensata entrega de sí mismo.

En algún momento pensó confiarse al doctor Beristáin, preguntarle doctor, qué hago, me estoy hundiendo, doctor, amo a esta mujer, la amo como un bárbaro. O mejor, en un tono razonado y autorreflexivo más adecuado a la edad y a la experiencia del médico, decirle que él, Lorenzo, comprendía muy bien que estaba enculado, perdóneme la vulgaridad, doctor, y que si creía que había algún remedio, bromuro o como se llame lo que le dan a los soldados, le proporcionara, por favor, una dosis regular y que si él, Beristáin, podía informarle cuánto duran este tipo de fenómenos, digo, la pasión, digo, el enamoramiento, claro que lo de Lucía, lo sabía bien, no iba a durarle toda la vida, eso sí que no, entre tanto si él, Carlos Beristáin, tenía un remedio, le rogaba que se lo diera para bajar la alta fiebre de su concupiscencia y así volver a ser el de antes.

Una noche, Lorenzo le preguntó a Lucía por Felipa, la muchacha a su servicio. Demasiado joven, trabajaba para sostener a una retahíla de hermanos.

—La corrí porque me robó mi broche de dos zafiros y dos diamantes —respondió Lucía.

—No es posible. ¿Ya lo buscaste?

—En todas partes, corazón, debajo de la cama, en la sala, en la cocina y en el cuarto de servicio. Además tengo la prueba de que es culpable.

—¿Cuál?

—Nunca dejó de temblar, lloró a moco tendido, se fue hecha un verdadero asco. Un inocente no se
sacude en esa forma. Ella, que es prieta, se puso hasta
blanca cuando le dije que iba a llamar a la policía...

—Lucía, vamos a buscarlo tú y yo, lo que has
hecho es muy grave.

—*All right, darling*, pero te repito que estoy
segura, chiquito, segura... *I'm positive, okey? Positive*.
Lo que más me duele es que esa joya me la regaló el
duque de Albuquerque en Madrid.

Lorenzo sacudió alfombras, removió roperos
y cómodas. Al tercer cajón, en una esquina, sacó el
broche.

—Mira tu broche robado.

—¡Ay qué bueno, *darling*, tenías que ser tú
quien lo encontrara!

—Debes ir por Felipa.

—¿Qué te pasa, mocoso? ¿Te has vuelto loco?

—Lucía, si no reparas esta injusticia, con todo
y lo que te amo, no vuelvo a verte.

Esa noche no hicieron el amor. Ni el día siguiente ni al tercero, aunque Lorenzo estuvo a punto de romper su promesa y correr a Insurgentes. Al
cuarto día, Lucía vino a dejarle un recadito con su
letra puntiaguda de alumna del Sagrado Corazón en
un sobre perfumado. "He hecho todo lo posible por
localizar a Felipa, se ha vuelto un personaje de Welles, invisible. *Love*. Lucía." Lorenzo no respondió.
El jueves su amante se presentó a jugar bridge, y aunque Lorenzo juró no estar en Lucerna a la hora en
que la tía Tana gritara "Lorencito", bajó a acompañarla temblando. Ella le contó que se había puesto

su vestido más viejo y recorrió setenta y siete muladares sin hallarla. Lorenzo alegó que así como había sabido emplearla, siguiera buscándola. En la puerta, Lucía lo invitó a pasar, ándale *darling*, no seas payaso. Mordiéndose los labios le dijo que no y se fue llorando de rabia. Al otro jueves pasó lo mismo, Lucía le hizo un recuento pormenorizado de sus penosas gestiones en la colonia Guerrero. "Hice el ridículo por ti, corazón, sólo por ti, olvida a la dichosa escuincla. Se la tragó la mugre. Ahora pásale, *love*, ya lo ves, hice todo lo humanamente posible, *really, this is ridiculous*", pero Lorenzo no entró y no entraría más. Hacerlo habría significado traicionar a su madre.

Volvió a ver a los cuates y cuando el recuerdo de Lucía se hizo apremiante, buscó a Cocorito. Una tarde después de la comida, la tía Tana informó que Lucía había salido intempestivamente a España.

—Así lo hace cuando tiene un contratiempo, se va sin avisar.

Una llamada telefónica sacudió la casa de los De Tena: "La señorita Lucía Arámburu y González Palafox, asesinada." Estremecida, Cayetana le ordenó a su sobrino:

—Por favor, ve corriendo a Insurgentes, yo la hacía en España, seguro es una equivocación. ¿Qué haces allí parado como tonto? Regresa apenas sepas algo.

Un mundo de gente le impidió el paso al número 18 de la avenida Insurgentes, comprobando la verdad de la noticia. Aturdido, Lorenzo pudo reconstruir el crimen a través de las frases de unos y otros.

La luz encendida de día y de noche había intrigado al barrendero Arcadio Diazmuñoz, que trepó al balcón y por el vidrio sucio vio tirado a un lado del piano un bulto negro alargado que parecía ondular. En el suelo, una mancha de aceite. Le llegó un hedor a cadáver que ahora, según él, abarcaba toda la cuadra. "¡Inconfundible, yo sé de eso!" Hacía varias semanas que nadie respondía al timbre en la casa de dos pisos y un sótano. Al acercarse, pudo ver que moscas verdosas y panzudas salían por las junturas de la puerta. Corrió en busca de la policía. "Allí adentro está pasando algo raro, se lo digo yo que sé de basura." A la hora, se presentaron el agente del Ministerio Público, Efrén Benítez y el director de Criminalística e Identificación, Alfredo Santos. Fue preciso romper uno de los vidrios de la ventana para entrar. "¡Qué barbaridad, qué cosa tan más horrible, una persona de la mejor sociedad!" "¡Dicen que era soltera!" "¡Llevan mucho tiempo adentro, los familiares también ya pasaron!"

Una mujer se le acercó a Lorenzo: "¿Es usted familiar? Como que les da un parecido a los que entraron."

Lorenzo hizo el esfuerzo de controlarse y con su credencial de *Milenio* subió con los demás a la recámara. Recordó el ajuar "gris horizonte" como decía Lucía, de estilo francés y miró la habitación por primera vez, porque en realidad de Lucía lo único que importaba era su cuerpo. Su casa siempre le pareció igual a la de la tía Tana, a la de Kiki Orvañanos, a la de Tolita Rincón Gallardo, a la de Mimí Creel; los mismos muebles de marquetería poblana, las sillas de pera y manzana, los espejos coloniales, las porcelanas de la Compagnie des Indes, los grabados de Catherwood, casas en serie, cortadas con las tijeras del buen gusto. Eso sí, Lorenzo notó el desorden, la gran confusión de objetos tirados en la alfombra, los vestidos en los roperos abiertos, las chalinas y las bolsas de mano revueltas, los cajones a la vista y las joyas expuestas, un anillo de enorme brillante, no menos de doce quilates de peso, pero falso, una esmeralda envuelta en papel de china, falsa como el brillante; estuches con perlas de papelillo, pulseras cuajadas de piedritas titilantes. Recordó a Lucía: "*C'est du toc, mon cher*, lo que llevo se ve fino pero es pacotilla. Mi buena facha legitima cualquier bastardía. Dignifico la bisutería, *darling*. En el banco guardo lo que me pongo sólo en Madrid. En México, son tan payos que no conocen la diferencia. A nadie es más fácil darle gato por liebre que a la sociedad mexicana."

Según ella, Dios la había dotado de una inteligencia superior que tenía que emplear en restaurar en el trono a su majestad Alfonso XIII y para ello escribió numerosas cartas que ahora esperaban inútiles. Otra carta dirigida a su abogado, era una queja interminable contra el Monte de Piedad: "Soy perfectamente capaz de hacerles un escándalo. Tengo amigos influyentes en la prensa..." Quería a toda costa que le devolvieran un bargueño empeñado hacía un año, cuyas refrendas estaban agotadas. Sobresalía, escrito en tinta verde, un recado de Miguel Maawad Tovalín, agente de una casa de amplificaciones fotográficas: "Sentí mucho no encontrarla. Volveré mañana entre diez y doce." A juicio del perito en Criminalística e Identificación, la fecha era la víspera del crimen.

"Va a ser el escándalo del año", oyó Lorenzo decir a un reportero. Incapaz de hablar, seguía a sus colegas como fantasma. A través de los cristales de la puerta de la sala podía verse, tendido cerca del taburete al pie del piano, el cadáver "en decúbito dorsal", como lo asentó el perito. Todos se detuvieron horrorizados al abrir la puerta y ver la espantosa cantidad de moscas verdes, gordas, con sus alas torpes y ruidosas zumbar encima del cadáver. Si se movía era porque zumbaban también dentro de sus entrañas bajo un fondo de seda negra. Dos colchas dobladas y con las puntas quemadas escondían el rostro. El cadáver tenía los brazos abiertos, una mano cubierta con un guante viejo, rotas las puntas de los dedos, la otra desnuda lucía una "chevalière" con armas de familia. "*Darling*, leo *El Universal* con guantes, es tan sucio el periódico."

Cuando el perito descubrió el rostro, un ¡Oh! de espanto recorrió a la concurrencia. Los gusanos formaban una masa blanquecina y movediza, las larvas negras y rojas caían produciendo un ruido inolvidable. Algo más horrible aún los aguardaba: un rayo de sol hirió las muelas de oro de la mandíbula. El pelo esparcido sobre la alfombra de Bujara era lo único reconocible.

—Lleva por lo menos un mes de muerta —se escuchó la voz del perito.

Lorenzo sintió el impulso de echarle una sábana encima, o ¿no cubrían así a los machucados en la calle? Lucía yacía a la vista de todos.

—Ojalá la haya matado sin hacerla sufrir —Lorenzo sorprendió al perito, que lo miró con extrañeza.

—¿La conocía, verdad? —preguntó al ver su rostro descompuesto.

Lorenzo respondió con un sollozo.

—Joven, mejor vaya y serénese, usted no tiene estómago para ser reportero de "Criminales".

Lorenzo caminó todo el día sin dejar de repetirse: "Yo la maté, yo la maté." Si él no la hubiera abandonado, Lucía estaría viva. Caminó hasta muy entrada la noche, el cadáver frente a sus ojos, cubriéndolo, extendido sobre su vientre. Con ese cuerpo se había acostado; esas medias negras que ahora yacían derribadas en un montón de porquería, las había visto subir lentamente sobre los muslos de Lucía. Paso tras paso, Lorenzo hizo resonar en su cabeza el *ritornello*: "Yo la maté, yo la maté", hasta perder la cabeza. "Era una loquita maravillosa, yo la maté, muchas veces tuve ganas de matarla, la odié tanto que deseé su muerte. No debí juzgarla; si hubiera seguido con ella, seguramente la mato, entonces, por lógica, yo la maté, nunca se fue a España, no salió a ningún lado, se encerró a solas con su dolor y quiso sacarse una fotografía para enviármela, pinche Lucía, no debí condenarla, pobre mujer, inconsciente, absurda, avara, parásito."

Cuando le dolieron los pies y las piernas, Lorenzo se preguntó cuántos kilómetros habría caminado. Enloquecido, llegó a la puerta de la casa de Lucerna tan parecida a la de Lucía y subió a su buhardilla. Lo acometió un sueño pesado y despertó al alba. Salió a primera hora, no quería ver a su familia.

Al tercer día, regresó a la casa iluminada por la atroz noticia y oyó que la tía Tana gritaba:

—Lorenzo, ¿eres tú? Aquí en la sala tenemos los periódicos, ven. La mejor información es la de *El Universal.*

—Ya saben quién la mató —informó el tío Manuel—; andan tras de la pista de un tal Miguel Maawad Tovalín.

—Tenía una vida secreta que ninguno de nosotros sospechó. ¡Quién lo hubiera creído! Tan decente... —murmuró Joaquín.

—Mira quién lo dice. Sucede en las mejores familias —repuso sarcástica Tana. Durante el gobierno de Porfirio Díaz figuró entre las mujeres más bellas de México y en los bailes del Centenario se hizo proverbial su hermosura.

—¿En los bailes del Centenario? —preguntó Lorenzo azorado.

—Sí, era de mi edad. También yo destaqué en los bailes del Centenario y don Porfirio escribió su nombre en mi carnet de baile.

—A pesar de su físico y de su talento, sus cóleras y excentricidades, sus salidas de tono impidieron que se casara. Ningún galán se decidió a ser su marido —insistió don Joaquín.

—Lucía era un buen partido y si hubieras querido, hoy los huérfanos tendrían madre. De tanto esperarte, Lucía fue mirando pasar su juventud hasta llegar a los cincuenta, edad que tenía al morir.

Lorenzo sintió el impulso de taparse los oídos pero no pudo impedir que retazos de conversación siguieran hiriéndolo como saetas.

—Todos morían por ser invitados a su salón Luis XV.

—Circuló el rumor de que Lucía sería secretaria del rey de España porque logró varias audiencias con Alfonso XIII, quien se impresionó con su fervor. ¡De ahí tantos viajes a Madrid!

—Odiaba a los republicanos, decía que eran sus enemigos personales y luchó por hacerlos expulsar de todos los centros sociales.

—Era totalmente desequilibrada —volvió a comentar don Joaquín—. Estaba histérica. Cuando Julio Álvarez del Vayo visitó por primera vez el Casino Español en Puebla, salió a su paso y gritó: "Viva el rey Alfonso." "Sí, señora, en Fontainebleau, el tiempo que guste", respondió el embajador de la República Española. Este episodio fue comentado durante meses en el Jockey.

Lorenzo nunca había escuchado a su padre hablar con tanta volubilidad. Otros incidentes daban fe de la excentricidad de Lucía y el muchacho iba recogiéndolos, dolido. Se trataba de una neurasténica de desplantes intolerables, no tenía criados, los echaba a la calle. Sí, era Lucía. "Sus rentas ascendían a mil doscientos pesos mensuales." ¡Y ella que siempre se quejaba de falta de dinero!

¿Qué tipo de vida llevaba la que había sido su amante? Lorenzo pidió *El Universal* y subió a su buhardilla. El periódico aseguraba que el autor del crimen era un hombre y que ese hombre, por la huella delgada y larga de su pie junto al cadáver, usaba calzado elegante.

En los días que siguieron la pesadilla fue acentuándose. A lo mejor Lucía lo había seducido a él porque no pudo tener a su padre, pero no, Lucía era parte de su ser: su yo íntimo, el verdadero. Podía ser todo lo inútil, snob y tacaña que la pintaran pero habían compartido una vida secreta y él la conoció dulce, a veces risueña, sincera, una Lucía limpia, una niña-vieja, una vieja-niña. "Adiós Lorenzo, gracias y cuídate", le gritó una noche somnolienta, al oírlo bajar la escalera. "Adiós niño, me haces feliz", vino la dádiva inesperada del reconocimiento. Sólo Lorenzo había visto algo patético y desconsolado en ella, que ahora lo abatía. A solas, Lucía lo miró muchas veces como si quisiera fijar sus rasgos para siempre y él pudo leer el amor en sus ojos.

De nuevo Lorenzo caía en la sensación de doble vida iniciada el día en que entró a la casa de Lucerna; todo lo que para él era esencial era secreto, lo demás, la cotidianidad, tenía que tolerarla. Escondía lo que de veras lo apasionaba. Nadie estaba a la altura de su vida interior, hasta Diego desconocía su quintaesencia.

Tirado en su cama oyó que alguien tocaba a la puerta. Era Leticia. Al verlo llorando, se sentó al borde de la cama a sollozar también y cuando recuperó su respiración le dijo con humildad:

—Hermano, hermano, sólo te tengo a ti, hermano. Hermanito, estoy embarazada y ya se me va a notar.

En ese instante, Lorenzo resolvió dejar la buhardilla asignada por la tía Tana, tomar un departamento y hacerse cargo de Leticia.

7

A Lorenzo le pasaron inadvertidas las redondeces de Leticia, pero no su ingenio. Su hermana menor se hizo mujer muy pronto, como los niños pobres sin infancia, que envejecen de tanto vivir a la defensiva. Llenaba la casa con su exuberancia, su salud sin fisuras y la facilidad con la que repartía su afecto. A todos besaba, y cuando se despedía todavía se oía su voz cristalina canturrear al son de los cinco dedos de su mano desde los cuales mandaba besos: "Besitos, besitos." Era un rehilete de besitos y sus cabellos rojizos iban tras de ella como una cauda. "¡Óyeme, qué guapa se ha puesto tu hermanita!", le dijo un día Diego. En ese momento, Lorenzo la miró con nuevos ojos.

Como prueba de su predilección, la tía Tana decidió buscarle a Leticia un preceptor entre los maristas, algún santo varón que la instruyera, le comunicara su piedad y su templanza y pudiera llevar por buen camino a Juan, que quién sabe por dónde andaba. Las familias "bien" suelen confiar en el cielo, de allá caerán las soluciones, y Tana recibió al novicio como al salvador. Raimundo compartía la vida de familia, llevaba la voz de mando a la hora de bendecir la mesa, dar la acción de gracias y congregar a la comunidad de patrones y criados para el rosario.

Además, impulsar por la noche el notable talento de Juan para las matemáticas y otro más insuperable aún para el pensamiento abstracto, lo edificaba. Era casi una comunicación con Dios. Raimundo esperaba la llegada de Juan, siempre en la calle, con emoción. Ese muchacho callado y escurridizo conocía todas las respuestas. "Puede ser un inventor —le dijo a la tía Tana— tiene una capacidad extraordinaria." "¿Inventor de qué? ¿De maldades? Porque se me han desaparecido varias cosas y Juan es el único que siempre tiene dinero." "Doña Tana, se lo aseguro, se trata de un cerebro privilegiado." La tía Tana sorprendió a Leticia al responder. "Pero no más que Lorenzo, de eso estoy segura."

La presencia de Raimundo resultó benéfica en Lucerna porque la familia entera vivía a la merced de los acontecimientos, y como don Joaquín era incapaz de tomar una decisión, Raimundo vino a suplir la figura paterna. Vivían "a lo que Dios mande, lo que Dios diga" y rezaban, vacíos de toda voluntad. Cualquiera con agallas que llegara a Lucerna 177 podía volverse capitán de navío sin proponérselo siquiera. "Lo que diga Raimundo, Raimundo es el que sabe, Raimundo manda."

Raimundo decidió llevar de excursión hasta al más pequeño, Santiago, al que cargaba con facilidad. "Que conozcan el campo, vean el atardecer, escuchen el tañido de las campanas y estudien el barroco en manos indias en las iglesias de pueblo. Vamos a salir de la ciudad a respirar el buen aire de montaña de los grandes volcanes, el Izta y el Popo." La proposición fue del gusto de todos, hasta de Lorenzo, que los habría acompañado si sus sábados y domingos no estuvieran requeridos por los Beristáin.

Preparar la mochila, ¡qué alegría!, sobre todo porque Ray (como ya lo llamaban) advertía a doña Tana:

—Si no volvemos el sábado en la noche, es que pernoctamos en alguna granja.

Regresaban con los brazos llenos de fruta y ramos de flores silvestres, hablando de estípites y de estilo mudéjar, de capillas abiertas y capillas posas, de vírgenes traídas de España y vestidas de seda por beatas de pueblo. Sabían distinguir el cordón de San Francisco en lo alto de las iglesias y cuál orden había construido qué y en qué sitio. Santi coleccionaba mariposas, piedras de río, idolitos encontrados en los sitios arqueológicos. En el autobús entonaban canciones de España guiados por Raimundo, que les había pedido que ya no le dijeran padre, ni hermano, sólo Ray; incluso les enseñó algunas rimas poco ortodoxas, como la de la Virgen de Begonia: "Virgen de Begonia,/ dame otro marido,/ porque el que yo tengo,/ porque el que yo tengo,/ no duerme conmigo."

Nadie se dio cuenta del impacto que el preceptor ejercía en Leticia, salvo quizá su hermano Juan, tan abstracto como la física por la que sentía especial inclinación. Quizá pensó que en eso no hay nada que hacer. A los quince años las mujeres son bonitas por el sólo hecho de ser jóvenes, pero Leticia lo era porque quería serlo y que todos se dieran cuenta. El único que hubiera podido moderar los impulsos de su naturaleza era su hermano mayor y Lorenzo se la pasaba en Bucareli, en Tribunales, en la redacción de *Milenio*, en la biblioteca del doctor Beristáin o quién sabe dónde diablos. Su tiempo era de él, no de sus hermanos. Quería pensar, reflexionar, vivir en el mundo de las ideas, y gracias a la presencia del futuro sacerdote podía dedicarse a sí mismo, tranquilo porque el futuro de sus hermanos estaba en las manos de un encaminador de almas, un hombre de iglesia.

Leticia comenzó por tomar la mano de Ray en los senderos abruptos y guardarla más de la cuenta. Luego, con la inconsciencia y la fogosidad de la juventud que provoca sin proponérselo, se echó en sus brazos hasta que él la abrazó también en el abrazo definitivo, el de un hombre y una mujer que se desean. La tía Tana se dio cuenta de que algo sucedía: Leticia, los ojos demasiado brillantes o llorosos, se encontraba siempre en el camino del instructor. Como la tía Tana había leído en francés a Stendhal y *La cartuja de Parma* le pareció el más descarado de los libertinajes, devolvió al seminarista a su orden y en consejo de familia le advirtió a Lorenzo, azorado, que su hermana era una descocada y que de ahora en adelante él se haría responsable de su futuro. "Me lavo las manos, hice todo por ustedes, huér-fa-nos, pero nada me ha salido como lo había pensado. Tú huyes de la casa, Juan me robó y ahora Leticia pierde la cabeza. No puedo más."

Lorenzo miró a Leticia con verdadero horror. Quería racionalizar su odio por "el pinche curita" —que así llamaba al desaparecido—, pero de hallarlo lo habría matado a golpes. También la debilidad de Leticia le era repugnante. Claro, los hombres son unos aprovechados, nadie había sabido cuidar a la hermana menor, incluyéndolo a él, pero Leticia era un gusano. Le reclamó a Juan que se aparecía de vez en cuando y éste se limitó a reponer secamente:

—Tú que tanto estudias, ¿no has leído nada acerca de la naturaleza humana?

Resulta que Juan sabía mucho más de la vida que Lorenzo, entraba a los tugurios de mala muerte, a la Plaza Garibaldi y a la calle del Órgano; las prostitutas no tenían secretos para él, era su cuate del alma, les hacía favores, ejercía poder sobre ellas y lo buscaban para que les guardara su dinero porque quién sabe por qué artes, Juan se los duplicaba. A Lorenzo se le abrió el mundo. No sólo Leticia era una perdida; Juan, el hermano con tantas disposiciones para el pensamiento abstracto, se dedicaba a algo muy concreto: a los antros de vicio. Casi un padrote, sus amigos malvivientes lo habían jalado a los bajos fondos mientras él, Lorenzo, leía *Los hermanos Karamazov* y *Crimen y castigo* a la sombra del doctor Beristáin.

—Tena, usted no está dando una conferencia, está haciendo demagogia.

—¿Demagogo yo? —se atragantó Lorenzo.

—Sí, señor de Tena, sí, ab-so-lu-ta-men-te. Los conocimientos heredados hace siglos son verdades absolutas. Poner todo en entredicho es una provocación. Baje usted por favor del podio y regrese a su lugar. El respeto a creencias milenarias es algo que todos exigimos en esta institución.

—Los demagogos y los acomodaticios son ustedes —interrumpió Lorenzo en el colmo de la indignación—. ¡Éste es un semillero de puestos públicos, nadie discute nada porque todos aspiran al poder y temen no llegar si se insubordinan! Un puesto en el gobierno es una fuente de enriquecimiento y para conseguirlo es indispensable el servilismo y la corrupción. El poder en México denigra al individuo. No discutir ni investigar es obstruir el progreso de la ciencia. Hay que volver a cuestionarlo todo. Ustedes son unos arribistas, unos acomodaticios, unos políticos de quinta.

—Señor De Tena, le ordené que bajara.

—Si no pensamos con nuestra propia cabeza —vociferó— nunca vamos a progresar. Si nos dejamos no sabremos aplicar nuestras deducciones a la realidad del país. Lo único que quiero es utilizar mi cabeza...

El profesor levantó la mano en el aire.

—Señor De Tena, voy a tener que llamar al director.

Definitivamente, Lorenzo no se acoplaba a la Libre de Derecho. En la Universidad jamás le hubiera pasado algo semejante. Allá había libertad de cátedra, cada maestro podía enseñar lo que quería. Ya había provocado otra disputa al afirmar que el conocimiento y la fe eran distintos. "Si sus compañeros tienen fe, no veo por qué los somete a interrogatorios que no le corresponden. Sembrar la duda parece ser una de sus metas, señor De Tena y aquí estamos para aprender, no para errar el camino. Además, en lo que dice hay un acento de prepotencia que a muchos maestros nos disgusta particularmente... En fin, la vida, estoy seguro, se encargará de bajarle los humos."

Lorenzo asestaba golpes a diestra y siniestra. Vivía la muerte de Lucía en carne propia; la carne descompuesta de su amante lo cubría de inmundicia. También inmundo, el embarazo de Leticia y más sucios aún los comentarios de la gente en torno al crimen de la casa de Insurgentes. La intimidad de esta mujer "de la alta" fascinaba a la llamada aristocracia. *Boccato di cardinale*, dijo el tío Manuel introduciéndose en la bocaza un *petit four* a la hora del bridge, y ese ademán prosaico en un hombre recatado sumió a Lorenzo en la perplejidad. "¡Qué asco!" Si así reaccionaba él, cómo serían los demás. Ahora que ya no estaba viva para defenderse, sus más inocuos ademanes eran desmenuzados y lo que Lorenzo tenía que oír en la calle, en Tribunales, en la redacción de *Milenio*, cargada de malos olores, lo sumía en el estupor. Sentía su cuerpo manchado y el de los demás también. Si alguien acercaba su rostro afeado por el chisme al suyo se echaba para atrás, como si de pronto hubiera descubierto que los hombres sudan, defecan, se vuelven masas informes y sanguinolentas. El pavimento también hedía a orines, el horror de la muerte de Lucía lo acompañaba y se preguntaba, espantándose moscas inexistentes, si no se volvería loco.

A unas cuantas cuadras de la casa de Lucerna, en un edificio en la calle de Marsella que se venía abajo cada vez que alguien jalaba la cadena del excusado, Lorenzo se instaló con su hermana. Tres piezas mezquinas por sus proporciones y sus ventanas al muro de enfrente hicieron que Lorenzo de Tena se sumiera en el abatimiento. Ya no asistía a la Libre de Derecho y aunque lo sacara de quicio tener que acudir al bufete de Rosendo Pérez Vargas, que lo explotaba, el sueldo le era indispensable sobre todo ahora que tenía que pagar renta y mantener a su hermana.

En Mesones 35 compró una Smith Corona con doble tabulador para que los márgenes quedaran alineados verticalmente, y con ayuda de otro pasante, José Sotomayor que dominaba la mecanografía, hacía los escritos de demanda.

—De Tena, cóbreme hoy lo de Fletes El Rápido, que ya me reclamó la compañía de seguros.

—Esas cuentas son incobrables por pequeñas y por viejas —protestó Lorenzo.

—Vaya hoy mismo. ¿Ya tiene escritas las demandas?

—No, no hay nada peor que escribir estas demandas —se desesperó Lorenzo.

José Sotomayor lo sacó del atolladero. "Preséntalas en el Juzgado Segundo de lo Civil porque allí trabajan rápido y no piden gran cosa de propina."

—Desde que entré al despacho, las únicas dos palabras que oigo son propina y mordida —se encolerizó Lorenzo, a quien el bufete ponía de pésimo humor. Entraba en ebullición en las antesalas y rumiaba su rencor durante las largas horas de espera a que firmara el juez.

Acompañado por el actuario, acuerdo en mano, notificó la demanda de Fletes El Rápido en

Moneda 64. No encontró el número pero lo esperaba una sorpresa. En la acera de enfrente salían notas
de piano y violín de las ventanas de la academia de
música del maestro José Montes de Oca en la Casa
de los Siete Príncipes. "¡Cómo no estudié música!
De haber aprendido a tocar el violín estaría allá adentro y no aquí cobrando unas méndigas facturas." Varios camiones aguardaban estacionados. "Ese número
no existe, jovenazo, pero a lo mejor Saúl el de los fletes de la esquina sabe." Los fletes de Saúl eran los
Mercurio y más adelante La Flecha. Nunca habían
oído hablar de El Rápido. Los dueños de los camiones mandan hacer facturas con un nombre mítico,
Fletes Pegaso, Transportes Veloz, Mudanzas La Confiable, Fletes Cóndor, Galgo, Trueno, que desaparecen a la velocidad de la luz. El actuario miraba a
Lorenzo, que apenado lo invitaba a comer las garna-
chas blancas y vaporosas de una quesadillera en la
esquina de Moneda, donde choferes y cargadores se
relamían. Lorenzo bañaba su garnacha en salsa verde, el actuario prefería la roja.

Alicaído, Lorenzo acompañaba al actuario
hasta Donceles y lo despedía en la puerta de Tribunales. "Apenas sepa algo le aviso, disculpe la pérdida
de tiempo." ¡Cuánta inexperiencia la suya y cuánta
corrupción la de los fleteros y qué desesperante esta
vida de amanuense, tinterillo, pasante, cagatintas!
¿Cómo le hacían Diego Beristáin y el resto de la pandilla para aguantarla?

Sin embargo, a Lorenzo lo resarcían Madero
y San Juan de Letrán. Frente al edificio Guardiola,
en la esquina de 5 de Mayo, un gordito de sombrero

de fieltro había montado un telescopio e intercepta-
ba a los transeúntes:

—Hábleles de tú a las estrellas.

Lorenzo ajustaba el telescopio, afocaba con
cuidado y en la lente aparecía la luna, mientras el
merolico seguía pregonando:

—Pasen a ver la luna, pásenle que hay para
todos.

A veces tres o cuatro personas y un perro hacían cola, bueno, el perro ya la tenía hecha. Entonces el astrónomo del asfalto se daba vuelo con sus
conocimientos.

—Vea la luna por cincuenta centavos, visíte-
la, conózcala, hágala suya. ¡A lo mejor, de pasadita,
ve a Dios!

La idea de un dios biológico que interviene
en la vida diaria y dirige la evolución orgánica permeaba la esquina de 5 de Mayo. Lorenzo estaba por
contradecirlo y afirmarle que la biología, la astrofísica y otras ciencias demostraban lo contrario, pero el
merolico se resistiría a esa explicación como los cuates de la pandilla, los compañeros en la Libre de
Derecho, la tía Tana. Cuando el mundo real del espacio, el tiempo y la materia se descubriera, ¿qué les
pasaría a los hombres genéticamente entrenados para
aceptar una verdad al descubrir otra? Él, Lorenzo, le
daba un significado cósmico a casi todo, incluyendo
los eventos más comunes de la vida diaria. A lo mejor el loco era él; muchas veces había pensado que le
gustaría disolverse en algo más grande que él mismo, quizá en el cosmos atisbado por ese deficiente
telescopio. A lo mejor en eso consistía la felicidad.

A la cuarta vez, el astrónomo de banqueta reconoció a Lorenzo:

—A usted, jovenazo, sí que le gusta andar en la luna.

La presencia de Leticia y el volumen de su vientre en nada ayudaban a su estado de ánimo. Leticia lo lastraba, le pesaba cada vez más, lo engordaba a él también. Tropezaban en el corredor, en el baño, perdón, discúlpame, no sabía yo, es que esto no tiene llave, lo siento, Leticia ya no cantaba, su humanidad los confrontaba a cada instante; ya no eran los hermanos alados y transparentes frente al espejo sino dos bultos sudorosos y apenados que se ensanchaban impidiendo la circulación del aire. Escuchaban las pisadas, uno de otro, con aprensión. "Ya viene, ya se va, ya cerró la puerta." Anticipaban con resentimiento las frases que entrecruzarían. Lorenzo permanecía en la calle el mayor tiempo posible, a veces, sentado en una banca en la avenida Álvaro Obregón con tal de no ver a su hermana.

En la cocina, sobre una diminuta mesa de palo traída de La Merced, Leticia le servía de almorzar y a diferencia de la bendita Tila, lo hacía mal. Además le producía náusea. Una mañana, Lorenzo interrumpió su larga retahíla de comentarios acerca del funcionamiento del edificio: "Leticia, cállate, no me dejas pensar", y cuando la escuchó llorar detrás de la puerta de su recámara, sintió tanta rabia que le espetó, inmisericorde, dispuesto a acabar con ella:

—Te diste tu gusto, ¿verdad? Pues ahora no llores.

La hermana menor nunca se daba por ofendida. Una de las leyes de su clase era pasar por encima de los acontecimientos, sin establecer una línea entre el bien y el mal y sin sacar conclusiones. Los mismos errores podían repetirse hasta la hora de la muerte sin aprender la lección. Bastaba con haber sido educados en un estrecho ordenamiento de principios éticos que se adelgazaban al grado de tener que ver sólo con la apariencia. La conversación febril y disparatada de Leticia giraba en torno al tema que más podía afectar a Lorenzo: el del asesinato de Lucía. Ella se las arreglaba para saberlo todo, estar al día con una meticulosidad de contador público titulado. Resulta que Lucía no era lo que todos creían, al contrario, "Lucía, y tú lo debes saber mejor que nadie, tenía una doble vida monstruosa."

—¿Y por qué lo debo saber yo?

—Porque tú la acompañabas todas las veces que venía al bridge con la tía Cayetana —respondía Leticia con mala leche.

Eso es, la leche. La leche que se le estaba formando adentro a Leticia con su maternidad envenenada, los riachuelos que nacen bajo sus senos y los surcan como su sistema venoso conformando una red atroz dispuesta a atrapar a Lorenzo como lo atrapó Lucía. Hacerse cargo de Leticia era responsabilizarse del crimen. En este niño sin padre se reconcentraban la decepción, el abandono al que los habían sometido. En él yacía Santiaguito con su entreguista: "Papá, ¿le tlaigo sus panfufas?", los hurtos de Juan, la rabia de Lorenzo. La única que se salvaba era Emilia en Estados Unidos.

Alguna vez, al pasar por la avenida Insurgentes, Lorenzo vio la luz prendida en la casa de Lucía. Esa misma luz era ahora la de Leticia, un foco amarillo a la calle para ponerla en venta.

Con tal de evitar la verbosidad de su hermana, Lorenzo decía: "Ya me voy", "ya vine". A veces, al regresar a su casa retenía el impulso de contarle: "Me ofrecieron este trabajo...", y quizá hubiera caído en alguna crónica familiar de ésas que tanto nutren la intimidad, pero al verla el deseo se desvanecía. Al principio, al servirle su café, Leticia se sentó con él en la mesita de palo, ahora volvía a su recámara con el pesado andar de su preñez, las piernas separadas. Envuelta en una especie de batón, siempre el mismo, Leticia esperaba su alumbramiento. Una vez libre cambiaría su suerte.

En esa época Lorenzo empezó a mentir. Al ocultar el paradero de su hermana, mentía también sobre todo lo demás. Ni siquiera a Diego le dijo que Leticia iba a dar a luz. A ninguna de las hermanas Beristáin podría pasarle algo semejante, tenían demasiado respeto por sí mismas, no habían sido devaluadas por la muerte de su madre como Leticia. Lorenzo se repetía que ocultar la verdad no era mentir, si se escondían tantas verdades a propósito del universo; si los hombres se debatían en un pantano de juicios morales y estéticos, ¿qué diablos podía importar una mugre mentirita? Además, ¿a quién le debía la verdad?

Seguramente si recurriera al doctor Beristáin, le ayudaría, pero su orgullo se lo impedía. ¿Pedirle algo a alguien? La sola posibilidad lo enfermaba. Leticia hacía lo imposible por mantener pasaderas sus camisas y su pantalón del diario. ¿Escribirle a Emilia a Estados Unidos solicitando ayuda? A su vez ella, recién casada, tendría que pedírsela a su marido y ya tenía la responsabilidad de Santiago, al que mandó traer según prometió.

Lorenzo se dedicaba a destruir dentro de sí todo lo que antes había amado. Magnificaba los errores de sus cuates, festinaba sus rasgos de carácter hasta hacerlos deleznables. ¡Qué fácil! Hiriente, revivía episodios en los que se hundían. "Soy como José Guadalupe Posada, capto a los hombres en su momento más desafortunado." Los movía frente a sus ojos como títeres grotescos, dislocados, y los detenía en el borde para mejor empujarlos al abismo. El lema que antes aplicaban con tanto júbilo: "Perezcan los débiles y los fracasados y ayudémosles a desaparecer y que éste sea nuestro primer principio de amor al prójimo", lo cumplía al pie de la letra. Genéticamente ni quien se salvara.

Diego Beristáin se lanzaba a la abogacía con unos bríos que Lorenzo no compartía. Aunque muy jóvenes, ambos habían escuchado a Alejandro Gómez Arias pedir la autonomía universitaria y en la Libre de Derecho Lorenzo se sintió excluido. "Odio la carrera cada vez más —le comunicó a Diego—, y lo que más ansío es abandonarla." "Estás loco, allí está nuestro futuro. Vamos a ser ricos y felices. Haremos grandes cosas por México. Todos los que valen son abogados." "A mí no me interesa ser como los que valen." "No seas idiota, dirigen al país." "Por eso vamos directo al precipicio." "Lorenzo, por favor..."

La verdad, a Lorenzo era mejor rehuirlo. "Hermano, estás atravesando una mala racha, pero ya pasará. Quizá, sin saberlo, extrañas a la tía Cayetana", le dijo Chava Zúñiga y Lorenzo estuvo a punto de agarrarlo a patadas, pero a su amigo le entró un ataque de risa y por un momento volvieron a ser los de antes, dos muchachos abrazados.

También de Diego Beristáin se había separado desde una noche en que caminaron por la avenida Álvaro Obregón frente a la casa afrancesada de los Castroviejo, por cuyos altos ventanales se veían espejos gigantescos, candiles de cien luces, parquets que se derretían y sillas doradas que no habrían desmerecido en Versalles.

—Hay que casarse con mujeres ricas —exclamó Alberto Pliego Álvarez.

La casa era eso: una mujer marmórea, cubierta de encajes y de espuma. Las hijas de familia acompañadas por una buena dote de barandales y maderas finas eran casaderas. Había que pescarlas. Diego Beristáin y Chava Zúñiga asintieron. Lorenzo se injertó en pantera, y por primera vez en su vida recordó su francés:

—¡*Macrocs*, eso es lo que son, padrotes!

—¿Qué te pasa?

—Putos mantenidos.

—¡Óyeme, Lorenzo!

—Me dan asco.

Era tanto su enojo que los otros se detuvieron, no así Alberto Pliego Álvarez, que se le echó encima, pero antes de que le levantara la mano, Diego tomó a su amigo del brazo. "Vámonos Lorenzo, vámonos", y lo llevó derecho a su automóvil.

—¡Cálmate mi cuate! Con esos desplantes vas a quedarte solo. Sólo fue una *boutade* de Beto.

—Ninguna puntada, todos saben que está cortejando a la niña más rica, a la pesuda de Sandra Orvañanos Lister.

—Lorenzo, o te adaptas o te va a llevar la tiznada. Te lo digo yo que te conozco hace años. Los cuates comentan que te has vuelto insoportable. Llegará el momento en que nadie quiera verte.

—Tampoco yo quiero ver a tipejos de esa ralea.

8

—Papá, tienes que hablar con Lorenzo, te aseguro que hay momentos en que pierde la brújula —Diego preocupó al doctor Beristáin.

—Es que es terriblemente inteligente y muy sensible.

—Todo lo inteligente que quieras, pero algún día va a cometer una locura.

—Eso lo sé. De todos ustedes es el único que puede llegar al suicidio.

—¿Qué?

—Así es, Diego, tu amigo De Tena es capaz de los actos más extremos.

—¿Y si lo sabes, por qué no le ayudas?

—Claro que le ayudo en la medida en que él lo permite; por lo pronto, nada puede resultarle más benéfico que ser nuestro amigo y estar en la casa. Es un muchacho noble, pero hay en él una gran arrogancia y a la larga no sé qué vaya a pasar.

Cuánta razón la de su padre, ninguno tenía su capacidad de concentración, se abstraía en la lectura y no había poder humano que lo convenciera de algo que no quería hacer. ¡Cuántas parrandas se echaron sin él! Y sin embargo, sin él no eran lo mismo. Su originalidad, su atrevimiento las volvía imprevisibles, más divertidas.

Alguna vez Lorenzo le había dicho que el sexo podía ser una pesada carga masculina. ¿Carga?, rió Diego, ¿carga? Es un placer, hombre, el mejor que tenemos. "No me refiero sólo a venirse, tonto, me refiero a algo mucho más profundo." "¿A qué Lencho, a ver a qué? Dilo pronto porque no estoy en ánimo de filosofar." "A la mujer en sí, a la mujer. A ella debemos protegerla."

Ahora recordaba el asco de su amigo cuando habían ido por primera vez de putas y cómo lloró. "Deploro mucho lo que acaba de suceder." "Ya verás cuando agarres práctica, te vas a encular." A Diego se le enturbiaba la mirada y Lorenzo desviaba la suya.

Alguna vez, cuando Lorenzo enjuició severamente a sus compañeros de clase en la Libre de Derecho, el doctor Beristáin le dijo:

—No hay mayor tragedia en la vida, Lorenzo, que convertirse en paladín del bien y creérselo.

La gran orfandad del muchacho lo conmovía tanto como su ateísmo que declaraba una y otra vez. Entre más alegaba que ningún dios le hacía falta, que desde que no creía era un hombre libre, entre más citaba a Nietzsche, más le daban ganas de abrazarlo y decirle que le hacía falta todo y que él, antes que nadie, estaba dispuesto a dárselo. Sin embargo no era fácil.

—Aún no adquiero ningún hábito mental, doctor, a nada me aferro. En cambio usted es un pensador, tiene métodos de trabajo y una formación que no he alcanzado. Siempre me sorprenden sus deducciones.

—Lo que sucede es que yo he llegado a la tregua y es algo que usted, amigo De Tena, ni por equivocación conoce... Ya la apreciará y se acordará de mí, no tengo duda.

—Rompí con la iglesia y eso me atormenta.

—Mire, usted lo sabe bien, yo soy juarista; sin embargo, para su familia el camino que usted ha escogido debe ser muy preocupante.

—Yo no tengo familia, doctor, tengo hermanos menores, una hermana mayor en los Estados Unidos, eso es todo. Si debo responder ante alguien es ante usted, que me ha tratado como hijo.

—De todos modos, Lorenzo, le ha de haber costado separarse de ellos.

—¿Por qué no ha de costarle la libertad al que quiere liberarse?

—¿Está usted seguro de que se ha liberado?

—Eso sí, doctor —sonrió una juvenil y preciosa sonrisa—, estoy seguro de eso.

Lorenzo había aplastado al amante de Leticia como una cucaracha. Pasó varios días demostrándole cien-tí-fi-ca-men-te que Raimundo no era digno de un segundo pensamiento. "Mira, el amor ejerce un control tremendo sobre la vida. Te aprisiona, te introduce en un túnel del que es imposible salir..." La abrazó: "Todos tenemos en la vida al menos una oportunidad, el chiste es no dejarla pasar. Puedes forjarte un futuro a partir de tu traspiés y yo te voy a ayudar, te juro que saldremos de ésta juntos. Una vez nacido tu hijo, volverás a la normalidad."

Lo que le dijo se lo decía a sí mismo y sin embargo no podía olvidar que la noche en que Lucía lo humilló deseó con fervor su muerte. El periódico hablaba de un amante despechado. Quizá Lucía lo afrentó. Era experta en degradar.

Así Lorenzo entró en el mundo de la sospecha. Hizo de "Desconfía y acertarás" su lema. La vida, las acciones de los demás lo sacaban de quicio, pero más lo torturaba que irrumpieran en sus ideas, no lo dejaran a solas e impidieran la línea de pensamiento por la que avanzaba como hacia una meta. Espacio, tiempo, ¿podían medirse con una cinta metro como se mide la distancia? En la noche planeaba el trabajo del día siguiente: "Mañana voy a ir a la Universidad, luego paso a la biblioteca a consultar a..." y dormía contento con la perspectiva del hallazgo. La vida, cruel, decidía otra cosa. Leticia era la montaña que se atraviesa a mitad del camino y ni modo de hacerle un túnel. ¡Otro! Lorenzo hubiera podido asesinar al amante. "Lo único que pido es que me dejen trabajar", exigía, a lo que Leticia respondía:

—¿Trabajar en qué si no haces más que leer y cuando no, te estás allí, la mirada fija, metido en ti mismo?

—Pienso, Leticia, pienso.

—No aguanto tus grandes silencios, Lencho. Es como si yo no existiera.

—Tienes razón, existes sólo en función de los problemas que me creas.

—¿Y cuando te cases? ¿Y cuando tengas hijos, qué? ¡Lo único que te importa es que una mujer te deje tra-ba-jar!

—Sí, es lo que más le agradecería a cualquiera.

—¿Y los hijos, qué?

—Nunca voy a tener hijos.

Leticia tampoco parecía darse cuenta de su esfuerzo para traer dinero a ese diminuto departamento por el que sentía náusea. Acumulaba empleos, corría de un sitio a otro con su portafolio colgando del brazo. El ritmo de los jueces, las secretarias, la burocracia lo encolerizaba y se repetía: "Tranquilo, tranquilo, no vayas a levantar la voz", pero enrojecía y sus acerbas críticas caían como asteroides en los escritorios. "¿A dónde va a dar nuestro pobre país con gente como ustedes?" Con razón un maestro puso alguna vez en su boleta: "carácter colérico". La grosera, la imbécil vida diaria interrumpía el flujo de su pensamiento y lo mantenía en un estado de perpetua irritación.

Cuando Leticia tuvo a su hija, Lorenzo se volvió aún más violento. "No la amamantes aquí, ten un poco de pudor." Los enormes pechos de Leticia lo inquietaban. A los veinte días preguntó si la niña iba a empezar a comer con cuchara. Era mucho mejor el alumbramiento del becerro que Florencia alzó sobre sus cuatro patas, que este proceso lento en el que tenía que participar a fuerzas. El olor del departamento cambió para mal. Leticia, su niña en brazos, iba dejando por donde quiera su estela de pañales.

Seis meses más tarde Leticia lo recibió:

—Lorenzo, me voy.

—¿Cómo que te vas? ¿A dónde?

—Con el papá de mi hijo.

—¿Quéeeee?

—Sí, me voy, con el padre de mi hijo.

—¿Con ese miserable? —Lorenzo osciló entre la incredulidad y el odio—. ¿Además por qué lo llamas hijo? Creo haber entendido que tuviste una niña y le pusiste Leticia como tú.

—Ahora estoy segura de que éste es hombre —señaló su vientre.

Leticia se iba, pero con otro. Lorenzo no lo podía creer. ¿Quién es? ¿Dónde lo conociste? ¿A qué horas? ¿Cómo, cuándo y dónde? Perra. Claro que te me vas. Bestia apocalíptica. No te aguanto aquí ni un minuto más. Imbécil además de perra. No eres digna del recuerdo de mi madre, no eres nada, sólo una hembra en celo, como lo son todas las mujeres, perras, perras.

Leticia ya no lo escuchaba, todo lo tenía preparado. El interfecto la esperaba en la esquina.

—¿En la esquina, pendeja?

—Así es la vida, Lorenzo, las mujeres se van con el de la esquina.

¡Qué despreciable la condición femenina!

Aunque anheló lo contrario, la ausencia de Leticia no le trajo la calma esperada. Le costaba trabajo concentrarse en la lectura.

A la una de la mañana, Lorenzo leía el *Fausto* de Goethe cuando el timbre de la puerta sonó apremiante. Desde la partida de Leticia, Lorenzo le había dado la dirección de su departamento a Diego. El timbre volvió a sonar y Lorenzo corrió escaleras abajo, nadie tocaba así a esa hora de la noche:

—Lorenzo, vámonos a Lucerna, una mala noticia...

En el camino, dentro del Ford, Diego le dio la noticia: "Tu padre está gravísimo. Quién sabe si lo alcances. Tu tía Tana llamó a la casa para que te localizara."

—¿Qué le pasó a mi padre?

—Van a decir que es un paro cardiaco...

—Pero, ¿de qué murió mi papá?

—De una pedrada.

Lorenzo sintió que su cara ardía.

—¿Quéeee?

—Sí, como te lo digo, de una pedrada.

—¿Dónde? ¿Cómo? No estamos en el monte, ¿quién va a morir de una pedrada? —Lorenzo puso su mano sobre el brazo del conductor.

—Iba caminando en la calle y al dar la vuelta en una esquina alguien le aventó una piedra, con tan mala suerte que le dio en la nuca. No sufrió, murió instantáneamente. Claro que hubo mucha sangre, lo demás te lo ahorro.

—Esto es de locos, de locos. ¿Agarraron al culpable?

—Claro que no y nunca lo van a agarrar. Unos jóvenes que sabían dónde vive tu papá recogieron el cuerpo y lo llevaron a su casa.

¿Qué era esa muerte? ¿La de la edad de piedra? ¿La de la mujer adúltera del evangelio atacada por la multitud condenatoria? ¿Una muerte así en el siglo XX y en plena ciudad? ¿Una pedrada en la cabeza? A Lorenzo lo indignó esa humillación infligida a su padre. ¿Apedreado como un perro? Que un hombre tan delicado tuviera esa muerte, a Lorenzo lo hería en lo más íntimo; su corazón-esponja latía mojándole las sienes. "No entiendo, no entiendo nada. ¿Una piedra?", repetía.

En la ciudad vacía Diego pisó el acelerador y llegaron en un santiamén. En torno a la cama de don Joaquín rezaban doña Tana, Tila y dos mujeres más vestidas de negro. El parpadeo de la luz de las veladoras contra los muros hacía que el dormitorio pareciera una capilla.

—Ya no lo alcanzaste, tuvo un paro cardiaco —dijo Tana, descompuesta.

El rostro de su padre, la cabeza sobre la almohada, los párpados ya cerrados por las piadosas manos de Tila, tenía una nobleza que golpeó a Lorenzo. ¿Cómo era posible que jamás se la hubiera notado? Su perfil destacaba muy puro, su frente amplia, sus labios finos dibujaban una leve sonrisa en su rostro blanco dándole una espiritualidad insospechada.

"Pero si nunca hizo nada en su vida", pensó Lorenzo, "¿cómo es posible que tenga esa nobleza?" La tenía. Las gruesas manos de Tila arreglaron la sábana y alisaron los cabellos de don Joaquín para atrás con una confianza que hizo que Lorenzo la mirara fijamente. ¿Así que Tila quería a ese fifí, ese señorito entregado al ocio y a la irresponsabilidad? Jamás pensó que entre su padre y Tila existiera un lazo afectivo. Era tan indiferente que creyó que para él, la criada no existía. Tila murmuró en voz baja:

—Habría que mandar traer al niño Santiago, quería mucho a su papacito.

Juan, impávido, se mantenía en la penumbra.

De un rincón de la pieza salió un sollozo. Era la tía Tana. A Lorenzo le asombró su llanto. De pronto dos revelaciones lo apabullaban, el de la nobleza en el rostro de su padre y el de Tana capaz de conmoverse. Tila, que seguía arreglando la cama, dijo, adivinando su pensamiento:

—Quería a su hermano como a un hijo, siempre lo protegió. No puede aceptar que se haya ido antes que ella... Es duro para ella, niño Lorenzo, es lo peor.

Verla así, vencida, le dio miedo. Se acercó y puso la mano sobre su hombro:

—Siempre has sido fuerte, tía, no nos falles ahora.

La tía Tana, la nuca doblada, los cabellos blancos, el rostro empapado por las lágrimas sólo hizo una señal afirmativa con los hombros, ¿o los había levantado en señal de "ya qué me importa todo"?

Tila de nuevo se acercó:

—¿No va a venir Leticia? Están a punto de entrar los de la agencia funeraria y a partir de ese momento todo va a ir muy aprisa... Van a tener que salirse, voy a vestirlo...

Lorenzo iba de sorpresa en sorpresa, la dueña de su padre era Tila con su cara redonda extrañamente lisa y joven para su edad ("Es que la piel morena aguanta más que la blanca", le dijo una vez Leticia cuando se lo comentó). La de las decisiones también. Tila, que no se había casado, ahora embalsamaría a su padre, lo lavaría y lo vestiría con su mejor traje, haría el nudo de su corbata. Recordó cómo don Joaquín, poniéndose tras de él frente al espejo, anudó la suya, hacía años, cuando vistió su primer smoking.

Cuando subieron cuatro urracas negras por la escalera, Tila se encerró con ellos. La tía Tana se fue a poner de negro y a la hora, ella, Lorenzo y Juan subieron al Ford de Diego Beristáin. A Lorenzo le asombró su compostura durante el funeral. Ni una sola muestra de abatimiento, tiesa, sonrió altiva bajo su mantilla de encaje sostenida alta por una peineta que le daba un porte de reina derrotada. "Parece un Velázquez", dijo Diego. "Más bien un Goya", corrigió Lorenzo.

Desfilaron los mismos de siempre y de pronto, en el cementerio a la vista de todos, con un vestido demasiado corto apareció Leticia, despeinada y ultrajante. Respiraba salud y su ángel los cubría a todos. Su pelo rojo rizado y alborotado le hacía un halo y toda su figura tenía efluvios de alcoba. Nadie atendió al pobre de Joaquín y Lorenzo oyó a la marquesa del Ciruelillo decir en voz alta: "Mira nada más, parece actriz de cine italiano." El conde de Olmos afocó sus prismáticos como en la ópera y le comunicó a Mimí Roura Reyes: "Tiene cabeza de ángel." Las piernas sin medias de Leticia, doradas por el sol, paradas sobre la tierra negra, al lado de los cuatro empleados que iban echando las paletadas en la fosa, eran dos imanes: nadie podía desprender la vista de esas torres de cedro, lo mismo sus brazos desnudos que emergían de la blusa corriente. Las profundidades lodosas estaban a ras de tierra y no allá abajo en el fondo de la fosa en la que trasminaba el agua. También los sepultureros, al recoger la tierra, levantaban los ojos hacia la mujer que resplandecía al sol, la piel acabada de bañar era tan lozana que daban ganas de hincarle los dientes. Era pura, radiante energía, con razón las partículas se aglomeraban en torno a ella. Ninguna ánima en pena en este sepelio, Lorenzo vio con enojo cómo todos se formaban para abrazar a Leticia y darle el pésame antes que a Cayetana. Absolutamente todos movían la cola y querían restregar su vientre contra el de Leticia. *Gloria in Excelsis Dei, Letitia.* Hombres, mujeres y niños deseaban apretarse a esta criatura de delicias, los mayores de edad se autonombraban sus tíos, cubrían su rostro de besos diciéndole: "No llores m'hijita linda, no llores, aquí estoy yo" y enjugaban sus lágrimas con sus labios (porque Leticia, sentimental y ruidosa, lagrimeaba copiosamente), de tal modo que a fin de cuentas la hermana menor de la familia De Tena, la hija de don Joaquín, le robó sus honras fúnebres; los jóvenes que nunca pensaron rezar inquirían presurosos: "¿Dónde van a ser los rosarios? ¿Cuándo la misa?", y se lo preguntaban precisamente a Leticia que no sabía ni jota de futuras ceremonias.

Al despedirse, doña Tana le dijo a su sobrina:

—A los rosarios, espero que asistas con otra falda y una blusa de manga larga...

—Sí, tía —la abrazó—; es que agarré lo primero que vi. Ni tiempo de ponerme medias...

—Sí, ya lo vimos todos. Pasas primero a la casa para revisarte.

—Claro, tía.

—Te prestaré una mantilla adecuada...

—Gracias, tía.

Ahora resultaba que el miembro más conspicuo de los orgullosos De Tena era la descastada, la caída, la que hacía su regalada gana. Lorenzo, incrédulo, veía a la tía Tana acinturar a Leticia a pesar de sus larguísimas ausencias. ¿Sospecharía algo Cayetana de Tena? Seguramente sí porque no preguntaba: "¿Cuándo se casa Leticia?" Jamás podría admitir que una De Tena había caído en desgracia. Por lo tanto, lo más inteligente era no darse por enterada. Sin embargo, la presencia de su sobrina hacía que su rostro se iluminara y la tía Tana tendía sus mejillas polveadas para que los labios hinchados y frutales de la muchacha se posaran en ellas y le devolvía sus besos a la velocidad del sonido. Lorenzo no tuvo más remedio que llegar a la conclusión de que la naturaleza vence cualquier prejuicio.

—¿Estás bien, Leticia? —le preguntó Lorenzo con severidad.

—Sí, hermano, sí.

—Pero, ¿comes bien, tus hijos comen bien?

—Sí, comemos bien. Si vienes a la casa voy a darte albóndigas de caca con salsa de pipí, puré de cerilla y gelatina de mocos.

La misma Leticia de siempre. Ni en esta circunstancia podía cambiar. Lorenzo le dio la espalda.

Diego Beristáin corroboró la impresión general:

—¡Dios mío, cuánto *sex-appeal* tiene tu hermana! Créeme, la pasé muy bien, tanto que ahorita mismo me voy a casa de La Bandida. ¿Tú qué piensas hacer, Lorenzo?

Para su azoro, el joven De Tena respondió:

—Voy contigo. Combatir la muerte con la vida es una regla de salud mental. Tengo unas inmensas ganas de coger.

—¡Nunca habías usado esa palabra! ¡Vámonos! Pero qué manguito es tu hermana, con tu perdón, qué buena está, de a tiro buena, pocas veces he visto tanto ángel, y créeme, de mujeres yo sí sé...

—¡Ah, y yo no!

—Tú no, tú vives en otro mundo, Lorenzo.

9

Cada dos o tres meses, Lorenzo visitaba a la tía Cayetana. También Leticia la acompañaba algunas tardes, claro, sin sus hijos, Juan se había esfumado. Santiago, el benjamín, era ahora economista. "Su futuro está en Wall Street", le dijeron los *brokers* a Emilia, quien les hacía llegar fotografías de un muchacho alto y delgado, al que le sentaba el oficio de banquero. "Welcome, welcome Mister Buckley", lo saludaría Lorenzo cuando regresara a México.

Lorenzo se forzaba a ir a Lucerna, pero traspuesto el umbral, la casa lo reconocía y los muros se amoldaban a su cuerpo como un viejo abrigo. Entrar a la cocina, abrazar a Tila, "Niño Lenchito, ¿te sirvo algo antes de que te vayas?", subir a la recámara y ver a Cayetana sentada al solecito era un reflejo condicionado.

—Tía, ¡qué callada!

—Desde que ustedes se fueron no hay movimiento, recibo poco, por lo tanto no me invitan.

—¿Tus grandes comidas?

—Ya no Lorenzo, ya no, sin tu padre y sin Manuel, no tengo ánimos. También yo morí con ellos.

—Tía, no digas eso. ¿Tu bridge?

—Eso sí, para que veas me distrae, pero es una vez a la semana con los amigos, igual de solos que yo.

Al salir, Lorenzo se prometía visitarla con más frecuencia pero el ajetreo cotidiano lo impedía y además le tenía rencor porque lo había refundido en la Libre de Derecho. Sólo una vez lo miró a los ojos cuando Lorenzo le anunció:

—Tía, no quiero ser abogado, no aguanto la corrupción, las trácalas, las tareas que nos encomiendan son una degradación, tampoco tengo estómago para los desahucios.

Al abandonar la abogacía, Lorenzo no tuvo con quién compartir sus temores. Las calles, asfixiadas bajo la manta gris de su depresión, ya no lo distraían y cayó hasta el fondo del pozo. Caminaba ensimismado. Qué fácil es perderse en una ciudad que un día antes era como su casa.

Una mañana, a punto de toparse con Chava Zúñiga en Bucareli, buscó refugio en la primera miscelánea. No quería que nadie lo viera desde que Beristáin lo recibió con un: "¡Qué barbaridad, hermano, que mal te ves, estás en los huesos, ¿qué pasa contigo?" Anticipaba las exclamaciones de Zúñiga y su afición a la hipérbole: "¿Ya dejaste el despacho? Hermano ¿dónde está tu *savoir-faire*? Te has vuelto siniestro, si no te adaptas no vas a llegar a ninguna parte."

El camino de la pandilla era ascendente. Zúñiga pasaba cada vez más tiempo con políticos que lo confirmaban en su creencia de que estar fuera del presupuesto es un error. Víctor Ortiz consiguió trabajo en la ONU, "Mi sueldo es en dólares, hermano"; también La Pipa había entrado al servicio diplomático. Desde luego, la carrera más brillante era la de Diego Beristáin, el mejor dotado.

"¿Cómo está Lorenzo? ¡Fatal, fatal, no sabes a qué grado! Es la peor de sus crisis. Todos le huyen." Leticia hizo el favor de repetirle a su hermano entre risas el comentario de la pandilla para luego aclarar: "Se dice el pecado pero no el pecador." "Ahora resulta que tú eres cómplice de mis amigos, pues quédate con ellos, Leticia." "¿Lo ves?, me prefieren. Antes les hacías falta en *Milenio*, ahora les pareces nefasto. La última vez que te vieron, de lo único que hablaste fue de los siete millones de perros que había que matar porque setecientos mexicanos habían muerto de rabia. Hasta diste cifras —200 mil perros producen 250 gramos de caca cada uno—. Como jamás saliste del fecalismo sobre el que tienes tantas precisiones pensaron que tenías rabia", rió Leticia.

Lorenzo gruñó para correrla. Leticia podía tomar su vida y pasársela a otro como una piedra. En su caso, nadie se haría cargo, no tenía los encantos de su hermana. Ni los de Emilia, la mayor. Las mujeres sí pueden adherirse al cuerpo masculino, pertenecer a, vivir la vida de otro. Él tenía que encontrar la suya y mientras los demás arrancaban briosos, se retraía, incrédulo, desesperado.

Leticia, en cambio, llegaba feliz como un río caudaloso, la sonrisa en los labios, hasta podía oírsele crecer el pelo, todo se movía en esa mujer, todo. Cada maternidad la abrillantaba. Con un niño en brazos y otro de la mano, caminaba sobre sus tacones con gracia de quinceañera. "Con razón se les antoja", pensó Lorenzo. Se dejaba a sí misma en todas partes como un regalo. Atendía a sus hijos entre risas y bromas, nunca mencionaba al galán en turno, "para no disgustarte, tú que eres tan enojón" y al despedirse de Lorenzo seguía enviando besitos desde la puerta. "Eres una inconsciente." "Para eso estás tú, para ser la conciencia de México", respondía ella con un mohín. "¿A dónde vas a ir a dar, Leticia?" "¿Y tú? Con tus cavilaciones, estás más cerca del infierno que yo."

"A lo mejor es ella quien tiene razón", pensaba Lorenzo espantado. Era una irresponsable y, sin embargo, ¡qué mujer más segura y más desprejuiciada! Como relámpago lo cimbró el recuerdo de Florencia. "¿Dónde vives, Leticia? No, no me digas, no quiero saberlo." "Vivo en una casa con jardín y los niños y yo nos tiramos en el pasto a buscar tréboles de cuatro hojas." "Además, tengo una magnolia de las que tanto te gustan y florea cada año." "Pues vaya, le haces honor a tu nombre con esa sonrisa." "Sí, ¿verdad? La única vez que he sido verdaderamente infeliz ha sido contigo." "¿Por qué, Leticia?" "Porque compartir tu vida es dejar de ser uno mismo. Pobre de la que se case contigo." "Nunca me voy a casar. No estoy hecho para tener familia." "Ya verás, Lorenzo, que la vida decide otra cosa. Pobre de tu mujer, nunca podrá bailar desnuda." "¿Y qué mujer quiere bailar desnuda?" "Yo, Lorenzo, y muchas como yo." Era diferente, un fenómeno de la naturaleza imposible de clasificar.

A quien habría querido ver era a Juan, del que no sabía gran cosa, suponía que le iba bien y además, en su particular estado de ánimo, intuía que era el único que lo comprendería. "Nuestro hermano puso un taller de fundición en la colonia Tablas de San Agustín, camino a Pachuca. Pronto vendrá a darnos un sablazo", le dijo Leticia irónica. "Me gustaría conversar con él." "Me sorprendes, siempre dices que es un bueno para nada." "Ya ves, Leticia, yo también puedo sorprender." "Lo dudo, tienes todo menos imaginación."

Cuando en una revista hojeada al azar en la peluquería vio el rostro sonriente de Beristáin al lado de una sofisticada joven en el baile "Blanco y Negro" del Jockey Club, Lorenzo se sintió traicionado. Cada vez detestaba más a los trescientos y algunos más fotografiados en la sección de Sociales de *El Universal* y de *Excélsior*. A raíz de una discusión, Diego le había espetado: "Hermano, estás frente a un anti-comunista. Vasconcelos tenía mucha razón al decir que Rusia está deshonrada por una dictadura de espionaje y brutalidad sin precedente", y Lorenzo abandonó la mesa profundamente defraudado. "Te estás volviendo tan jacobino como Narciso Bassols, que acaba de rechazar ser ministro de la Suprema Corte de Justicia y le dijo a Ávila Camacho que no sólo no estaba de acuerdo con su gobierno sino que iba a combatirlo."

Era lo que quería Lorenzo, combatir. Y hacerlo al lado de hombres como Bassols, incapaces de ir tras un puesto político.

—¿Así es que a ti te jala "el campeón de las renuncias"? —rió Beristáin.

—¿Así le dicen a Bassols?

—Sí. Hasta el cargo de secretario de Educación Pública rechazó en 1934, y eso que lo había sido de Ortiz Rubio y Abelardo Rodríguez. También le dijo que no a la Secretaría de Gobernación por estar en contra de las casas de juego. Mira, admiro su valor civil pero Bassols vive fuera de la realidad.

—¿Porque no le hace el juego a la bola de ratas en el gobierno? ¿Porque quiere modernizar la educación en México? ¿Porque se ha manifestado en contra del dispendio? ¿Porque se opone al boato de la clase privilegiada? ¿Porque no quiere que México imite a París y se hunda en el afrancesamiento que nos imbeciliza? ¡No me digas que vas a convertirte en el abogado de la derecha y a utilizar sus mismos argumentos!

—No sigas, hermano, no sigas, tu veneno va a llegar hasta la calle de Bucareli.

Sin saberlo, al hablarle de Bassols, Diego le había abierto una puerta y apenas vio anunciada la fundación de la "Liga de Acción Política" encabezada por él, se presentó a la primera junta. Víctor Manuel Villaseñor y Manuel Mesa Andraca, Ricardo J. Zevada y Emigdio Martínez Adame rechazaban *a priori* cualquier acercamiento al poder, que por serlo era corrupto.

—¿Conoces la Universidad Obrera, Diego?

—Para serte sincero me repele Lombardo Toledano por más grande que sea su elocuencia. Finge estar con las masas, vivir como las masas, cuando en realidad lo que quiere es imponerse sobre ellas, pero en fin, vamos a tu universidad.

La clase fue mala, el maestro titubeante hablaba frente a un obrero dormido bajo su gorra ferrocarrilera y en el fondo de la sala resonaban unas agujas de tejer. "El proyecto es bueno pero el *hic* está en cómo llevarlo a la práctica" —dijo Diego sinceramente apenado. "Con gusto vendría a dar clase pero creo que soy más útil en la Universidad."

El grito de un obrero en la asamblea de la Liga de Acción Política "¿Cómo voy a ser libre si no 'conozco'?", conmovió a Lorenzo hasta los huesos. A su lado, un muchacho más o menos de su edad, José Revueltas, se puso de pie de inmediato.

—Tiene toda la razón el compañero. El analfabetismo que nos aqueja es monstruoso. ¡Ni libros tenemos!

Al día siguiente Lorenzo, febril, regaló los suyos, algunos como sudarios de tan leídos. Dostoievski, Tolstoi, Romain Rolland. Pepe, que así le decían al flaquito, los hojeó amorosamente. "¿Así es de que usted es de los nuestros, compañero? Aspiro a llegar a escribir una novela como éstas. Empecé una, *El quebranto*, que se me ha hecho perdediza, a lo mejor me la volaron, ahora estoy en otra, *Los muros de agua*. Chejov y Gorki son más grandes que Tolstoi, cuya figura me disgusta porque está lleno de la más estúpida de las pasiones; la piedad, ese amor hacia abajo, sin truenos, sin rayos, sin exaltaciones de tormenta."

Ni José ni Lorenzo habían participado en el movimiento vasconcelista: eran demasiado jóvenes, aunque Lorenzo presenció las desbordantes movilizaciones ciudadanas a favor de Vasconcelos y se indignó con el fraude electoral. Vasconcelos llamó a un levantamiento armado para luego hacerse ojo de hormiga, exiliarse y dejar colgados a sus seguidores.

"Yo no fui vasconcelista porque como filósofo Vasconcelos es un buen novelista", sonreía Revueltas. "Todavía puede darnos una sorpresa", protestaba Lorenzo. "Ya no, ya no, es un anciano de cuarenta y nueve años".

Pepe fumaba sin cesar, lo mismo Lorenzo. Entre fumada y fumada hablaban del proletariado, un clavo ardiente entre sus ojos enrojecidos por el humo. "Soy un inconforme, un aguafiestas, un acérrimo enemigo del gobierno, compañero Tena." A Lorenzo lo conmovió la repetición de una frase de Goethe que más tarde habría de hacer suya. "Gris es toda teoría, verde es el árbol de oro de la vida." "¿Conoce el *Fausto* de Goethe? ¿*La Montaña Mágica* de Thomas Mann? Es una novela prodigiosa. Léala, van a apasionarle las disquisiciones filosóficas de Settembrini." Revueltas la había leído en su idioma original. "Es que yo estudié hasta el cuarto año en el Colegio Alemán."

De más en más intrigado, Lorenzo esperaba con impaciencia a Pepe en la sede de la Liga. "¡Revueltas!", lo saludaba al verlo entrar, "¡Revueltas!" y éste le sonreía. "¡Cómo me gusta, compañero, que me recibas usando mi sonoro apellido y no ése Pepe que todos emplean!"

"Siento mucho más afinidad con Revueltas que con la pandilla", concluyó Lorenzo. Cuando supo que en 1932, a los diecisiete años, después de un largo encarcelamiento en las Islas Marías, lo liberaron por ser menor de edad y tres años más tarde salió de nuevo en una cuerda a las Marías, donde pescó un paludismo que todavía le duraba, su admiración no tuvo límites. Los cañones de las pistolas en contra de su costillar, Revueltas conservaba en la cabeza cicatrices y chipotes de cachazos cuando lo detuvieron a patadas, rompiéndole dos costillas con la punta de los zapatos. Sabía lo que era una huelga de hambre, había dormido sobre la plancha de concreto de un calabozo, podía arengar a una multitud y disparar un arma. Su hermano, Fermín, cargaba pistola. La política es cosa de hombres. Para los Revueltas la protesta, los motines, la persecución, eran pan de cada día. ¿Dónde estaba él, Lorenzo de Tena, cuando Revueltas, recluido en el Tribunal de Menores, estudiaba marxismo? De Tena no sabía siquiera lo que era el VII Congreso de la Internacional Comunista y Revueltas, designado miembro de la delegación mexicana con Hernán Laborde y "El Ratón", Miguel Ángel Velasco había viajado a Moscú y estrechado la mano del mismito Stalin. "¡Qué gente los rusos, hermano, qué gente! La única tragedia es que allá recibí la noticia de la muerte de mi hermano Fermín."

Por "El Pajarito" Revueltas, De Tena empezó a darse cuenta de lo que significa vivir en la clandestinidad. Jamás había experimentado ese sentimiento de peligro. "Si tú estás en contra del gobierno te van a perseguir, tú sabes si le sigues o aquí le paras."

Su ropa ya no lo distinguía de los demás. Tampoco su hambre. El Pajarito y él iban y venían sudorosos, conscientes de la fatiga del mecapalero encorvado. Revueltas los llamaba "compañeros". "Cédale usted el paso a la compañera, Tena", y pasaba la mujer de grueso torso con su canastón de sábanas apiladas. ¡Cuánta gente! La multitud lo aturdía y lo repelía, "hay que perderse en ella, compañero". La ciudad, qué afán de sobrevivencia aunque en las esquinas, recargados en los postes, los vagos esperaban durante horas rascándose las verijas. "Huevones" los llamaba Lorenzo; "desempleados", José Revueltas.

—El alcoholismo, la mugre, la irresponsabilidad, ¿cómo combatirlos?

—No estoy seguro de que el alcohol sea tan dañino, compañero Tena, me ha dado mis más grandes iluminaciones, me lanza al espacio sideral.

—¿Y usted qué sabe del espacio?

Por el espacio se tutearon, y el espacio inconmensurable hizo de ellos dos cabezas de la misma aguja. Vivían en la febrilidad. Incapaces de decir que no, el agotamiento iba ganando terreno. "Nos sentiríamos horriblemente culpables de no asistir", alegaba Revueltas. Corrían a la imprenta, contrataban el local y una hora después el dueño pedía un anticipo desmesurado. Caminaban como locos a la colonia Guerrero para ayudar a la familia a juntar sus triques sobre la acera, intentaban buscarle un nuevo alojamiento y entre tanto los fichaba la policía. "¿Será la militancia una introducción a la locura?", inquiría Lorenzo. Vivían en un desgarramiento continuo y a la merced de su imprevisión. Perdían tiempo y energía buscando el por qué del retraso mexicano. "México tiene que situarse a la vanguardia revolucionaria del continente, compañero. Tenemos una ventaja, ya vivimos lo que Europa vive hoy, mandamos a nuestras masas a la muerte en 1910. También la Unión Soviética ya lo vivió, y por eso mismo la unión proletaria ganará. Para aumentar nuestra producción, lo primero es crear conciencia social, una mística. En Moscú, muchos jóvenes del Komsomol participaron gratuitamente en la construcción del metro. ¡Ésa es gente llena de blancura!"

Según Revueltas, lo importante en las tareas del Partido en provincia eran los contactos. A él se le había ido el tiempo en conseguir un medio de transporte porque ni brecha, qué digo, ni caballo siquiera hasta que algún ranchero aceptaba llevarlo en ancas. "No creas, compañero, casi todo el esfuerzo se desgasta en tratar de llegar, y cuando llegas, en encontrar compañeros dispuestos a escucharte, qué comer, dónde dormir porque el cuate del PC no está o se llevó la llave y pierdes tu energía en la llamada logística, no hay equipo de sonido y todos andan como ausentes hasta que una noche te preguntas '¿Qué hago aquí?' y ya no te aguantas ni a ti mismo. 'Ah, usted viene a dar lecciones a todo el mundo', me dijo uno de los líderes locales de la huelga de Camarón y me propinó una bofetada. No vayas a esperar que te den las gracias, Lorenzo, ésa es una reacción pequeñoburguesa."

Sin embargo, Pepe exclamaba con una enorme sonrisa: "Todo esto me hace estar encantado de haber nacido."

La imagen que Tena y Revueltas tenían de sí mismos era irreal. Ni se aceptaban ni se perdonaban. "Desconfía y acertarás", decía Lorenzo y José completaba su pensamiento: "El primero del que tienes que desconfiar es de ti mismo. ¡Quién sabe de cuántas barbaridades somos capaces! Y ahora dame una planilla."

—No tengo, hermano, vámonos a pie.

Caminaban la ciudad entera. De los dos, Revueltas era el de la experiencia y dormía tranquilo en la banca de cualquier parque. Aguantaba hasta cuatro días sin comer. Con un lacónico "ya me acostumbré" borraba el mal rato. "Llénate de líquido, el agua engaña el hambre, además eres más joven que yo y por lo tanto más fuerte."

Al igual que Bassols, su tema era la lucha obrera. Insistía en la escuela rural laica y en la atención al campo. "Todos los mexicanos en buenas condiciones deberían ser maestros rurales." Lorenzo se ofreció para enseñar matemáticas en la secundaria de Octavio Silva Bárcenas a la salida de la carretera a Puebla. Llegar hasta allá era una odisea que lo exaltaba. En el aula, ninguna señal de reconocimiento. "Es hasta ofensivo", le comentó a Revueltas. "Los rostros son de piedra y me siento muy mal." ¿Era eso el socialismo, hacer por obligación moral todo lo que uno no quiere hacer?

—A mí tampoco me gusta enseñar, compañero. A mí lo que me atrae es pensar en voz alta frente a una cerveza.

Nunca tenían para la cerveza ni para el café ni para sus transportes.

—Estamos pránganas, compañero —sonreía Revueltas—, somos pobres, pobres, pobres. ¿Por qué seremos tan pobres?

—Hay más pobres que nosotros.

—También hay otros que salen de pobres, la nuestra es una pobreza interminable.

Su pobreza los hermanaba.

—¿No tienes a quién pedirle prestado?

—No —enrojeció Lorenzo.

¿A quién recurrir? ¿A Diego? Primero muerto. Lo que menos deseaba era que se enterara de su situación. Lorenzo, aliado a los vencidos, sería un caído, un disidente, un *outsider*, como diría Diego en su estupendo inglés. No le entraría al juego ni al sistema. Además, el editorial de *Combate* a Diego le había parecido de una tontería supina. "Parece receta de fonda popular o de cocinas económicas. Es lamentable. ¿Lo analizaste siquiera, Lencho? Bassols pide jabón, cama sin piojos, 'comida y ropa necesaria para no pasar hambre ni frío, vida sexual al gusto, en vez de que sea la miseria que inhiba los impulsos o degrade los sentimientos, una cultura mínima que garantice el equilibrio y la felicidad única que sólo la ciencia puede dar; asomarse aquí y allá a los diversos rincones de la naturaleza y a los diversos núcleos de la vida humana para no carecer de un sentido total del universo...' ¡Bueno, es de un simplismo que raya en lo patético. No entiendo qué haces tú allá adentro ni cuales son esos 'rincones' que estás descubriendo, hermano!"

Últimamente sus caminos eran distintos. Diego le repetía: "¿Qué riqueza vas a repartir? Primero hay que crearla. Tenemos que 'hacer'. Tú estás entre los hacedores. La inversión extranjera fluye, somos el futuro del mundo, el Banco Interamericano de Desarrollo cree en nosotros, 'la mayor viabilidad del continente es la de México'. ¿Vas a desaprovechar este magnífico momento?"

¿El momento? El PRI trataba al país como una ranchería de su propiedad. Los presidentes tenían un fondo secreto de más de cien millones de dólares al año con los que se forraban los bolsillos. Creado como un derecho constitucional por Venustiano Carranza en 1917, este dinero era parte de su tremendo poder.

—¡Tenemos que acabar con el presidencialismo, Diego, nos ahoga su corrupción!

—Si hacen algo bueno, no importa si se enriquecen.

Hecho un energúmeno, Lorenzo pasaba de la guasa al escarnio, de la carcajada a la ira. Disparaba su dardo sin poder contenerse. Muchos comentaban su ingenio cruel. "No te le acerques, si le caes mal o dices algo que le desagrade, te va a hacer pedazos frente a todos." "Si alguien sabe humillar, es De Tena." En una de las últimas fiestas, Chava Zúñiga jaló a Diego de la manga: "Llévatelo, eres el único que puede, sácalo de aquí. Mira nada más la cara de la Beba, todos están escandalizados con sus ataques."

Irascible, Lorenzo quería que todos pensaran en centros de capacitación, desarrollo de la comunidad, enseñanza tecnológica, plantas potabilizadoras de agua, construcción de escuelas, talleres en los que los pobres descubrieran sus posibilidades, "debemos sustentar el desarrollo nacional a través de la ciencia", pero después de unos cuántos "¡qué interesante!", los amigos regresaban al último rumor político, al ámbito personal, al chisme. "¿En dónde está su responsabilidad social?", gritó Lorenzo hasta que Chava Zúñiga le dijo: "Hermano, estamos contigo, pero escoges siempre el mal momento."

¿Cuál era el momento? ¿Cuándo vendría el momento? ¿No vivían entre el caos y el caciquismo?

Diego no compartía su inclinación por la juventud comunista. "¿Qué te pasa, Lencho? Exudas rencor. ¿Quién lo iba a pensar? Quien te conoció antes, jamás sospecharía que saldría de ti un fanático. Con tu lucidez, tu perfección formal, el manejo de tus ideas, ibas a hacer de tu vida una obra de arte. ¿La estás haciendo? Ibas muy bien, Lencho, pero has escogido traicionar tu clase social, no sé por qué oscura razón." "Estos son los míos." "No, Lencho, no, ya lo verás, a la primera oportunidad te darán una patada."

—Tus argumentos clasistas no son del siglo XX.

—Sé realista, Lencho, hay que sospechar de la gloriosa Revolución rusa y desconfiar de cualquier sistema político de derecha o de izquierda. ¿Por qué te has vuelto un beato de izquierda? El capitalismo crea fuentes de trabajo, mira cómo cruzan los mexicanos el Río Bravo porque nuestro revolucionario país no es capaz de alimentarlos. Tenemos que dar empleos, pero lo principal es dejar de ser un Estado proteccionista. ¿La clase obrera? ¡No me hagas reír! En el fondo de su corazoncito, los obreros quieren lo que todos: una buena vida. ¿Has platicado con Joseph Daniels, el embajador de Estados Unidos? El otro día lo escuché con Ezequiel Padilla, en la Secretaría de Relaciones Exteriores y coincidí con algunos de sus puntos de vista."

¿Cómo era posible que Diego fuera a Relaciones Exteriores cuando los gringos no cedían y querían apropiarse de las tierras del río de El Chamizal?

Las aspiraciones de Beristáin, Zúñiga, Iturralde, Ortiz, La Pipa Garciadiego se insertaban en el mundo de la empresa. "Ésta es una guerra a muerte entre ricos y pobres, Diego." "No seas simplista, Lorenzo, recuerda que en las revoluciones tampoco salen ganando los pobres. Ganan los listos, hermano. Los que ayer estaban abajo, hoy son los de arriba y atacan precisamente a lo que defendían ayer."

¿Hermano? ¿Todavía lo era?

Era crucial el dinero, y Lorenzo y Pepe se encontraban precisamente donde no lo había. Por su ausencia, se volvía una obsesión. "¿Se puede hacer algo en la vida sin dinero?" "Mira a Gandhi, Lorenzo, mira a los franciscanos." "Nuestras necesidades son concretas, papel y tinta para los volantes, pago contante y sonante para el impresor." ¿Cómo era posible que nadie colaborara con la Liga de Acción Política? ¿Qué no se daban cuenta de su importancia? ¿Qué Bassols no tenía dinero? ¿Por qué no pedírselo?

—¿Estás loco? "Trabajen, compañeros, trabajen", nos enviaría de cargadores a La Merced. ¿No te has dado cuenta de que jamás delega una sola tarea? Él es quien tira la basura de la oficina.

—Ha de tener algo. Ninguno ocupa un puesto en el gobierno en balde.

—Vive al día, te lo garantizo.

Bassols guardaba un perfil muy bajo, como diría más tarde Chava Zúñiga. Nadie, al verlo, habría creído que fue ministro ni embajador. Una tarde, Lencho lo vio colgado del estribo del autobús como angelito. Viajaba literalmente afuera con la chusma. Lejos estaba Lorenzo de sospechar que años más tarde, Bassols adoptaría la proletaria bicicleta.

Escuchar a Bassols disertar en forma práctica de un problema tan desgarrador como el éxodo de los republicanos en 1939 fortalecía a Lorenzo. Bassols sabía tomar decisiones. Al oírlo, deducía que para los refugiados debió ser muy reconfortante, después de tres años de guerra, encontrarse con ese hombre seco, preciso, que tomaba providencias muy concretas, les hablaba del futuro como un hecho, consultaba telegráficamente al gobierno de México y a los diez días tenía una respuesta esencial para su vida. Frente al bisturí de su palabra, no tenía caso lamentarse. Los ayudaba a reconstruirse con su rigor, les decía que México los esperaba, encontrarían trabajo en un país en el que había mucho que hacer. Nada en él era caritativo o sentimental. Miraba su reloj y parecía decirles: "Se acabó el tiempo de llorar. Ahora a zarpar y a iniciar otra vida." Vigilaba que los alimentos alcanzaran y se tomaran precauciones sanitarias en los trasatlánticos *Ipanema*, *Sinaia*, *Méxique*. Intelectuales, obreros, campesinos, todos hacían falta aunque México fuera un país esencialmente agrícola.

Nada hacía sin consultar al Frente Popular, por el que sentía un inmenso respeto y que le turnaba a los solicitantes en los campos de concentración. Todo tenía que resolverse a la mayor brevedad y con la máxima eficacia. El tiempo era clave en el destino de los perdedores, a quienes Bassols llamaba héroes sin darse cuenta de que también él lo era. Había sacado a más de diez mil republicanos españoles de campos de concentración en Francia, sin aspavientos, sin romanticismos, los había enviado a México y ahora empezaba de nuevo, desde cero, cuando hubiera sido tan fácil ser ministro de la Suprema Corte.

Austero, ágil, decidido, su calvicie prematura agrandando su frente, Bassols impactó a Lorenzo. Cincelado como un diamante, sus brillos cortaron la retina del muchacho. "He aquí hacia quién mirar", se dijo. "Bassols quiere servirle a México sin hacer concesión alguna, es decir, sin someterse al poder."

10

—¿No quiere repartir la revista *Combate*, camarada Tena? Saldría a provincia, conocería su país.

Lorenzo pensó que era una oportunidad única.

—Los viáticos son casi inexistentes pero, por lo que me han comentado, usted es un hombre frugal.

—Franciscano, licenciado Bassols, franciscano —sonrió Lorenzo.

—Cuente con veinticuatro horas a partir de su aceptación, camarada Tena —dijo Bassols mirando su reloj.

Lorenzo sonrió. Se había acostumbrado a que Bassols anunciara: "Ahora vamos a hablar durante una hora" y a la hora mirara su reloj. "Son las dos, vamos a comer. A las tres necesitamos estar de regreso en la oficina" y al diez para las tres, por más apasionante la discusión, pedía la cuenta, daba una generosa propina mirando al mesero a los ojos y emprendía el camino de regreso a la calle de Donceles. Los compañeros le hacían burla. "Es un capataz." Sin embargo, lo seguían. Cuando Lorenzo se encontró a Chava en la calle de Edison y le comunicó que iba a ausentarse de México a petición de Bassols, Zúñiga levantó los brazos al cielo: "Es detestable, su prosa telegráfica es infame. Es un justo, no hay que acercarse a los justos, le amargan a uno la vida. Creer que un periódico pueda cambiar un país donde priva el analfabetismo es imperdonable."

—Su lengua es un bisturí. Va al grano.

—No me vayas a enumerar sus virtudes, Lencho. A mí me aburre tanta rectitud humana y política.

Dos grandes paquetes del semanario *Combate* envueltos en una manga de hule fueron a dar a la parrilla del autobús. Era un tabloide de 45 centímetros de alto y apenas ocho páginas entintadas con letritas que el gobierno consideraba subversivas.

Salir de la ciudad lo obligaba a pensar en cosas prácticas que ahuyentaban los pensamientos negros. "Recuerda, después de México, todo es Cuautitlán", le advirtió Zúñiga. "Te vas a encontrar con el vacío." "Eso es lo que quiero, el vacío." Adentrarse en autobús en los llanos era también ir al encuentro de la nada. El chofer ponía en peligro su vida y la de todos. ¿Cuándo habría aprendido a manejar, si es que había aprendido? Forzaba el motor, cada cambio de velocidad era un martirio, el ruido de herrajes y el sacudimiento de la hojalatería ponía los nervios de punta. El troglodita tomaba las curvas como si fueran cuadradas, dándole un golpe al volante en el último segundo, y el vehículo se inclinaba hacia el precipicio. Los pasajeros no tenían reacción alguna. Quizá los había adormecido el olor a gasolina o les parecía normal que la vida pendiera del hilo de un hijo de la chingada. Atrapados en una cárcel de láminas, cerraban su entendimiento. Eran bultos que no conservaban ningún rasgo humano, salvo uno que dormía con la boca abierta.

A la primera parada, Lorenzo descendió aliviado y se dirigió hacia el letrero "Hombres" que iluminaba una única lámpara de petróleo. El olor le cerró los ojos y la garganta. También la sala de espera, con sus bancas contra los muros, estaba sucia. Todo iba hacia la muerte sin que nadie protestara. Lorenzo, que pensó comprar un refresco, supo que no podría pasar trago, el asco lo atenazaba pero más la resignación de sus compañeros muertos de antemano.

Durante el día, las llanuras se extendían a pérdida de vista y se eternizaban las líneas rectas. A diferencia de la ciudad, no las acunaban las montañas, seguían y seguían y seguían como el motor del autobús cada vez más rugiente. Libres, las llanuras iban desenvolviéndose, desnudas, estériles y de pronto, dentro de la expansión, Lorenzo se erotizaba con el paisaje, las colinas se volvían senos, los valles el dorso de un cuerpo, la curva del vientre, la esbeltez del cuello. Lorenzo habría bajado a refugiarse en el bosque frondoso, la concavidad, la gruta, el súbito desorden de la naturaleza. Es asombroso lo que el paisaje le hace a los hombres. "Éste es el rostro de México", se repetía a sí mismo, incrédulo.

En el asiento a su lado, un ingeniero de sombrero de fieltro iba a supervisar la construcción de una carretera. Al ver a los peones al borde del camino, Lorenzo le preguntó:

—¿De qué vive esa gente?

—Cuando los necesitan, trabajan abriendo brechas.

—Pero, ¿de qué viven?

—¿Qué no se ha dado cuenta, amigo, de que el 75 por ciento de nuestro país está en la inanición? Esto es la India, amigo, la India, con una desventaja, no hay vacas porque si no ya nos las hubiéramos comido —se irritó el ingeniero.

A Lorenzo el ánimo empezó a llenársele de perros famélicos, de ganado cebú hambriento tras los alambrados, de tierras tepetatosas y ríos secos.

Después de conseguir un cuarto en la única casa con muros de ladrillo, le preguntó a la dueña de la miscelánea:

—¿Dónde se reúne aquí la gente?

—En la cantina, allá están ahorita.

Lorenzo voceaba el periódico en la calle principal del pueblo como había visto hacerlo a los papeleros de Bucareli: "¡*Combate*, compre *Combate*!" Su corazón se contrajo por el miedo. "Vuelven la cabeza hacia mí, no tienen con qué comer y yo vengo a ofrecerles hojas de papel. No puedo darme la media vuelta y escapar." "*Combate*, compre *Combate*", su voz rebotaba contra las montañas y contra la miseria, que era la más alta de las montañas. Los camaradas también eran un poco montañas, por inamovibles. ¿Qué es lo que permite el desarrollo de seres inteligentes?

Lorenzo viajó de pueblo en pueblo, de cantina en cantina. El sonido de las sinfonolas le erizaba la piel. El olor a orines y a cerveza permeaba hasta el último resquicio.

Al entrar en la cantina podía cortarse el humo con cuchillo. Cuando más, había un billar.

—Yo no sé leer.

¿Cómo iba a venderles un periódico?

—Nunca fui a la escuela y ni falta que me hizo.

Chocaban los vasos, la mirada vidriosa. Lorenzo intuía que beberían hasta caerse. El alcohol era lo único que podía darle sentido a su abandono y mantenerlos en torno a la mesa, aunque no supieran de qué hablar. Cuando Lorenzo se levantó, uno de ellos, el más borracho, lo abrazó:

—No ñero, no te vayas, no nos dejes.

Sus piernas se volvieron estoicas, su estómago también; a medida que iba avanzando, el asombro que le causaba la inmensidad desolada de México era sólo equiparable al horror que le producía su hambre.

Las grandes noches estrelladas eran su compensación. Buscaba en el cielo lo que había visto en la Tierra. Los vacíos de la Tierra tendrían su equivalente en el espacio que ahora le servía de techo. Había vastísimas regiones aparentemente vacías, y sin embargo llenas de gas, de material interestelar, oasis verdes, cuajados de planetas, campos bien cultivados, fuentes de luz y de energía. Las estrellas se agruparían en cúmulos como los hombres en torno a una mesa de cantina. Girarían en espiral hasta su extinción como los campesinos que hacían chocar sus vasos —colisión de galaxias— creyendo que emitían una cantidad fabulosa de energía. ¿O estarían tan agotados como los campesinos? Lorenzo iba tras las equivalencias. Convertía al cielo en otra Tierra. Si todos los días caía material interplanetario a la Tierra, en reciprocidad debían subir los hombres y expandirse en la atmósfera. Engullidos por el vacío, ¿tendrían vida propia? Si todos éramos el resultado de la gran explosión de una inimaginable bola de fuego que salía de la nada y pertenecíamos a un universo cada vez mayor, ¿qué cataclismo nos devolvería al punto de partida, si es que había un punto de partida? A la mañana siguiente, Lorenzo sentía más amor por estos endebles pedacitos de materia que viven diez segundos en comparación a la edad del universo y hubiera querido abrazarlos, pero tenía que esperar a la reunión en la cantina para derribar muros y formar un cúmulo estelar.

Los caminos llenos de baches de la República Mexicana sacudían sus neuronas. Una tarde en el desierto de Altar, después de días a campo traviesa en un paisaje en el que no se veía nada durante kilómetros, una imagen golpeó sus ojos y casi los revienta. Un destartalado camión tomatero había chocado con otro. Sobre la carretera yacían, rojos y aplastados, pilas de tomates fuera de los huacales de madera. Los tablones se levantaban teñidos de rojo. A su lado yacían dos cuerpos embarrados de otro rojo: el de su sangre. De pronto, de quién sabe dónde, del centro de la Tierra, salieron hombres y mujeres andrajosos que corrieron a recoger jitomates. No importaban los muertos tirados en la carretera, sólo los jitomates que amontonaban con celeridad antes de que rodaran todos al abismo —pensó Lorenzo.

¡Qué imagen dantesca! Lorenzo vivía a su país por primera vez y todo en él lo lastimaba. El gran vacío mexicano, la estación inútil, los pueblos desvalidos, el cubo de una casa perdido en la inmensidad. Los caseríos parecían vientres que exponen sus intestinos y, encima de ellos, los zopilotes, siempre los zopilotes.

Pensar en la bóveda celeste lo salvaba. Hacía cálculos mentales, comparaba el brillo de los astros, recordaba que Copérnico había rebatido las teorías de Aristóteles. De eso tendría que hablar con Revueltas.

Parecía como si la vida se escapara, goteando, dejando grietas y un pavimento seco, resquebrajado, en donde los baches eran cráteres a ras del suelo. Había cosas que lo hacían pensar, un hombre fuerte, de mirada desafiante, avanzaba en la calle con la cojera que suele darle a los niños que nacen con los pies para adentro y ningún aparato ortopédico corrige hasta que terminan pisando sobre sus tobillos y los vencen. De no ser por esos tobillos vueltos muñones a ras de suelo, el hombre sería un atlante. Al no poder contar con sus piernas había desarrollado un tórax poderoso, pero lo más fuerte era su mirada. Lorenzo concluía que un pobre vence el infortunio con mayor voluntad que los demás. Cualquiera de la pandilla, envuelto entre algodones, se habría dejado ir. Este hombre sabía de su propia fragilidad y de la frialdad del universo. Y sin embargo no se sentía inferior, su contacto con la tierra le había enseñado que el gorrión es más rápido que él, el perro oye mejor, el insecto detecta la miel mucho antes que él la bondad en los otros, pero él no iba a dejar que una cochina enfermedad lo venciera.

A veces los rostros se abrían en una sonrisa reconfortante que ignoraba su propia seducción y por eso mismo ganaba en gracia. Esa sonrisa de encías rojas como los jitomates volcados en la carretera tenía mucho de herida.

Hasta que Lorenzo optó por el silencio. Era su coraza pero también un arma que más tarde se volvería peligrosa. En los años por venir guardaría un reprobatorio silencio cuando todos ansiaban escucharlo. En el futuro, los rostros se levantarían hacia el *presidium* y él escatimaría su juicio.

De regreso a la calle República del Salvador 25, hacía partícipes a las infanterías de sus dudas. Habría querido tener acceso a los señores del consejo de redacción, Martínez Adame, Mesa Andraca, Villaseñor, Zevada, pero ellos entraban presurosos a ver a don Chicho y apenas saludaban. El caricaturista Chon, José Chávez Morado, llegaba derrapando con su cartón en la mano. Villaseñor, peinado con glostora, le parecía displicente. ¿Cómo iban a escribir si no entraban en contacto con la realidad de los cinturones de miseria? ¿Con qué fundamentos daban directivas si no salían al campo a ver lo que él, Lorenzo, había padecido? *Combate* se enfrentaba a Manuel Ávila Camacho, católico, creyente y anticomunista declarado, y al mercantilismo de la gran prensa, pero, ¿cómo podía hablar *Combate* de los mineros de San Luis Potosí sin haber bajado al socavón? Es cierto, apoyaban la huelga de Nueva Rosita, Coahuila, contra la American Smelting, pero faltaban reportajes directos y confiables. *Combate* criticaba acremente a los Estados Unidos y las exigencias yanquis de pago de El Chamizal.

—No sólo debemos buscar otra forma de repartir *Combate*, tenemos que cambiar su concepción —le dijo Lorenzo a Revueltas—. ¿A quién nos dirigimos? Este país no es Rusia. Tenemos que escribir en términos inteligibles para los campesinos.

—Díselo a don Chicho, yo te acompaño.

De los camaradas, el único que lo comprendía era Revueltas; había que leer a José María Luis Mora, *México y sus revoluciones*, a Bertrand Russell, a Barbusse, a Romain Rolland. "¡Qué época la nuestra, los héroes legendarios viven entre nosotros y son nuestros contemporáneos!"

—¿Sabes lo que pidió Mora en 1824? Que desapareciera la palabra indio del lenguaje oficial, para que sólo se hablara de mexicanos pobres y mexicanos ricos y cuando se recibieran denuncias de comunidades tlaxcaltecas por despojo, Mora les recordó a los diputados que como habían acordado que los indios no existían, tampoco podían exigir derechos agrarios". ¡Él debería ser nuestro ideólogo hoy en día!

Una tarde, Revueltas entró al privado de Bassols acompañado por De Tena, dispuesto a desafiar la severa mirada del jefe.

—Vengo a pedirle permiso de ausentarme en la tarde, mi mujer Olivia está a punto de dar a luz.

—¡Qué contrariedad, amigo Revueltas, ahora que lo necesitamos en un asunto inaplazable! ¿No podría parir más tarde?

Lorenzo no supo si reír o llorar.

—Compañero De Tena, recuerde que viaja usted mañana.

—¿Qué caso tiene? ¿De qué sirve lo que estamos haciendo? —había angustia en su voz.

—¿Qué dice, compañero?

—Este país está condenado, licenciado Bassols, no hay nada que hacer.

—Recuerde compañero que el sentimiento de derrota es reaccionario, le está usted haciendo el juego al enemigo.

—Soy realista, el camino es otro. Hay que sacar a la gente de la ignorancia y de la miseria. Lo primero es alimentar, luego enseñar a leer, educar. Nadie puede pensar con el estómago vacío.

—Pues guárdese sus certezas. Es su origen reaccionario el que le hace hablar así, camarada.

—Es mi convicción después de repartir *Combate*.

—Si todos tuvieran esa misma certeza, a dónde iría a dar nuestro país, compañerito. En *Combate* criticamos las acciones del gobierno. Le he tenido mucha paciencia, De Tena, y le ordeno que salga mañana a cumplir su cometido.

—No se preocupe, licenciado, saldré pero lo que estamos haciendo vale un carajo. En fin, me consuelo pensando que hace mil millones de años, las bacterias formaban la vida en la Tierra y dentro de mil millones de años, es muy probable que desaparezca la Tierra con todo y la especie humana...

—No se pase de listo, Tena.

—Perdóneme licenciado, pero advertir los riesgos de no tomar medidas a tiempo para evitar daños irreversibles es una obligación moral de *Combate*.

—Ya sé que le interesa la ciencia pero por ahora no tengo tiempo de escucharlo, Tena. Mañana se va a usted a Puebla y no me vaya a decir que es un pueblo perdido donde *Combate* nada tiene que hacer.

En Puebla, Lorenzo buscó al Bloque de Estudiantes Socialistas que defendieron a la República Española y recibieron a los niños enviados a Morelia. Según Bassols, le ayudarían a distribuir *Combate*. Se suscribieron Gastón García Cantú y Antonio Moreno. Lograr dos suscripciones era una proeza inaudita. No sólo eso, lo invitaron a tomar café y menos desanimado, Lorenzo la emprendió hacia Punta Xicalango, cerca de Ciudad del Carmen. En Villahermosa, Tabasco, haría contacto con seguidores de Garrido Canabal.

Cuando el aire por la ventanilla del autobús empezó a despedir vapores más calientes que los del motor, Lorenzo se reconcilió con su viaje. Las espesas matas de los cafetales con sus frutitos rojos se apretaban en contra de la carretera y la vegetación se hizo desorbitada y lujuriosa. Las ceibas parecían alcanzar el cielo. Una tormenta pasaba oscureciéndolo y Lorenzo pensó que los ejemplares de *Combate* se mojarían a pesar de la manga de hule. Definitivamente le gustaba más ir al sur que al norte y Bassols lo había enviado al estado más esplendoroso de México, Veracruz.

El espíritu de Lorenzo descansó cuando llegó a un pueblo de pescadores sobre el mar, muy pobre, dentro de una bahía protegida y rodeada de palmeras. Apenas sintió que algo líquido venía del horizonte se reconcilió con el calor infernal y el olor a gasolina del autobús. "Allá junto a la playa hay donde se quede", le dijo el chofer. Unas cuantas mesas de metal con sillas cortesía de la cervecería Corona y cuatro o cinco cuartitos conformaban el hotel, que no valía nada, pero la presencia de una mujer vestida de negro y con medias negras le llamó la atención. El negro la espigaba y las piernas bien moldeadas sobre tacones altos lo intrigaron. La acechó tanto como al mar y a los alacranes (contra los cuales no tenía antídoto) y la vio abanicarse, lánguida, para después tirarse con todo y tacones-aguja en la única hamaca. "La va a romper." ¿O sería la dueña? Sólo la dueña se atrevería a una acción semejante.

En la noche Lorenzo salió a caminar y levantó los ojos al cielo. ¡Qué suerte, la Vía Láctea! ¿De qué estaría compuesta? Al regreso, la mujer de negro seguía en la hamaca. Lorenzo decidió abordarla. "¿Le puedo ofrecer una copa?" Ella accedió con la misma languidez con la que se había mecido. "Está bueno, pero aquí mismo. Yo no frecuento las cantinas." "¿Hay muchas?" "Es lo que más hay", sonrió una media sonrisa. Lorenzo le sonrió abiertamente y ella no tuvo más remedio que responder a su encanto. "Tienes una sonrisa irresistible, niño." "¿Niño? —se molestó— "Ni tanto." Ese "niño" era un desafío. Quizá sin él, Lorenzo no se habría propuesto demostrarle a la patrona lo hombre que era. Cuando se quitó las medias, surgieron sus piernas más blancas que la leche. Hasta burbujeaban. "Nunca me da el sol. Nunca salgo de día. No me gusta. Quemarme me hace daño. Sólo camino en la noche a la luz de la luna y las estrellas." La palabra *estrellas* lo hizo aceptar su pelo largo y negro a lo María Félix, demasiado abundante, y su falta de imaginación, a pesar de que ella la sugiriera a un grado superlativo.

—¿Cómo te llamas?

—¡Qué importa!

—Necesito saberlo.

—Soy Lucrecia.

—¿De veras? Vente, vamos al mar.

—¿A esta hora?

—La mejor hora es entre las tres y las cuatro de la mañana.

Seguro de que ella lo seguiría —no habían dormido en toda la noche—, se echó a andar. Tras él, Lucrecia caminaba sobre la arena fría y un poco dura: "Es que tiene conchas." Cuando la arena empezó a humedecerse, Lucrecia se quitó el vestido y entró al agua de mar más negra que la tinta. Él dejó en la playa su único par de pantalones y la siguió desnudo. Dentro del agua, Lucrecia lo abrazó, se repegó a su cuerpo, vientre contra vientre, piernas entreveradas, su pecho en el suyo. Eran de la misma estatura. Oyó su respiración que parecía ser la del agua negra. Así de pie, el uno frente al otro, la poseyó. Luego ella se puso de espaldas y llevó sus dos brazos hacia su cintura, ahora sí, así, empálame, sácame del agua, así, por tu sola fuerza. Recubierta por el agua y la noche, la mujer se volvió inmensa y para él la esencia misma del misterio. En sus flancos, el agua de las olas resbalaba dulcemente. Ni un sonido. La suya era una larga navegación a través de las paredes salinas de esta mujer portentosa. Un silencio inmenso caía desde la bóveda celeste. La mujer lo envolvió en un largo movimiento de oscuridad, como si lo cobijara. Allí del otro lado debía estar la playa, porque Lorenzo ya no sentía el movimiento de las olas, no sabía ya si iban a morir, la mujer desaparecía, aparecía más rotunda en cada resurgimiento, era un coloso, se movía tan poderosamente que temió que en una de esas se ahogarían los dos. Un estremecimiento continuo parecía venir del agua y de su peso. "No me importaría morir ahora", pensó Lorenzo, pero de inmediato se reconvino. "Tengo demasiados *Combates* que repartir." Siempre eran demasiados. Envuelto en sus largos muslos líquidos, Lorenzo ya casi no oía el mar, o el agua era esta mujer a la que él le había llovido adentro y que ahora le llovía encima. El sonido de las aguas se ensanchó y tuvo algo de taconeo. Lorenzo sintió que él estaba cavando un surco en el mar-cuerpo de la mujer. De pronto ya no la sintió y empezó a buscarla con ademanes de ciego hasta que oyó su voz:

—Ven —le dijo, y salió de la noche y del agua.

Sobre la arena imaginó su blancura fulgurante. Recogió su vestido abandonado y le señaló: "¡Aquí está tu pantalón!" "Bruja, ¡cómo puedes saberlo si todo aquí es invisible!" Caminaron sin titubeos hacia la palapa. En la puerta, la mujer se inmovilizó. "Ahora vete a tu cuarto." "No quiero dejarte." "Entonces ven al mío."

Cuando Lorenzo despertó, lo deslumbró la luz del día. Eran las dos de la tarde. En el hotel no había nadie. Oyó un ruido que le pareció de trastes y se dirigió a lo que supuso la cocina. "¿Podrían regalarme un cafecito?" Era infame. "¿Y la señora?", le preguntó Lorenzo a la muchacha. "Se fue." "¿A dónde?" "A Oaxaca." "¿Cuándo salió?" "Esta mañana temprano." "Ah." Lorenzo decidió marcharse a la mañana siguiente y pidió la cuenta. "La señora Lucrecia dejó dicho que no le cobráramos y que regresara cuando quisiera, que ésta es su casa."

En la Liga de Acción Política, a Lorenzo le atrajo un hombre de expresión inteligente que escuchaba con intensidad las intervenciones de Bassols. Además de un ostentoso aparato de sordera en la oreja izquierda, hacía una mampara con la mano sobre la derecha para no perder la voz de don Chicho.

Cuando le tocó su turno, lo deslumbró. Era un extraordinario orador, incluso más persuasivo que Bassols.

—¿Quién es? —le preguntó a Revueltas.

—Se llama Luis Enrique Erro, no sabes qué revolcada acaba de darle a Ezequiel Padilla en la convención en Querétaro a propósito de un plan de financiamiento de escuelas rurales. La gradería protestaba airadamente con gritos, chiflidos y pataleos, Erro comenzó a hablar sin que lo escucharan, pero en un momento dado el público guardó silencio. Transformado por la brillante exposición de Erro acabó ovacionándolo. Su estilo es el de los ironistas ingleses, no hay otro como él, es de los que quieren cambiar la educación y hacerla extensiva a todos. Fue jefe de enseñanza técnica con Bassols en la Secretaría de Educación Pública y creó el Consejo Nacional de Educación Superior e Investigación Científica.

—¿Científica?

—Sí, es radical, de los fundadores del Politécnico, todos de extrema izquierda. Es de los que creen en la educación socialista, de allí su interés en las escuelas técnicas.

Lo que nunca supo Lorenzo es que también Erro notó su fogosidad.

11

Cuando Luis Enrique Erro lo invitó a su departamento en la calle de Pilares en la colonia del Valle, aceptó halagado. "Voy a ir a casa del viejo", le dijo a Revueltas. "¡Qué honor, es un tipazo!" Al igual que Revueltas, De Tena vivía en pugna consigo mismo. "¿Tú crees que está bien que no asista hoy en la noche a la Liga?" "Claro, no seas tonto, no estás de guardia, ¿o sí? En cambio yo tengo que quedarme en Mesones hasta tarde, porque si no Rafael Carrillo me echa la viga."

Para su sorpresa, en casa de Erro no lo invadió la zozobra de la política. Por un momento cesó la exaltación de las misiones callejeras que emprendían con Revueltas casi desde la madrugada. Nadie avizoró catástrofes. La conversación se alargó y a eso de las nueve de la noche, Erro preguntó con la particular mirada inquisitiva de los sordos, como quien comparte un secreto: "Tengo un telescopio instalado en la azotea, ¿le gustaría verlo?" Claro que Lorenzo quería. Erro maniobró su telescopio Zeiss y apuntó hacia Sirio, la estrella más brillante del cielo, y se la señaló, luego localizó la Osa Mayor y de nuevo lo llamó: "Mire usted, esta noche se ve mejor que nunca."

—No veo ninguna osa.

—La vieron los griegos, amigo, y eso nos basta.

—Creí que Andrómeda era una muchacha.

—Y lo es, joven De Tena, lo es, use usted su imaginación. Muy pocas constelaciones se parecen a su nombre.

Lorenzo se dio cuenta de que Erro tenía otra vida además de la política. "Pertenezco a la Sociedad Astronómica —le dijo—. Si quiere lo invito." El joven había pasado meses entre la depresión y la exaltación y ahora, como un don inesperado, se le abría el cielo. Respiraba mejor. "Si quiere, usted puede ser mi ayudante, trabajar aquí en la noche. Yo le daría una llave de la puerta principal y tendría acceso directo al telescopio en la azotea. El trabajo consiste en tomar las placas durante la noche y revelarlas al día siguiente, aquí mismo tengo un cuarto oscuro. Usted me entregaría las placas y si quiere, le enseño a estudiarlas."

Luis Enrique Erro no se dio cuenta de que cambiaba la vida del muchacho.

—El nuestro es un país de criados, Tena, los indígenas están al servicio de los blancos; los pobres, de los ricos. Si no revertimos el sitio de cada quien, este país se va a ir a la mierda.

"Con hombres así, se puede construir otro país", pensó Lorenzo.

Su caballito de batalla era la educación socialista: "Por su propia naturaleza la escuela primaria no tiene sustituto. Su utilidad es fundamental por la acción de igualamiento que ejerce." Insistía en la escuela técnica dirigida a la producción, no al individuo.

Erro se lanzó a hablar mal de las profesiones liberales, los licenciados oportunistas, los empresarios mareados por su prosperidad y hasta de los revolucionarios que se oponen al cambio de la sociedad. "Mi héroe es Zapata, la tierra es de quien la trabaja. Tierra y libertad." El país iría a pique en manos de los catrincitos que pululan en las secretarías de Estado. "Somos un país pobre, De Tena, aparentemente el sistema da oportunidades a todos pero en la práctica favorece a los ya privilegiados. Nuestra sociedad desprecia la mecánica, la electricidad, la química, la contabilidad y cualquier diploma de obrero calificado. Hay que eliminar la idea de que lo único que vale es la carrera universitaria. Vea usted a dónde nos llevan los liberales, a la venta del país."

—Luisín —interrumpía una mujer de nombre Margarita—, vamos a cenar. ¿Va a quedarse tu joven amigo?

Margarita Salazar Mallén vivía sólo para su marido y añadía un escalón a su biografía cada vez que informaba: "¿Sabía usted, jovencito, que Luisín estudió contabilidad por correspondencia para sobrevivir en La Habana y aumentó las ventas de los comerciantes?"

"Mujer, ya deja eso", pedía Erro fastidiado, pero Margarita insistía. La sordera había alejado a Erro de la Cámara de Diputados, de la que fue presidente. Al no poder rebatir, su sordera le hizo volver la cabeza y mirar a las estrellas que lo fascinaron aún más que la política. Antes Luisín, al regresar de la Cámara, le comentaba los sucesos como lo hacía en *El Universal*, pero ahora sólo hablaba con las estrellas.

"El presidente Cárdenas, quien lo tiene en gran estima, lo envió a París en 1937 para que un especialista operara su oído derecho —siguió hablando doña Margarita—. De algo sirvió la intervención, aunque habría que pensar en una segunda operación. Cárdenas insistió en ella y la pagó por anticipado. A mi marido, ya ve usted cómo es, se le hizo inútil gastar en una probabilidad y lo invirtió en un reflector Zeiss de veinticinco centímetros. Es el que tiene instalado en la azotea en espera de que se cumpla su gran sueño: trasladarlo al nuevo observatorio, donde se hará ciencia moderna."

La primera noche en que Lorenzo quedó a solas con él sintió que había llegado a su casa espiritual: "Ya sabe manejarlo, amigo —le dijo Erro—. No olvide cubrirlo y cerrar la puerta con llave cuando se vaya." Sí, esa inmensidad frente a sus ojos era suya, correspondía a la que él llevaba dentro. Millones de criaturas se movían y apresuraban, así como dentro de su cuerpo tejían una red de circuitos que retenía su vida sobre la Tierra, la textura de su cuerpo. Él era su propio universo y mucho más. La ciudad desierta, nada se movía sobre la Tierra. El silencio venía de las estrellas. ¿Dónde estoy? Lorenzo respiró hondo. ¿Y si al cerrar la pequeña cúpula ya no viviera nadie, sólo las estrellas, como era su deseo? A escala cósmica, en la bóveda celeste, los objetos luminosos fotografiados que examinaría mañana bajo el microscopio eran otro cuerpo que latía como él. Las partículas tenían radiación, energía, magnetismo. Lorenzo apuntó el telescopio hacia Orión y sólo dejó de observar cuando vio la luz blanca del alba. Mientras cubría amorosamente el Zeiss, lo invadió un inmenso agradecimiento por Luis Enrique Erro y por esa noche.

Plantearle a Erro dudas sobre la luminosidad de ciertas estrellas se volvió una necesidad urgente. Generoso, Erro le señaló que pasara su luz por un prisma para exhibir su espectro. Cuando una fuente de luz se aleja, sus líneas espectrales se desplazan hacia el lado rojo, o sea, el de las longitudes de onda más largas; de modo inverso, si la fuente se acerca, sus líneas espectrales se mueven hacia el violeta. El desplazamiento es proporcional a la velocidad de la fuente luminosa. Lo mismo sucede con las ondas sonoras. Cuando una ambulancia se acerca, el sonido de su sirena se oye más agudo y cuando se aleja, es más grave.

A Lorenzo también le intrigaron los filtros. Un problema llevaba a otro y Erro acogía las propuestas de su alumno con verdadera curiosidad; ahora sí contaba con un colaborador de primera, un poseído como él.

"¡Ah, hermano, creo que has encontrado aquello sin lo cual no podrás vivir!", le dijo Revueltas al escucharlo. "Tu vida se va a convertir en lo mejor y más grande del mundo; la cotidianidad se te hará tolerable. Ahora sí vas a cumplir tu destino."

"Edwin Powell Hubble", repetía Lorenzo con reverencia, y en la noche levantaba la cabeza para ver ese universo en expansión donde todo se aleja de todo y nadie ni nada es el centro. ¡Qué asombro le causaba esta bóveda celeste sin fin, sin fondo, ilimitada, que lo lanzaba al abismo! Si la Tierra en la que estaba parado apenas era un puntito, ¿qué era él, con sus vueltas y revueltas y sus absurdas congojas? Sentía una gran simpatía por Humason, el asistente de Hubble, que sólo había cursado la primaria y en California arreaba dos mulitas para llevarles agua a los constructores del Observatorio de Monte Wilson hasta que, impresionados por su inteligencia natural, lo contrataron como conserje. Humason se atrevía a preguntarlo todo, la curiosidad era más fuerte que él, y logró aprender el manejo de los instrumentos, reveló y fijó las placas hasta que Hubble lo hizo su asistente. ¡Qué proeza! ¡Entonces la ciencia no era tan inaccesible, no importaba la pobreza ni el retraso, era posible investigar, todos podían tener acceso al estudio del universo! ¡Bastaba la inteligencia y él la tenía!

A las cinco de la mañana, encontraba su camino en la inmensidad del vacío que parecía continuarse sobre la Tierra y descendía como un autómata de la azotea hasta la calle. Todavía en la acera alzaba la mirada para ver lo que en el telescopio le había parecido tan asombroso: la insondable negrura de esa inmensidad sobre nuestra cabeza. Sin embargo, allí en la acera, le parecía más familiar, quizá porque prendía un cigarro, cosa que no había tenido deseo de hacer arriba.

Largas noches de vigilia empezaron a tragar su vida.

A diferencia de Revueltas, la cotidianidad se le hizo intolerable a la luz del día y la lectura de *Combate* lo fue enfureciendo a cada cierre de número. "Estamos a la zaga de los acontecimientos, hay que plantear de otro modo lo de El Chamizal, esa tierra que es nuestra según lo quieren las aguas del río." Nadie parecía escuchar sus enérgicos gritos de protesta. La militancia se volvía monótona y los camaradas le caían mal, por rutinarios. "No, compañero Lorenzo, la fracción 17 dice..." "¡A volar la fracción, no la necesitamos, podemos hacerlo sin consultarla!" "Compañero, disciplina ante todo." El ambiente en torno a ellos era desolador. Perseguidos como ratas, vivían en la clandestinidad. La prensa los situaba en la página roja, entre violadores y asesinos, y sus desgracias no los volvían más entrañables. Lorenzo tenía ganas de agarrarlos a patadas. "Es normal tu crisis —le aseguró Revueltas—, yo también llegué a sentir una incompatibilidad orgánica con el ambiente." "Son unas bestias peludas, Revueltas, cuando tú no estás, no tengo con quién hablar." "De Tena, cuando se tiene una misión que cumplir, nadie puede detenerte." "¡Sí, pero qué difícil!" Lorenzo se aterró. ¿Iba a pasarle con este grupo de amigos lo mismo que con el de Diego Beristáin? De ser así, el desadaptado era él. ¿Dónde estaría su hermano Juan? Intuía que él, sin decirlo, había vivido todo lo que él apenas comenzaba a vivir y como él se preguntaba: "¿Para qué?" "Entrégate a la causa, lo que sucede es que no has leído a Marx", sonreía Revueltas.

¡Qué extraños los hombres que iban y venían con infinita complacencia, dedicados a sus pequeños asuntos, sin interrogarse acerca de lo que sucedía en el cielo!

Cada día Erro le parecía más fascinante. Quizá lo asociaba con la ubicación de la Tierra en el universo físico que ahora descubría. Lorenzo permanecía las noches enteras prendido al Zeiss, del que dependía como de una droga. A las tres de la mañana el frío macheteaba su rostro y sus manos, pero no desistía en su empeño, entraba a un mundo desconocido y paralelo al de la bóveda celeste: el de la astronomía.

A través de las observaciones de las magnitudes de estrellas variables que hacía en su azotea, Luis Enrique Erro entró en contacto con León Campbell, de Harvard, quien empleaba los datos de observadores "amateurs" en la Asociación Americana de Observadores de Estrellas Variables, que adiestraba a innumerables amantes de la astronomía en la medición de las magnitudes de las estrellas variables y aprovechaba los datos en la construcción de las curvas de luz de los astros. Los aficionados —algunos tan escrupulosos o más que los profesionales— enviaban sus resultados a Harvard y suplían su falla académica por una devoción sin límites al Observatorio que les permitía contribuir al descubrimiento del cielo. Tenían tanto miedo de equivocarse que se excedían en su cuidado y entregaban resultados asombrosos por su exactitud.

Erro también hizo amistad con Cecilia Payne y su esposo Sergei Illiarionovich Gaposchkin, dos grandes estímulos en su vida. La correspondencia con ellos lo alentó a ir a Harvard y así lo hizo, gracias a que Lázaro Cárdenas lo nombró cónsul de México en Boston.

En Harvard conoció a Harlow Shapley, al que llamaban el Copérnico moderno porque le quitó al sol el privilegio de ser el centro del universo al descubrir que estaba en un borde de la Vía Láctea, a raíz de sus trabajos con un telescopio con un espejo de dos metros y medio de diámetro en Monte Nilson.

Shapley coincidía con Kant: si a la Vía Láctea la conformaban millones de estrellas en forma de disco, a lo mejor existían otras Vías Lácteas parecidas a la nuestra y tan lejanas de ella como las estrellas de los planetas. Ni la Tierra, ni el sol, ni nuestra galaxia podían ser el centro del universo. "Sólo somos una basurita dentro de la inmensidad de un universo que además está expandiéndose", le dijo a Lorenzo.

Shapley fue el primero en medir distancias extragalácticas usando para ello las estrellas variables de tipo Cefeida en los cúmulos globulares y dedujo que estaban situados en una esfera imaginaria alrededor del centro galáctico. Según él, las cefeidas variaban debido a cambios diametrales del sol.

Harlow Shapley recibió con simpatía a este mexicano entusiasta, por supuesto diletante, recomendado por los Gaposchkin, que había trabajado con mucho empeño en la Asociación Americana de Observadores de Estrellas Variables.

¿Cómo no sentirse atraído por su elocuencia y su interés en montar un nuevo observatorio en México? Antes de la guerra, el Observatorio Astronómico de Tacubaya dio buenos resultados con un antiguo telescopio refractor de cinco metros de distancia focal y una lente de 38 centímetros, pero la guerra suspendió todo posible rendimiento. Antes de la Revolución, en 1874, los mexicanos salían de expedición e instalaban sus campamentos y habían hecho muy buen papel, pero con la Revolución se habían rezagado quizá más de cincuenta años y hoy se dedicaban a la *Carte du Ciel* y a las efemérides.

Aunque Shapley conocía el Calendario Azteca, Luis Enrique Erro le dio cátedra. Si algún pueblo del continente tenía un antiguo conocimiento del cielo, era el mexicano y la tradición no debía perderse. Mucho antes del descubrimiento de América, los mayas, pequeños y cabezones, subieron a El Caracol en Chichén-Itzá a observar el cielo y apuntaron en sus códices sus novedosas hipótesis. Estudiaban a Marte, a Saturno, a Venus. Si antes sabían descifrar y predecir fenómenos naturales, seguramente harían nuevas aportaciones a la astronomía mundial.

Shapley tomó tan en serio la propuesta que lo invitó a una de las reuniones de The Hollow Square para analizar el proyecto. "Vamos a hablar informalmente, pero les adelanto que este mexicano excepcional me ha convencido." Se reunieron el subdirector Donald Menzel, Bart Jan Bok, Sergio y Cecilia Payne Gaposchkin, George Dimitroff, Fred Whipple y Annie Jump Cannon, quien clasificaba los espectros estelares, el teórico Stern, el diseñador de telescopios Baker y el joven Carlos Graef Fernández, que le daba peso al proyecto con su doctorado en física en MIT, su beca Guggenheim y su original teoría sobre los fenómenos gravitacionales.

Si los jóvenes científicos mexicanos eran de ese calibre, lo que sucedía más allá de la frontera no podía ignorarse. Volver los ojos hacia el vecino, ese desconocido, era indispensable ahora que Europa se debatía en la incertidumbre.

Sería magnífico impulsar un nuevo observatorio mexicano. Si la política norteamericana había fracasado en América Latina, a lo mejor la de cooperación científica daría resultado.

Harlow Shapley miró con detenimiento el Anuario del Observatorio de Tacubaya, cuyos ejemplares Erro puso en sus manos. Rió de buena gana cuando éste le contó el problema de la unificación de la hora a raíz de la Revolución Mexicana. Telégrafos Nacionales tenía una hora, Ferrocarriles, la hora de Estados Unidos; la del meridiano 105 y la hora de California completaban la danza del tiempo. "¡Qué país más fantasioso, cada quien con su hora!" Confirmaba la proverbial impuntualidad mexicana, las horas flotaban en el aire sin que alguien lograra capturarlas. Una de las tareas del Observatorio consistió en unificarlas. El mecánico José Alva de la Canal adaptó a toda velocidad, ahora sí que a contratiempo, un antiguo reloj en Tacubaya para hacer contactos eléctricos cada sesenta minutos con Estados Unidos. Tacubaya dio la hora telefónicamente y la demanda fue tan grande que dos telefonistas recibían 80 llamadas por minuto y casi se vuelven locas. La hora radiada por la XEQR alivió la tarea del Observatorio. "¿Cree usted, doctor Shapley, que dar la hora es la misión de un científico?" Imitó la voz de un locutor: "Son las 2:33 de la tarde, hora del Observatorio Nacional."

Erro lo hacía reír. Gracias a la radio de Tacubaya, se oyó por primera vez en México música de

San Antonio, Texas. "El Observatorio por poco y desaparece porque el público prefería escuchar música gringa: 'Daisy, Daisy' y 'Oh my darling, oh my darling, oh my darling Clementine'."

El director del Observatorio de Harvard citaba a Erro con frecuencia. ¿Sabía Shapley que el sol determina el sexo de las tortugas? Si los huevos recibían mucho sol dentro del nido de arena, serían hembras, si la temperatura era fría, machos. Ecléctico, Shapley decidió recibir con regularidad a ese interlocutor de altura, que además lo distraía. Cada encuentro lo fortalecía en su intención de impulsar un observatorio moderno en México. Antifascista como Erro, se había preocupado por traer a los científicos europeos en peligro a los grandes centros de enseñanza estadounidenses. ¿No estaba Einstein en Princeton desde octubre de 1933? Seguirían viniendo judíos y no judíos expulsados por la guerra y el liberalismo de Shapley le crearía problemas con McCarthy. En cambio, los norteamericanos trataban a México como su traspatio y él sentía curiosidad por ese vasto territorio en el cual el tiempo se medía de otra manera. Los mexicanos suplían con inventiva su falta de academia y de laboratorios, y a lo mejor su misma virginidad los haría llegar a conclusiones inesperadas. Desde luego, Erro lo había desarmado. Shapley creía en la comunidad de las naciones y como Europa estaba entrampada, ahora buscaba el panamericanismo. Unirse a América Latina y ganarla como aliada era una mejor política que la del *Big Stick*.

Carlos Graef Fernández contribuyó a la simpatía de Shapley por Erro. ¿Se había fijado en el aparato de sordera que usaba Erro? Le reprodujo una escena en la Cámara cuando Erro, diputado de la XXXVI legislatura, arrebataba a sus oyentes; durante alguna de sus célebres polémicas se desató una balacera, los legisladores se aventaron bajo las curules de terciopelo rojo y el diputado Erro siguió en la tribuna. Cuando terminó su magnífica alocución, sus compañeros lo felicitaron:

—¡Eres un valiente!

—¿Por qué?

—Porque a la hora de la balacera ni siquiera te agachaste.

—¡Qué! ¿Hubo una balacera?

En otra ocasión al caérsele su aparato contra la sordera, se inclinó para buscarlo y la bala a él destinada pegó en el respaldo del asiento delantero.

Graef le reprodujo el diálogo entre Erro y el futuro presidente de la República:

—¿Qué puesto quiere ocupar en mi gobierno?

—Quiero un observatorio astrofísico.

— Lo tendrá con una condición, que sea en mi estado —accedió Ávila Camacho.

Era impensable que algo así sucediera en Estados Unidos. Shapley nunca había puesto dinero de su bolsa en su propia investigación. Las cosas no funcionaban así, el Estado proveía. "Some guys, these Mexicans!" Graef era brillante. Riguroso y objetivo, Manuel Sandoval Vallarta se hizo amigo del Premio Nóbel Arthur Compton y Norbert Wiener lo estimaba así como a Arturo Rosenblueth, una lumbrera en cibernética. No cualquiera se graduaba de MIT. A los veintiséis años, Sandoval Vallarta tenía la reputación de ser un investigador de primera. Él y el abate Georges Lemaître eran autores de una teoría de rayos cósmicos. ¡Diablo, estos mexicanos tenían algo adentro y había que ayudarlos!

12

Escuchar a Erro era un regalo inmerecido, así lo vivía Lorenzo. Sin sospecharlo, Erro le ofrecía una salida a su angustia. "No vaya usted a creer que estamos en la calle. Manuel Sandoval Vallarta tomó el curso de relatividad de Albert Einstein, el de teoría electromagnética de Max Plank, el de mecánica ondulatoria con Erwin Schrödinger. Permaneció tres años en Berlín, que como usted sabe, es el centro mundial de la física. Carlos Graef trabaja con los más eminentes físicos teóricos del mundo y se llevó a Harvard al joven Félix Recillas, una promesa en matemáticas. Chandrasekhar se interesó en él. A pesar de nuestra falta de equipo, Tena, en la Universidad hay gente de primer nivel. Así como en MIT han destacado los mexicanos, en México Sotero Prieto formó a Graef y a Barajas, a Nápoles Gándara, a López Monges; la investigación científica y la educación superior se consolidan, pero tenemos que interesar al gobierno para que nos ayude, porque si los gringos lo hacen todo, perderemos nuestra autonomía."

El nacionalismo de Erro coincidía con el de Lorenzo. "Welcome, welcome Mister Buckley" era una de las vergüenzas de su infancia.

—Si no convencemos al gobierno de que impulse a la ciencia, no habrá observatorio.

—Pero, ¿cómo? Son unas bestias apocalípticas...

—Desde luego, si usted los llama bestias, no va a lograr nada. Demuéstreles que sin ciencia no saldremos adelante, no seamos pusilánimes. Manuel Sandoval Vallarta no lo fue en el MIT y vea usted los resultados; transformó al Instituto de simple escuela de ingeniería en centro de investigación avanzada en física y matemáticas, claro, con la colaboración de otros cerebros. Vea usted, amigo Tena, lo que el MIT representa en el mundo de las ciencias. No hay razón para que México se quede a la zaga. Hay que convencer al gobierno.

—Eso sólo usted que los conoce y sabe torearlos.

—O se dan cuenta de que es un deber primario con la humanidad y con ellos mismos o se los lleva la trampa. Por lo pronto, me he propuesto reclutar astrónomos para un nuevo observatorio. Tacubaya no sirve. Necesito cerebros. Véngase conmigo, no se arrepentirá. Usted tiene madera de astrofísico.

¡Qué sorpresiva la vida y qué grande! Mucho más grande que uno, tenía razón Revueltas. Ya le andaba por contárselo. Sentía que ahora vivía mientras Revueltas se debatía allá abajo, en el caldo de cultivo de su paternidad recién estrenada, en ese caldo primario y hormonal en el que las mujeres empantanan a los hombres con su diminuto cerebro y su útero que se esponja cada mes. También *Combate* se movía a nivel celular, le faltaba sangre nueva, entrar en contacto con una realidad que seguramente le resultaría espantosa. Era mejor abstraerse y esa posibilidad se la brindaba Luis Enrique Erro.

El día era sólo un tránsito en el que cumplía de mala gana las tareas encomendadas por Bassols y que además no lo llevarían a nada. De eso, Lorenzo tenía la penosa certeza. La noche se hizo día y el día un somnoliento compás de espera.

Lorenzo abría los ojos con el trino del primer pájaro y se repetía: "Esto sí es vida". Corría enfebrecido a la colonia del Valle a revelar las placas. Después de examinarlas en el microscopio, a las once de la mañana cerraba con religiosidad la puerta de ese templo que le proporcionaba tanta riqueza y se iba a la primera fonda a almorzar y luego a la Liga de Acción Política. Las visiones del microscopio lo perseguían en todo momento, las imágenes eran música y pintura: veía a Miró, a Klee, a Kandinsky, escuchaba las melodías del espacio, sonidos de flauta que podrían remontarse a sesenta mil años y que bajaban a mezclarse con el oxígeno, la lluvia, los rayos de sol. En las calles por las que caminaba, cada detalle adquiría otra dimensión, encontraba relación con las hojas de los árboles y las hendeduras en la superficie de los muros, los efectos de la luz sacaban la verdadera estructura de objetos que él había visto en el cielo, veía espirales y brazos de galaxia en las células más pequeñas y más ordinarias. Los fenómenos celestes habían irrumpido en su vida cotidiana y hasta en un par de maderos cruzados veía una estrella o los ejes de una explosión de supernova.

Ahora su vida estaba guiada por la Cruz del Sur, rica en nubes estelares, giraba al ritmo vertiginoso de la Nebulosa de Andrómeda, el cinturón de Orión lo tenía preso, su espada lo había armado caballero.

A partir de ese momento las estrellas rigieron sus hábitos. A las cuatro de la tarde regresaba a su casa a dormir. La calle, los portazos, la luz molestaban su sueño, pero el cansancio lo vencía. Ya no pensaba sino en esa extraordinaria y gigantesca organización de miles de millones de soles de la que él era parte. Todo volvía a su justa proporción. La muerte de Florencia había tenido una razón de ser, también la de Joaquín de Tena, seguramente en el oxígeno existente y sobre todo en el dióxido de carbono exhalado por La Blanquita andaba el aura de su madre. Las delicadas combinaciones moleculares fueron las que empujaron a Emilia a San Antonio y los rayos cósmicos, los autores de la vida de Santiago. La de Leticia ya no le parecía tan afrentosa, obedecía a leyes, a la combinación del metano, el agua, el amoniaco, el hidrógeno, el uranio, y si resultaba primitiva era porque Emilia la mayor, con su rebeldía, había logrado salvarse de los males de la condición femenina y su descomposición vegetal. Ahora Lorenzo pensaba más en los isótopos radiactivos que en las planillas del autobús, y las propiedades químicas y espectroscópicas señaladas por Luis Enrique Erro sustituían a las formas que creyó inmutables, la de la sociedad mexicana cruelmente jerarquizada que había rechazado a su madre.

"¡La tía Tana! ¡Se me borró por completo la tía Tana!", despertó sobresaltado una tarde y decidió ir a verla. Hacía seis meses que no la visitaba. ¡Qué raro, no sentía contra ella el menor rencor!

La salud de su tía, considerablemente desmejorada, lo alarmó. "Son los años", dijo Tila, robusta a más no poder. "La perra también ya se hizo viejita." El copete blanco de Fifí ya no era tan alto y su pelaje amarilleaba en el vientre, en las patas, alrededor de los ojos que las ojeras ahondaban en un socavón. También en el rostro de marfil de Cayetana, los ojos desaparecían. "Todos nos tenemos que morir", filosofó Tila. "Ya ve, don Joaquín que era más joven, murió antes. A él todavía no le tocaba", reclamó rencorosa y otra vez lo hizo pensar en qué clase de relación había tenido con su padre.

A diferencia de Tila, Lorenzo tuvo el sentimiento de que Cayetana le haría falta. Juan andaba en lo suyo, Leticia también, Emilia y Santiago en los Estados Unidos, sólo su tía lo ligaba al pasado. Tana era su sangre, le hacía falta su memoria y su tiempo. Por más que pretendía razonarlo, su tía iba a llevarse algo que sólo ella podría darle y sólo él era capaz de asimilar. De pronto quería saber más. ¿Quién era su padre? ¿Cómo había conocido a Florencia, dónde, cuándo? Estaba lleno de preguntas sin respuesta. Un hilo de voz iba de su boca al oído de Lorenzo, intentaba tomar aire del espacio cercano a sus labios, el rostro exangüe palidecía. Acomodada entre cojines sobre su *chaise-longue*, el pelo blanco mal recogido, Fifí acostada en sus piernas, Tana parecía esperar. Nadie la requería salvo la entrada en tromba de Leticia que girasoleaba por toda la casa llenándola de naranjas y de amarillos. Estoica, Tana nunca hacía el recuento de sus dolores o decepciones. Jamás un lamento. Ni un solo reproche. Al contrario. "La vida ha sido generosa conmigo."

Una tarde tomó la mano de Lorenzo y murmuró con su voz cascada: "Estoy orgullosa de ti." Lorenzo se llevó a los labios la palma transparente: "También yo de ti, tía", la besó sonriéndole.

De las entrañas de esa mujer cadavérica hubiera querido sacar alguna enseñanza pero ya era tarde. Tana habría de darle otra sorpresa. En los últimos días empezó a sudar frío y a temblar. "Es la enfermedad", se tranquilizó Lorenzo. "Es el miedo", sentenció Tila, cruel. "Su tía le tiene miedo a morir." Lorenzo se molestó. Tila no enjugaba con suficiente premura la frente empapada de su tía, no cambiaba su ropa de cama con rapidez. "Ya no se da cuenta de nada." "Sí se da cuenta, puesto que tiembla." "Es el miedo", repetía Tila. También la perrita Fifí sacudía su osamenta. Compartían las mismas mechas blancas caídas, alisadas con pipí y con la linfa de sus cuerpos desbaratados. Una tarde, Leticia entró dando un portazo y se inclinó para besar a su tía. Ésta se agarró con fuerza inesperada de su cuello y dijo en voz casi inaudible: "No me dejes." "Claro que no, tía, aquí estamos Lorenzo y yo." La muerte ejecutaba a Cayetana de Tena, clavándola a la cruz de La Votiva, la Sagrada Familia, el Sagrado Corazón, La Profesa, el University Club, el Jockey Club, el Club de Polo cuyos trofeos se empolvaban en la sala. Mientras la Virgen de Lourdes veía al cielo y las jaculatorias eran sólo balbuceos, las cuentas del rosario se volvían espinas en su cabeza. ¿Así termina la aventura humana?, se preguntó Lorenzo. Desgarrado, nada podía hacer frente a su boca abierta, el paladar expuesto, perdido todo pudor, el estertor de la muerte invadiendo cada resquicio. "¿No puedes cerrarle la boca?", le preguntó a Tila. "No, niño, no —se apiadó ella— así es la muerte, tú nomás con no fijarte." Lorenzo quiso hacerse a la idea de que su paladar era el esqueleto de un diminuto navío en construcción pero como no funcionó, optó por mirar por la ventana. El estertor no iba a terminar nunca. ¿Cómo podían los pulmones de una moribunda producir un sonido tan poderoso? El aire que llegaba a su rostro no calmaba el ardor en sus mejillas. "Ojalá se acabe", murmuró para sí. "El miedo da muchas fuerzas", sentenció Tila. Leticia, ausente, hacía falta. Sin ella, todo se volvía sórdido. Sin pensarlo dos veces, Lorenzo prendió un cigarro. Tila no protestó. Ya para qué. Entonces se volvió a Tila y le dijo con los ojos llenos de lágrimas:

—No aguanto que esto le suceda. Creo que jamás he sentido tanto respeto por alguien como por ella.

Tila no respondió. Sólo en la noche, y ya en presencia de una Leticia que desbordaba vida y optimismo, Tana expiró. A los pocos días también, al séptimo rosario para ser exactos, Fifí la siguió y Lorenzo le ordenó a Tila que la enterrara en el jardín. "Abonará la tierra." Tila le comunicó: "Yo también quiero irme a mi tierra. Ya es hora. Quisiera llevarme el ajuarcito que me regaló su tía pero no sé cómo hacerle." Como un relámpago, Lorenzo recordó que una noche en que se había puesto smoking y luchaba contra su corbata de moñito en el gran espejo de la sala, su padre se colocó tras él, puso sus manos en torno a su cuello y la hizo perfectamente. "De esas cosas yo sí sé", intentó abrazar a su hijo. Sin darle las gracias, Lorenzo salió a la calle a esperar a Diego Beristáin. Por un segundo, el del relámpago, le remordió la conciencia. "Pobre papá, en el fondo era inocuo."

Lorenzo alquiló un camión de mudanza y cuando cerró por última vez, tras de Tila, la puerta de la casa en la calle de Lucerna, supo claramente que si tía Tana se había llevado consigo sus pobres secretos; él descubriría otros y éstos, por definición, serían esenciales.

La muerte de Cayetana tuvo el carácter de exclusividad y recato que dicta la elegancia. De todas las tristezas, la que más le caló a Lorenzo fue la de Tila que repetía, la cabeza escondida dentro de su delantal: "La señora Tana era muy buena, muy buena, muy buena." Pronto la casa se desmembró. Lorenzo se enteró con sorpresa que era de alquiler. Tana, por orgullo, nunca lo reveló. Con razón cuidaba tanto el dinero. Los muebles más bellos se los llevó la tía Almudena a Houston. Algunos se los daría a Emilia, si es que los pedía. O a Santiago. ¿Quería Lorenzo quitárselos de encima como le había quitado la partícula "de" a su apellido o deseaba conservar algún biombo colonial, algún bargueño? Claro que Lorenzo no quería nada, si ni a casa llegaba. "Tía Almudena, todo es tuyo, sabrás cuidarlo mejor que nadie."

A los tres meses cuando tuvo que pasar frente a la casa de Lucerna vio un letrero colgado: "Se alquila". Sin habitantes era sólo una más, igual a todas las de la colonia Juárez, gris y más bien pequeña. No parecía darle el sol. Se había enfriado de tanto abandono. No tenía ya fuerza gravitacional, se esfumaba. Eran ellos quienes le daban sentido, los De Tena. Lorenzo supo que algo también se apagaba dentro de él. No quería ni que le llegara el eco de ese espacio sin luz, ese gas sin elementos pesados que alguna vez configuró su estrella.

13

Así es que ésa había sido la vida de Juan, préstame y luego te pago, aquí traigo la factura del carro en garantía, deudas, trampas, pleitos callejeros, trancazos, encuentros con la policía, mira nada más qué idiota soy, dejé que me agarrara la tira, violencia y cárceles, maldita sea, otra vez, la última de seis meses en el negro Palacio de Lecumberri. Irascible, tenían que apresarlo entre cuatro porque si no nadie podía con él, quién sabe de dónde le salía tanta fuerza, quizá de la rabia. Se defendía como un león, pero nunca de sus socios abusivos y tramposos, que lo convertían en chivo expiatorio para salvar el pellejo. Juan tenía que responder a la demanda y era él, el más joven, quien iba a dar al bote. "Basta de socios", dijo al salir de una de sus cárceles y puso una pequeña fábrica de refrigeradores de gas en la avenida Observatorio. Al año, una serie de problemas con el fisco, los obreros, los veladores del terreno lo obligaron a cerrar. Ahora, malvivía en un cuarto de azotea.

—Hermano, ¿quieres venir a trabajar a Tonantzintla, Puebla? Luis Enrique Erro está montando un observatorio astronómico.

Erro detectó de inmediato las posibilidades de Juan, también la inquietud que lo atenazaba; por algo era hermano de Lorenzo.

Desde el edificio principal sobre cuya facha-
da Luis Enrique Erro mandó grabar en griego una
frase del Prometeo de Esquilo: "Dios liberó a los
hombres del temor a la muerte dándoles quiméricas
esperanzas", la vista del Valle de Cholula era insuperable, los volcanes podían contemplarse casi todo el
año. Y contemplarse era la palabra porque nada más
propicio a la meditación que ese paisaje que enlazaba
el valle y la montaña, asentándolos sobre la tierra para
dar un peso y una razón de ser a la vida de los habitantes. Pocos iban a Puebla a la fábrica de Talavera en
bicicleta a trabajar ocho horas diarias. La vida transcurría al son de las campanas. Su tañido hacía pensar
en López Velarde y en su lenta conversación con el
campanero. Las campanas eran trescientas sesenta y
seis, una para cada día del año y una más para los
años bisiestos, alojadas en los campanarios de trescientas sesenta y cinco iglesias. ¿Cómo tañerían cuando repicaban al unísono? Abajo despuntaba la milpa,
mugían las vacas y algún burro rebuznaba haciéndo-
los mirarse: "La burra de Emilia", añoraban. Quizá
pensaron en Florencia pero no lo dijeron.

—Lo que está buscando, amigo De Tena, quizá lo encuentre aquí —dijo el director—. Vivimos
tiempos difíciles, sé que usted los vive. Le ofrezco
una disciplina que se basa en el rigor y en el ejercicio
de la razón.

—¿Razón en un país donde todo es escapis-
mo? —ironizó Juan de Tena tal como lo habría hecho su hermano.

—Sí. Aquí usted observará y estudiará una
fracción de lo que hay más allá de nuestro entendi-

miento. Necesito buenos matemáticos. Su hermano Lorenzo es un observador, usted tiene dotes para la abstracción, comentan sus mayores.

Juan se sorprendió.

—Yo he descubierto estrellas variables y sigo buscando, amigo De Tena. Creo en la especie humana.

—Yo no.

—¿A los veintiocho años? Volverá a creer, amigo De Tena, volverá a creer. Mientras más estudie lo que antes se creía divino y más se acerque a los sistemas planetarios, más importancia le dará usted a nuestro cerebro. Lo que verá allá arriba le hará creer en los hombres y se dará cuenta de que entre los procesos químicos y físicos de su cerebro y los del cielo hay comunicación. Su cerebro puede resolver enigmas. El nuestro es el cielo de abajo. Aquí vivimos lo que sucede arriba. Por este telescopio, usted verá a distancias de diez millones de años luz o más, y allá lo esperan galaxias que van a influir en su evolución biológica.

¿Así que este cerro pelón era el Observatorio? Juan miró el pueblo que parecía deshabitado como casi todos los de México, y la loma en la que Erro mandó construir el Observatorio, hongo solitario. A su lado, ni un asomo de milpa. "Allá arriba sólo se dan los guijarros que la lluvia hace rodar para abajo", habría de decirle días más tarde don Crispín el de la miscelánea. Su velicito le pesó. ¿En dónde viviría si ninguna puerta se abría, si nadie se asomaba a su paso aunque en los corrales se oyera el cacarear de las gallinas? Alguien debía alimentarlas. De pronto, a la vuelta de la curva vio el pino. Se lo diría a Erro:

"Arriba pueden sembrarse árboles puesto que ya hay un pino." Probablemente le respondería que él había venido a hacer astronomía, no reforestación.

Empezaba el invierno de aire transparente, noches largas y madrugadas heladas. "Es la mejor época del año para observar, hermano", le dijo Lorenzo contento de verlo.

Esa tarde Erro tomó té con los dos hermanos.

—¿No le parece un sitio ideal, amigo Juan? Miren ustedes, allá al este, el Popocatépetl y la Iztaccíhuatl, al oeste, La Malinche y más allá el Pico de Orizaba, aquí el paso de Cortés. ¿Qué más podrían pedir en este escenario grandioso? ¿Ya notó la calidad del aire, condición fundamental para la observación del cielo, amigo Juan? Al norte puede distinguirse la pirámide de Cholula, ¿la ve usted rematada por una iglesia colonial? Más abajo está Chipilo, donde unos italianos hacen la mejor mantequilla y el mejor queso. Así que, amigo Juan, tiene el privilegio de trabajar en uno de los sitios más notables de México.

En la loma sólo destacaba el edificio de las oficinas con una gran escalera de "proporciones griegas —presumió Erro sonriente—, porque quisiéramos que el nuestro fuera el Partenón de la astronomía mexicana. Atrás instalamos el equipo, un telescopio Weiss, un cuarto oscuro, un archivo de placas."

De pie junto a Erro, Lorenzo miró hacia Puebla de los Ángeles, cada vez más extendida.

—¿No teme usted, señor, que pase con Puebla lo mismo que en la ciudad de México y nos invada con su iluminación cada vez más intensa? —preguntó sin dejar de entrecerrar los ojos para ver más lejos.

—¡Con razón tiene fama de pesimista, amigo Tena! Graef dice que falta mucho para que advenga semejante desgracia.

Erro dependía de la sabiduría de Carlos Graef Fernández. Graef tenía, asimismo, una gran capacidad de convocatoria. Apenas se oía reír en el pasillo, la gente sabía: "¡Allí viene Graef!" Barajas decía: "¡Graef es una gran risa!" Su tendencia al sobrepeso le daba la cordialidad de los gordos; el único en Tonantzintla con grado de doctor en matemáticas del Tecnológico de Massachusetts, alumno de Sandoval Vallarta en el mismo MIT; seguía a Luis Enrique Erro, a quien quería entrañablemente, pero no más que a Alberto Barajas. Erro había ido a buscarlo a Massachusetts para que le ayudara al proyecto de Tonantzintla. Formaban una pareja disímbola. Erro, delgado y elegante con un aparato contra la sordera que le mordía parte de la oreja; Graef, pequeño, redondo, dispuesto a una cordialidad que lo volvía entrañable.

Entrenado con los norteamericanos, Graef se acostumbró a las discusiones en grupo y algunas noches permanecía con Erro hasta altas horas. La puerta abierta de su oficina permitía que se oyeran las voces acaloradas, como si estuvieran peleando. Cuando Lorenzo se detuvo en la puerta, Erro lo llamó: "Pase Tena, pase, jálese una silla, lo necesitamos. Hablamos de la gravitación." A raíz de esa primera noche, incluyeron a Lorenzo en el grupo. Fernando Alba Andrade, tranquilo, reflexivo, inspiraba confianza. Recién casado, vivía en Puebla y sólo en contadas ocasiones pernoctaba en Tonantzintla.

Cuando Alberto Barajas venía de México a ver a su amigo Graef, las discusiones se volvían aún más candentes. Graef jalaba la paleta de un mesabanco y tomaba notas en hojas sueltas. Como su letra era grande, llenaba la hoja con una o dos ecuaciones hechas en voz alta. Barajas se estiraba, cuan largo era, los pies sobre el escritorio de Graef y así, echado para atrás, miraba al techo. Graef dictaba sus ecuaciones hasta que de repente oía:

—¡No!

—¿Por qué no? —rugía poniéndose de pie.

Barajas condescendía a enderezarse, explicaba, volvía a su postura inicial y Graef a sus hojas sueltas.

A Lorenzo lo sacaba de quicio que en ciencia hubiera siempre dos posibilidades y las dos fueran buenas. Antes que los otros, Graef disparaba sus ideas hacia campos en los que él no había reflexionado. Graef le enseñaba cómo hacer física. Fernando Alba Andrade compartía sus conocimientos. A veces, Erro tenía destellos de genio pero respetuoso ante los académicos, esos sí doctores en forma, daba sus hipótesis sin esperar que los sabios las discutieran. Tena sí, Tena levantaba hacia él ojos emocionados y esa sola mirada lo gratificaba más que mil palabras. "Habría sido bueno tener un hijo así", se decía Erro, pero por nada del mundo se lo habría dicho al orgulloso aprendiz, que mostraba más aptitudes para confrontarlo que para someterse. Graef, con su acostumbrada bonhomía, inquiría curioso: "Vamos a ver qué piensa nuestro amigo De Tena" y Lorenzo, abiertas las compuertas, se enfrascaba en una discusión violenta. "Eso no puede ser, amigo, porque el electrón avanza por el tiempo y por el espacio." Cuando Erro indicaba que por su sordera algo se le escapaba, hablaban más despacio pero un instante después sus ideas cabalgaban atropellándose. Ya Lorenzo era uno de ellos. Su taza de café negro se enfriaba. Cuando al cenicero no le cabía una colilla más, Erro iba a tirar su contenido y ninguno lo notaba.

Lorenzo pidió autorización para que su hermano Juan asistiera a las improvisadas discusiones y Graef y Fernando Alba, que le daban clase, aprobaron de inmediato. "Ha hecho progresos espectaculares. En tres meses sabe más que un estudiante de segundo año en la Facultad de Ciencias. Tráigalo usted, ¿qué está esperando?", se entusiasmó Alba. Esa noche, el que se llevó la sorpresa fue Lorenzo. Juan se metió en la contienda como quien se tira al ruedo. ¿Cómo sabía tanto? ¿Dónde lo había aprendido? A diferencia de Lorenzo, que esperó más de cinco días para intervenir estimulado por Graef, a ver, a ver, amigo, no se quede callado, a usted le brillan los ojos, Juan desconocía el respeto por sus mayores.

La fogosidad de los dos hermanos les hacía bien a él, a Alba, a Erro y a Barajas cuando venía de la ciudad de México. Juan echaba mano de su intuición y casi siempre llegaba a las mismas conclusiones que Barajas. "¿Cómo llegó usted a ese resultado, De Tena, dígamelo, apúnteme aquí sus ecuaciones", y le quitaba una hoja a Graef para dársela a Juan, que no podía ponerlas en papel. Sin embargo, su resultado era el bueno. Alba entonces se echaba para atrás, complacido. La ciencia en México tenía futuro si contaba con semejantes cerebros.

"Sport is very good for scientists", decía Shapley en Harvard y Erro siguió su consejo al pie de la letra. En la tarde, descargaban energía en algún partido de básquetbol. Erro brincaba como chapulín. Consumado deportista, Graef también jugaba y como el director lo hacía sin su aparato para la sordera, imposible enterarse de las mentadas de madre que iban y venían con el balón.

Feliz por el reencuentro con su hermano, Juan no dejaba de asombrarlo. Su presencia desataba un sinfín de imágenes, la película enterrada de su infancia; Juan tras él en la escuela, Juan bailando frenético frente a la tía Tana llamándola "Bruja maldita", Tila tapando cada vaso de leche con una blanca concha de vainilla.

Puebla también los asombraba pero más aún la colina de Tonantzintla, a escasos trece kilómetros.

—Su hermano puede llegar a ser un matemático notable, Graef y Alba lo calaron. Le falta teoría, pero no hay quien le gane en la práctica. Aquí, su capacidad ha suscitado algunas envidias —le comunicó Erro.

De los cuatro, Juan era el hermano más desconocido y ahora competían en el terreno de las matemáticas. Delgadísimo, el rostro de Juan conservaba rastros de sufrimiento. Como en la infancia, no se abría, sólo bromeaba, nada decía de sí mismo, evadía todo salvo las matemáticas. La vida de Emilia o de Leticia lo tenían sin cuidado, del único que quería tener noticias era de Santiago. Del pasado hacía escarnio y a Lorenzo lo desafiaba. El hermano mayor reconocía en él rasgos de su propio carácter. Iniciaba cualquier conversación con un reto a muerte: "¡A que no puedes!..." y poco a poco Lorenzo tuvo la certeza de que nadie tomó en cuenta a Juan, ni siquiera el padre Théwissen y que ninguno, ni siquiera él, supo hacerle justicia. Juan era un estudiante superior a lo normal, pero como Lorenzo también destacaba, el talento de su hermano pasó desapercibido.

En la casa de Lucerna, la ciencia o la cultura valían menos que las buenas maneras. Cayetana firmaba las boletas de calificaciones sin verlas. Jamás felicitó a sus sobrinos, a la única que reconocía era a Leticia. Al repartir las monedas de los domingos, Joaquín de Tena se saltaba a Juan. "Ese niño es malo", concluía doña Cayetana. ¡Qué solo debió sentirse el pequeño Juan! Con razón se la vivía en la calle.

"A tu hermano Juan le tengo una enorme y bien fundada desconfianza. Nunca sé lo que hace y mucho menos lo que está pensando." Cayetana de Tena poseía la crueldad de la inconciencia.

A Juan, sus maestros lo rechazaron en la escuela porque cuestionaba sus planteamientos, les hacía preguntas que no sabían responder e insistía en que tal o cual problema tenía otra solución. Cada vez que levantaba la mano, los maestros lo ignoraban porque temían que los pusiera en evidencia. "Eres taimado y mañoso", lo agredió la maestra de geografía cuando Juan le demostró ante treinta y siete alumnos que no sabía dónde estaba el ecuador. Se propuso dañarlo y la comunidad hizo causa con ella para aislar al sobresaliente.

Al llegar al sexto de primaria, Juan, sin decírselo a nadie, decidió buscar otro mundo, el que había atisbado en la calle. Se hizo amigo de los de la miscelánea, la tlapalería, la farmacia, aquellos que veía en el recorrido de su casa a la escuela, pedía alambre en un lado, alcohol en otro y en un traspatio se lanzó a experimentos que en la calle causaron sensación. "Voy a fabricar el primer refrigerador mexicano." Un día compuso el radio del dueño de la farmacia. Otro, inventó un automovilito al que se le prendían los faros para la hija de la encargada de la miscelánea. "Farol de la calle, oscuridad de tu casa", Juanito era un héroe en todas partes menos en Lucerna 177 y en la escuela. ¿Cuál había sido la adolescencia de Juan? Misterio. Lorenzo se separó de él porque no devolvía jamás los cinco, diez y hasta veinte pesos emprestados. Más tarde, Leticia le contó que en la madrugada Juan recogía a las prostitutas de San Juan de Letrán para devolverlas a su casa: "¡¿Quéeeeeee?!" "Sí, él es el que les hace el favor de acompañarlas." "¿En qué?" "Juan tiene coche, hermano." "¿De dónde?" "Él se lo compró, es listo. Tú vives ensimismado, no te das cuenta de nada."

Indignado, Lorenzo eliminó a su hermano de su vida. "Un padrote, eso es Juan, un padrote. Me lo voy a madrear." Pasaron los días y Lorenzo desistió de su propósito. Después de todo, cada quien había agarrado su camino y Lorenzo no podía responsabilizarse sino de Leticia, que ya era mucho paquete.

Ahora, en el Observatorio de Tonantzintla, Lorenzo se llenaba de asombro al exhumar a ese hermano impenetrable. ¿Qué pensaría Revueltas, tan unido a sus hermanos Fermín y Silvestre? A Juan lo veía con extrañeza. No es que quisiera acercarse a él, más bien buscaba descubrirlo. Se lo preguntó en alguna de sus largas caminatas: "¿Qué clase de bicho eres? ¿Cómo llegaste hasta aquí?" Ambos compartían una rabia sorda que a veces reventaba y los ponía a temblar, distorsionándolos a ellos y su visión del mundo. "¿En dónde anduviste, hermano?", lo interrogó un día en que bajaron al pueblo y decidieron ir a comer hasta Puebla. Los dos fumaban. Prendían su cigarrillo con la colilla del anterior. "Vamos a dejar de fumar algún día", lo conminó Lorenzo. "Prefiero dejar de comer", rió Juan, y en eso también se reconoció en él.

Sentados en el camión, además de disertar acerca de los enigmas de la cuadratura del círculo, Juan, entusiasmado por el interés del mayor, le contó de sus negocios y a medida que los enumeraba Lorenzo fue poniéndose más sombrío. Juan, dueño de una fundidora, volvería a tener otra; adquirió un terreno para construir en él hornos de alta temperatura, pero como sus permisos no estaban en regla, los inspectores le cerraron la fábrica. No hubo mordida que contara. "Aquí en el Observatorio sólo voy a estar una temporada, hermano, tengo pensado viajar a la frontera a vender un fierro esponja de mi invención para estructuras especiales, cubiertas para gasolineras, techos que semejan alas. A mi invento le puse la Tenalosa, ¿qué te parece, hermano? Si no me sale ese negocio, en Tampico me espera otro de importación y exportación de varillas." En sus ratos de ocio, Juan había ideado patines. "¿Patines, hermano?" "Sí, de una sola lámina como los de hielo y no de cuatro ruedas sino seis pequeñitas, y seguro tienen un gran futuro." A la primera oportunidad, visitaría a Emilia en San Antonio y la haría socia: directora de la sucursal norteamericana.

"Tú eres yo mismo, hermano", habría querido decirle Lorenzo. ¿Hasta dónde podía llegar la locura? De su vida personal, Juan seguía sin soltar palabra, pero como Lorenzo también guardaba su intimidad, el suyo era un pacto de caballeros. "No somos más que lo que no somos", habría dicho Sartre.

Como él, Juan vivía en una casa de Tonantzintla, pero nunca le indicó cuál. Aunque en un pueblo tan chico era fácil averiguarlo, Lorenzo se abstuvo de preguntar. Al igual que su tía Cayetana, mantenía las distancias y sin decírselo abiertamente supo que también desconfiaba. Prefería caminar solo a hacerlo con Juan, cuyos planes lo alteraban.

Su angustia no tuvo límites cuando Juan no apareció. Según los habitantes de Tonantzintla había emprendido una excursión al Popo. ¿Solo? Quién sabe. ¿Bien abrigado? Sabe. Al salir de la miscelánea donde tomaba cerveza de pie en el mostrador gritó a quien quisiera oírlo: "Voy a subir al Popo, llegaré a la cima, ahí nos vidrios", como si cualquier cosa, como ir a Cholula a la cantina. ¡Qué coraje con ese hermano! Lorenzo insistió exacerbado. ¿Iba solo o con acompañantes? Quién sabe. ¡Qué irresponsable lanzarse a la aventura sin tener las condiciones ni la destreza. ¿Era montañista siquiera, sabía escalar? Pinche Juan, qué ganas de ahorcarlo. ¿Cómo podía poner su vida en riesgo cuando hacía falta en Tonantzintla? ¿Acaso era alpinista? ¿Sabría que las tres reglas del montañismo son: primero salvarse a sí mismo, segundo, salvar al que se pueda y tercero, si se tiene que escoger, salvar a la persona con más oportunidades de sobrevivir? ¿Se le ocurriría al menos salvarse a sí mismo?

Al quinto día, Lorenzo, fuera de sí, decidió ir a la montaña por su hermano. Enfundado en una gruesa chamarra comenzó a escalar. El simple acto de pensar que cada paso que daba Juan podía precipitarlo a la muerte lo lanzó a un estado de tensión extrema. Al término del día, la tensión desapareció y su pensamiento se volvió confuso. Seguramente a su cerebro le faltaba oxígeno, porque cuando se detuvo a tomar aliento con don Candelario, que se ofreció a acompañarlo, no entendió, por más que se esforzó, la frase que le repetía. Le faltaba el aire. Don Cande, en cambio, parecía estar alerta aunque respiraba muy rápido. "Hay que tomar agua —le pasó una botella—, porque es peligrosa la deshidratación." ¡Qué sabio! A Lorenzo le dio un ataque de tos muy prolongado. "Es que aquí se secan los pulmones", le explicó. "La garganta se seca a tal grado que las costillas se fracturan de tanto toser." Lorenzo lo escuchaba lejos, como si se encontrara a veinte metros de distancia. No sentía los dedos de sus pies ni sus manos. "Profesor, está usted blanco como papel de escribir. Es mala señal, regresemos." Como si le hubieran dado permiso, Lorenzo se levantó a vomitar y cuando Candelario se dio la media vuelta para descender Lorenzo lo siguió sin decir palabra. Guardó silencio también en el autobús a Tonantzintla. Ni siquiera escuchó a Candelario decirle:

—Como que su cerebro necesita más aire o más sangre, ¿o no, profesor?

Lorenzo no podía pensar sino en Juan allá arriba, dondequiera que estuviera.

En la entrada del Observatorio, Guarneros le comunicó triunfante:

—Profesor, su hermano llegó al ratito de que usted salió a buscarlo...

14

La casa de los Toxqui era de tierra, el suelo también, la barda de piedras encimadas, el tecorral se calcinaba al sol, el excusado, un paraíso de moscas zumbonas. En el techo de su habitación, como único lujo, colgaba junto al foco un listón amarillo que se iba ennegreciendo de moscas. Pero doña Martina había cubierto los muros exteriores de latas de Mobil Oil en las que florecían geranios y en palanganas despostilladas crecían hierbas de olor. Se la pasaba lavando. El primer día le regaló, con una limpia sonrisa, un jabón Palmolive, informándole que pronto estaría listo el baño con su regadera y lo cumplió porque al mes llegaron los azulejos. "Entre tanto, profesor, el baño es a jicarazos bajo la higuera, pero ni quien se asome."

Aunque Martina regañara a sus hijos: "Chttttt, está descansando el profesor", Lorenzo no dormía más de seis horas. En el patio gruñían dos puercos negros, cacareaban las gallinas, se rascaban los perros y un burrito esperaba su carga del día. ¿Otra vez Florencia? Su presencia se hacía sentir más en el campo que en la ciudad y vivir en Tonantzintla era un regreso a la huerta de San Lucas. Quizá por eso Lorenzo se sentía tan bien.

Cuando el sol iba camino al cenit, Lorenzo, de espléndido humor, entraba al cuarto oscuro a revelar sus placas para luego sentarse frente al microscopio y examinarlas. El mundo aparentemente inanimado que había visto insomne la noche anterior se concentraba en una placa y Lorenzo marcaba la estrella con una diminuta equis.

Por las cosas de la Tierra, a veces hasta por Juan y sus descabellados proyectos, sentía una repulsión cósmica, si así pudiera llamársele. Sin embargo, los domingos cuando don Lucas Toxqui lo convidaba a comer mole de guajolote, acudía con gusto porque don Lucas era tiempero, su relación más poderosa, la definitiva era con los volcanes. El Popo y la Izta regían su destino. En sus caminatas, Lorenzo había descubierto el poder de las montañas sobre los habitantes; eran dios y diosa a los que les levantaban altares con ofrendas: maíz, frutas, botones en flor, copal y pulque. En realidad eran más dioses que Cristo traído de España para morir en la cruz como una pobre cosa. Como hombre, el Popocatépetl tenía su genio y Toxqui lo llamaba Don Goyo. Los pueblos en la falda de los volcanes no le temían a La Mujer Dormida, su pelo una blanca cauda de nieve. El único que podía acabar con todo era el Popo. Por eso era indispensable la ofrenda, para que no corrieran los ríos de lava llevándose casas y sembradíos.

A Lorenzo se le debilitaban algunas certezas. Ya no estaba tan seguro de que los volcanes no tuvieran poderes. El relato de los tiemperos y los graniceros lo iniciaba en el mundo de la sabiduría popular. ¿No le había predicho Toñita, la muchacha, al verlo a él y a Erro sentados en las gradas del edificio principal que esa noche no observarían?

—¿Por qué, Toñita?

—Porque las moscas están volando muy bajo.

Tenía razón. No pudieron observar. Los fenómenos naturales eran parte de su vida como el maíz, el frijol, el crecimiento de sus hijos. Los volcanes eran esposos, caminaban de la mano, hacían de las aguas, se sentaban a tardear, se peleaban, reconciliaban y dormían abrazados. Su presencia definía la vida de los habitantes del pueblo. Los volcanes eran padre y madre, podían conjurar al viento y al sol.

Las certezas de los graniceros y los tiemperos resarcían a Lorenzo de la angustia visceral que le provocaba ver ese universo en expansión descubierto por Hubble y los miles de galaxias de las cuales sólo éramos una más. Nadie compartía su esfuerzo por entenderlo y Lorenzo se preguntaba si el universo seguiría expandiéndose.

Hablar con los campesinos era remontarse en el tiempo. Escuchaba a don Lucas Toxqui y a Honorio Tecuatl, Filomeno Tepancuatl y a su primo David Quéchol de Pancóatl, cuyo antepasado, muerto en la infancia, estaba enterrado en el atrio de Santa María Tonantzintla tal como rezaba la placa de cerámica azul y blanca: "Dios quiso un ángel Miguel más, para su gloria, 8 de octubre de 1918." Otra placa aún más antigua señalaba: "El día lunes a 1 de febrero se murió don Antonio Bernabé Tecuapetla Escribano que fue de dicho pueblo de Ibica, Tonanrin, año de 1756." Arraigados a su tierra, los del pueblo no sólo pisaban los huesos de sus muertos, tenían una sabiduría tranquila que los hacía decir que si las estrellas en la noche se veían pequeñitas era porque están más lejos de lo que alcanzamos a entender. Conocían al sol por lo que le hace a la tierra, a sus huesos, a su propia piel y lo estudiaban para levantar muros de adobe y techar su casa, llevaban los ciclos solares en las venas y las preguntas que le hacían a Lorenzo no tenían nada de artificiales, al contrario, provenían de una sabiduría antigua. No hablaban del sol como un dios, sino del día en que el hombre llegara a él sin quemarse. "Pero ese día ya no habrá sol, se habrá enfriado y estaremos muertos", decía Lucas Toxqui. Se preocupaban de que el sol desapareciera. "Quién quite y se va y entonces moriremos o tendremos que irnos a otro lado." "¿A qué lado?" "A alguno como éste, si es que lo encontramos." "El sol se mueve, el sol gira, el sol no se detiene así como así." "Sin sol no crece la milpa." "Sin sol no hay verde." "Sin sol, morimos de frío." "Yo creo que al sol le salen chipotes. Esta colina desde la que ustedes observan también es un chipote y seguro allá arriba en el sol hay otro igual. Yo al sol le he visto sus boquetes." "Mire, profesor, a ojo pelón se ve que las estrellas cambian de lugar, lo he comprobado porque de niño escogí mi estrella y ahora que cumplí los cincuenta, se me perdió. No sé si se apagó pero de que se movió, se movió." Don Lucas era el que mayor simpatía despertaba por esa lenta plática y le brindaba una paz inesperada, entre cerveza y cerveza a pico de botella, mientras las mujeres se afanaban en torno al fogón.

A partir del momento en que empezó a observar, Lorenzo se dio cuenta de que el cosmos lo convertía en otro hombre. Claro, viviría entre los demás, caminaría con ellos, los escucharía, comería, sonreiría, pero él tenía un mundo propio mucho más real que el de la vida diaria. Aguantaba la cotidianidad por la sola esperanza de volver al telescopio. La vida de las estrellas le resultaba más auténtica que la de los hombres, a quienes escuchaba con extrañeza y sin curiosidad. A ellos no podía observarlos en el microscopio como a sus placas para predecir su conducta burda en comparación con la de los objetos en el cielo. Al igual que los hombres, las estrellas nacían, crecían y morían; tenían una vida propia fascinante. Para su sorpresa, las estrellas más grandes eran las que brillaban durante menos tiempo y las pequeñitas como las enanas blancas muy, muy densas, duraban mucho. Algún día quizá, dentro de cien mil millones de años, el sol se contraería hasta convertirse en una enana blanca. ¿O habrían nacido las estrellas antes que el propio universo?

A Lorenzo le obsesionaba la muerte de las estrellas. Luis Enrique Erro le dijo que algunas tenían muertes espectaculares.

Así también se apagan los hombres, pensó Lorenzo. Seguro Florencia agotó su combustible antes de tiempo, de ahí su extinción, pero allá andaba fusionando helio e hidrógeno y de vez en cuando parpadeaba para que él la reconociera. Al igual que los hombres, el tiempo y el estilo de vida de una estrella lo determinaba su masa inicial. Desde pequeños, algunos prometían ser hombres de fuerza, otros se desgastaban; quemaban su fuego interior y morían antes de tiempo. Así le sucedería a él, porque exploraría el cielo hasta agotarse, seguiría tomando medidas entre una estrella y otra, calcularía sus ángulos, cotejaría sus tablas, de seguro ya necesitaba anteojos, se convertiría en un detector de objetos estelares y aunque tuviera que anotar millones de cifras no desfallecería; indicaría posiciones y movimientos de más de cien mil estrellas. Erro le aseguró que eran más las estrellas en el cielo que los hombres sobre la Tierra.

Lorenzo adquirió la costumbre de pensar durante el día en el problema de la noche anterior y darle vueltas mientras convivía con los demás. El joven Braulio Iriarte, sobrino del benefactor del Observatorio, lo saludaba: "¿Y cómo está hoy mi sabio distraído?" Seguía su camino sin verlo siquiera.

Los comentarios de Filomeno Tepancuatl, el primo belicoso de don Lucas Toxqui, lo devolvían a la Tierra. Al cumplir un año en el Observatorio, Toxqui le espetó: "Ustedes allá arriba compre y compre aparatos y hace y hace numeritos, y nuestros hijos tienen que ir a la escuela hasta Atlixco porque ni escuela tenemos." La frase lo golpeó. Les haría una escuela pero, ¿con qué? Tenía que encontrar solución a su miseria.

—¿Por qué no cultiva flores, don Filomeno? Aquí se dan a todo dar —preguntó Lorenzo.

—¿La flor?

(Decían "la flor", "el huevo", "el chícharo", "el zapato"; no pluralizaban.)

—Sí, dedíquense a la flor. Usted mismo, don Filomeno, me dijo que los visitantes siempre quieren comprarle sus rosas. En vez de darle a la milpa, dénle a las flores.

—¿Vamos a comer flores?

—Filomeno, no se haga tonto, va a ganar dinero, los suyos comerán de la flor mucho más que del maíz.

¿Dónde obtener dinero para hacer la escuela? Consultó a su hermano y Juan fue explícito: "Galileo tuvo que cortejar a dogos de Venecia, duques y marqueses, para conseguir donativos y comprar las lentes para su telescopio. Viajaba de Venecia a Florencia, de Roma a Venecia para visitar a sus posibles mecenas; a cambio ponía en sus manos las maquetas de sus inventos. Tú sólo tienes que ir al Distrito Federal para ver a tus cuates potentados o a los secretarios de Estado, que te resultarán tan limitados como los príncipes del siglo XVII, que murieron sin darse cuenta de la magnitud de los descubrimientos de Galileo. Olvida tu soberbia, ármate de valor, hermano, recurre a los políticos y a los empresarios, no hay de otra."

—No voy a poder, jamás he pedido nada.

—Ni modo, trágate tu orgullo. Si quieres ayudar al pueblo de Tonantzintla, tendrás que doblar el espinazo y hacer antesala como todos.

"Haga uso de su elocuencia, amigo Tena, cuando quiere es persuasivo, recurra a su don de convencimiento", le pidió Erro, pero hasta ahora Lorenzo no había tocado a una sola puerta. Todo lo que tenía que ver con administración, le repugnaba. Quería hundirse en la noche, vivir para ella, formar parte de la grata simetría del cielo y no debatirse a ras de suelo entre las debilidades humanas.

Apenas clareaba, cuando la incipiente luz blanca le impedía distinguir los planetas, Lorenzo se disponía a regañadientes a cerrar la cúpula. Entumido, estiraba los brazos, movía las piernas y sonreía al oír el kikirikí de los gallos, que se multiplicaban en el pueblo. Todavía un coro de grillos hacía sonar sus élitros en la semioscuridad. "Los grillos traen buena suerte." Descendía al pueblo a paso lento, aún mareado por su alta noche de energía radiante. Ahora eran las estrellas de abajo las que brillaban en la hierba, en los ramajes, centenares de diminutas partículas de luz que entablaban con él un nuevo diálogo.

Lorenzo todo lo relacionaba con el cielo, su verdadera vida estaba allá arriba y se iniciaba en la noche. Para él, el sol mentía y encerraba a la Tierra en un círculo engañoso de luz. Al llegar la noche, la oscuridad le daba al universo su verdadera dimensión: la del abismo, el vacío que le hacía exclamar: "¡Puta madre! ¿Dónde estoy?"

Alguna vez que le habló a su hermano Juan de su soledad cósmica; éste ironizó: "No seas cursi, hermano, no te engañes, pareces la tía Tana. Hechos, la astronomía requiere de hechos no de sentimientos. Tu soledad es de risa loca. No estás viendo el cielo aristotélico de las mil veintisiete estrellas catalogadas cuatrocientos años antes de Cristo; el nuestro es el siglo XX y lo que se te pide no es que te extasíes ante los cráteres de la luna ni que dejes caer la baba de tus sentimientos, sino que descubras el origen del universo, que aún no sabemos cómo surgió hace cinco mil millones de años."

Luis Enrique Erro le encargó conseguir el permiso de la Secretaría de Comunicaciones para pavimentar la carretera de Acatepec a Tonantzintla, un tramo pequeño, indispensable para que entraran los camiones cargueros, y sobre todo para traer la cámara Schmidt enviada por Harlow Shapley, capaz de alcanzar espacios mucho mayores, fotografiar grandes regiones del cielo y ver objetos celestes antes indistinguibles. Después de una antesala que lo irritó, Lorenzo se enfrentó arrogante al subsecretario quien respondió:

—No hay dinero para desviación alguna, jovencito, dígaselo a su jefe. Además, no tenemos por qué gastar un centavo en investigaciones que estarán siempre a la zaga de las del vecino del norte.

Lorenzo perdió los estribos:

—Si dejamos que otro piense por nosotros nunca saldremos adelante. Yo lo único que quiero es utilizar mi cabeza, señor secretario y, por lo visto, usted desea vivir de prestado.

La pavimentación de la carretera se fue al pozo y Lorenzo ganó un poderoso enemigo.

—Yo mismo iré a ver al presidente de la República para arreglar este enojoso asunto. Es usted un pésimo embajador —se encolerizó Erro.

—A ver qué burrada le dice ese asno solemne.

—Mire, Tena, no se pase de listo.

—Por favor, don Luis, usted mismo me contó que cuando le dijeron a Ávila Camacho que los astrónomos trabajaban con espectros, exclamó espantado: ¡Ay, nanita!

El control de Tonantzintla era asunto de Erro, y sin tener conciencia de ello intervenía también en la vida personal de "sus" científicos. Fernando Alba Andrade acompañaba a su esposa a misa simplemente porque estaba enamorado. Erro se indignó y no perdía la ocasión de molestarlo.

—Yo no soy creyente, don Luis —respondió conciliador—, aunque tuve la misma formación religiosa que usted en el Sagrado Corazón. Jesucristo para mí fue un hombre que luchó a su manera por los demás y lo mataron como a tantos otros. Respeto a mi señora y si ella quiere que la acompañe, la acompaño.

Erro siguió ensañándose.

—A ver, a ver, que hable el sacamisas —decía en tono sarcástico.

—Déjelo en paz, don Luis.

—Óigame jovencito...

—No se meta en lo que no le importa, don Luis —intervino Lorenzo.

—Me está usted faltando al respeto.

—Quien abusa de su autoridad es usted.

El incidente causó revuelo y si no es por la intervención de Carlos Graef llega a mayores. El carácter guasón de Graef, sus continuas bromas, eran indispensables en Tonantzintla.

—Miren, todos estamos nerviosos por la llegada del telescopio —rió Graef—, y recomiendo que bajemos a la iglesia de Santa María a revolotear entre ángeles y querubines aunque Erro no entre a la iglesia ni por equivocación.

El telescopio, desarmado, viajó en camión desde Cambridge, Massachusetts, hasta la frontera en Laredo vigilado por graduados de Harvard, uno mexicano y el otro norteamericano. ¿Quién iba a responsabilizarse del traslado desde la frontera hasta Tonantzintla? Erro señaló a los hermanos De Tena.

—Es una prueba de mi confianza.

Félix Recillas condujo el camión hasta Laredo. Moreno, alto, fuerte, de inmediato les resultó simpático a los hermanos De Tena, pero sobre todo a Juan, que empezó a intercambiar con él chistes y bromas. "Tú eres de los míos", lo palmeó Recillas. En cambio, quizá para magnificar su importancia, el copiloto Alvin Prentis contó con lujo de detalles que su padre transportó el telescopio de 100 pulgadas de Monte Wilson en 1915 y el carguero por poco y se va al abismo. La tarea de montar un telescopio era muy peligrosa. Había que medir cada paso. Todavía cuando se despidió, el gringo volvió a repetir: "Cuídense de las eventualidades."

Lorenzo vivió el trayecto en un estado de terror y euforia. La preciosa carga que Juan conducía cambiaría la vida de muchos mexicanos. Avanzaban como paquidermos bajo el sol tras otros tráilers, Lorenzo se mordía las uñas. El telescopio construido en tiempos de guerra al igual que el de Harvard, el del Instituto de Tecnología de Cleveland y el del Observatorio de la Universidad de Michigan, era un tesoro mayor que el de Moctezuma. ¿Harían en Tonantzintla ciencia del primer mundo, capaz de competir con Estados Unidos y la Unión Soviética? A partir de hoy, Tonantzintla poseía una cámara Schmidt de las más grandes.

¿Embonarían las piezas? ¿Funcionaría el espejo, que no era el clásico sino esférico? ¿La óptica de Perkin-Elmer —la más avanzada del mundo— daría resultado? La cámara Schmidt abarcaba un campo de cinco grados por cinco grados. ¿Permitiría alcanzar objetos muy débiles?

Cuando se turnaba con Juan y viajaba atrás, Lorenzo ponía su mano encima del lente y allí la dejaba durante todo el trayecto. La detenía como a un niño. Cualquier inclinación en una curva demasiado pronunciada hacía que se acelerara su corazón. Para él ésa era la velada del guerrero. Juan lo tomaba más a la ligera. "Parece que le rezas a la Schmidt, no seas tan fanático, hermano, hay otros objetos de veneración en el mundo." "¿La Tenalosa?", respingó Lorenzo e inmediatamente se arrepintió. Había herido a su hermano, ¡qué estúpido soy!, pero en vez de reconocer su despiadada ironía, se encerró en sí mismo. No era la primera vez, de seguro Juan se había acostumbrado a sus dardos. Desde niño le bajaron dentro del cuerpo las palabras duras de los mayores y fueron a alojarse a un sitio, sólo por él conocido, en el que otras ya se asentaban, allí donde los pensamientos duelen mucho.

En los meses que siguieron, a Lorenzo lo abstrajo el montaje del telescopio y no tuvo tiempo para Juan. Lo olvidó. La atmósfera en Tonantzintla se electrizó. El único tema: la resistencia de la plataforma que sostendría la cúpula del telescopio, los rieles circulares sobre los que giraría el domo, lo que se lograría con él telescopio una vez funcionando y sobre todo el vidrio óptico. Fernando Alba era el experto porque ya había instalado el aparato de medición del primer laboratorio de rayos cósmicos en el Palacio de Minería. Erro, febril, lo apresuraba. "¿Conoces un buen mecánico en Puebla?" A Lorenzo lo deslumbró el ingenio del joven Eduardo Miranda, que sin estudios daba en el clavo. Cada madrugada, en la oscuridad llegaba en su bicicleta sin luces. "Lo va a agarrar un coche en la carretera, Eduardo." Luis Enrique Erro transpiraba entusiasmo y seguía el proceso hasta altas horas de la noche al lado de Fernando Alba, Lorenzo se tiraba a dormir junto al telescopio. Algún día ellos mismos pulirían el vidrio óptico que requería de una precisión infinita y conocerían las propiedades de los materiales, el silicio, el cuarzo, el pirex, de qué modo se contraen o se dilatan.

Erro repetía que las cualidades de un telescopio debían ser su poder de recolección de luz y su capacidad de resolución.

Durante esos días Lorenzo se sintió muy cerca de Erro a pesar de sus cambios de humor y sus reacciones impredecibles. Qué bueno que había en México viejos así, qué privilegio trabajar junto a él. En ocasiones Erro le daba una impresión de grandeza que sólo el doctor Beristáin había logrado proyectarle.

Erro lo enviaba a México a buscar alguna pieza faltante. "Sólo a usted le tengo confianza, Tena. Sé que no va a equivocarse." También en la ciudad, el recién fundado Instituto de Física hervía como un caldero. "La situación mejora radicalmente, vamos a publicar nuestros resultados en la revista de Ingeniería pero pronto tendremos la nuestra", sonreía Alba.

"Y la nuestra —decía Erro—, la de Astrofísica." "Lo principal es mandar estudiantes afuera —sostenía Graef— para que vengan a formar a otros. Allí tienen ustedes el caso de Recillas."

La llegada de Félix Recillas y su esposa Paris Pishmish lanzó a Erro al séptimo cielo porque Paris tenía una alta preparación teórica. Formada por matemáticos alemanes refugiados en Turquía, discípula del profesor Erwin Freulich, asistente de Einstein, Erro la conocía de Harvard. Los Gaposchkin acostumbraban tomar té con ella y Cecilia, como típica inglesa, no invitaba a cualquiera. Paris podía comunicarse fácilmente con los investigadores de alto nivel académico.

"Todo esto es para usted, Paris, tiene usted libertad ilimitada", le dijo Erro. Inmediatamente le confirió el más alto rango. "¿Qué necesita?" "Nada, don Luis, nada." En Harvard había hecho un trabajo rutinario y ahora en México, Erro ponía el cielo de Tonantzintla a su disposición.

Recillas tenía el don de adaptarse a cualquier medio. Además de su talento en matemáticas, comprobado por Birkhoff y Zarisky, aprendió a manejar el telescopio en Oak Ridge. Los astrónomos lo miraban con curiosidad porque Carlos Graef contó que lo había sacado de un pueblo indígena e iba a demostrar con él la inteligencia de los indios mexicanos. Huérfano, Recillas provenía de San Mateo y hablaba náhuatl. Graef lo encaminó hacia las matemáticas y lo recomendó en Harvard.

Recillas se identificó con Juan de Tena. "Oye, ni pareces de la misma familia que tu hermano. Tú eres un barbaján igual que yo, por eso me caes re'bien, tú y yo somos de clase proletaria". Muy independiente, Juan no se rendía a la autoridad. En cambio Lorenzo ponía un gran empeño en cumplir con todo lo que Erro le asignaba a diferencia de los académicos, que lo consideraban sólo un buen promotor.

Fernando Alba Andrade siempre había recurrido al Semat para física atómica y volvió a él y Félix Recillas al Chandrasekhar para enseñarle a Juan de Tena dinámica estelar. Para física nuclear, Fernando Alba recurrió al Semat. Como Juan no hablaba inglés, Alba utilizó el libro de Alfredo Baños. A medida que iba avanzando le comunicó a Erro que el de Baños era muy parecido al Semat. Erro cotejó los dos y en una mesa del Café Tacuba comentó su parecido. Un periodista en una mesa vecina lo escuchó y al día siguiente *El Universal Gráfico* publicó: "Plagio" y *El Nacional*: "El director del Instituto de Física es un plagiario". Para Baños el golpe fue mortal y a partir de su salida el Instituto decayó. Hijo de diplomático, regresó a Estados Unidos, donde se había formado, y rechazó volver a México. No hubo mayor escándalo en la comunidad científica. El Café Tacuba se convirtió en plaza pública y el infiel fue quemado en la estaca.

Que la vida no se tragara su afán por la ciencia, era lo único que Lorenzo pedía. Que la vida le permitiera pensar en los cúmulos estelares era su principal deseo. ¿Cómo toleraban los demás investigadores la presencia de una mujer, de unos hijos? Lorenzo no quería que nada ni nadie interfiriera entre el cielo y él.

15

Por fin llegó el día de la inauguración del telescopio, el 17 de febrero de 1942. Desde la entrada del pueblo hasta la del Observatorio los soldados hicieron valla con la bandera nacional para rendir honores al presidente Ávila Camacho y su escolta. Al lado del gobernador de Puebla, Gonzalo Bautista, y de un Luis Enrique Erro tenso y pálido, el presidente caminó a pie el último tramo de la carretera ya pavimentada que lo llevaría al telescopio.

Tras del primer mandatario, pasaron los invitados entre los soldados inmutables. Aguardaban más de diez mil personas venidas de Puebla y de la ciudad de México. El empresario Domingo Taboada, astrónomo aficionado, había obsequiado parte del terreno del Observatorio y para él éste era un triunfo personal. Treinta científicos de Estados Unidos y Canadá acompañaban a Harlow Shapley, padrino del nuevo Observatorio, entre ellos Bart Jan Bok, su segundo de a bordo, encargado de la cámara Schmidt de Harvard. Periodistas y fotógrafos corrían frente a la comitiva, compitiendo por las mejores instantáneas.

Los norteamericanos permanecían a la expectativa. Subían bajo el sol la empinada cuesta de

Tonantzintla y descubrían el abrazo mexicano, que agradecían en vista de la guerra. Harlow Shapley leyó un mensaje del vicepresidente de los Estados Unidos, Henry Wallace, quien un año antes había asistido a la toma de posesión de Ávila Camacho. Afirmó que Roosevelt deseaba que la reunión se efectuara a pesar de todo.

El discurso del gobernador Gonzalo Bautista impactó a los oyentes. México defendería la educación y la investigación científica al lado de Estados Unidos, y este encuentro sellaría el pacto entre dos vecinos que eran más que amigos. Aliados en la ciencia y la tecnología, impulsarían el progreso, la salud y la igualdad social.

Oír a Luis Enrique Erro fue como despojarse de una cáscara inútil para que lo esencial apareciera. El remolino de la guerra de un mundo enfermo no iba a tragarnos, la guerra no impediría el avance, al contrario, el progreso científico sería el futuro de una humanidad liberada de todas las guerras. De por sí elocuente, Erro pronunció su mejor alegato. Una señora se despojó de su pulsera y la metió en su bolsa. El presidente Ávila Camacho y el doctor Bautista se miraron, graves. Hasta uno que otro soldado perdió su rigidez. En ese momento, Lorenzo —atrás junto a Eduardo Miranda— vio cómo subían con sus huaraches y sus calzones de manta sus amigos Tecuatl, Toxqui, Tepancuatl, seguidos por más de setenta campesinos. Avanzaban muy juntos, sus sombreros de paja en la cabeza, sus perros flacos a la zaga. Una vez arriba se acercaron:

—También es nuestro telescopio.

Lorenzo sonrió. Comprendía su orgullo. Era el mismo que el suyo. Los técnicos al mando de Dimitroff habían ensayado mucho para descartar alguna sorpresa desagradable. Cuando se deslizaron con suavidad los dos grandes batientes de la cúpula, los campesinos, sombrero en mano, guardaron un silencio esperanzado. George Z. Dimitroff, de pie al lado del equipo de mecánicos, le pidió a Ávila Camacho que presionara los botones de la consola de mando. Al ver al telescopio elevarse, un "¡Aaah!" recorrió a los presentes. Todo respondió al instante. Los rasgos de Luis Enrique Erro se aflojaron, sus manos también. Dimitroff dio una explicación de las funciones de la cámara Schmidt y muchos niños descalzos levantaron su carita curiosa hacia el aparato.

—Quizá entre ellos se encuentren los astrónomos del futuro —sonrió Shapley.

La banda del pueblo subió con el sonido alegre y profundo de la tambora, abajo frente a la iglesia atronaron los cohetes. Los juegos de artificio estallarían en la noche. El banquete tomó por sorpresa a los visitantes. Bajo hileras de papel picado, frente a recipientes de vidrio de aguas frescas de estridentes colores: jamaica, tamarindo, horchata, limón, alfalfa, bateas de frutas coronadas por piñas y sandías y sobre manteles rosas y amarillos, Harlow Shapley se sentó en el lugar de honor junto a Donald Howard Menzel, quien exclamó risueño: "Jamás soñé que comería pollo con chocolate." Chandrasekhar mordía un chile tras otro. "Es que en la India comen picosísimo", explicó Blas Cabrera, que se veía enfermo y comió poco. La presencia de los científicos de la guerra civil española despertó la curiosidad de los norteamericanos y se sentaron junto a Pedro Carrasco, Vicente Carbonell y Marcelo Santaló, que preparaba una guía para la observación del cielo de México pero ahora les describía su viaje en el *Sinaia*. Hablaron mucho de panamericanismo y de la unión de América Latina con Estados Unidos. Fernando Alba Andrade inició una larga conversación con Birkhoff. La cabeza erguida, los ojos confiados, Luis Enrique Erro atendía a todos. Para él, éste era un día inmenso. Enseñaba a Otto Struve a beber tequila con limón y sal; su ingenio hizo que Shapley exclamara: "¡Qué hombre tan completo, sabe de ciencia, de política, de historia y hasta de cocina mexicana!" Ahora mismo disertaba acerca del glorioso epazote, que le da un sabor único a los frijoles. Las dos hermanas González, Graciela y Guillermina, enumeraban las bellezas de Puebla a Walter Sydney Adams de Monte Wilson: "No se puede perder la Casa del Alfeñique porque es como un beso." "A kiss?" "Yes, yes a kiss." Con su simpatía, Braulio Iriarte hacía reír a carcajadas al grupo de Cecilia y Sergio Gaposchkin y el canadiense J. A. Pearce.

Ya bien entrada la tarde descendieron a la iglesia de Santa María Tonantzintla y un "¡Ooh!" de admiración salió de todas las bocas. ¿Era efecto del tequila o una alucinación? Las cataratas de angelitos y querubines se les venían encima con sus piñas amarillas y sus granadas rojas: impetuosos les tendían los brazos y paraban sus bocas relucientes. Veredas insospechadas y curvas invitadoras se abrían dentro

del yeso redondo y pujante, las pilastras se entrete-
jían como palma, los estucos se hinchaban como
pan a medio cocer. "El barroco de este santuario es
delirante —explicó Braulio Iriarte—; es barroco de
manos indias." "¿De qué siglo?" preguntó Shapley,
la mirada fija en los santos inocentes y la lluvia de
grandes flores de oro. "Del XVI." "¿Por qué los españoles les confiaron a los indígenas la decoración
de sus iglesias?" "Porque reproducían al instante
cualquier diseño, entonces se dieron cuenta de que
eran extraordinarios artesanos." Imantado, Bart Jan
Bok comentó: "La policromía de los ángeles es la
misma que la de los manteles y las banderolas sobre
las mesas allá arriba. ¡Qué sentido del color!" Los
científicos querían saber del arte indígena: ¿había
otras capillas semejantes? ¡Claro que sí! ¡Allí estaba
El Rosario! México era ultrabarroco porque le tenía
terror al vacío, de allí el exceso, que nada quedara en
blanco, había que desbordarlo todo. "¿Por qué el pelo
de los ángeles es amarillo?", preguntó Cecilia Payne.
Braulio respondió que él era rubio y mexicano y tenía cara de angelito. Cecilia repuso que compartía el
gusto de Paris Pishmish por los morenos.

Braulio Iriarte aventuró la hipótesis de que
quizá la profusión de niños y flores esculpidas se debía a que durante el mes de mayo, niños y niñas vestidos de blanco ofrecían flores a la Virgen Tonantzin,
nuestra madrecita, la diosa indígena. "Órale pinche
Braulio —pasó Lorenzo junto a él—, ya echaste suficiente perico. Erro espera furioso allá afuera." La
recomendación de Lorenzo tuvo un efecto contrario
y le dio alas a Braulio, que se puso lírico: "¿Notaron

la orquesta de querubines?" Y pasó a definir cada uno de los instrumentos. "¡Qué maravilla, ¿verdad? ¡Y no se diga Cholula, ése sí, un gran centro ceremonial después de la caída del imperio teotihuacano! El jueves tendré el honor de ser su *cicerone*."

Braulio les informó que el Observatorio se construyó sobre lo que seguramente fue un centro ceremonial. Los campesinos subían una o dos veces a la semana a ofrecer piezas precortesianas. "¡Cómpremela, patroncito!" Eran auténticas y Lorenzo y él habían encontrado a lo largo de sus caminatas flechas de obsidiana, fragmentos de cerámica, vasijas, hasta una máscara con los rasgos de Tláloc, el dios de la lluvia.

A la salida, una explosión de fuegos artificiales los hizo levantar la cabeza; la fiesta mexicana giró como un rehilete sólo para ellos. Bok se detuvo frente a una mujer que sacaba elotes de un bote humeante, pidió uno y lo mordió a plenos dientes. ¡Qué delicia! Muchos lo imitaron.

—¡This is the best party I've been in my life!

Era el momento de iniciar la Conferencia Científica Interamericana en la Universidad de Puebla y no habían llegado los traductores. El grandioso proyecto caía al agua. ¡Ay, México, qué traidor eres!

"Eres el único que puede salvarme", abordó Erro a Graef.

Con su acostumbrada bonhomía, Graef aceptó. "Creo que lo más conveniente para no interrumpir el hilo de pensamiento del expositor es traducir al final." Esperó a que el doctor Otto Struve terminara y logró una síntesis clarísima de su pensamiento. Pasó Fred Whipple, lo escuchó atentamente e hizo un resumen preciso de su ponencia y hasta intercaló ingeniosos comentarios. Lo mismo sucedió con Joel Stebbins, el pionero en fotometría fotoeléctrica y Robert Reynold McMath, el astrónomo solar que pudo comparar curvas de luz para diferentes erupciones solares. Después de repetir la hazaña seis veces, Harlow Shapley interrumpió la sesión:

—¡Es asombrosa la transformación que sufre un *paper* cuando Graef lo vierte al español! Se vuelve brillante y comprensible, como si el traductor conociera el tema mejor que el autor.

Birkhoff ya no se refería a Graef sino como "el poderoso matemático Carlos Graef". La explicación que dio Graef de la curvatura de los rayos luminosos y del corrimiento hacia el rojo de las rayas espectrales le pareció a Birkhoff preferible a la suya. Entusiasmado, invitó a Graef como profesor de relatividad y gravitación a la Universidad de Harvard.

Birkhoff aceptó a su vez la invitación de la Universidad. Vendría a trabajar a México. A cambio de sus enseñanzas, Graef le prometía un grupo de buenos estudiantes: Javier Barros Sierra, Roberto Vázquez, Francisco Zubieta, que intentaban un nuevo camino en geometría diferencial. Con Alberto Barajas, maestro insuperable, podrían trabajar en la teoría de la gravitación ya que ambos, Barajas y Graef, habían resuelto el difícil problema de los dos cuerpos en la teoría de la gravitación.

Cecilia Payne Gaposchkin recurría continuamente a Paris Pishmish, que se movía como pez en el agua, y Erro se felicitaba por haberla integrado al equipo de Tonantzintla. A pesar de su español incipiente, a Paris la rodeaban los estudiantes porque ella, generosa, les presentaba a los grandes. "¿Será accesible? ¿Podremos saludarlo?" Paris, sonriente, los guiaba. El norteamericano Fred Whipple propuso un mecanismo para la formación de estrellas por condensación de nubes de polvo interestelar. Joel Stebbins habló de las mediciones fotoeléctricas del material interestelar en forma de nubes a través de sus índices de colores y Walter Sydney Adams (a quien Juan de Tena le preguntó si era pariente del descubridor de Neptuno) abundó sobre el tema del material interestelar, que según él tenía forma de nube por la multiplicidad de líneas interestelares en su espectro.

El alto nivel de las ponencias de los mexicanos y los refugiados españoles sorprendió a los norteamericanos. La del físico Blas Cabrera sobre magnetismo impresionó a los jóvenes. Al salir de España, don Pedro Carrasco había decidido: "En México puedo encontrar patria y en Estados Unidos sólo trabajo." Profesor de matemáticas y de física, muchos de sus alumnos decían que era una fiesta escucharlo y le habían solicitado "clase de sabiduría" con tal de seguir oyéndolo.

Las conferencias proseguían durante las comidas, las cenas y las visitas a la biblioteca Palafoxiana, a la catedral de Puebla. Mientras Braulio les señalaba la pintura del gran ciprés con los cuatro doctores de la Iglesia: San Agustín, San Jerónimo, San Gregorio y San Ambrosio, volvían a su querencia: la astrofísica. A Lorenzo nada podía satisfacerlo más que estas discusiones que continuaban las de su infancia con el doctor Beristáin, las de Revueltas en *Combate*, las de los cuates en el montaje del telescopio. De las palabras surgían los experimentos y ahora se complementaban con el barroco ultrasuntuoso de la capilla del Rosario. ¡Qué hermosa camaradería la de la investigación y ese intercambio de ideas que los golpeaba como los electrones al átomo!

Al final de las sesiones, Juan se ofreció como chofer y el paisaje del camino a Atlixco visto desde la ventanilla del coche fascinó a Cecilia Payne Gaposchkin. "¡Siento como si entrara a un cuadro del Cuatrocento. ¡Sólo falta que hablen italiano!" "Si vamos a Chipilo oirá italiano, porque allí se estableció una colonia que hace mantequilla, queso y salami", rió Braulio. "Este país se parece tanto al mío que aquí me siento en mi casa", aseguró Chandrasekhar, a quienes sus colegas llamaban Chandra. En el edificio colonial de Atlixco que albergó el hospital de pobres de San Juan de Dios, un muchachito les mostró los óleos en pésimo estado, en los que apenas si podían distinguirse los personajes que él describía en el lenguaje de Lope de Vega. "Miren estas beldades torpes y lascivas, vean a Juan de Dios a punto de recuperar a unas prostitutas del infierno voraz."

—Muchacho, nos estás remontando al siglo XV —comentó Erro divertido. Sólo falta que aparezca la Celestina.

—Eres notable. ¿Cómo te llamas? —preguntó Cecilia Payne.

—Héctor Azar. Atlixco es mi tierra y voy a quitarle el polvo de siglos a estos cuadros.

Braulio contó que años antes Aldous Huxley había exclamado, a propósito de Tonantzintla: "Éste es el templo más sensual del catolicismo" y Cecilia coincidió: "Finalmente, me quedo con Tonantzintla."

¡México, qué país tan contradictorio! Los visitantes iban de sorpresa en sorpresa, Puebla de los Ángeles era comparable a cualquier ciudad de España, y a través de México descubrían la cultura de un continente al que su país trataba con desprecio y se sentían apenados. "What have we been thinking about?"

Cholula les produjo otra impresión duradera. Llegaron a las ruinas entre una docena de perros famélicos. "Esta plaza tiene proporciones inigualables", intervino Harlow Shapley bajo su panamá. "Los basamentos de los vestigios son de una precisión matemática", añadió Bart Jan Bok, cuyo amor por América Latina se había iniciado hacía cinco años, y preguntó: "¿Dónde estábamos nosotros doscientos años antes de Cristo?" Braulio Iriarte explicó que la Gran Pirámide era mucho más alta y cubría una área mayor que la del sol en Teotihuacán, 400 metros por lado y 65 metros de altura. "Los arqueólogos cavan túneles y han descubierto tumbas, murales, frisos y piedras labradas." "¿Hay culebras?", preguntó Cecilia Payne Gaposchkin. "Porque si no las hay, quiero entrar."

Birkhoff subió los 65 metros de alto de la pirámide. "Sobre cada una de las pirámides los españoles construyeron una iglesia para imponer su religión y terminar con la barbarie precortesiana." Desde lo alto miró conmovido la plaza y sus construcciones, prueba de una cultura superior que los conquistadores cortaron de tajo. ¿Quiénes eran los bárbaros, los españoles o los aztecas?

El mediodía hinchaba en Cholula su enorme burbuja amarilla. La tierra se extendía plana con unos montículos a ras de suelo, casuchas cerradas sobre sí mismas. "Parece un pueblo abandonado", dijo Pearce. Sólo la música estridente rompía la soledad y el desamparo.

—¿Por qué tanta pobreza? —preguntó Birkhoff visiblemente alarmado, aunque la conociera porque había viajado por el cono sur para difundir ciencia y tecnología estadounidenses.

Braulio se dio vuelo: "Sí, duele mucho esta miseria, sobre todo porque hay evidencias de que los campesinos en esta región fueron ingenieros, inventaron un sistema de riego profundo mediante canales de irrigación que traían el agua de ríos y manantiales."

México se les iba metiendo en las venas con sus campos en los que el agua se evaporaba porque nadie sabía retenerla, los maizales se consumían al sol, las frutas se agostaban. Habían recorrido en la húmeda oscuridad el larguísimo túnel dentro de la pirámide, pensando quizá que morirían asfixiados y ahora emergían al sol y los amenazaban los niños barrigones a fuerza de desnutrición, los vendedores de ídolos dispuestos a entregar su tesoro por unos cuantos centavos.

Sergio Gaposchkin le apretó la mano a su mujer, súbitamente cabizbaja. Al venir a México, imposible saber que confrontarían una cultura destruyendo a otra y ya no se sentían tan satisfechos de ser occidentales. El peso del catolicismo sobre toda una raza era devastador. Claro, el arte virreinal resultaba un prodigio, pero levantado sobre las ruinas todavía humeantes de otro prodigio: el indígena. En la cabeza de Cecilia Gaposchkin, los dioses aztecas y los ángeles bailaban danzas macabras y la cascada de oro de los altares barrocos se le venía encima, mareándola. "Todos estamos afectados", aseguró Henry Norris Russell. "Nunca nos esperamos nada semejante."

A Lorenzo le impresionó que Shapley lo llamara a él, un estudiante, para caminar a su lado. También Lorenzo acostumbraba meditar en el camino. Erro tenía la misma afición. Le daban tres o cuatro vueltas al perímetro del Observatorio, sumidos en sus reflexiones. "Venga, vamos a caminar", le pedía Lorenzo a su interlocutor "puedo pensar mejor allá afuera." A él le servían sus pasos en la tierra para hacer un análisis sistemático del problema, un pie tras otro, siguiendo el hilo de su pensamiento, y a veces, el de su hermano Juan, que con su conocimiento de las matemáticas apoyaba su intuición. Lorenzo descubría así la inteligencia de su interlocutor, sus ideas brillantes y a veces poco prácticas, otras prácticas y sin imaginación, otras descabelladas; Juan discutía con fiereza y salían las primeras reglas de operación para atacar cualquier problema. Insistía: "Necesitamos laboratorios, equipos, material. Falla el material humano." Oír hablar a Carlos

Graef era lo más estimulante que podía sucederles a ambos.

Aunque Graef había sido campeón de los tres mil metros planos, el remero más resistente del Club Alemán y un clavadista de primera, ahora se negaba a caminar. Sin embargo, en esta ocasión se unió a Shapley en el espléndido paisaje y Lorenzo los acompañó, feliz.

El doctor Donald Menzel, experto en nebulosas, pidió la palabra:

—No cabe duda de que la conferencia fue una de las más importantes de la historia de la ciencia. Su relevancia puede medirse con sólo ver el gran número de descubrimientos reportados por primera vez aquí en México.

La conferencia habría de seguir en la Universidad Autónoma de México y terminar en la Nicolaíta de Morelia, donde recibirían un doctorado *Honoris Causa* Harlow Shapley, Manuel Sandoval Vallarta, Henry Norris Russell y Walter Sydney Adams.

El esfuerzo mexicano había dado frutos. "Debemos tratar a México de otro modo." Querían publicar trabajos de los mexicanos e invitarlos a formar parte de la comunidad científica internacional. Henry Norris Russell, director del Observatorio de la Universidad de Princeton, le extendió una invitación a Luis Enrique Erro, Walter Sydney Adams especificó que los mexicanos podrían tener un tiempo de observación en Monte Wilson, Otto Struve del Observatorio de Yerkes en Chicago hizo lo mismo. El doctor J. A. Pearce, del Dominion Astrophysical Observatory de Canadá, llamó a los mexicanos: "colegas".

"Con menos elementos y más ingenio alcanzan lo que muchos dentro de sus grandes laboratorios no han logrado."

Manuel Sandoval Vallarta, profesor de Física del Instituto Tecnológico de Masachusetts, era un ejemplo vivo del calibre de los científicos mexicanos. "Hombres así pueden competir en cualquier parte del mundo."

Pasada la exaltación del estreno de la cámara Schmidt, Erro se dio cuenta de que necesitaba gente y poco a poco disminuyó su euforia. La institución, salida de la nada, amaneció con los brazos vacíos. Sus investigadores se enfrentaban a un tema nuevo y desconocido. Los únicos con formación académica eran Graef, Paris Pishmish, Alba Andrade y Recillas, a punto de recibirse. Carlos Graef, por más brillante que fuera en la física teórica, no tenía adiestramiento astronómico y quería dedicarse a los fenómenos gravitacionales, y eso —había advertido con frecuencia— no podía hacerlo en Tonantzintla. Además lo reclamaban en la Universidad de México.

Absorbido por los problemas inmediatos del montaje del telescopio, Erro se daba cuenta ahora de las grandes lagunas del nuevo y flamante Observatorio, cuya primera riqueza era el telescopio tipo Schmidt, instalado bajo una cúpula dodecagonal, la primera en México.

En ese momento, a Harlow Shapley se le ocurrió proponerle a Erro invitar a Lorenzo de Tena a la

Universidad de Harvard. Allá hacían falta jóvenes astrónomos, y a Tena le haría un bien infinito familiarizarse con otros telescopios, ver la forma norteamericana de hacer ciencia. Además, Shapley se dio cuenta, durante sus días en México, de que al muchacho la idea del cambio no le disgustaba.

—¡¿Cómo que se va usted a Estados Unidos?! —le tembló la voz a Erro que empezó a verificar su aparato de sordera con una mano—. ¿Quién va a hacer estudios de los colores estelares de las magnitudes y espectros de la Vía Láctea Austral? Usted le pertenece al cielo del sur, al polo galáctico, a Carina, a la constelación de la Cruz del Sur, a las nubes de Magallanes. Me es indispensable. Para colmo, la cámara Schmidt tiene defectos, y aunque éstos no impiden su operación, sólo podrán corregirse después de la guerra.

Lorenzo recordó su primera noche ante el telescopio y la emoción sentida al ver el cielo. Cuando pasó a despedirse de Erro decidió hacerlo también de la Schmidt. Su suerte estaba echada. Se dedicaría a la ciencia de los astros. Desde su planeta Tierra estudiaría los objetos en el cielo, el sol, los pequeños planetas, los cometas, meteoros y meteoritos. Y también el material entre las estrellas, al que llamaban interestelar. Desde el momento en que había abierto la cúpula del telescopio y apuntado al cielo avanzaba hacia el lugar aún irreal que lo hacía sentir que empezaba a ser feliz.

16

Desde el primer momento, Lorenzo supo que amaría a Harvard, donde los estudiantes crecían al igual que los frutales. Entre los árboles bien podados, las manzanas se asomaban a las aulas. Hasta los vasos de leche eran culturales. Lorenzo entró a un *drugstore* (¡qué extraño que los clientes pasaran de la comida a los medicamentos, pero a lo mejor es consecuencia lógica!) y pidió en su incipiente inglés:

—An apple pie and a glass of milk.

—A glass of what?

—A glass of milk.

—What?

—Milk.

—I don´t understand you.

—Milk, meeeelk, melk, milk.

La mesera se le quedó viendo impávida. Lorenzo entonces ordeñó en el aire las ubres de una vaca.

—A glass of cow juice.

La sádica le trajo el vaso de leche para acompañar el pastel de manzana y Lorenzo juró no regresar.

Las primeras semanas se sintió muy solo. Todo en Harvard estaba calculado para que los jóvenes no hicieran otra cosa sino estudiar. Boston, ¡qué bella

ciudad de tabiques rojos! Entró al Palacio de Justicia, atraído por el recuerdo de la Escuela Libre de
Derecho y las películas en las que testigos muy páli-
dos juran sobre la Biblia y un juez impasible hace
resonar su martillo sobre la madera. El estrado de
caoba era, en efecto, imponente, los doce hombres
buenos que dan su veredicto —ellos sí, honestos—
seguían el proceso interrumpido por el grito del abogado defensor: "Protesto, su señoría." Un murmullo
de aprobación brotaba de la audiencia. "Igualito que
en las películas", pensó Lorenzo. Admiró la belleza
del recinto, sus barandales pulidos, la luz que recons-
truía la iluminación cinematográfica, pero no pudo
dejar de pensar en Goya y en su gran magistrado con
cabeza de burro, la justicia atravesando el aire con as-
pecto de bruja y un palo enterrado en el trasero. Era
increíble la frecuencia con la que pensaba en Goya.
Cuando se alzaron las voces y el juez de cara cuadra-
da y pelo gris, igual al burro de Goya, amenazó con
desalojar la sala, Lorenzo aprovechó para salir. Afuera respiró. Qué bueno haber canjeado los códigos
por el telescopio.

Las noticias de la guerra eran la constante en
los noticieros y en las calles de Boston. Se hablaba
en tono misterioso de la energía nuclear, pero sobre
todo de las bajas que sufría la Royal Air Force inglesa
y cómo evitarlas, de los bombardeos a las industrias
de guerra alemanas y de los aviones-caza con su piloto
y su artillero de cola que atacaban Berlín; algunos pi-
lotos tenían en su hoja más de treinta misiones. ¡Qué
heroísmo el de Inglaterra bajo los bombardeos! Lorenzo escuchó decir al viejo físico Tom Brandes que

esta guerra era una continuación de la de España contra el fascismo, la que había cobrado tantas vidas en la guerra civil de 1936, la de las brigadas de hombres libres del mundo entero. Brandes tenía muchos amigos de la "Lincoln", tipos estupendos.

Por Brandes, Lorenzo empezó a comprar el periódico *The Masses*. Pacifista, Tom sostenía que ninguna guerra es justa y sus consecuencias son atroces. Hitler personificaba el mal, había que acabar con su demencia. Tom alegaba que en las guerras hay más muertes por torpeza, ignorancia y cobardía del Alto Mando que por combate. Desconfiar de los que están en el poder, crear una sociedad crítica de sus gobernantes, era el primer paso hacia la civilización. ¡Qué aberrante enviar a tantísimos jóvenes al matadero! Enlistarse en cualquier ejército era imbecilidad, no amor a la patria. Dentro de la atmósfera de patriotismo inducido en los jóvenes que esperaban impacientes ser reclutados, sus palabras caían mal. "Viejo chocho, decrépito, cretino, se le ha reblandecido el cerebro", decían.

Tom Brandes percibió que el mexicano compartía su angustia y a él dirigió todas sus baterías.

Fuera de escuchar a Brandes y ver los noticieros Movietone, el mexicano se dedicó a observar. No se había preocupado por la guerra civil de España aunque Revueltas le hablaba de ella porque su hermano Silvestre, delegado al Congreso de Valencia en 1937, regresó inflamado de pasión por la lucha republicana. Cuando empezaron a llegar los refugiados españoles, Lorenzo vivía en Tonantzintla, pero lo enorgulleció que México fuera uno de los países en darles asilo. Luis Enrique Erro, indignado porque el clero y la mayoría de los católicos apoyaban a Franco, se apasionó por la suerte de los antifascistas y de no ser por su excesiva preocupación por el telescopio habría ido a poner una bomba en la Unión Militar Fascista de México.

La de España había sido una guerra fratricida a diferencia de ésta en la que los ingleses, los franceses, los rusos, Europa entera y ahora los norteamericanos manifestaban su irreconciliable oposición a la Alemania nazi. Lorenzo salía asqueado del cine en busca de Tom Brandes: "Esta es una carnicería y un crimen", asentía, pero, a diferencia suya, le entusiasmaba la probable victoria de los Aliados.

"La otra manera de hacer ciencia", de la que Shapley le habló en Tonantzintla al invitarlo a Massachusetts, Lorenzo la vivía frente al telescopio de Oak Ridge, el más potente al que se había enfrentado hasta ahora. "Con razón Shapley hizo lo que hizo". Frente a la espléndida consola de mando y todos sus botones, experimentaba una saludable envidia. "¿Cuándo llegaremos a esto?" ¡Bueno sería que los telescopios se vendieran en serie como las bicicletas o los refrigeradores y no hubiera más que escoger la mejor marca! Este telescopio alcanzaba los objetos más débiles y lejanos que Lorenzo había visto. Aprendería a manejarlo aunque se enfermara. Un espejo recolectaba la luz de los cuerpos celestes, los anillos de Saturno eran espectaculares y ver las lunas de Júpiter, un regalo tan inesperado como las de Marte. Se había apasionado por las nebulosas planetarias, envolventes gaseosas de estrellas que se encuentran en las últimas etapas de evolución justo antes de convertirse en enanas blancas. Bart Jan Bok le indicó que las nebulosas planetarias son esenciales para estudiar la evolución química de la galaxia y Lorenzo se lanzó a buscar objetos con líneas de emisión en la dirección del centro de la galaxia, y encontró 67 nuevas nebulosas planetarias.

Lorenzo permanecía frente al telescopio mucho más tiempo que el estipulado. La guerra le regalaba ese tiempo de observación. Ni por un momento habría pensado en ceder al cansancio. Primero muerto que darse por vencido.

Además del telescopio le impactaba ver el conjunto de los edificios modernos, los laboratorios con equipo insuperable, los talleres, todo funcionando a la perfección. El personal le pareció numeroso y competente, a pesar de que le advirtieron que no eran ni la mitad de los que deberían ser, pues muchos estaban en la guerra. En Harvard se exploraba el cosmos con todos los instrumentos posibles, el investigador tenía a su alcance, además de la luz visible, el radio, rayos X, ultravioletas, infrarrojos y cósmicos. Los físicos, los astrónomos y los biólogos se comunicaban entre sí. Norman Lewis, rechazado por el ejército debido a su mala salud, era experto en radioastronomía. "Es la única forma de encontrar una nueva civilización", le dijo a Lorenzo, quien se mordió la lengua para no responder que para él no había vida en otros planetas y que los extraterrestres eran cosa de ciencia ficción. A él le había asombrado la credulidad de la gente que en 1938 en Nueva York, al escuchar a Orson Welles anunciar por la radio CBS una invasión marciana, salió corriendo de su casa, enloquecida. Hasta ahora ningún ser del más allá se había presentado sobre la Tierra. No había un solo indicio ni la más mínima prueba de un contacto extraterrestre. "Vamos a cambiar opiniones. Te invito a mi casa." "Son muchísimos los planetas muertos", insistió Lorenzo. "Sí, pero son muchos más los que tenemos que descubrir. Tú dedícate a tus objetos extremadamente débiles y a lo mejor entre ellos encuentras uno artificial y si lo descubres, será obra de seres inteligentes y entonces me darás la razón."

En la noche, Norman Lewis reinició la discusión. Su ceja izquierda levantada parecía estar siempre escuchando un mensaje del más allá: "Así somos los radioastrónomos" reía. Muy pálido, de rasgos delicados, bajo su transparencia de taza de porcelana una vena azul saltaba en su frente, pero lo que más llamó la atención de Lorenzo fueron sus manos, parecían las de otro hombre. Eran como las manos de la humanidad entera, las de un trabajador, grandes y callosas. Cuando Norman las dejaba caer, Lorenzo las extrañaba.

En estos días los científicos hablaban de la destrucción. Aunque Norman rechazaba el postulado militar de que "la máxima defensa es el ataque", alegaba: "Hay que ser realistas. ¿Nos vamos a dejar asesinar?" Admirador de Oppenheimer, la supremacía de los Estados Unidos lo tenía alelado. Había, sí, una ciencia buena y una mala, y desde luego él estaba del lado de la buena, a diferencia de los rusos, que ocultaban sus descubrimientos. En un momento dado, Lorenzo declaró su admiración por la URSS, como lo hubiera hecho El Pajarito Revueltas, y pensó: "Aquí se acaba todo", pero Norman, el de la autoridad, le puso el brazo alrededor de los hombros y se inclinó hacia él: "Tú y yo tenemos mucho que discutir pero antes vamos a cenar. Mi amiga Lisa va a hacer espagueti." Entonces Lorenzo notó que en el laboratorio una muchachita rubia algo insípida lo miraba con insistencia.

Al día siguiente, en el momento de salir del cuarto oscuro con sus placas, listo para examinarlas, la vio de nuevo en el pasillo. Ella le hizo una señal con la mano. "Ya verás, las gringas son unas ofrecidas", le había dicho Chava Zúñiga. "¡Gringa desabrida!", pensó Lorenzo. Nada que ver con sus negras muy tres piedras. Las jóvenes con esos cabellos de lino blanco de tan rubias y lacias, se le figuraban toallas mojadas. Sin embargo, Lisa le había echado el ojo desde el momento en que lo vio en el departamento de Astrofísica con Norman Lewis. Asistía a un seminario de filosofía de la ciencia para su maestría. Su tenacidad resultó tan eficaz que el viernes en la noche Lorenzo la guió a su cuarto monacal, cuya ventana daba a los manzanos. Allí le pareció menos desabrida, sus cabellos olían a limón, su piel blanquísima también, y la punta rosada de sus pezones se parecía a la nariz de ciertos gatos ante cuya gracia todos sucumbimos.

Con toda naturalidad, Lisa encontró su lugar en el minúsculo departamento de Lorenzo y una semana después el mexicano no sabría qué hacer sin ella. Observaba menos, eso sí, pero a través de ella, el cielo de Harvard se le hizo más accesible.

Si en Tonantzintla había empezado su verdadera relación con el cielo, en Harvard éste le pareció suntuoso y altivo, un cielo que no lo invitaba a pasar. En México, el cielo era su sombrero, su cuate de allá arriba, le pertenecía: era un animal que lo incluía, lo cobijaba, un cielo-oso, un cielo-vaca, un cielo-perro, vaya, y aquí en los Estados Unidos no había encontrado sino un cielo magnífico, pero que no respiraba con él ni lo abrazaba grandote y familiar hasta la embriaguez conjunta. Aquí en Harvard el cielo lo observaba a él: "A ver, astronomito, qué haces conmigo." No era gordo, ni afable ni redondo, no llovía ni se humedecía, y a veces hasta sabía a cerveza. La cerveza mexicana, Lisa, es la mejor del mundo. Lisa oía sin pestañear mientras secaba los trastes y su benéfica presencia ungía a Lorenzo con una seguridad nunca antes experimentada. Compartía con ella sus pensamientos más íntimos: "El cielo estrellado vive, palpita, no es inmutable, le sucede lo mismo que a la Tierra. Aquí abajo todo se mueve, arriba también." Ella le preguntaba: "El cielo no es ni agua, ni tierra, ni aire, ni fuego, no es ninguno de esos elementos, entonces ¿qué es? ¿Será el cielo un quinto elemento?" Lisa se daba la respuesta porque era una buena estudiante de filosofía: "Aristóteles creyó que las estrellas eran inamovibles y que la bóveda celeste estaba fija para la eternidad." Al hablar de Dios, asentaba: "A Dios se le debe adorar y no inmiscuirlo jamás en geometría, astronomía y filología. El cielo es para los teólogos, las estrellas y los planetas son para los astrónomos."

Gracias a ella, el inglés de Lorenzo hizo progresos inauditos. Leyó a Tennyson en inglés, visitó la biblioteca Peabody. Lisa le sacó el delgado tomo de William Blake y lo hizo memorizar "Tyger, Tyger burning bright in the forests of the night" y lo inició en las páginas del *Ulysses* de Joyce sobre la ciencia. Lisa fue creciendo dentro de él hasta abarcar un espacio cada vez más grande. Una noche le gritó desde la puerta de la entrada al departamento: "Me corté el pelo." Los mechones traviesos, alborotados a propósito, la hacían parecer un muchachito. No usaba tacones. De hacerlo, habría sido más alta que él. Sus largas piernas se veían bien enfundadas en pantalones de mezclilla, caminaba a zancadas, adelantando la pelvis y ahuecando la cintura y el pecho, lo cual le daba una sensación de fragilidad, como si tuviera que proteger sus entrañas.

Lisa le enseñó el gozo de hacer el amor con lentitud, asentada en el ocio del domingo. "Hoy nos vamos a quedar todo el día aquí", señalaba el lecho. "Aquí vamos a comer, aquí voy a embellecerme con tu semen, tu sangre de toro." Al principio Lisa lo escandalizó. "Quiero disfrutar el placer. No acepto tus *quickies*. No voy a coger contigo a tu modo, me niego. Odio tu higiene, odio tu prisa, tus razones para hacerlo con rapidez, quiero gozar, es mi derecho. Tus carreras déjalas para México, aquí no rigen." Lorenzo cayó en cuenta de que hasta entonces había hecho el amor a las volandas y Cocorito, la mesera, aceptaba que él se precipitara al baño y permaneciera más tiempo bajo la regadera que dentro de ella.

Cuando la palomilla encabezada por Beristáin propuso alquilar un departamento en Abraham González "por cooperacha", Lorenzo no se atrevió a pensar en Cocorito.

—La traes loca, ¿no te la vas a llevar? Si no lo haces, te pasas de pendejo —lo apuró Beristáin.

Al verla, Lorenzo decidió que era una reina, su vientre apretado, su grupa alta; pasaba entre las mesas como si navegara, gracioso el movimiento de su cabeza altiva, la piel cedro pálido, el cabello caoba refulgente. Era una diosa, podría besar el suelo del café La Habana en el que ella giraba coqueta y acinturada por los lazos de su diminuto delantal. Siempre que Lorenzo discurría, allí estaba Cocorito, cafetera en mano, lista para escucharlo y sólo se separaba de la mesa cuando el gerente la conminaba. "Has pegado con tubo, hermano, tu labia la tiene sometida." A Lorenzo le brincó el corazón de que Cocorito lo escogiera antes que a los demás, lo convertía en un dios, Júpiter, el seductor, el Casanova. Al entrar al café se ruborizaba y su corazón se hacía tormenta y él, que nunca se había cohibido en el aula, apenas levantaba los ojos en confusión y los amigos se pitorreaban de su timidez.

El primer día, cuando la llevó al departamento, al tomarla de la mano y hacerla subir por la gastada escalera se apenó, pero cuando se dio cuenta de que no era virgen, todo su placer se desvaneció. Una horrible sensación de pérdida le llenó los ojos. La penetró por segunda vez, odiándola, cuando segundos antes la había subido a un altar. Hasta Diego Beristáin se había burlado de él al oírlo decir: "Oye, yo por esta mujer sería capaz de matar", pero cuando la poseyó y siguió poseyéndola, lamentó el engaño. "¿Cuál engaño si ni la conocías?", se burló Diego. "No puedo creer que hayas pensado que Cocorito sólo te estaba esperando a ti. A leguas se le veía la experiencia. Te pasas de inocente. ¿Pensabas ofrecerle matrimonio o qué?"

La última vez que Lorenzo se desnudó a su lado y le comunicó que ya no la vería porque partía a Estados Unidos, Cocorito se acunó sobre su pecho:

—No sabrás nunca cuánto te agradezco que me hayas amado —entonces le contó su vida, una vida ultrajada, y Lorenzo sintió sus nervios en agonía y lloró entre sus brazos porque la iba a dejar.

Y de Leticia, ¿qué sería?

¿Y de Emilia, la mayor?

¿Y de todas las mujeres sobre la faz de la Tierra?

En cierto modo, la nobleza de Cocorito lo amenazaba, temía diluirse, pero sobre todo, había descubierto que él, Lorenzo, podía ser débil.

Ahora, frente a Lisa, tenía la misma sensación de desamparo. Y sin embargo lo que compartía con Lisa era lo más cercano a la felicidad. A ella todo le salía, escogía bien las películas que iban a ver, los libros, los amigos, se manejaba con seguridad. Con ella eran buenas las conversaciones y buenas las comidas. Mucho más madura que las de su edad, llevarla a su lado, ahuecando el pecho, su pelo de lino alborotado, era una certeza equiparable a saber que la Tierra gira en torno al sol. Además, ella le ofrecía un Harvard distinto. A la universidad habían llegado los más grandes, Einstein, Igor Stravinsky, Bertrand Russell. Mira, ésta fue su casa, aquí vivieron, por estos senderos caminaron, qué suerte tienes de estar aquí, Lorenzaccio, qué suerte acceder al paraíso de Harvard, pertenecer a la élite, comprobar que se posee un mejor cerebro que los demás.

Los fines de semana Lisa lo llevaba a un concierto, las conferencias magistrales se sucedían sin respiro y Lisa no lo dejaba respirar. Vamos, vamos, sería un crimen perderlo, no podemos darnos ese lujo. Norman Lewis tocaba a la puerta con aquellas manos que no le pertenecían: "¿A dónde van a ir? Los acompaño." La conversación entonces la excluía y Lisa ponía sus condiciones. "Ven, Norman, pero te prohíbo hablar de astronomía." Era imposible cumplir, bajo la influencia de Norman hasta Lisa imaginaba cómo recibiría a un extraterrestre y qué sacaría del refrigerador para alimentarlo.

Fuerte a más no poder, Lisa nunca se cansaba. "Tus ondas electromagnéticas me matan, Lisa, no cabe duda, eres una mujer solar." Iba de una actividad a otra, y si Lorenzo no observara lo habría jalado tras ella también en la noche. "Quedémonos hoy tranquilamente en casa", rogaba el mexicano. "No, no, Lorenzaccio, sólo muerta me perdería el Concerto Grosso de Navidad de Corelli. Necesitas oírlo, es indispensable para tu salud mental." "Lo que está dañando mi salud mental es tu ajetreo, señora Dínamo viuda de Accelerada." "Vamos a estar sentados, Lorenzaccio, acabo de constatar que emites radiaciones letales como las de las radiografías." Lisa era un bólido humano. A lo mejor tenía un mayor número de células móviles y su estructura supernumeraria la llevaba a hacer ejercicio con la misma facilidad con que su espíritu práctico y su diligencia resolvían problemas de vida cotidiana. Sin ella Lorenzo dormiría —que buena falta le hacía—, pero ella lo sacaba a la vida de Harvard. Con ella conoció Boston y las otras universidades de la Ivy League. En Harvard, Emerson, Longfellow, Thoreau, Henry Adams y T. S. Eliot los acompañaron. Visitaron la Facultad de Derecho y la de Teología, la de Medicina y la de Ingeniería. ¡El Museo Peabody de Arqueología y de Etnología, qué maravilla a pesar de que Lorenzo lo vio a galope tendido, preocupado por su cita de trabajo con Bart Jan Bok!

"Entre más cerca de ti estoy, más energía recibo por minuto, Lisa." Años más tarde se preguntaría cómo era posible que jamás se enfermara y llegó a la conclusión de que Lisa, proveedora de luz y calor, lo impidió y él había sido muy afortunado.

México no le dolía puesto que no lo veía. Leticia tampoco. Había entrado a un ritmo febril de competencia. Tenía que demostrarle a los gringos su valía —cualquier cosa que tú puedas hacer yo puedo hacerlo mejor, les decía con los ojos—. Una vez, en la calle, un gringo lo llamó:

—You little Mexican jumping bean.

Y eso que Boston no era racista. Él los haría ver de qué eran capaces los frijolitos mexicanos. Era el último en bajar de la plataforma del telescopio, era él quien accionaba la cúpula y apagaba la consola. Se pasaba toda la noche de pie, y a pesar del frío intenso, ¡ni pensar en acercarse al calentador! El clima gélido despejaba el cielo, nada mejor para la observación. Jamás se quejó. Ir más allá de sí mismo le hacía preguntarse si el cosmos forzaba su propia naturaleza. ¿Qué más se exigía si el suyo no podía ser el reino de los sentimientos? ¡Qué gran estorbo, los sentimientos! Una noche cuando Lisa le señaló: "¡Look at that sweet little star!", Lorenzo se enojó, las estrellas no eran dulces ni monas ni valientes ni inteligentes, sólo eran. Por eso la ciencia resultaba contundente al lado de las humanidades.

Una noche, una tormenta de nieve azotó la cúpula. Estaba tan embebido en sus cálculos que no le prestó atención. Durante la noche el viento golpeó rabioso la cúpula cerrada bajo la cual escogió hacer sus mediciones. Se estrellaba contra los vidrios del edificio, pero sólo hasta que le cayó una estrella de cinco puntas en la manga, al salir, Lorenzo se dio cuenta: "Es nieve, es nieve, por fin conozco la nieve", y se resguardó bajo una marquesina para contemplarla. Cuando los copos furiosos dejaron de girar en el aire, Lorenzo avanzó en medio de una vasta desolación blanca que le llegaba hasta las rodillas. Ni un alma, era demasiado temprano. Sólo el vaho de su respiración lo acompañaba. Y la nieve. Por fin la conocía, porque la que vio en el Popo cuando fue a buscar al hermano Juan, apenas si llegaba a escarcha. En Harvard, más que nevada, la Tierra parecía haberse remontado a la Edad del Hielo. Doscientos cincuenta millones de años atrás la Tierra era hielo azul. Los casquetes polares se extendían y congelaban los mares, unos inviernos inmensos se asentaban sobre la superficie traídos por vientos glaciales. Luego vino el Pleistoceno y con él, un sol pálido bajo el cual los hombres intentaron sobrevivir. ¡Cómo se había ensañado la naturaleza contra ellos! Al poner un pie delante del otro en un metro de nieve, Lorenzo pensó en la concentración de las fuerzas naturales que gobiernan al mundo. ¿Podía el hombre contra ellas? ¡Esta nieve era una bomba! ¡Cuánta furia en el descenso de la temperatura! ¿Dónde estaban los animales? ¿Cómo se protegían? Un escalofrío le hizo perder el paso. "Si no me doy prisa, adiós astronomía." Una forma animal se dibujó a lo lejos. "¡Qué tal si fuera un mamut!" La violencia de la tormenta venía desde el principio de los tiempos. En México, en época de lluvias, el cielo se le había caído encima, pero era un diluvio tropical; este frío que avanzaba desde el Ártico lo hacía pensar que a lo mejor era el único sobreviviente. Al mismo tiempo, se dijo en voz baja que toda esta blancura de nieve le definía por vez primera la pureza.

Convertido en oso polar, Lorenzo se refugió en los brazos de Lisa.

Al día siguiente arreció la tormenta.

Muy pronto los demás observadores le comunicaron a Harlow Shapley:

—The Mexican guy is really tough, he hasn't missed one night.

Primero muerto que dejar de observar una sola noche. La estación de Oak Ridge poseía una variedad de telescopios y tener acceso a ellos lo exaltaba.

Desde un principio, Lorenzo se apasionó por el descubrimiento de estrellas débiles muy rojas o muy azules. Incansable, no le irritaba catalogar durante horas objetos de luz muy pálida, la más tenue, que provenían de fuentes difusas, en vez de pasar todo su tiempo ante el telescopio estudiando con detalle el objeto que lo fascinaba. En ese momento detectaba una nueva clase de galaxias de color muy azul en el halo de la Vía Láctea. ¿Cuántas había? Seguramente un gran número —se emocionaba Lorenzo—, porque los científicos pensaban que la mayoría de las galaxias eran de color amarillo, en particular el núcleo, lo que indicaba que se trataba de estrellas viejas. La existencia de galaxias azules indicaría su reciente formación en gran escala o podría significar también que él, Lorenzo, estaba descubriendo nuevos procesos astrofísicos. Quizá podría encontrar galaxias con una intensa radiación ultravioleta.

Tampoco se daba cuenta del impacto que su tenacidad producía en su jefe. Al principio aplicó en el refractor Ross de 8 pulgadas el método de descubrimiento Tikhov. El lente tenía una curva de color con pendiente apropiada para descubrir objetos luminosos extremadamente débiles. Más adelante pasó a placas de imagen múltiples, expuestas a través de tres filtros sucesivos sobre emulsiones. Si seguía así, quizá llegaría a descubrir sistemas planetarios en regiones del espacio cercanas a la Tierra, pero muy distintas a nuestro sistema solar.

17

Para Lorenzo era un gusto que Bart Jan Bok, su esposa Priscila y sus hijos lo invitaran a comer, porque además de contarles sus recientes descubrimientos podía discutirlos con él. Sentirse en el seno de una familia lo reconfortaba y el apoyo de Bok le era entrañable. Además, Bok le daba confianza en sí mismo: "Muy bien, amigo Tena, muy bien, todos están impresionados con su trabajo... Creo que con semejantes resultados debería pensar en publicar su primer artículo."

El holandés se conmovió al decirle:

—Harvard necesita hombres como usted. Ojalá se quedara para siempre.

Rojo de la emoción, Lorenzo respondió:

—La verdad, mi más caro anhelo es hacer mis estudios aquí, lo único que me preocupa es que en México estemos tan amolados y me espere Erro, quien viviría mi ausencia como una traición y tendría todo el derecho a sentirlo así, porque por él estoy aquí. Pero sí de mí dependiera, haría mi doctorado en Boston.

—Es lo que todos deseamos. Por lo pronto Harlow Shapley le ha escrito a Erro para prolongar su estadía.

Nada podía halagarlo más. Que Bok deseara su presencia y esperara un artículo suyo era un estímulo, según Lorenzo, inmerecido. Había logrado dominar el inglés científico a la perfección, escribirlo no le costaría ningún trabajo.

Lo que jamás soñó es que Harlow Shapley lo llamara para hacerlo director de la estación de Oak Ridge. Nunca se dio cuenta de que él, Lorenzo, le recordaba a Shapley su propia juventud, se reconocía en la temeridad del mexicano. Shapley se había iniciado como reportero de nota roja en Kansas y hacía reseñas de reyertas de borrachos petroleros hasta que decidió ir a la Universidad de Missouri y como aún no se abría la escuela de periodismo escogió astronomía, simplemente porque ni siquiera pudo pronunciar la palabra arqueología. "I opened the catalogue of courses. The very first course offered was a-r-c-h-a-e-o-l-o-g-y, and I couldn't pronounce it. I turned over a page and saw a-s-t-r-o-n-o-m-y; I could pronounce that and here I am." Al igual que Shapley, el mexicano no le temía a nada y era rabiosamente competitivo. Con la ventaja de grandes telescopios, Shapley logró diseñar un modelo radicalmente nuevo de nuestra galaxia. Se diferenciaba tan drásticamente de las teorías tradicionales que sólo su fuerte personalidad pudo salvarlo de las críticas. En 1921 el *Boston Sunday Advertiser* había publicado a ocho columnas que un astrónomo de Harvard, Harlow Shapley, podía demostrar que el universo era mil veces más grande de lo que se creía. Si a Shapley le había tocado la guerra del 14, el mexicano también se iniciaba en época de guerra y al igual que él se defendía como lince acorralado.

A Lorenzo, el telescopio le daba una sensación de poder que desaparecía en la madrugada al regresar a su casa. Lo mismo debió sentir Galileo Galilei, el mensajero de las estrellas, al invitar al Senado en 1609 a mirar con el telescopio de dos lentes, desde la torre de San Marcos, las naves venecianas a varios kilómetros de distancia que sólo podrían verse a simple vista tres horas después. ¡Qué maravilla! También las autoridades eclesiásticas habrían de asombrarse en Roma al ver cómo Galileo desmantelaba el telescopio después de hacerlos observar a Júpiter y sus satélites. ¡Al genio! ¡Al genio! gritaron sólo para satanizarlo en los años siguientes, negarle todo apoyo y finalmente condenarlo. ¡De eso habían pasado más de trescientos cincuenta años!

Al estar los astrónomos norteamericanos en el frente, Harvard necesitaba un joven de carácter tenaz como el de Lorenzo. Harlow Shapley le ofrecía el puesto como sí él, Lorenzo, les fuera a hacer el favor. Esperaba que no se negara. ¡Ése sí que era un gran honor! Redobló su trabajo, el *Astrophysical Journal* publicaría un artículo suyo, vivir era para él una experiencia única, jamás había sido tan feliz. Nada mejor que trabajar toda la noche, por más que el frío le lacerara el pecho. Los resultados en el laboratorio eran la comprobación jubilosa de que las placas tomadas confirmaban su hipótesis. "Me va tan bien —se decía— que temo que vaya a pasar algo malo." Le entristecían las noticias de la guerra, pero su vida interior tenía que ver sólo con el cielo nocturno. "Lisa, Lisa, vives con un hombre feliz." "Pero tienes camisa." "Ahora mismo me la quito."

Lorenzo quiso tener un jardín con un árbol en recuerdo de la huerta de su infancia y Lisa le enseñó los huertos de manzanos. "An apple a day keeps the doctor away." Comían mucho más de una al día y la casa entera tenía la fragancia de las frutas.

Como en el campo bostoniano, en los jardines había manzanos y Lisa sin más se brincaba la cerca y las recogía.

—Así que ustedes son los ladrones —salió el dueño.

—Perdón, señor, no lo volveremos a hacer.

—Supongo que no estudian, porque si lo hicieran sabrían que hay un código moral.

—Soy estudiante de astrofísica, señor —se apresuró Lorenzo—, y vengo de México.

—¿De México? ¿Es usted mexicano? (Su rostro se abrió en una enorme sonrisa.) ¡Qué gran fortuna! ¿Acaso es usted maya? Usted en cambio sí parece norteamericana. Mi nombre es Eric Thompson y soy un apasionado de la grandeza de los mayas, he publicado varios artículos sobre Chichén-Itzá y Kobá, donde pasé mi luna de miel.

—¡Hemos robado las manzanas de Eric Thompson! —exclamó Lisa llevándose la mano a la boca.

El hombre de cabello entrecano sonrió:

—Ahora, los invito a que me roben una taza de té. Tequila no tengo.

En 1926, Eric Thompson había desembarcado en Progreso y desde entonces dedicaba su vida a los mayas.

—Usted, ¿habla maya, jovencito?

—No, pero en México muy pocos lo conocen —se excusó Lorenzo.

—¡Cómo no! Casi dos millones lo hablan entre Guatemala, Honduras, Belice y México. Pasen a mi biblioteca, comprobarán que le he levantado un altar a México.

Fotografías de Uxmal, Chichén-Itzá, Teotihuacán salpicaban los libreros apretados de volúmenes.

—Trabajo en mi libro *Grandeza y decadencia de los mayas*, pero todavía me falta mucho.

—¿Cuánto es mucho?

—Seis u ocho años de trabajo constante, y eso si bien me va. Si termino en los próximos diez años me consideraré un hombre satisfecho.

Lorenzo y Lisa se miraron.

—He estado en Campeche, en Chiapas, en Tabasco, en Oaxaca, en Veracruz, ¡qué país, amigo mío, qué gran país! Me esperan muchos más viajes a México y a Centroamérica.

Cuando Lorenzo repitió que se dedicaba a la astronomía, "El Caracol" saltó en el aire como un chapulín y ya no tuvo cese hasta que pasó a la "Casa de las Monjas". "Claro, ¿cómo no adiviné que usted era astrónomo? Tenía que ser. Los mayas predijeron eclipses, registraron el paso del tiempo y el movimiento de los cuerpos celestes, desarrollaron un calendario. Seguramente ustedes saben quiénes son John Lloyd Stephens y Frederic Catherwood.

Ambos negaron con la cabeza. Eso no amilanó a Thompson.

—Es lo malo de la especialización, pierde uno la idea del conjunto. Amigo, usted proviene de una civilización fabulosa a la que tiene que conocer a fondo. Stephens y Catherwood abrieron la brecha para Sylvanus y yo. Seguramente le interesará, joven astrónomo, saber que el paso del tiempo fascinó a los mayas, el interminable flujo de los días deslizándose de la eternidad del pasado a la del futuro. Sus cálculos en una estela en Quiriguá nos remontan miles de años, otros sondean el futuro.

Thompson había dado en el clavo, el tiempo era el tema de la adolescencia de Lorenzo y la magnitud de las cifras astronómicas mayas cobró vuelo en su imaginación. Le preguntó si había escrito algún artículo al respecto y cuando Thompson le tendió una *separata* se la agradeció con un abrazo mexicano. ¿Qué le había pasado a la grandeza maya? El rostro de Thompson se ensombreció. Palenque se vació y las antiguas ciudades se secaron. ¿Una gran epidemia? ¿Un colapso? Lorenzo no tenía trazas de despedirse hasta que Lisa lo jaló de la manga.

Salieron con una canasta de manzanas y otra invitación: "Regresen cuando quieran, me alimenta hablar de México."

—Ya ves, si no vienes a caminar conmigo no lo habrías conocido.

Lorenzo la abrazó. El cielo de Harvard le daba felicidad y también la perfección de esta universidad en cuya biblioteca podría encontrar las obras de Stephens, repasar los grabados de Catherwood, leer a Leibniz y a Kant. Con sólo estirar la mano podía sacarlos de un anaquel como a Lisa. "Las universidades norteamericanas —presumió Lisa— tienen bibliotecas insuperables. Voy a enseñarte todo lo que hay acerca de tu país. Tiene más la Universidad de Austin que la nuestra, pero quién quite y hasta quieras leer a un autor mexicano."

Harlow Shapley lo mandó llamar a su oficina:

—Luis Enrique Erro me pregunta ansiosamente cuándo va usted a regresar. Han pasado casi dos años...

—De eso querría yo hablarle. Me gustaría mucho hacer el doctorado, si usted me lo permite...

—Mire, Tena, su tenacidad me devuelve la juventud, nada me gustaría más, pero por desgracia tengo que ser el abogado del diablo. Mi amigo Erro consideraría una puñalada en la espalda si usted se queda, porque hacer el doctorado le tomaría por lo menos dos o tres años más. Es su decisión. Si se queda contará con todo mi apoyo, pero mi obligación moral es decirle que Erro no está dispuesto a perder a su mejor elemento. Usted tiene una intuición notable y es un espléndido observador práctico.

—¿Y si no me recibo?

—La academia no lo es todo, amigo. Astrónomos que tienen doctorado no han logrado ni la cuarta parte de lo que usted ha hecho. Debe seguir con sus galaxias azules, sus objetos estelares azules y las nebulosas planetarias. Su investigación lo llevará a otras estrellas, otros hallazgos. Estamos orgullosos de usted. Ninguno antes había observado las horas que ha acumulado en estos veintisiete meses. Puede usted aprender teoría sobre la práctica. Galileo no nació astrónomo.

Lorenzo pasó la noche sin dormir porque sabía que regresaría a México.

Cuando decidió que había llegado el momento de partir, un pensamiento lo inquietó. Al llevarse a Lisa a México (así como paquete) tendría que ocuparse de ella. Su amante confrontaría problemas de idioma, de adaptación, pero independiente como era, salvaría los obstáculos. Sin embargo, al tener que regresar más temprano a casa, Lorenzo estudiaría menos. ¡Qué lata! ¡Pinches viejas!, pensó. Más por su sentido del honor que por convencimiento, mientras escuchaban una fuga de Bach, le propuso matrimonio a Lisa:

—No —respondió ella, lacónica.

—¿No? —repitió Lorenzo estupefacto por el rechazo.

—No.

—Pero, ¿por qué no? ¿Qué será de ti? ¿Qué vas a hacer sin mí?

—Lo mismo que tú sin mí. Voy a sobrevivir, no te preocupes. Me acostumbré a tu presencia y lo haré con tu ausencia.

Lorenzo entonces se derrumbó. Nunca imaginó semejante respuesta. Éste era un fenómeno extragaláctico aún sin explicar, si él había sido capaz de descubrir las líneas de emisión de objetos estelares, cómo podían habérsele escapado los de esta criatura que era parte de su vida cotidiana. La mujer debía estar loca, pobrecita, era una inconsciente. ¿Qué sería de ella? Sin embargo, de lo más hondo de su ser salió un lamento que tampoco había previsto.

—Lisa, yo no te quiero dejar.

—Pero te vas, y yo no podría vivir en otro país que el mío.

—Imposible quedarme, imposible traicionar a mi país, no podría verme la cara en el espejo. Te llevo conmigo —se violentó Lorenzo.

—No quiero ir.

—No entiendo, Lisa. Jamás imaginé que me harías esto.

—Ni yo que fueras tan ingenuo.

—Tu tono me resulta muy hiriente, Lisa.

—El que se va eres tú y resulta que la que hiere soy yo.

—Te he ofrecido matrimonio, te propuse irnos juntos.

—Tú eres un macho mexicano, Lorenzo, yo soy anglosajona, me costaría demasiado adaptarme...

—¿Yo macho? —la interrumpió indignado.

—Lo eres hasta en tu forma de coger. Gracias a mí te has compuesto un poco, pero a lo largo de cien mil meses-luz, sigues corriendo al baño a lavarte concienzudamente después del amor. La que me podría embarazar soy yo, carajo, no tú. ¿De dónde tanto asco?

—¿Qué? ¿Por qué no me lo dijiste?

—No soy prostituta, no tengo infección alguna y en vez de abrazarme corres a desinfectarte.

—Me lo hubieras dicho.

—Te lo dije pero es una reacción de Pavlov, lo haces automáticamente. Somos distintos tú y yo, a mí me gusta andar desnuda por toda la casa, me atrapa la libertad, a ti te atrapan las obligaciones. Siempre te debes a algo, yo no me debo a nada.

Conmocionado, Lorenzo escondió su rostro.

—No entiendo, no entiendo nada.

—Claro, porque lo único que entiendes es salir derrapando todas las noches a tu telescopio. No hay más. Ése es tu verdadero falo, el que sabes manejar porque el que traes colgando no sirve. No te voy a extrañar. De todos modos nuestra vida sexual no es lo que debería ser.

¡Cuánta brutalidad y cuánta indecencia! ¿A poco ésta también era una Leticia? Lorenzo se tambaleó.

—Hablas con mucha crudeza para una mujer.

—No me salgas con eso, Lorenzo, vivimos en mi país, no en el tuyo donde las mujeres son esclavas. Aquí los dos sexos somos iguales. Los espermatozoides y los óvulos son el resultado de una evolución primitivamente idéntica, recuérdalo.

Lorenzo sintió que la odiaba. Lo que él buscaba en una mujer era que no le creara problemas, por eso la había odiado cada vez que lo contradecía. "No seas conflictiva, déjame trabajar." Odiaba su feminismo. Odiaba su crítica. Mientras era su cómplice la aceptaba, pero en el momento en que le hacía frente, la vivía como una amenaza.

Por otra parte, era imposible vivir en Harvard sin Lisa.

Lorenzo se cambió al sofá de la sala. No logró conciliar el sueño. En un momento dado entreabrió la puerta de la recámara y vio que ella dormía plácidamente. "Creo que hasta sonríe", se dijo, helado, "a lo mejor es un marciano, a lo mejor sólo alcanza los grados más débiles en la escala animal." La vio salir en shorts a su partida de tenis y la siguió de vista por la ventana. ¿La habría querido inmóvil, esperándolo, él, el ágil, el impaciente, el creador, el trascendente? Según el canon, ella era la inmanencia, pero en su caso los papeles habían cambiado. Quería dominarlo, eso es, le quitaba la paz necesaria a la investigación, era malcriada, igualita que Leticia, sus caprichos lo sacaban de quicio. Sin embargo, cuando Lisa llegó a la hora indicada para preparar la cena y puso la mesa con primor, no tuvo ganas de salir corriendo a Oak Ridge como era su costumbre. Se entretuvo en el último bocado. Ella hablaba poco, pero en su actitud no había un solo indicio de la discusión de anoche. "¿Y si me quedo?", caviló Lorenzo.

Con su chamarra puesta salió a la noche oscura. Se le había hecho tarde. Cuando regresó desolado a las cinco de la mañana, encontró la puerta de la recámara cerrada con llave.

Los últimos días fueron tristes. Lorenzo partió a la estación con dos maletas. Sólo Norman, desconcertado, lo acompañó.

—Aunque yo no sea Lisa, voy a ir a verte a tu maravilloso país. Quiero comprobar si tienes razón —se abrazaron.

Sobre el andén, la figura de Norman se fue empequeñeciendo hasta que levantó su mano en el aire por última vez.

18

Imposible dormir, la emoción del regreso, el desierto que todo lo devora venía hacia la ventanilla y cubría los durmientes. La arena iba a tragarse al tren y a los escasos pasajeros, escasos porque casi nadie aguantaba en tercera el largo trayecto de Estados Unidos a México. ¿Quiénes serían? Parecían tolerarlo todo. Día y noche se abandonaban al sueño, despatarrados o encogidos sobre sí mismos, sus hijos bultitos de miseria, aguardaban el fin. ¿Cuál? El que fuera. Otros niños habrían corrido entre los asientos. Éstos no se atrevían y la cachetada que le dio su padre a un muchachito que se aventuró en dirección del cabús todavía resonaba en el aire. La atmósfera era de desaprobación del tracatraca, de la monotonía, de la lentitud y hasta de la inmersión de Lorenzo en sus pensamientos. Lápiz en mano, escrutaba todas las hipótesis que lo obsesionaban en torno a las estrellas ráfaga en la nebulosa de Orión. Más que Lisa, más que su vida misma. ¿En qué consistía entonces la evolución estelar si las estrellas no morían o se enfriaban como los planetas? Lorenzo era un hombre poseído por las estrellas.

De no verlo metido en sus papeles, quizá algún viajero le habría dirigido la palabra, pero a Lorenzo ni se le ocurrió pensar que él era quien se aislaba.

Al ritmo de la locomotora, entre un bamboleo y otro, súbitamente las ventanillas se cubrieron con una algarabía de ramajes y de savias, una vegetación animal intentaba tragarse al tren. Sin embargo, el verdor no trajo respiro alguno. La selva, su humedad caliente, hacía que se acendrara el olor a orines del fondo del vagón. El trópico los hostigó tanto como el desierto. Al llegar al altiplano Lorenzo descansó, pero el recuerdo de Lisa, el vientre de Lisa, la mirada de Lisa lo atenazaba. ¡Qué distinto sería si Lisa viajara a su lado! Ya habría entablado relación con éste y con el otro, conocería el nombre del maquinista y no se diga el del *porter*. Lisa —ahora se daba cuenta— era su comunicación con el mundo. Él, en cambio, vivía encarcelado. "¿Cuánta vida le queda al sol?", se interrogaba y responderse a sí mismo era un reto mucho más grande que cualquier cosa que sucediera dentro del vagón. "El sol es como una planta nucleoeléctrica que produce energía y transforma su hidrógeno en helio. ¿Qué pasará dentro de cinco mil millones de años, cuando haya consumido su energía? ¿Moriremos de frío?" Lorenzo pensaba en otras estrellas más jóvenes que el sol o con una edad incluso más avanzada y volvía a sumergirse en conjeturas. ¿Cuándo sería posible postular si el universo era finito o infinito? ¿Cuándo se comprobaría lo uno o lo otro? ¿Cómo se inició el universo? Lorenzo, humillado, sólo podía responder como ya lo había hecho Galileo: no sé.

Descorazonado por los asuntos del cielo, volvía a la Tierra. Ver a Emilia en Texas le habría encantado, pero detenerse unos días encarecía el viaje al grado de imposibilitarlo. Además tenía verdadera urgencia de seguir observando galaxias azules con la cámara Schmidt y no se preguntaba de qué viviría en su país, sino cómo respondería el telescopio.

El espectáculo de los maizales y las grandes montañas azules del altiplano reconcilió a Lorenzo consigo mismo. Hasta el hermoso rostro de su hermana Leticia le bailaba en la imaginación. "Siento dentro de mí una fuerza inexplicable. Podría derribar a un toro." Rico de todo lo que había aprendido, su mirada sobre México era de pionero. Él sacaría agua del desierto. Amaba a Tonantzintla, ¡ah, cómo la amaba! Lo esperaba una gran tarea, a Erro le propondría reforma tras reforma en el Observatorio, su hermano Juan también debía confrontar sus conocimientos en el extranjero, tener acceso a los aparatos de Oak Ridge, escuchar a los matemáticos modernos. Norman Lewis lo protegería, era un amigo confiable.

Lo primero que hizo fue tomar un autobús a la ciudad de Puebla y otro más lento y destartalado a Tonantzintla, su verdadera casa. Don Lucas Toxqui le abrió los brazos. "Su cuarto lo esperó muy solito, nadie lo ha ocupado."

Bajo el tañido de las campanas, el pueblo le pareció dormir. Su ritmo no se aceleró al compás del suyo. A él lo carcomía el paso del tiempo, a ellos se les espesaba en la sangre. "Órale, órale, ¿cuál es la prisa?", le dijo un campesino al que empujó sin querer al subir la cuesta.

—¿Dónde está mi hermano? —preguntó sonriente en la entrada a Guarneros.

—No está.

—¿A dónde fue?

—Ya no está.

Encontró el Observatorio extrañamente vacío. No había nadie en los cubículos. Por fin, en la dirección, después de abrazarlo efusivamente, Luis Enrique Erro le informó:

—Tuve que despedir a su hermano y créame que lo siento.

Resulta que en el fragor de un juego de básquetbol con los del pueblo, Juan empujó a uno que cayó al suelo y estuvieron a punto de liarse a golpes, y como Erro no toleraba que se ofendiera a un lugareño, corrió a Juan.

—¿Por qué no me escribió a Harvard?

—No podría usted haber hecho nada, Tena, mi decisión era irrevocable.

—Lo que yo quiero saber es dónde está mi hermano.

—Nadie lo sabe. Esto sucedió hace más de un año, hemos perdido contacto con él.

—Ahora mismo regreso a México a buscarlo —exclamó Lorenzo rojo de cólera y todavía preguntó:

—¿Y Fernando Alba?

—Está en el Observatorio de Tacubaya con Gallo.

—¿Y Graef?

—En la Facultad de Ciencias de la Universidad.

Sombrío, Lorenzo decidió volver a la ciudad.

—Mira, me da hasta vergüenza contarlo, pero Erro perdió la brújula. Sacó a tu hermano no sólo del juego sino de Tonantzintla —le informó Alba Andrade.

—No entiendo nada, Fernando. Darle un empujón a alguien en un juego es natural, sucede en todas partes.

—En realidad fue un pretexto, Erro no pudo con la inteligencia de tu hermano, que en poco tiempo lo sobrepasó, y saltó sobre ese incidente para correrlo. Se le hizo intolerable que un muchacho que ni a secundaria llegaba le ganara de todas todas.

—¿Dónde está Juan?

—Lo mismo me han preguntado Graef y Barajas. Tampoco se ha comunicado con Recillas, que era tan su amigo. Este desafortunado incidente caló hondo, perdí a mi mejor alumno. ¿A quién iba yo a darle clase? ¿A Julito Treviño y a otros dos que no valían la pena? Graef, muy molesto, empezó a venir cada vez menos. Nos quedamos solos don Luis y yo, y todavía seguí una temporada hasta que me dijo: "Si no está contento, Alba, váyase, a ver qué consigue." Entonces di clases en el Politécnico, en la Escuela Militar y en la Universidad. Me he alejado cada vez más de la astronomía, ahora me dedico a la teoría de la relatividad de Birkhoff.

—¿Y Félix Recillas y Paris Pishmish?

—Se van al Observatorio de París. En Tacubaya el único que vale la pena es Guido Münch, mitad chiapaneco y mitad alemán, pero ya le dieron la beca Guggenheim para estudiar con Chandrasekhar, en Yerkes. Tonantzintla está muerto, Lorenzo, de los científicos no queda nadie y no es con charlas de Erro como van a formarse los jóvenes. Mira, un ambiente de investigación no puede crearse por decreto y estoy persuadido de que la astronomía no es una rama de la física, imposible aprenderla sobre la marcha. Erro es un aficionado y para colmo, la óptica de la cámara Schmidt está fallando y si no enviamos el espejo a la Perkins-Elmer, nunca obtendremos resultados. Así están las cosas desde que te fuiste. Después del Congreso de 1943... todo se ha ido para abajo.

Ver a Juan se le hizo una obsesión, pero ¿dónde hallarlo? Seguramente Leticia lo sabía. ¿Y Leticia, dónde? Si él ni una postal había enviado.

Dos llamadas telefónicas bastaron para encontrarla al frente de una casa de huéspedes en la calle de Orizaba, en la colonia Roma. "¡Adiós Leti, nos vemos en la noche!" "Leti, mi amor, no olvides mi cereal para el desayuno de mañana." "Leti, te adoro pero llevo dos semanas sin que me cambien sábanas y toallas." Una voz ronca respondía desde el fondo del averno: "Adiós, mi precioso." "Sí, mi lindo." "No te preocupes, muñeco." Fue la voz la que guió a Lorenzo hasta la recámara de una mujer acostada en una cama convertida en oficina, mesa de comedor, sala de belleza, burro de planchar, cantina y salón de juego. Lorenzo se detuvo. La voz lo alentó:

—Pásale, mi cielo, ¿qué se te ofrece?

Lorenzo por poco y se va para atrás. Leticia de inmediato se cerró la blusa y pasó su mano por sus cabellos alborotados. Era asombroso su envejecimiento en poco más de dos años, unas ojeras de oso panda ennegrecían sus ojos.

—Hermano, ¿cuándo llegaste, qué tal te fue? ¿Te sirvo un tequilita? Me voy a tomar uno contigo a ver si se me quita esa cochina gripa que cargo desde hace un mes. Por eso me ves así.

—Preferiría platicar en la sala.

—Ándale pues, tesoro, ahoritita me pongo una bata.

Y sin esperar saltó de la cama, calzó unas pantuflas y recogió un trapo del respaldo de una silla. La impresión de Lorenzo fue desagradable. "¡Qué fodonga! ¡Cómo se ha dejado!"

Sentada frente a él, Leticia prendió un cigarro:

—¿Quieres? Yo sí, para variar me pones nerviosa.

"¡Letiiiiii!", sonó una voz en el quicio de la puerta, "si no llego a dormir, no te preocupes, ¿eh, mi vida? Voy a hacerle la lucha a aquélla."

—Sí, mi corazón, que todo te salga bien y te espero mañana, ¿eh, bonito?

—¡Qué relaciones más amistosas tienes con tus inquilinos!

—¿Y qué quieres, que los odie? —respondió Leticia. Mejor cuéntame cómo te fue en los Esteits! Allá pagan en dólares, ¿verdad?

De tanta familiaridad, Leticia se hizo vulgar. Lo ganado en experiencia lo había perdido en frescura. Sus hijos, todos en la escuela, qué bueno ¿verdad?, porque aquí dan una lata que no sabes, ¿que qué tal van?, ay, quién sabe, yo creo que bien, al menos no los han expulsado. "Emilia vino de Texas, guapísi-

ma, no sabes, los años no pasan por ella, un cuerpa-
zo, ¿no?, y yo con estas lonjas, traía una ropa gringa
divina, me dejó un vestido muy finoles pero no me
entra. Gracias a ella pude montar esta casa de huéspedes. Santiago en el banco, a toda madre para ser
más clara, qué trajes, no sabes qué trajes, es un figu-
rín, mucho más alto que tú, por supuesto, las trae
locas, vas a verlo, ¿no? Aquí viene a comer de vez en
cuando y siempre me deja una feria, ¿sabes lo que es
feria? Ni modo, hermano, ya lo averiguarás. ¿Que-
rías ver a Juan? Pues vas a tener que visitarlo en el
Negro Palacio de Lecumberri, allá estableció su prin-
cipado hace seis meses y espero que no se muera
porque me debe. Claro que no voy, no quiero que
me vuelva a sablear. El único que tiene agallas para
verlo es Santiago, cuando no lo desvelan demasiado
sus novias. Te invito a comer, ándale, yo disparo. Ay,
ya no te hagas, creí que ibas a regresar más jalador de
Gringolandia. ¿Ya te vas? Bueno, ni modo, cáeme
cuando quieras. Yo siempre estoy aquí haciéndole de
madre a mis inquilinos".

Lorenzo, en estado de shock, fue a sentarse a
una banca de la plaza Río de Janeiro y prendió un
cigarro. Después de un momento, su corazón se so-
segó. "¿De qué me espanto si Leticia siempre fue así?
Al menos ya encontró un *modus vivendi*." Cayó en
cuenta de que le parecían incongruentes hasta estos
edificios de ladrillo rojo que don Porfirio trajo de
Francia con sus buhardillas y aleros para la nieve.
¿Cuál nieve? ¡Qué ridículos barandales! ¡Qué absur-
do todo! Respiró hondo. "México es víctima de Europa", se dijo. Caminó despacio hacia la blancura de

merengue de la Sagrada Familia, en la escalinata de la iglesia una parvada de mendigos levantaron la mano y entre ellas creyó ver la de Juan. Dos mujeres de negro, la cabeza cubierta con mantillas y una ostentosa medalla de la Virgen de Guadalupe entre los senos, cruzaron frente a él. Lorenzo atravesó la avenida Chapultepec, luego tomó la calle de Florencia y siguió un buen rato por el Paseo de la Reforma hasta la glorieta de Cuauhtémoc con Insurgentes, en donde vio la casa de Lucía Arámburu. Remozada, albergaba nuevos inquilinos. Siguió caminando hasta detenerse bajo el reloj chino de Bucareli. ¡Oh, México, cuánto me dueles! México penetraba sus sentidos y lo hacía sufrir. Sentía la imperiosa necesidad de caminar la ciudad, aunque ya para entonces, además de los ojos llorosos tenía las piernas insensibles. ¿Estaré volviéndome loco? Aspiró profundamente el humo del último cigarro y se preguntó: "¿Cuántas cajetillas estaré fumando desde mi regreso, tres, cuatro?"

Antes de irse a Harvard se había separado de los amigos, ahora anhelaba el reencuentro, sobre todo con Diego. Al verse, ninguno de los dos tocó el tema de la muerte del doctor Beristáin y en el abrazo, ambos cerraron los ojos. "Después, hermano", murmuró Diego, "después, ahora no", y se lanzó a una conversación deliberadamente frívola acerca de sus partidos de tenis, su trabajo en la Secretaría de Hacienda, un juego que ganaba en cada set porque sus saques eran insuperables. A su actividad social había añadido el bridge, "inteligentísimo, hermano, casi tanto como el ajedrez, con tu memoria lo jugarías de maravilla".

Como Lorenzo permanecía callado, le dijo:

—Por lo visto no has cambiado, sigues siendo el mismo intelectual al rojo vivo.

Lorenzo tuvo la desagradable sensación de que su amigo le daba coba. Durante su ausencia, Diego se había vuelto más mundano. Infinitamente sociable, la diplomacia era ya su segunda naturaleza. Los sábados y domingos salía con dos lumbreras: Hugo Margáin y Juan Sánchez Navarro, guapos y desenvueltos, entrenados para el triunfo. La vida en México tenía un barniz de urbanidad que escondía los sentimientos de cada quien. ¡Qué amables todos, qué finos, qué diplomáticos! Extrañó las discusiones científicas con Norman, la franqueza de Lisa. "Ya volviste, qué lindo", le dijo Adriana melosa. "Pinche vieja cursi, no le importo un comino", pensó Lorenzo. La vida en la capital había seguido sin él y cada quien andaba en lo suyo. Los intereses de la pandilla le parecieron pueriles al lado de sus grandes expectativas. Perdido el impulso inicial, no querían ser paladines sino de sí mismos. Ninguno vivía en el vértigo y muerto el doctor Beristáin, el único con quien podría compartir sus ideales, El Pajarito Revueltas, yacía refundido en la cárcel. Lorenzo percibió un ambiente taimado y rastrero nunca antes detectado. Sus amigos correspondían al *too good to be true* de los gringos. Había gato encerrado. ¿Vivirían una doble vida? ¿Qué máscara usaban para tratar con los demás?

A los pocos días se dio cuenta de que su experiencia en Harvard era incomunicable. El recuerdo de Lisa se le encajó como una puñalada. ¿Qué hago en esta ciudad? ¿Para qué volví? ¿Para qué acepté la invitación de La Pipa, la de Chava Zúñiga? ¿Qué tengo ya en común con ellos?

Le asombró la lentitud de las comidas impuntuales y copiosas que aniquilaban la tarde para cualquier cosa que no fuera una siesta de boa constrictora. "¿A poco ya te hiciste gringo? La comida mexicana es la mejor del mundo." En Harvard, el *lunch* apenas si era una pausa entre dos trabajos, un impulso entre dos ideas. No había tiempo que perder. Aquí, el tiempo era una manita de puerco en vinagreta a la que había que chuparle los huesos. Y ahora unas tostadas de pata y unos tacos de lomo, estos cueritos están a todísima madre, unos chicharrones en salsa verde, puerco y puerco y más puerco y pásame otra tortilla para mi cabeza de puerco. "Lencho, ¿cómo pudiste vivir sin tlacoyos ni pámbazos?" Tal parecía que México era una inmensa garnacha friéndose al sol.

¿Cómo era posible que unos y otros se escucharan decir cosas que los disminuían? "Tienen que ser más inteligentes que esto", pensaba Lorenzo con inquietud, "yo los recordaba brillantes", pero no, seguían profiriendo inanidades que a veces Beristáin, irónico, refutaba hasta que gracias al alcohol nadie escuchaba a nadie. "¿Por qué se contentan con tan poco?", y al mismo tiempo se reprendía: "¿Por qué no puedo perder mi sentido crítico?" Algunas mujeres eran formidables hiladoras de lugares comunes. Complacidas, daban pormenores de su jornada hasta llegar a la fiesta y Lorenzo cayó en cuenta de que sus amigos las aplaudían con segunda intención. "Aguanta sus idioteces y luego te la llevas, es brutísima pero muy buena en la cama", confirmó Chava Zúñiga.

A Lorenzo le volvió la inquietud de sus once años en la casa de Lucerna, cuando creyó que los adultos tenían la explicación del mundo y se dio cuenta de que sus propósitos eran planos. ¿No estarían estupefactos Lisa y Norman? A lo mejor, por culpa de Lisa, las mujeres le parecían cúmulos globulares incomprensibles, conglomerados lejanos para los que no tenía indicadores de distancia.

México lo golpeaba con una piedra, "la pedrada que le dieron a mi padre", pensó. En Harvard nunca tuvo presente esa condición de piedra al sol, de hombres detenidos en la esquina, sin nada que hacer. La miseria hacía que los mexicanos se conformaran con ver pasar la vida. ¿Qué había hecho por ellos la Revolución? "¿De haberme quedado, tendría yo conciencia de tantas fallas?" En Harvard todas las estrellas eran novas, aquí sólo veía nebulosas.

—Hermano, eres un pez fuera del agua —lo abrazó Diego Beristáin. O le entras o te hundes. No hay que responsabilizar a los demás de lo que le sucede a uno. Eso sólo logrará aislarte.

—¿A qué le entro, Diego? Tú lo que quieres es un país en el que unos cuantos partan el pastel, decidan por los demás y se lamenten porque tienen que cargar tras de sí el lastre de una multitud inerme por miserable. Yo lo que quiero es atraer a la ciencia al campesino, al obrero, a la madre de familia, al ama de casa aunque no pertenezcan a partido alguno, aunque no sepan formular siquiera lo que buscan pero hacerlos partícipes, aquí estoy, éste es mi país, quiero hacer algo.

Todo lo que a sus cuates les hacía gracia a Lorenzo lo repelía. El arzobispo Luis María Martínez aparecía en *Rotofoto* bendiciendo almacenes, cabarets, salas de baile, restaurantes que persignaba para luego rociarlos con agua bendita. "Mírenlo con su sotana *strapless* en los aparadores de Sears Roebuck, las vendedoras hincándose a su paso." "Lorenzo, te equivocas —terciaba Chava—, es un hombre campechano. Hace dos días pretendieron darle un asiento de primera fila y ¿sabes lo que respondió? 'Yo en cualquier clavo me atoro'." Lorenzo seguía alegando que la diferencia entre Tongolele y el arzobispo era sólo el escote. "Ella es más enseñadora." Y para ponerse a tono con Chava y su relajo, respondía: "Éste es el país de Agustín Lara, José Alfredo Jiménez, Jorge Negrete, el 'Charro Cantor' y el indito dormido en su sarape a la sombra del maguey. ¿Cuándo vamos a salir de la tarjeta postal?"

Lorenzo resentía a Chava. Por lo visto los ideales de sus cuates se habían ido por el caño; ya de por sí su nivel de vida era alto, pero Lorenzo los acusaba de "chaparrismo". Chava manoteaba: "Si sigues así, todos vamos a resultar inferiores a tus exigencias, el país entero jamás estará a tu altura. Tolerancia, hermano, tolerancia." "Dirás concesión, Salvador, concesión y yo no las hago. Exijo." "Pues no te exijas tanto y vive mejor."

Lorenzo tomó la primera copa y como no le hizo ningún efecto, se echó la segunda. A la tercera le entró una lenta euforia que fue subiendo de punto con los sorbos siguientes. ¿Cómo no pensó antes en el alcohol para calmar su angustia? Lisa y él jamás bebían, Norman tampoco, apenas una cerveza de vez en cuando.

A Norman Lewis le habría gustado discutir con su hermano Juan, porque al igual que él creía en la posibilidad de vida inteligente en otros planetas. "Allá —se entusiasmaba Juan señalando la bóveda celeste— hay muchos recursos que explotar. Así como de la tierra se saca el gas, el petróleo y los minerales, allá nos esperan vetas inexploradas, campos que van más allá de los cuasares y los hoyos negros."

Técnico él mismo, Juan se solazaba en la perfección de los instrumentos y repetía a quien quisiera escucharlo que el micrófono es más fiel que el oído, la película más exacta que el ojo y ni hablar de la célula fotoeléctrica. Si la tecnología podía ir más allá de las limitaciones humanas, si las maquinarias eran mucho más sensibles que las propias terminaciones nerviosas, seguramente nuestro cerebro sería desbancado por la técnica. ¿No había demostrado Pavlov que la sagrada voluntad del hombre podía ser un reflejo condicionado? A Lorenzo le irritaban las especulaciones de Juan, pero a Norman, que siempre comparaba la brevedad de la vida humana con los años de un planeta, le parecería factible que una sociedad de extraterrestres, para quienes un año serían mil o cien mil años, colonizara nuestra galaxia. Juan y Norman coincidirían y Lorenzo añoró ver el rostro inteligente de su hermano discutiendo con él.

Decidió regresar a la casa de huéspedes de Leticia y pedirle que invitara a Santiago a comer. "Claro, hermano, no faltaba más. ¿Te parece el viernes?"

¡Cuánto había crecido Santiago y qué razón tenía Leticia! Guapo, seguro de sí mismo, Lorenzo cayó bajo el encanto de su hermano menor. El agradecimiento del benjamín por Emilia era infinito y eso lo hacía más simpático aún. "Nunca podré pagarle lo que hizo por mí." En torno a él brillaba la misma aura mundana detectada en Beristáin, en Chava Zúñiga, en La Pipa: el del México triunfante. Al final de la comida —por cierto, deliciosa—, Lorenzo le dijo que quería ir a Lecumberri a ver a Juan y quedaron de verse en la entrada el domingo. "Lleva tu cartilla, si no, no te dejan entrar."

Entrar al México más desahuciado, eso era Lecumberri. Tras las rejas, como simios agarrados de los barrotes, rugían improperios o pedían dinero alargando la mano o una lata de sardinas. Uno de ellos jaloneó a Lorenzo, que cometió la imprudencia de acercarse demasiado. Llegaron a la crujía F, la de los ladrones, y Lorenzo sintió un escalofrío cuando su apellido resonó en el aire apestoso a mierda. No reconoció a Juan, había empequeñecido, casi no tenía rostro, sólo ojos bajo el cráneo rasurado. "Hermano". Juan se dejó enlazar, los brazos colgantes. Entonces, Lorenzo se retuvo para no dejar salir un grito de protesta: "¿Qué te han hecho, hermano?", y Juan miró al mayor sin perder su impasibilidad. Luído y sucio el uniforme, los brazos un desastre de cicatrices y no se diga los pómulos mallugados, Juan aguardaba, una bachicha en la mano. "¿Cuánto te falta para salir?" "No sé, el abogado de oficio, que es el de todos, dice que para fin de año." En ningún momento se dio el acercamiento, ni siquiera cuando los tres se dispusieron a comer el contenido de la canasta preparada por Leticia. "A nuestra hermana sí que se le da la cocina", comentó Santiago, jovial, al llevarse la cuchara a la boca. Juan no sonrió. Comió en silencio. "Te traje cigarros, hermano", y le tendió un paquete. Juan ni siquiera estiró la mano para tomar el regalo. Sólo al final volvió el rostro hacia Lorenzo y preguntó: "¿Trabajaste en objetos azules en Harvard? ¿Volviste a las líneas de emisión de ciertas estrellas que tanto te impresionaron en Tonantzintla? A lo mejor allí encuentras elementos fundamentales de evolución estelar." Cuando Lorenzo estaba a punto de responderle, contento, como si hubiera revivido a un muerto, Juan se encaminó hacia su celda. "Déjalo para la próxima, si es que vienes", y sin más cerró la puerta de lámina verde.

"¿Se recuperará?", le preguntó a Santiago en el parque frente a la carcel. "Sí, no te preocupes, él siempre sale adelante." "Se ve como anestesiado." "Mejor, así aguanta la vida allá adentro, aquello es el lumpen en todo su horror", respondió Santiago. "¿Por qué no tiene su propio abogado defensor?" "No tiene caso, hermano, todos son unas ratas y además Juan ya va a salir." "¿Qué puedo hacer yo por él?", gritó Lorenzo en su desesperación, y el menor tuvo una respuesta que no iba ni con su edad ni con su modo de vida: "Nada, hermano, nada, ser tú y seguir tu vida. Si no lo hacemos, ¿cómo vamos a sacar a Juan del infierno?"

19

Ese mismo día en la tarde, con rabia en el corazón, Lorenzo tomó el autobús de regreso a Tonantzintla. Pensó en Juan durante unos momentos, y a la mitad del trayecto las T-Tauri recuperaron su imperio. Seguramente en el Observatorio, a pesar del pesimismo de Fernando Alba, habría alguien con quién hablar de estrellas. "Si se dedica al estudio de las nebulosas planetarias, amigo De Tena —le dijo Bart Jan Bok—, puede llegar a determinar la abundancia de elementos pesados como el argón y el azufre, así como el cociente pregaláctico de helio a hidrógeno. ¡Es importantísimo!"

Dios mío, tal parecía que el tiempo se había detenido en Tonantzintla. La quietud del Observatorio lo violentó. En el pueblo dormido, los Toxqui tampoco habían avanzado. Hasta los niños se mantenían igual. Después de Boston, todos le parecieron diminutos. Además de los baches en la calle, persistían en las casas las mismas varillas en espera de un segundo piso, las bardas derruidas o a medio construir, todo a medias. "¿Qué pasó con lo de las flores?", preguntó a don Honorio. "Pues a ver", fue la respuesta desganada. Eso era, a todos los vencía la inapetencia. Su irritación crecía y latía furiosa contra sus sienes. "Ciencia inútil la mía, puesto que soy el único desesperado."

Lorenzo se enfrascó en una de sus eternas discusiones con Erro y notó que del oído izquierdo, hasta entonces el bueno, oía menos y el esfuerzo le daba a su rostro un rictus de dolor. El polemista convincente ya no tenía empuje.

Envuelto en el humo de su cadena de cigarros, Lorenzo le confió su ansiedad por el rezago de México visible en el valle frente a ellos. ¿Cómo era posible que en la bóveda celeste hubiera más movimiento que en este diminuto fragmento del planeta Tierra? ¿Cuándo influiría el cielo sobre la vida de los hombres? "El cielo y la Tierra son uno solo. Lo de arriba es lo de abajo", le había dicho a Erro con una sonrisa, que le recordó al maestro la que le hizo en la azotea de la calle de Pilares, cuando le propuso que fuera su asistente.

—En vez de vivir en el pueblo, Tena, ¿quiere ocupar uno de los bungalows?

—¿Un bungalow para un hombre solo? No tiene caso.

—Eso mismo, camarada Tena, ya es hora de que busque mujer. ¿O no ha pensado en casarse?

—Lo que quiero es trabajar —gruñó Lorenzo.

—No le impediría trabajar.

—Estoy perfectamente bien con la familia Toxqui allá abajo.

Poseído por sus galaxias y sus estrellas azules, Lorenzo no tenía con quién hablar de ellas. Erro había envejecido. En Harvard, Bok era un interlocutor verdadero, pero aquí, ¿quién? Diego Beristáin lo escucharía como buen amigo de infancia, pero no podría darle respuesta alguna. ¡Oh, Norman!, ¿dónde estás? Ya desde ahora extrañaba las feroces discusiones de Harvard.

La primera noche frente a la cámara Schmidt hizo que México, de un solo golpe, recuperara su hechizo. Este cielo era su piel, sus huesos, su sangre, su respiración, lo único por lo que daría la vida.

—Creo que nada me hace tan feliz como el cielo de Tonantzintla —le dijo a Erro.

—Pues húndase en él, esa es su salvación.

—Allá sí suceden cosas.

—¿Qué me está usted reprochando?

Ambos sabían que Juan se erguía entre ellos, víctima y fantasma. Además de haberle partido la vida a su hermano, Lorenzo le recriminaba la pérdida del equipo humano, la inercia del Observatorio, que era la del país.

—Podría irme diez años y regresar a encontrarme los mismos tejocotes pudriéndose bajo los árboles.

—No soy responsable de la inconsistencia de los hombres —dijo Erro.

A los mejores matemáticos y físicos, formados por Sotero Prieto, los absorbía la Universidad Nacional, cuyas facultades se dispersaban en la ciudad: el edificio de Biología en Chapultepec, el de Geología en Santa María la Ribera, el Instituto de Física y Matemáticas en el Palacio de Minería, el de Filosofía en Mascarones.

Quienes habían estado en Harvard y en MIT durante la Segunda Guerra Mundial volvieron a dar cátedra sobre temas desconocidos en México: mecánica de suelos, que impartía Nabor Carrillo en el Palacio de Minería, o teoría de la relatividad, que Carlos Graef volvió accesible. Raúl Marzal se encargó de promover la Escuela de Ingeniería; Alberto Barajas, matemáticas. Leopoldo Nieto, vibraciones mecánicas, aunque Alberto J. Flores, futuro director de la Facultad de Ingeniería, era el de la materia. El joven Marcos Mazari tomaba física e ingeniería. Pasaba de la clase de Raúl Marzal a la de Nabor Carrillo. Muy pronto destacó: "¿Oiga, maestro, ¿por qué no nos da teoría de consolidación?" ¡Cuánto entusiasmo! Así empezaron a foguearse los maestros que más tarde enseñarían en la Facultad de Ciencias.

Ahora, en la ciudad de México, las facultades estaban reuniéndose en una inmensa extensión de tierra volcánica en el sur, "hermosísima, hermano, hermosísima", se extasiaba Graef Fernández, el campus superaría al de cualquier gran universidad de la Ivy League. "Vente para acá, hermano, no tenemos carrera de astronomía, contigo podemos empezarla, aquí está tu lugar y no en ese pueblo." "Lo voy a levantar, vas a ver", respondía Lorenzo rabioso. "No seas obcecado, no tienes gente. ¿Quién va a querer ir a llenarse de polvo?" Con Graef, la Facultad de Ciencias encabezaría el progreso del país. Diego Rivera, David Alfaro Siqueiros y Juan O'Gorman caminaban por el campus universitario. A O'Gorman le habían encargado pintar la biblioteca, a David, un mural superdinámico con materiales nunca antes empleados para la torre de Rectoría y a Diego el estadio. ¡Tres obras de arte, además del museo universitario, el jardín botánico, la alberca olímpica, los campos deportivos!

Ante la belleza de los edificios levantados sobre un mar de lava, Graef, embelesado, presumía a través de los inmensos ventanales los espacios y la nobleza del paisaje. "¡Qué campus! ¡Aun sin terminar esta Ciudad Universitaria es grandiosa! ¡Y a un lado la pirámide de Cuicuilco!" Hervían los muros inconclusos, florecían los techos recién colados. Algunas facultades apenas empezaban a ser trazadas. Los albañiles con sus cubetas de mezcla parecían palomas revoloteando en torno a migas de pan. "Todo esto es nuestro —señaló Nabor Carrillo con bonhomía—, pero estamos muy dispuestos a compartirlo." Graef enumeró las materias que ya se impartirían en la Facultad de Ciencias y contó que pronto tendrían un reactor nuclear y un acelerador Van der Graaf para estudiar el átomo. Al lado de Graef, un joven alto, de pelo negro, Marcos Moshinsky, hizo varias intervenciones brillantes "¿No te has dado cuenta, Graef, que nuestra universidad es tan endeble como un castillo de naipes? ¿No sabes que la educación del país es tercermundista y que ni siquiera el veinte por ciento, qué digo, el diez por ciento está llegando a la preparatoria y en Estados Unidos es el ochenta por ciento? Nuestro porcentaje de deserción es altísimo." "Lencho, no seas tan negativo, lo importante es que echemos a andar la educación superior y la científica. Hemos recibido varias peticiones de colaboración de universidades norteamericanas."

—Sí, porque nuestra actividad científica es tan reducida que no le significamos peligro alguno. El número de científicos en Estados Unidos es casi cien veces mayor al nuestro, por lo tanto, a ellos les conviene que hagamos más ciencia porque estamos muy lejos de ser competencia política o económica.

—El competitivo eres tú, Lencho, y tu pesimismo te va a matar.

—No tenemos una élite, para lograrla hay que elevar la educación a todos los niveles.

—Te aseguro, Lencho, que vamos a formar gente de primer nivel.

Mientras en la ciudad la creación de la ciencia vivía su época más bella, Tonantzintla se apagaba y el ánimo de Lorenzo también. ¡Cuántas veces no deseó haberse quedado en Harvard tres años más! "¿Qué alegas si tú ni doctorado tienes?", le espetó una vez Juan Manuel Lozano. Sólo con Norman Lewis podría tratar el tema de su título. Frente a sus colegas guardaba un silencio hostil. "Mi país me traiciona." A la gran mayoría de los jóvenes, la invención de modelos e hipótesis que explicaran lo que le sucedía a la Tierra y al cielo, los tenía sin cuidado, no cualquiera podía hacer una ecuación y todos preferían irse a lo seguro. Además, ¿dónde estaban los laboratorios, el equipo, los instrumentos, las becas? Desde luego no en Tacubaya, a donde ningún político, por mejor intencionado, dedicaría una mirada siquiera.

Antes, en la calle, los peatones levantaban los ojos al cielo nocturno y a simple vista localizaban a

Sirio, la estrella más brillante de la bóveda celeste; ahora no sólo los faroles sino la luz de los faros de los automóviles opacaba las estrellas. En su afán de modernidad, los hombres habían borrado el cielo de su vida. ¿Quién, salvo unos cuántos científicos, tenía conciencia de planetas, estrellas, meteoritos, cometas?

A Tonantzintla, ese pueblito perdido en el mapa, también lo embestía la luz de la ciudad de Puebla de los Ángeles. De los edificios y los anuncios publicitarios subía un halo de luz, una suerte de polvillo anaranjado que cubría el cielo, antes negro y despejado, impidiendo la observación. Ni una sola protesta. Solos, Braulio Iriarte, Luis Rivera Terrazas y Lorenzo de Tena se enfrentaban a la apatía.

Cuando Lorenzo quiso construir la primaria en Tonantzintla, don Lucas Toxqui le dijo desganado. "No hay ni quién ni con qué, los del gobierno ni se asoman." Lorenzo se indignó: "¿No podrían estudiar al aire libre, bajo un árbol? Si tanto les urgiera, lo de menos son las condiciones." "Queremos una escuela formal." Gracias a su empeño, ya tenían la escuela. ¡Pero cuánto desgaste el de Lorenzo! "Voy a morir joven", se decía. "Sí, pero no me importa, lo que sea, que suene."

A Lorenzo, el retraso de Tonantzintla y el de Tacubaya se le hacían más evidentes porque sus antiguos maestros y compañeros, Fernando Alba Andrade, Carlos Graef, Alberto Barajas, discípulos del gran matemático Sotero Prieto, giraban entusiasmados en torno a la Ciudad Universitaria y su capacidad de convocatoria había logrado que a los estudiantes, que antes preferían irse a lo seguro: Leyes, Contaduría,

Medicina, ahora Ciencias no les pareciera tan desdeñable y oscura. En Física, Manuel Sandoval Vallarta era un modelo a seguir, lo mismo que Graef Fernández y no se diga Arturo Rosenblueth. ¿No que la ciencia era incomprensible?

En los meses que siguieron, Lorenzo se hundió en el cielo nocturno como le aconsejó Erro, pero entonces se encontró con que la cámara Schmidt no respondía. ¡Oak Ridge, Oak Ridge, ¿dónde estás?! El telescopio era de una deficiencia aterradora. ¿Sería el tubo o la estructura que sostenía la poderosa lente? "Lorenzo, Félix Recillas viene a la Universidad la semana que entra, ¿por qué no hablas con él?" —le aconsejó Luis Rivera Terrazas.

El encuentro con Recillas en Puebla confirmó su sospecha. "Mire, Tena, gringo o no gringo, el de Tonantzintla es una especie de cacharro al que nadie ha podido sacarle nada. Nunca diseñaron un buen tubo o el mecanismo no sirve. Recuerde que lo hizo manualmente algún artesano de nuestro medio y lo montaron puros inexpertos que Erro recogió aquí y allá. Cuando viajó usted a Harvard, la cámara Schmidt ya andaba mal. Nunca han podido trabajar con ella, de ahí la desbandada. La única solución sería mandarla de nuevo a Harvard."

En el autobús de Puebla a Tonantzintla, Lorenzo se repitió la última frase de Recillas: "No hay quién pueda sacarle nada a la Schmidt. El mecanismo no responde porque quienes lo instalaron eran amateurs." El vidrio óptico no tenía defectos, lo fallido era la estructura hecha a martillazos. Habría necesitado de un diseño ultra moderno producto de la mente de ingenieros y mecánicos de primera que aún no se daban en México.

Lorenzo recordaba el fervor de don Luis y sus amigos, y el ingenio y el entusiasmo puesto en ensamblar y soldar las partes que mereció el visto bueno de Dimitroff. Al mismo tiempo, histéricamente, se repetía que una máquina no iba a poder más que él, "A ver cómo le hago, pero tengo que ganarle la partida, no me importa el tiempo que gaste pero voy a encontrarle el modo." Esta determinación lo ponía en un estado de nervios incontrolable. Imposible pensar en otra cosa. Era un duelo a muerte. "Primero me muero a que me venza una cámara." Se lo decía con furia, regañándose, incapaz de salir del imperio férreo de la Schmidt, cabrona, mil veces cabrona.

Subía a la colina a paso redoblado, sin ver nada, salvo la Schmidt. Día tras día, exacerbado, una aspirina tras otra, una impotencia derrotando a otra, una cólera sorda que habría estallado en llanto de tanta exasperación, Lorenzo buscaba que la Schmidt respondiera. ¿Cómo era posible que él tuviera tantos proyectos, tantas ideas y que no contara con un buen instrumento? ¿Llamar a Shapley? ¿Irse de México? Lorenzo la habría pateado. "¡No tengo otra —se repetía—, tampoco tengo otro país!"

Una noche en que, después de abrir las compuertas de la cúpula, apuntó el telescopio al cielo, se dio cuenta de que el tubo se vencía. "Será una construcción artesanal, como la llamó Recillas, pero el vidrio óptico es una maravilla." Esa noche no tomó una sola placa, su mente analítica calculó y volvió a calcular y finalmente, a las cinco de la mañana, Lorenzo bajó al pueblo a acostarse. Apenas abrió los ojos, lo avasalló la angustia de cómo manejar el aparato para obtener la profundidad de observación deseada. "Probablemente así trabajen los matemáticos en un teorema, desbrozando el camino hasta llegar a la esencia y al último paso, el definitivo, el de la solución", se dijo para darse valor.

Sin el menor cuidado por sí mismo, Lorenzo hizo cálculos, levantó tablas. Tres cajetillas diarias de Delicados le resultaban insuficientes, y ahora en la miscelánea le decía don Crispín: "Aquí le tengo sus cuatro paquetes, mi doc, para que trabaje mejor." Cada noche, su empeño lo llevaba más lejos. En una libreta forrada de linóleo negro apuntaba a qué inclinación había respondido el telescopio y seguía haciendo conjeturas. "Si el tubo se vence a veinte grados y lo reacomodo tomando en cuenta su flexibilidad, voy a obtener este resultado." Al cabo de dos semanas casi no necesitó apuntar, todo lo tenía en la cabeza, las distintas variantes, los pasos a seguir, y sobre todo, las palabras de Recillas.

Llevaba ya noventa días de catorce horas de trabajo obteniendo cada noche sin luna, milímetro a milímetro, nuevos resultados, cuando se dio cuenta de que podía dominar la Schmidt. "Ahora sí, telescopio-cacharro, vamos a demostrar que sí sirves", y al revelar sus placas tuvo la certeza de que había llegado tan lejos como en Oak Ridge y quizá más.

La distancia de la Tierra al cielo era inimaginable para la mente humana, algunos planetas y estrellas estaban fijos y eran estáticos, pero muchos cambiaban y durante su ausencia, casi a ojos vistas, al menos eso creía Lorenzo, se habían movido en el cielo del sur. Comprobarlo le hacía tolerar todas las penalidades. Confrontaba al telescopio. Le hablaba en voz alta. Sabía exactamente cómo maniobrarlo, y una vez encontrado el sitio, tomaba sus placas sin un titubeo. Cada noche penetraba en un nuevo enigma, pero surgían otros y otros y otros. Las estrellas ráfaga en la nebulosa de Orión lo habían atrapado y lo condujeron a las T-Tauri con la fuerte intensidad en emisión que presenta la línea roja de la serie de Balmer del hidrógeno.

Cuando le enseñó a Erro sus primeros resultados, éste lo abrazó como un padre:

—Tena, es usted todo lo que yo hubiera querido ser.

Recillas, admirativo, lo tuteó como a un colega: "No sé si hiciste tablas o todo lo tenías en la cabeza, el caso es que tú has obtenido una perfección de observación que ninguno ha alcanzado. Fíjate, Tena, le has sacado a la Schmidt diez veces más de lo que los de Cleveland y Wisconsin con la suya. Los gringos se rindieron pronto, la usaron menos de la mitad de lo que tú en México."

Las palabras de Recillas le hicieron bien. ¡Lástima de apuntes, sentía no haberlos guardado porque esta maldita Schmidt había causado la desbandada de estudiantes y la de los teóricos que esperaban en vano los resultados! "Con esa lente tan fina, hay que conseguir un verdadero telescopio", alegó Recillas. Erro, tan nacionalista, creyó que el telescopio era un milagro de la tecnología mexicana. "¡Ni en Holanda, ni en Estados Unidos lo harían mejor!" Pero algo falló, lo mismo en Cleveland, porque la Schmidt no respondía, aunque Lorenzo, a base de paciencia y de coraje, la había puesto a funcionar. "Diablo de muchacho —decía Erro—, su prodigiosa inteligencia haría de él un genio en cualquier país del primer mundo. Aquí no lo valoran."

Una tarde, Lorenzo decidió ver de nuevo la capilla de Santa María Tonantzintla. ¿Habían creado los artesanos allá abajo su propio orden cósmico?

Después de recoger la llave en casa de don Crispín, que hacía las veces de sacristán, al abrir la puerta sintió que entraba a una naranja. El zumo asoleado y caliente escurría de los gajos de oro, la miel de las piñas, el rojo de las sandías, la glotonería abultaba el frutero y el frutero era esta capilla que desde lo alto vaciaba piñas y melones, uvas tan desmedidas que parecían higos, plátanos erguidos en su desfachatez, flores carnívoras de pétalos voraces. Pero eso no era todo, aquí había puntos fijos y un orden decretado por una ley matemática.

La capilla ejercía un encantamiento, los del pueblo eran ángeles y su madre, la Virgen, la consoladora, la que sí los amaba, los cubría de flores y frutas en abundancia. Al glorificar su infancia, la Virgen había amortajado a los habitantes. Niños de toda eternidad, revoloteaban dentro de esta capilla que les hacía justicia como una gran fuerza equilibradora. La capilla tenía algo de Leticia. "Me vale", habría dicho Leticia y los querubines la saludarían con una

salva de aplausos. Leticia formaba parte del irresponsable, el desaforado cielo de la capilla, y por eso mismo, por su desmesura y su plenitud, ejercía la
omnipotencia que los fieles y los curiosos reveren-
ciaban.

Cuando vio que había oscurecido, Lorenzo
encerró con alivio a los ángeles lascivos y devolvió la
llave. Allá arriba lo esperaba la cámara Schmidt y
mientras subía la colina rumbo al telescopio pensó
que Lisa seguramente habría dicho frente al altar:
Too much.

20

El encabezado de *Excélsior* retuvo la atención de Lorenzo: "Objetos extraños en el cielo de México." Erro disertaba triunfalista sobre uno de esos platillos voladores no identificados, un ovni, y apoyaba su descubrimiento con un gran despliegue de fotografías tomadas con la Schmidt de Tonantzintla. En efecto, en las fotos, sobre la superficie de la luna, pasaba un rayo blanco. Lorenzo, extrañado, atajó a Erro en su caminata matinal:

—¿Está usted seguro, don Luis?

—Claro que lo estoy, no soy un irresponsable —se irritó el director.

—Usted sabe muy bien que la Schmidt tiene oscilaciones y que de repente a Braulio o Enrique Chavira puede habérsele movido, ¿lo tomó en cuenta?

—Claro, me está ofendiendo, Tena —protestó Erro.

—Debería haberse esperado antes de ir a los periódicos, director.

—¿Por qué? Sé lo que hago, Tena, y estoy seguro de mi descubrimiento.

Altanero, Lorenzo le advirtió que esa misma noche tomaría una placa de la luna. "¡Me está usted desafiando, Tena!", Erro tembló de rabia.

Al día siguiente, la puso frente a los ojos de Erro:

—Se trata de un rayón. La tomé una y otra vez para comprobar que la luz provenía de un leve movimiento de la Schmidt. Así pueden obtenerse a voluntad objetos espaciales cada noche.

Totalmente descompuesto, Erro lo amenazó:

—Tena, no quiero volver a verlo.

Al atardecer Lorenzo todavía lo encontró caminando encorvado al lado del bibliotecario don Juan Presno, quien le dijo al oído: "¡Nostradamus!"

—¿Qué no le ordené que se largara? —tembló Luis Enrique Erro.

—Sí, no se preocupe, me voy.

En el autobús al Distrito Federal, a Lorenzo le remordió la conciencia. Sentía pena por el viejo. Se le aparecía el rostro desencajado de Erro y se repetía a sí mismo: "Fui despiadado. Tengo que controlarme pero eso no lo podía dejar pasar, es demasiada irresponsabilidad."

A partir de ese día no volvió a Tonantzintla. En la noche, en su cuarto de hotel en México, no pudo dormir. Buscó a Diego: "¡Qué acto suicida! ¡El viejo te quería como a un hijo! ¿Qué vas a hacer ahora? Claro que te puedo dar trabajo aquí, pero..."

Harlow Shapley le había ofrecido la dirección de Bloemfontein, observatorio dependiente de Harvard en África del Sur.

"¿Por qué diablos no me fui a África? ¡Mil veces Bloemfontein!"

Se lo había propuesto de nuevo a fines de los cincuenta, cuando supo que Luis Enrique Erro envejecía al grado de que lo único vigoroso en él era su perenne mal humor. Después de comunicarse con Shapley, Lorenzo se dispuso a recoger su boleto para volar de México a La Habana, La Habana a las Bermudas, las Bermudas a las Azores y de allí a Madrid, treinta horas en el aire en un tetramotor de Iberia, haciendo escala en Madrid. A la mañana siguiente partiría a Casablanca en Marruecos, luego Dakar, Angola y por fin Ciudad del Cabo. De allí, en cualquier transporte, en camello si era necesario, llegaría a Bloemfontein. "¡Ojalá y hubiera yo aprendido el violín para ser como el doctor Schweitzer!", se dijo sonriente. Ahora resonaban sus pisadas en la acera, pas, pas, pas, pas, sus zapatos que ya no eran los de la tía Tana. "Hoy camino por las calles del centro, pero la semana que entra lo haré en una desconocida ciudad africana, mi vida también una interrogante." Sentía curiosidad por sí mismo en esa nueva vida.

—Lorenzo, hace rato que te grito y no me ves. ¿A dónde vas tan ensimismado?

—A Bloemfontein.

—¿Qué es eso?

—África del Sur, voy a hacerme cargo de un observatorio.

Alejandra Moreno se detuvo, incrédula: "Pareces piñata apaleada", rió Lorenzo.

—Mira nomás lo que me estás diciendo, no es posible que hayas tomado esa decisión.

En suspenso, el rostro de Alejandra bajo su boina azul colgaba del aire.

En torno a ellos aumentó el tráfico y el barullo de los vendedores ambulantes, a quienes se les hace tarde y siguen caminando. "Óyeme, no pongas esa cara, no me he muerto." Alejandra lo jaló hacia ella: "Haces falta en México, no puedes irte", llegaron a Tacuba y cuando Lorenzo se disponía a entrar a la agencia, Alejandra lo detuvo bruscamente: "Antes de comprar el boleto, ven a despedirte de Salvador Zubirán." Caminaron hasta la Rectoría de la Universidad en Justo Sierra 16. Alejandra, que tenía derecho de picaporte al imponente despacho del rector de la Universidad, dio rienda suelta a su indignación. "¿Cómo lo vamos a dejar ir, ni que tuviéramos tantos como él?" Manoteaba: "¡Pobre de nuestro país, de veras, pobre! Cuando alguien puede contribuir a sacarlo adelante ni cuenta nos damos. Otros reconocen su valor y saben quién es, mientras nosotros dictamos oficios y nos empantanamos en la burocracia."

Los ojos consternados de Alejandra se afianzaron a los de Lorenzo, la mirada cuajada de angustia se agrandaba a medida que hacía retumbar su voz de pared a pared.

Tras de su escritorio de ébano, Salvador Zubirán escuchaba a Alejandra con la misma benevolencia con la que oía a sus pacientes. Aunque trajeado de oscuro, parecía traer su pulcra bata médica y esto le infundía calma a sus acuerdos. Miraba al joven científico frente a él y a Alejandra, su defensora, a quien conocía de años y pensaba que ojalá todos los jóvenes tuvieran esa pasión aunque no sabía bien si la de Alejandra era por la ciencia o por ese muchacho carirredondo de mejillas encendidas. Sabía que en Tacubaya, además del telescopio, lo que menos servía era el material humano. A estas alturas unos cuantos aficionados insistían en su afán de localizar estrellas en la bóveda celeste cuando la astronomía de posición había sido superada en todos los observatorios del mundo: Monte Palomar, Monte Wilson, Kitt Peak, Lick. También Graef Fernández, Fernando Alba Andrade, Alberto Barajas, Ricardo Monges López, Alfredo Baños y científicos españoles exiliados coincidían en que el Observatorio de Tacubaya debía renovarse. El propio Erro le había comunicado que después de veintiséis años en la dirección, Gallo estaba a punto de convertirse en el Porfirio Díaz de la astronomía mexicana: "Mi apellido es Gallo y voy a defender mi puesto como un gallo." Ya era hora de sanear Tacubaya.

Frente a estos jóvenes, Zubirán no dudó: "He aquí la coyuntura. Ni modo. La astronomía debe modernizarse y Gallo tiene que irse."

Cuando los dos muchachos, tomados de la mano, descendieron por la escalera del venerable edificio, Lorenzo de Tena era el nuevo director del Observatorio de Tacubaya.

—Acompáñame a Donceles porque en el patio de la Secretaría de Educación está pintando Diego Rivera —señaló Alejandra— y yo lo he buscado como loca. Vamos, no seas mula.

La única conversación en los corredores de las secretarías de Estado y en la Confederación de Trabajadores de México era la de la industrialización del país. Hablar del nuevo país era una fiebre. Con los capitales extranjeros México iniciaría su despegue y se volvería competidor de los Estados Unidos.

De campesino pasaría a industrial. En las grandes haciendas pulqueras de los llanos de Apan, los tlachiqueros se transformaban en obreros especializados en la construcción de carros de ferrocarril.

En los Estados Unidos ya no había hombres en el campo, sólo máquinas, y lo mismo le sucedería a México. Mientras tanto, proveía braceros al vecino del Norte, cruzaban el Río Bravo por hambre. A Lorenzo lo irritaba sobremanera el triunfalismo gubernamental. Si no quería perder el juicio lo mejor era mantenerse lejos de todas estas ilusiones, mucho menos inocentes que la canción de *Pompas ricas* con la que Florencia le enseñó a bailar.

A partir de su nombramiento, Lorenzo de Tena se instaló en la muy provinciana villa de Tacubaya, desértica y a más de ocho kilómetros del centro de la ciudad. Diego Beristáin fue a visitarlo.

—Lástima no verte presidiendo la mesa del Observatorio del Castillo de Chapultepec, pero este edificio es digno de tu persona.

Con su jardín interior ancho y arbolado, sus altos techos, ventanales y emplomados, el Observatorio contaba no sólo con jardines que los visitantes celebraban, sino con una torre cuya cúpula se abría al cielo. Con el telescopio refractor de cinco metros de distancia focal y 38 centímetros de diámetro alcanzaban a verse Saturno y sus lunas, asteroides y estrellas. Una jacaranda estiraba al aire el lujo de sus ramas lilas en el mes de marzo. Verla era un consuelo. Del edificio, lo mejor eran quince vitrales traídos de Francia que ensalzaban a Copérnico, Kepler, Herschel, sus nombres escritos en un listón sostenido por querubines. Un telescopio sobre una estructura de madera, un árbol del bien y del mal con cinco manzanas completaban la serie de imágenes. Salvo el lujo de los emplomados, todo lo demás eran cajones vacíos, estantes polvorientos, boletines amarillentos y largas hileras del anuario del Observatorio Astronómico Nacional que se publicaba desde 1881. Nada allí podía atrapar la imaginación de un joven. Sin embargo, el edificio le infundía respeto a los visitantes: "Desde aquí se ve el cielo, hijito, a esa torre suben los estrelleros a observar."

A pesar del polvo, Lorenzo sacó de los anaqueles los informes de sus antecesores y leyó con simpatía textos de 1876 de Francisco Díaz Covarrubias y Francisco Bulnes, orgullosos de su expedición a Yokohama, Japón, para observar el tránsito de Venus. "Entregamos nuestros resultados antes que los franceses." A partir de ese triunfo empezaron a invitarlos países con telescopios mucho más poderosos que el de Tacubaya. En esos años, la astronomía resultó tan popular que una pulquería del centro se llamó: El Tránsito de Venus por el Disco del Sol.

Si durante la Revolución de 1910 los hombres no vieron más estrellas que las de su muerte, la astronomía se recuperó gracias a Valentín Gama, un hombre curioso e inteligente quien nombró director del Observatorio a Joaquín Gallo, que de geógrafo pasó a astrónomo. Nada fascinó tanto a Gallo como organizar expediciones tras los eclipses de sol y de luna. Del último viaje a Perú, en 1944, para ver el eclipse total de sol, Lorenzo tenía noticias por sus amigos José Revueltas y Félix Recillas: "Salimos en un barco de Acapulco hasta El Callao, le contó Revueltas. Tomé muy en serio mi papel de cronista, escribí mucho, ajeno al relajo de los otros dos escritores, Fernando Benítez y Luis Spota, que eran parte de la expedición. Escribí una bitácora muy completa. A lo mejor lo hice pensando en ti. Más tarde tuve que ir con ellos a Chile a un congreso de literatura pero por mi gusto habría permanecido con los astromonos."

¡Ah qué Revueltas! ¡Siempre lo había llamado *astromono*! Revisó los volúmenes empastados de hojas amarillentas y pensó en Joaquín Gallo: "También a mí me sacarán algún día de la jugada. También a mí vendrán a decirme: 'Hombre, Tena, hay que saber hacerse a un lado, la astronomía moderna te ha rebasado'. Un nuevo director llegará dentro de algunos años a sustituirme y pensará que soy una momia venerable. Me dirá: Ya perdiste tu eficacia y haces sufrir a tus colegas'." Convencido de que los directores de institutos científicos no deben de ser eternos, elaboró un nuevo reglamento. Seis u ocho años de gestión eran más que suficientes. Se lo diría a Zubirán y también a Graef, que en la Universidad hablaba de reformar el Consejo Universitario.

Un lunes, pasadas las siete de la noche, Lorenzo vio cómo el mozo dejaba entrar al público:

—¿A dónde van? —preguntó.

—A ver las estrellas.

—Sólo son dos días de visita: sábados y domingos.

—Don Joaquín ordenó abrir los días hábiles. Dice que así se combate la ignorancia y la superstición.

—Gallo ya no es director y las visitas se suspenden.

Al ver su expresión de asombro, Lorenzo se dignó explicarle:

—El telescopio tiene que estar al servicio de los investigadores, no de los curiosos.

—¿Investigadores? —inquirió el mozo.

—¿Qué? ¿Nunca ha oído esa palabra?

El Observatorio de Tacubaya seguía funcionando como en 1914. Los alumnos de escuelas primarias y secundarias irrumpían a su antojo para ver las estrellas y recibir una conferencia ilustrada sobre cometas, eclipses de sol y tránsito de Venus. A veces eran cinco, a veces veinticinco oyentes. En la puerta se vendían unas tablas de logaritmos calculados por Carlos Rodríguez que el Observatorio imprimía "para ayudarse". "Sólo falta que vendamos volantes con las tablas de multiplicación", se indignó Lorenzo. La gente podía pasar a ver la serie de fotografías astronómicas bajo vidrio y los instrumentos antiguos que ya no se empleaban. Total, en los pasillos Lorenzo se tropezaba con hombres, mujeres, adolescentes y niños que inquirían ¿oiga, no me permite pasar a su baño?, y no faltaba quien se instalara en una banca del jardín a comerse su torta.

—Esto no es una romería —se indignó Lorenzo—, es un centro de educación superior, de in-ves-ti-ga-ción, lo que sucede es inadmisible y no voy a tolerarlo.

Todas las mañanas, Lorenzo confrontaba alguna situación imprevista. Una de las secretarias de mayor edad, la señorita Herlinda Tovar, le advirtió:

—Yo soy la responsable de informar a la prensa, además doy conferencias por radio. Imparto cátedra en provincia sin costo alguno. Recibo, por orden del señor doctor don Joaquín Gallo, mis viáticos y un pequeño estipendio por la conferencia.

Lorenzo descubrió entonces la afición por las estrellas de diversas amigas de la profesora Tovar, que la visitaban deseosas de saber su horóscopo:

—Eso no tiene que ver con la astronomía —rugió Lorenzo.

—Eso no le hace daño a nadie, señor, en cambio su mal carácter está envenenando el espíritu antes pacífico del Observatorio —respondió Herlinda Tovar.

El personal del Observatorio resentía la impaciencia de Lorenzo y en pocas semanas se granjeó la antipatía del bibliotecario, que invariablemente llegaba tarde y le replicó que Joaquín Gallo jamás le hizo reproche alguno. Las secretarias eran las más temibles, porque hacían frente común con la señorita Tovar. Querían imponer el día de la secretaria. "¡Este país lo que necesita son jornadas de doce horas, no más días de asueto!" Ante la insistencia de Herlinda, Lorenzo le espetó: "¿Por qué no instituimos 'el día del pendejo'? Allí sí que le entrarían to..." Para su sorpresa, la señorita Tovar lo interrumpió:

—El día del cabrón, doctor, el día del cabrón...

Estupefacta, Herlinda vio a Lorenzo sonreírle.

También los miembros de la Sociedad Astronómica fundada en 1901 se sintieron rechazados. El nuevo director no les ofrecía un cafecito como Gallo, ese gran calculista que platicaba con ellos. Varios empresarios se daban el lujo de tener telescopio en casa y estarían dispuestos a ayudar a Tacubaya si recibían las atenciones que se merecían. ¡Qué se creía ese Tena!

Sólo el mocito veía al nuevo director con simpatía y lo seguía. En la soledad nocturna de Tacubaya, Lorenzo subía a observar, y a pesar de la iluminación de la ciudad, esas horas frente al telescopio seguían siendo las mejores, pero cuando había luna llena, Lorenzo encerrado en su oficina, miraba su reloj hora tras hora y meditaba desesperado en el retraso del país y sobre todo en el de la ciencia mexicana.

¡Cuánta impaciencia! Lorenzo caminaba como león enjaulado. "Calma, fiera, calma." A ratos se reprochaba el distanciamiento con Erro. Aún sentía pena por el incidente, pero el director seguía publicando en *Excélsior* como si nada.

Como un remedio contra la desesperanza, Lorenzo acudía al telescopio y una noche, al ver al mozo a quien Joaquín Gallo utilizaba como mensajero, le preguntó:

—¿Le gustaría subir conmigo?

Con mucha paciencia le enseñó a afocar el lente hacia el cúmulo estelar. Listo como él solo, se presentó a la misma hora a la noche siguiente.

—¿Cómo te llamas? —inquirió Lorenzo.

—Aristarco Samuel.

—¿Qué?

—Aristarco es mi nombre, Samuel mi apellido.

—¿Quien te puso Aristarco?

—No sé, a lo mejor mi papá.

—¿Nadie te ha dicho nunca que Aristarco de Samos fue el primer astrónomo del mundo?

—Si, la doctora Pishmish, pero a ella no le llamó la atención que así me llamara yo.

"Si no hay astrónomos voy a entrenar a quien quiera aprender", se dijo Lorenzo.

A lo mejor eso era hacer ciencia en un país subdesarrollado, echar mano del primero que mostrara interés, sobre todo si se llamaba Aristarco. Después de todo, también él había seguido a Erro a la azotea de la calle de Linares equipado sólo con su emoción.

—Mira, para que la noche sea propicia a la observación debe estar sin nubes, sin bruma, sin neblina. Para que se estabilice el sistema óptico con el ambiente, tienes que abrir la cúpula antes. Fíjate, aquí está el termómetro. Para mover el telescopio utilizas esta cuerda y le apuntas a la dirección indicada. Aquí están los círculos de posición. En la mañana haremos un programa de lo que vamos a observar en la noche.

Le señaló exactamente el cuadrito de cielo a observar: "No te muevas de aquí y vamos a tomar las placas. Es igual a una fotografía." Al día siguiente, después de revelarlas, le enseñó a cotejarlas. Ninguno tan apasionado ni tan eficaz como Aristarco Samuel.

A la noche siguiente, la luna en cuarto menguante, Lorenzo y el muchacho subieron a la torre, localizaron la estrella en la inmensidad del cielo y permanecieron tomando placas de un minuto, tres minutos, seis minutos, nueve minutos, veintisiete minutos. "Tienes que triplicar el tiempo de observación para llegar a las magnitudes más débiles." Con una expresión de asombro indescriptible, Aristarco Samuel afocaba el telescopio a la región indicada. A pesar de sus quince años, permanecía despierto toda la noche. Tenía energía de sobra y Lorenzo le advirtió: "Vamos a trabajar sobre estrellas de alta luminosidad y tú vas a ayudarme a clasificarlas." "Quisiera ver más lejos", se impacientaba Aristarco. "Mi cuate, tienes que esperar a que la luz te llegue. Si tuvieras una pupila de cuatro metros de diámetro, verías cuarenta veces más que este telescopio, pero como no la tienes, vas a sacar un espectro."

—O sea que quien dice lejano dice joven —comentó Aristarco.

Lorenzo le mostró cómo descubrir si las estrellas eran tardías o tempranas según sus índices de color. "Desde ahora tú eres el encargado de registrar la posición de la estrella, el tipo de placa, la zona del cielo en la que se harán las observaciones mañana en la noche."

Aristarco era de una devoción conmovedora. Preguntaba cómo estaban hechas las estrellas, qué cosa era el material oscuro, el gaseoso, y se apasionó por las estrellas rojas.

—Odio la luna.

—¿Por qué?

—Porque apenas aparece en cuarto creciente, ya no podemos observar. Ahora le rezo a la Virgen por que nos regale noches sin luna.

Lorenzo adaptó con un tornillo una Rolleyflex al telescopio y la ajustó con el obturador abierto de

manera que aprovechara el movimiento del telescopio.

Una noche, enfermo de gripa, Lorenzo le preguntó al muchacho si se sentía capaz de observar sin
él. Todavía antes de la medianoche fue a darle una
vuelta, subió tosiendo la escalera al telescopio y al
verlo tan atento y responsable le dijo:

—Mañana superviso tu material.

Para su sorpresa, Aristarco le respondió:

—Ojalá y tuviéramos una cámara de mayor
tamaño.

Al día siguiente lo encontró barriendo el
jardín:

—¿Cuál es tu mayor ambición en la vida?

—Ser astrónomo.

—Si sigues así, lo serás.

—¿Cómo se hace un descubrimiento, doctor?

—Un gran descubrimiento no es sino la fina-
lización del trabajo de mucha gente. En un momento dado, al trabajo individual de varios hombres se
concentra en un solo cerebro más organizado y distinto a los demás. Newton, y más tarde Einstein, re-
organizaron lo que ya se sabía y lo enunciaron de
modo distinto. Ése es el descubrimiento, Aristarco,
pero todos los conocimientos necesarios para dar el
paso ya estaban allí.

Lorenzo hacía que Aristarco apuntara los
nombres: Herschel, Kant, Laplace, el astrónomo inglés Thomas Wright, y finalmente Hubble, quien
tomó los primeros espectros de galaxias y demostró
que estaban muy lejos de nosotros, tanto que ni siquiera pertenecían a nuestra galaxia.

"La distancia, Aristarco, se mide a través de otras estrellas más pequeñas o de determinada luminosidad. Con su maravilloso telescopio, Hubble tuvo acceso a otras galaxias e hizo sus mediciones a partir de estrellas variables. La luz toma un cierto tiempo para llegar hasta nosotros, además las distancias se cuentan en años luz. Andrómeda, que es una galaxia cercana a la nuestra, está a dos millones de años luz. Recibimos la luz de galaxias enviada hace diez, veinte, treinta, cuarenta millones de años. Entre más lejos ve el astrónomo, más ve objetos tal y como estaban en el momento en que fueron creados y la finalidad última es comprender las primeras galaxias, las que se formaron en el principio."

21

Después de Harvard, Lorenzo se encontró con un sueldo de miseria, pero era un hombre frugal: al acabarse su par de zapatos, seguramente tendría con qué comprar otro. "Se puede vivir con muy poco." "¿Cuándo vas a manejar tu propio automóvil? No me digas que te has aficionado al transporte público." "Sí Chava, estoy en contacto con la gente." "¿Te gusta el olor del pueblo?" Lorenzo blandía su puño contra la cara burlona de Zúñiga. "¿No piensas casarte, Lencho?" "Sí, cuando encuentre a una mujer que me deje trabajar. Es lo único que le pediría yo: que-me-de-je-tra-ba-jar." "Si te lo propusieras, podrías tener una buena situación." "Quiero hacer ciencia, Chava, serle útil a mi pobre país." "A tu hermano menor Santiago le va a ir mucho mejor que a ti, es más realista. Tal parece que tú y Juan tienen una radical incapacidad para adaptarse al mundo. ¿En qué planeta giran ustedes?"

La mención de Juan lo cimbró. Juan, ahora en libertad, tocaba a la puerta de su departamento en la calle de Tonalá:

—Hermano, eres el único al que puedo recurrir. Préstame 579 pesos, si no me van a cortar el teléfono.

—¿Qué hiciste para deber semejante cantidad?

—Hablar larga distancia por Ericsson para pedir de urgencia unos conductores que no hay en México.

La mención de Ericsson le recordó a su padre, que solía preguntar a sus invitados: "¿Tienes Mexicana o Ericsson?" Y si tenían Mexicana los hacía menos.

Juan se emocionaba, ahora sí estaba a punto de lograr el invento, el refrigerador mexicano. "¿Para qué, si importamos los de la General Electric?" "Sí, pero el mío tendrá un costo mucho menor y será óptimo, es el invento del siglo, lo único que necesito es apoyo mientras lo termino." Lorenzo no lo podía creer, Juan iba de mal en peor, insistía como pordiosero.

—¿No puedes vender un mueble de la tía Tana, Lencho?

—¿Cuál? Si no me quedé con ninguno.

—Leticia me dijo que a lo mejor tu tenías el armario.

—Leticia es una mentirosa y tú lo sabes igual que yo.

—Podrías pedirle un préstamo a alguno de tus cuates.

—¿A cuál, hermano, a cuál? A diferencia tuya, yo sí tengo vergüenza.

—A Beristáin, para él 579 pesos no son ni un tostón.

Al acusar a funcionarios de nepotismo y clamar por una ley que prohibiera emplear a parientes, Lorenzo le cerró la puerta a su hermano en Tacubaya y empezó a resentir su presencia. Cada vez que lo

veía llegar se decía a sí mismo: "Allí viene el sablazo."
Más le aterró darse cuenta de cómo vivía Juan cuando éste lo convidó a ver su invento en la colonia Guerrero. En un terreno baldío, dentro de una covacha de muros y techo de lámina, no sólo se entronizaba el refrigerador sino fragmentos de herrería de todo tipo, rejas y balcones diseñados y fundidos por él, que mostraban su sentido artístico porque eran muy bellos. Lorenzo sostuvo una reja en el aire: "Hermano, está a todo dar." Caminaba entre la estufa, el refrigerador, el motor desarmado, la turbina en el piso sin saber qué decir, con la certeza de que la mayoría de sus inventos no tenían el menor futuro porque, ¿quién financiaría un automóvil mexicano cuando resultaba más barato importarlo? A la mitad del patio, un cochecito rojo como una hemorragia atrajo su mirada. "Es eléctrico, hermano, no gasta gasolina." También las estufas eran eléctricas. Con Juan trabajaban tres muchachos, "mis ayudantes", que lo escuchaban con atención. "Algún día voy a descubrir el origen del universo antes que tú", le dijo palmeándole la espalda, "y te voy a dar en la torre, hermano", y Lorenzo se retuvo para no decirle que estaba chalado, que ya no descubriría nada. Sintió unas inmensas ganas de llorar. Con Juan habría podido discutir durante horas problemas abstractos de astrofísica, él era su interlocutor verdadero, tenía mucho más que decir que Luis Enrique Erro, pero, ¿cómo decirlo desde este basurero de fierros viejos, reducido a la nada? En cajas de cartón se apilaban varios libros desgastados. Una vida de Edison, otro volumen de cálculo, el Semat, *Una modesta proposición* de Jonathan Swift, una pila

de hojas, las esquinas dobladas cubiertas con su escritura nerviosa, tres mapas celestes probablemente extraídos de Tonantzintla.

También a Lorenzo le había dado por releer obsesivamente a Swift. Por Swift, y no por Joyce, quiso conocer Irlanda. Claro, Joyce tenía páginas maravillosas sobre la astronomía en su *Ulises* pero Joyce —estaba seguro— no habría existido sin *Una modesta proposición*. Tampoco sin *La historia de una barrica*. Lorenzo seguía impresionado por *Los viajes de Gulliver* y muchas veces comparó a los mexicanos con los habitantes de Liliput. La presencia de Swift entre los libros ajados de su hermano lo inquietaba. "Leemos lo mismo en el mismo momento." Las afinidades entre los dos se acentuaban. ¿Con quién podría Juan hablar de Swift, sino con él? ¿De qué tamaño era el infierno de su soledad? Él, Lorenzo, tenía a Diego, pero Juan, ¿a quién tenía?

Sus ayudantes no lo dejaban solo. Ninguno entendía las ecuaciones que garabateaba en hojas y más hojas, pero su devoción lo hacía sentirse respetado. Con ellos, Juan compartía desayuno, comida y cena, la madre del Chufas le lavaba su ropa. ¿Cuál? Pensó Lorenzo al verlo tan perdido. Y sus diversiones, si es que las tenía, eran las cervezas al borde de la acera el domingo en la tarde. Lorenzo salió con la desolada sensación de que Juan, convertido en un Ciro Peraloca, una vez totalmente perdida la brújula, se iría despeñando a pesar de sus chispazos de genio. Le habría ofrecido vivir juntos, pero su hermano se había amoldado a esta marginación, era su elemento. No tener un centavo era parte de su impotencia, pero también de su degradación. Vivir al día, darse cuenta en la noche de que no se ha comido es tolerable en la juventud, pero ¿qué sucedería con los años? Juan vestía como indigente, tenía cara de pobre, cicatrices de pobre, manos de pobre, ojos de pobre. Desgastado prematuramente, se veía mucho más viejo que su hermano mayor. No es que él, Lorenzo, tuviera dinero, hace apenas un año todavía vivía con los Toxqui en el pueblo de Tonantzintla, pero esta permanencia de Juan en la penuria lo aterraba: "Si yo estoy fuera de la realidad, como dicen los amigos, mi hermano gira en una órbita desconocida." Pensó que a lo mejor los De Tena tenían un grano de locura. Leticia y su inconciencia, Juan y su irresponsabilidad, él y sus obsesiones. "¡Qué mal hizo mi madre en morirse —se repitió—, porque al irse se llevó nuestra estabilidad!" Allí estaban los cuatro para demostrarlo. La única a salvo de la demencia era Emilia.

Finalmente decidió recurrir a la mayor. "Escríbele, Juan, ella puede salvarnos." Quizá a Juan le impresionó que su hermano utilizara el plural. La respuesta positiva de Emilia no se hizo esperar. Con la intervención generosa de su marido, mandaría un giro. A los dos meses, Juan necesitaba otro préstamo y Lorenzo empezó a vivirlo como una amenaza. Verlo llegar le causaba una desazón tremenda porque Juan sólo se aparecía cuando tenía la soga al cuello. "Hermano, hasta Leticia es más responsable que tú."

—Leticia es mujer, a ella la mantienen.

Al reunirse Lorenzo con sus cuates, lo avasalló el entusiasmo de Diego Beristáin por el futuro del país.

—Somos ricos, tenemos petróleo, minerales, bosques, agua, kilómetros de litorales y un pasado mucho más antiguo que el de la mayoría de los países del cono sur, y desde luego de Estados Unidos. Todo nos conduce a ser el líder de América Latina. Nuestros héroes populares son más originales y creativos que los de cualquier otro país del continente.

—Por favor Diego, a Zapata se lo han apropiado el PRI, la clase política, los vividores, no aquellos a los que verdaderamente pertenece, y lo han deteriorado y envilecido al usarlo para sus sucios negocios. Me enferma esta demagogia zapatista en los discursos del PRI. Igual han hecho con Juárez, lo han usado como un gran referente histórico aunque el presidente y su gabinete vivan una doble vida, patente en las secciones de Sociales de los periódicos. Mueren con la bendición papal y todos los auxilios de su santa madre iglesia, casan a sus hijas en catedral, van al Vaticano y su indefinición se extiende a todos sus actos. ¡Qué gran vergüenza!

—Por la guerra, los europeos vienen a México. Vas a ver el progreso que obtendremos a partir de esta derrama económica, la de empleos que van a poder crearse. Por ellos la epopeya del acero es un hecho. Fundidora de Monterrey y La Consolidada alimentan los hornos con carbón mineral en vez de vegetal. Tamsa, la American Smelting, son empresas que rinden altos dividendos.

—¿Altos dividendos para quiénes, Diego? La corrupción es parte inherente de la administración pública. El PRI es un monopolio y no pierde una elección porque no tiene contendientes. Si los tuviera, la oposición nos daría una fuerza extraordinaria. Necesitamos aire fresco y aunque tú dices que van a crearse millones de empleos, por lo pronto los mexicanos más pobres no tienen capacidad de compra, sigo viendo la misma miseria.

—Trato con Harold Pape y en las reuniones de Altos Hornos de México veo cómo toma medidas para que los pobres eleven su poder adquisitivo. Vamos a alcanzar la formación de capital de los Estados Unidos y podremos racionalizar el sistema de impuestos.

—¡No te hagas! —lo interrumpió Lorenzo—. Aquí para variar los ricos están exentos y el PRI-gobierno ahorca a los pobres. ¿Cómo van a adquirir capacidad de compra si apenas sobreviven?

—Hay que liberalizar las prácticas comerciales y eso sólo se logra con el fomento de las inversiones extranjeras. Deberías conocer a Gómez Morín, un financiero excepcional, creador de la banca mexicana. Vamos a llenarnos de divisas...

—Y de descontento social.

Lorenzo insistía en proclamarse republicano, socialista, materialista y ateo. "¡Es un poseso!", reía Chava Zúñiga. La pandilla no compartía la furia con la que De Tena defendía sus ideas. Chava alegaba que la jornada de ocho horas era suficiente como en Estados Unidos y la indignación de Lorenzo rayaba en la histeria. ¿Cómo vamos a sacar a este país adelante? ¿Cómo vamos a compararnos con países industrializados? Necesitamos doble turno para vencer

nuestro rezago, capacitarnos, volvernos competitivos. Si los demás caminan, tenemos que correr.

—Lorenzo, ¿estuviste en Harvard o en Japón?

—Ojalá y a nosotros nos embargara la mística japonesa. Japón me sacudió hasta la médula. Al
ver la cantidad de tierra que le reclamaron al mar,
rellenándolo con desechos, me pregunté: ¿por qué
los mexicanos con tanta tierra no salimos adelante?

Chava entonces se lanzó a hablar de las geishas
y contó cómo en la avenida Meiji de Tokio tomó
un taxi que parecía alcoba nupcial, los asientos fo-
rrados de encaje blanco, los respaldos inmaculados,
la cabeza del conductor emergiendo virginal de una
copa de merengue. "Mira, desde el momento en que
abordas un taxi se insinúa el acostón, el erotismo
anda sobre ruedas y la cama no es de piedra, como
en México. ¿No te buscaste una geisha, Lenchito? Si
no lo hiciste, te pasas de juarista."

22

"Tenemos que asaltar a los buenos estudiantes, arran-
cárselos a la facultad de Leyes, a Filosofía y Letras, a
Economía —le advirtió Graef—. Voy a pedir pro-
medios. A ti te toca convencerlos, darles segurida-
des. Tú, Lencho, el implacable, a ver si demuestras
que eres tan inteligente como el viejo Sotero Prieto."

En la Universidad, Lorenzo adquirió la certeza de que los jóvenes debían doctorarse en el extranjero: Estados Unidos, la Unión Soviética, Japón si
era necesario. "Es indispensable volverlos competitivos", había dicho Graef.

Preparar a los mejores estudiantes de la Facultad de Ciencias, descubrirles su vocación, inducírse-
la, para ello la doctora Paris Pishmish resultaba una
colaboradora insustituible. En México no había pos-
grado en Astronomía, ni quien dirigiera una tesis salvo Paris, que no podía darse abasto. A ella no le temían
los muchachos, en cambio a Lorenzo le sacaban la
vuelta en los pasillos de la Facultad. El director tendría
que convencerlos, pero ante todo establecería contactos no sólo con Norman en Harvard, sino con Walter
Baade en MIT y Martín Schwarzschild, el de la estructura y la evolución estelar. Sus cartas de recomendación pesaban mucho y él las daba a los mejores.

Más tarde invitaría a los grandes astrónomos a la Universidad y a Tonantzintla que tanto fascinó a Shapley, a Chandrasekhar, a Víctor Ambartsumian y a Evry Schatzman del Observatorio de Meudon, en París.

Cada muchacho era un caso único en el que Lorenzo debía invertir un número considerable de horas, sitiarlo y convencerlo. "Maestro, es que me voy a casar." "Se lleva usted a su mujer." "Doctor, mis padres no van a aguantar cuatro años de ausencia." "Si usted les dice a qué va, hasta irán a visitarlo." "No tienen con qué, doctor." "Usted puede trabajar en sus horas libres, todos los muchachos lo hacen." "Maestro, mi inglés es pésimo." "¿Y qué? También el mío lo era. Tome usted un curso intensivo y allá termina de aprenderlo." "Soy anti-yanqui. Detesto su cultura." "No se preocupe, puedo arreglarle una beca en Inglaterra, Francia, Italia o Japón. ¿Quiere ir al Observatorio de Byurakan, en Armenia?" Las horas de convencimiento lo desgastaban. "Cada cabeza es un mundo", resultaba un lugar común irritante. ¡Cuántos obstáculos, Dios mío! Según los rasgos de carácter del candidato en turno, eran más las exigencias que los pretextos. ¿Habrá que invertir en él?, pensaba Lorenzo mientras escuchaba las preguntas más peregrinas. A la hora de la verdad, todos se infantilizaban. Los que habían destacado en física y por lo tanto eran candidatos naturales, tenían respuestas insolentes. "La astronomía es el folklore de la ciencia." "¿Qué?", se indignaba Lorenzo. "Sí, es muy popular, a todos les gusta, pero..." "Óyeme Graef, qué clase de candidatos son esos. Mándame otros." Los diálogos largos y desesperantes hacían que Lorenzo cayera en el desconcierto total. "Como psicólogo, simplemente no la harías, maestro", reía Graef.

Con cada uno Lorenzo sostenía una conversación que le resultaba desquiciante y asombrosa. El candidato tomaba la palabra y, sin compasión por su oyente, le daba una conferencia. "¿Se estará vengando de mí?", se preguntaba Lorenzo.

Fabio Argüelles Newman, de cabellos mal cortados, pantalones de mezclilla rotos, lo acechaba desde la timidez de sus ojeras. De no ser por la desesperación en su mirada, Lorenzo lo habría sacado a patadas de su oficina, pero ahora observaba sin antipatía su barba a medio crecer. ¿A cuántos demonios tendría que enfrentarse ese joven inteligente que no se decidía a pesar de que su promedio era de los más altos en la Facultad de Ciencias? Lorenzo tenía que contenerse para no perder la calma. A la edad de Fabio, ¿dónde estaba él, sino en la depresión? Mientras oía su voz un poco chillona recordaba sus largas travesías a lo largo de la República para repartir *Combate*, pero sobre todo la actitud bondadosa del doctor Beristáin.

—Mire, maestro De Tena, yo sólo tengo unas cuantas certezas. Sé que es mejor amar que odiar, la justicia que la injusticia, la verdad que la mentira, aunque la literatura es una gran mentira pero bien contada, el universo es igual en todas partes, en Berkeley voy a tener las mismas incertidumbres.

—Pero no los mismos instrumentos...

—Mi cerebro es mi instrumento.

—Allá va a tener información a la que no tiene acceso en México, va a medirse con los mejores.

—Maestro, ya Platón lo dijo todo...

—¿En ciencia? ¿Ha leído la *Paideia* de Jaeger?

—Claro, maestro.

A Argüelles Newman le apasionaba Kant y su concepto de lo sublime. Cuando el hombre logra hacer suyo algo de lo infinito, lo incalculable, lo inefable y descubre que está hecho de la misma materia que la del universo, entonces llama sublime a su experiencia. "Pero esto es la astronomía, Fabio." El joven respondía: "La astronomía busca explicar el origen del universo físico y mi preocupación es de carácter ontológico... Es o no es."

—El universo es donde estamos sentados, sonrió Lorenzo.

—Mire doctor, la astronomía procura resolver dudas acerca de la naturaleza física del universo, mientras que la filosofía las formula. ¿Y si el universo es sólo un sueño, maestro? Usted quiere enviarme a Berkeley, pero, ¿no fue Berkeley quien pensaba que el mundo sólo existe cuando alguien lo percibe? Yo tengo más dudas que certezas.

Lorenzo iba a responderle que por el momento él sí tenía una certeza, la de que él, Fabio Argüelles Newman, iría a Berkeley, pero se contuvo y asintió cuando el muchacho, mesándose los cabellos, le dijo que el misterio principal no se había resuelto, por más respuestas científicas encontradas. ¿Qué es lo que hacemos aquí? ¿Realmente existen las cosas que creemos que existen? Hasta que Lorenzo, impaciente, lo interrumpió: "¿Y si no cree que lo real es lo físico, qué diablos hace usted en la Facultad de Ciencias?"

—Es precisamente contra lo que se rebela la filosofía. No sé si esta mesa es más real que mi percepción de ella. Y esto puede trasladarse al universo entero: ignoramos si es distinto a lo que nuestros avanzadísimos aparatos nos muestran.

Con sus dos manos, Lorenzo se retuvo a su asiento para no levantarse mientras Fabio proseguía con voz aún más chillona. Algo debió ver el muchacho en los ojos del director, porque se precipitó: "Por supuesto que no le estoy restando méritos a la investigación científica, sitúo sus alcances pero no me resuelve nada."

—¿Ah, no? —se enfureció Lorenzo.

—Pocas cosas deben ser tan fascinantes en la vida, maestro, como descubrir de qué están hechas las estrellas o si hay agua en Marte, pero saberlo, ¿elimina realmente nuestras dudas acerca de la existencia misma del universo? Creo que no.

"Éste es un pendejo", respingó Lorenzo en sus adentros pero se cuidó de pensar en voz alta. Procuró abstraerse y escuchar a medias. Se conmovió cuando Fabio dijo que por más que creyéramos saber lo que va a pasar dentro de una hora o un año, nunca adivinaríamos "lo que va a ocurrir en el instante siguiente y, paradójicamente, de ese instante dependen todos los demás. ¿Quién se encarga de que ese instante tenga existencia?", interrogó apremiante. Lorenzo recordó entonces cómo le había preguntado al doctor Beristáin en su biblioteca: "¿Entonces la filosofía jamás se atreve a formular una verdad?", y la respuesta para él inolvidable. "No sin reservas, Lorenzo, no sin antes preguntar si somos capaces de asumirla, porque a veces la verdad parece ser una hipótesis insostenible."

Fabio hablaba ahora de pie, manoteando: "Tal vez lo que sucede es que el tiempo no pasa y mucho menos se dirige a algún lado. Nos esforzamos en contar los años progresivamente como si éstos nos condujeran hacia un sitio que además resulte mejor." Vencido, dejó caer sus brazos y miró a Lorenzo angustiado. El maestro respondió que, "a pesar de todas las incertidumbres del universo, nuestras propias vidas responden a un orden desconocido y nosotros somos los responsables de encontrarle sentido", y vaciado de sí mismo, dio por concluida la entrevista.

Lorenzo, que tanto amó la filosofía, ahora exclamaba: "Lo único que pido es que me den un buen físico."

De Tena ignoraba lo que significan los lazos familiares y así fue a decírselo a Graef. El apretado cerco se volvía un nudo ciego, por no decir la cuerda del ahorcado. Ninguno de esos muchachos tenía espíritu de aventura. "Claro que lo tienen, Lorenzo, debes descubrírselo." Lorenzo alegó que le parecía muy superior la educación norteamericana, que saca a sus jóvenes a los dieciséis años del *home sweet home* para no regresar sino el día de *Thanksgiving*. Eso sí que era liberador. Aquí, ninguno podía romper el cordón umbilical. "Hombre, Graef, pretenden llevarse hasta el metate. Son insoportables. Fíjate, el otro día perdí los estribos..."

—Permíteme interrumpirte, tú ¿perdiste los estribos? ¡No lo puedo creer!

Lorenzo ignoró a Graef:

—"¿Pretende usted que lo acompañe su abuelita?", le dije a un muchacho y de inmediato me arrepentí.

Una cultura confrontaba a la otra y Lorenzo se hundía en el inmenso rezago de la sociedad mexicana. ¿Cómo vamos a lograr algo sin iniciativa propia? A Luis Enrique Erro no le había costado tantísimo trabajo conseguir hombres y mujeres para Tonantzintla, y eso que eran otros tiempos. Al contrario, sus reclutas se consideraron afortunados. Para Lorenzo, al menos, Luis Enrique Erro resultó providencial. "Yo nunca me hice del rogar como estos muchachitos", rezongó Lorenzo con fastidio.

Graef de pronto se puso serio.

—Se está perdiendo el idealismo, Lencho, ya no somos inocentes ni ilusos. No cabe duda, antes éramos mejores.

—No digas eso, suenas a viejo.

—Ya no nos cocemos de un hervor, hermano.

—Sí, ya estamos muy correosos, pero aguantamos, ¿no, Graef?

Luis Enrique Erro, amargo y desencantado, seguía publicando artículos en *Excélsior* y sus libros se encontraban en las librerías: *Las ideas básicas de la astronomía moderna*, *El lenguaje de las abejas*. Lo mejor era su novela, escrita durante sus forzados descansos en el hospital: *Los pies descalzos*, dedicada a Emiliano Zapata, "una luz en la oscuridad de nuestra historia".

Al visitarlo en su lecho de enfermo, Lorenzo le dijo bruscamente: "Su novela es mejor que *Axioma* y

sus tratados sobre la base lógica de las matemáticas."
Erro, refunfuñando, le agradecía sus visitas a Cardiología, no así su mujer: "Este muchacho toda la vida te
ha puesto nervioso. Viene a plantearte problemas que
ya no puedes resolver. Además, es soberbio."

Erro había muerto a los 58 años, el 18 de enero
de 1955, y Lorenzo se comprometió a pasarle una
pequeña pensión a doña Margarita y depositó, como
él lo pidió, sus cenizas en el Observatorio de Tonantzintla.

—¡Nada de homenaje ni de cursilerías, ya sabe
usted! No quiero un monumento fastuoso sino algo
así como un mojón de kilometraje en el camino.

En ese momento, Lorenzo pudo haberle dicho cuánto lo quería, el agradecimiento que sentía
por él. "Erro, me considero su hijo, usted ha sido un
guía formidable para mí" y tampoco le confió que si
él, Lorenzo, moría, quedaría a su lado en otro mojón parecido. ¿Qué le habría respondido el viejo?
"Nada de sentimentalismos, amigo Tena." Más tarde Lorenzo lamentó no haberse expresado, porque a
los dos días Margarita Salazar Mallén, su mujer, lo
llamó para comunicarle, entre gritos y sollozos, que
Erro había fallecido.

Nada pudo gratificar tanto a Lorenzo como la ac-
tuación de los becarios en el extranjero. En el Tecnológico de California, el Caltech, uno era mexicano,
en Berkeley, de seis estudiantes, tres eran mexicanos.
Lorenzo, orgulloso, les escribía para alentarlos y les

decía que su jornada era la de los aspirantes medievales a la Mesa Redonda que van a velar sus armas para armarse caballeros. "Ustedes se van a calibrar, van a enfrentarse a sí mismos y van a saber quiénes son." Jorge Sánchez Gómez le escribía que dos de sus profesores habían obtenido el Premio Nóbel y que de dos mil estudiantes graduados, novecientos cincuenta eran extranjeros. "¿Se imagina, doctor, medirse con hindúes y chinos? Éste sí que es un país democrático porque no se cierra a los extranjeros. Aquí me encuentro a los más inteligentes de Chile, de Argentina, de Francia, de Inglaterra, de Japón." Lorenzo sonreía. "En fin, la competencia es terrible y pongo a prueba y analizo mi propia inteligencia, mi imaginación y sobre todo mi autocrítica. A veces almuerzo con una astrónoma boliviana chaparrita pero a todo dar. ¿Se imagina usted, una boliviana en Caltech? Aquí le mando mis calificaciones, a ver qué le parecen."

23

La resonancia en Estados Unidos de los trabajos de Lorenzo publicados en el *Astronomical Journal* y en los *Proceedings of the National Academy of Sciences*, repercutía en México y su fama crecía. En los pasillos de la Secretaría de Educación Pública, en la Universidad, en El Colegio Nacional, en los centros de cultura superior se hablaba del "extraordinario astrónomo reconocido internacionalmente". "Es excepcional", se felicitó Salvador Zubirán.

En 1948, Rudolph Minkowski indicó que el número de nebulosas planetarias se había completado y el Catálogo Draper aumentó el número de objetos estelares de 9,000 a 227,000 y sólo agregó una nebulosa planetaria. Sin embargo, en Tonantzintla entre 1949 y 1951, Lorenzo y su equipo habían descubierto 437 objetos en una región de 600° cuadrados. Esa aportación situaba a México en primer plano.

Lorenzo vivía en un torbellino. Nombrado vicepresidente de la Sociedad Astronómica Internacional y miembro de número de la Royal Astronomical Society viajaba a congresos multitudinarios. "¿Qué ya todos los hombres se volvieron astrónomos? No puedo creer que voy a dialogar con más de dos mil." Iniciaba sus intervenciones con un "I'm going to speak

Spanish with a slight English accent." "Soy un astrónomo con muy buena estrella", les advertía. En el
congreso comparaban resultados, se enteraban de la
especialidad de cada quien, competían entre sí, pero
sobre todo discutían. ¡Ah, bendita discusión!

Volaba del Instituto Case en Cleveland al Observatorio Mc Donald en Texas para trabajar con Otto
Struve. Ir a discutir con Fritz Zwicky e incluso visitarlo en su casa en Suiza era un placer, sobre todo
ahora que Zwicky estudiaba las estrellas en la cabe-
llera de Berenice. Volvía a MIT para asistir a un sim-
posio sobre la composición de nebulosas gaseosas y
de allí atravesaba el Atlántico a Monte Stromlo en
Australia a seguir trabajando en las T-Tauri, T del
Toro. Al ver los espectros de la galaxia de Andrómeda y la del Triángulo Hydrus. Lorenzo descubrió que
los objetos antes considerados cúmulos estelares en
esas galaxias no eran más que nebulosas de emisión
semejantes a la de Orión. Hasta entonces se creía
que las T-Tauri se daban en los bordes oscuros de las
regiones de emisión, pero tanto en el cielo austral
como en el de Tonantzintla y en el de diferentes
regiones, brillaban un gran número de T-Tauri, variables tanto en su luminosidad como en sus carac-
terísticas espectrales.

Las mismas T-Tauri que Lorenzo trabajó con
William Wilson Morgan, el del atlas de espectros
estelares, lo condujeron al descubrimiento de las que
habría de llamar estrellas ráfaga.

A raíz del estudio sistemático en cúmulos ga-
lácticos de distintas edades, demostró que las ráfagas
se daban en una población de estrellas jóvenes. Esta-

bleció su secuencia evolutiva y las describió más pequeñas y frías que el sol. "Estas estrellas ráfaga repentinamente aumentan su brillo, producen explosiones gigantescas en cuestión de segundos o minutos, aumentando en algunos casos miles de veces su luminosidad para volver horas más tarde a su estado normal."

Lo admiraban por su descubrimiento de las novas y supernovas. Las estrellas azules en la dirección del Polo Sur Galáctico ya tenían las siglas de su apellido, así como otros objetos estelares, un cometa y galaxias de color azul y ultravioleta. Con más de setenta y cuatro trabajos publicados y el doctorado *Honoris Causa* del Case Institute of Technology de Cleveland, podía sentirse satisfecho. El Instituto Case afirmaba que sus descubrimientos habían dado renombre a su Universidad y a su país, y en los años futuros, estudiantes y astrónomos de muchas naciones se beneficiarían de ellos.

Desde el momento en que Walter Baade leyó el artículo sobre estrellas variables RR Lira en el *Astronomical Journal*, invitó a Lorenzo a Caltech. Baade, emigrado alemán y astrónomo observacional, había fijado la escala de distancia en el Universo, pero el descubrimiento de dos tipos de estrellas RR Lira, Lorenzo advirtió que el universo se volvía dos veces mayor. Ciertamente el universo era más grande de lo que pensaba Shapley.

En Caltech, Lorenzo pensó mucho en Shapley, ahora superado. Así era la ciencia, una cadena en la que un científico venía a ser el eslabón del siguiente. Sólo los viejos astrónomos comentaban el debate entre Curtis y Shapley sobre la naturaleza de galaxias. Hubble y la expansión del universo eran el objeto de culto.

Dirigir Tacubaya no le impedía ocuparse de su propia investigación, y cuando el rector le ofreció la dirección del Observatorio de Tonantzintla y la del Instituto de Astronomía de la Universidad, se sintió abrumado. Carlos Graef lo felicitó. "¡Qué quieres hermano, eres *El* astrónomo. Tú puedes con eso y más. Haces falta en la Universidad; en Tacubaya formas parte del inventario. En cuanto a Tonantzintla, sólo tú puedes sacarlo adelante."

Un domingo a medio día, Diego le cayó a Lorenzo en Tonantzintla: "Si la montaña no viene a nosotros, hay que ir a la montaña. Invítame a comer, hermano, pero primero llévame a conocer tu famoso cuarenta pulgadas."

Al ver las palabras griegas grabadas en el edificio principal, Diego recordó, entre otros muchos pasajes, el diálogo del coro y las Oceánidas de Esquilo: "¿Qué has hecho para librar a los hombres del horror a la muerte?" Y contesta Prometeo: "Sembré en su corazón la ciega esperanza." En la versión de Esquilo que publicó Vasconcelos, decía: "Hice habitar entre ellos la ciega esperanza."

Conmovido por el entusiasmo de Diego, se enfrascaron en una discusión que los devolvía a la adolescencia. Volvieron a su tema eterno, el del tiempo que no tiene fin. "El tiempo seguirá después de nuestra muerte, Diego", sonrió Lorenzo. Le consolaba que la ciencia fuera una sucesión en el tiempo, que los experimentos se encadenaran y que allí donde uno se detiene, otro sigue adelante. Repetía: "La eternidad es una invención del hombre." Diego discurría acerca del gran estallido y toda la maravillosa exactitud del universo: "Ni un milímetro varía, Lencho, vamos a ir a la luna, a Marte, vamos a ver toda esa leche que es la Vía Láctea." Lorenzo insistía en los millones de galaxias del universo en expansión. "Ya lo ves, ¿dónde está el límite?", sonreía Diego su sonrisa de niño. "El límite está en nosotros", concluía Lorenzo, mucho menos optimista que su amigo.

"¿Te acuerdas de la polémica que tuvimos en torno a la religión, Lencho? Decías que te chocaba hablar de ella porque uno siempre acaba diciendo simplezas. Al maestro Elorduy le parecía intolerable la imagen de un viejo barbón sentado en una nube con su hijo a la diestra. "¿Cómo quieren ustedes entender el cosmos sin una fuerza vital y ordenadora?", preguntabas. A ti, nadie te sacaba de tu fuerza ordenadora del universo que no podías explicar y repetías: "no creo en Dios, no creo en Dios, no creo en Dios", como un poseso.

—Soy un poco como el rey Arturo de la Mesa Redonda de Tennyson. Al retornar derrotado de la guerra que absorbió su vida, lo invade la decepción. La reina lo traicionó, su reino que alguna vez causó envidias es un desastre. Concluye que a Dios puede verlo en el milagro de las estrellas y en las manifestaciones de la naturaleza. "En cambio, no lo veo entre los hombres, ciegos de odios y pasiones, capaces de asesinato y del flagelo de la guerra, como si todo esto fuere obra de un dios menor incapaz de haber llevado su plan a una realidad superior." Entiendo a Tennyson. La perfección y el orden del cosmos conmueven, pero en la Tierra predomina el mal. El hombre es capaz de crímenes inconcebibles. En nuestra época presenciamos los diabólicos campos de concentración, el holocausto y el atroz exterminio de Hiroshima y Nagasaki.

La discusión se volvía áspera cuando hablaban del hambre. "Mira, Diego, la democracia en México es inexistente. Un analfabeta no puede votar ni elegir. ¿Qué va a saber lo que es un programa político? Necesita un mínimo nivel económico que defienda su decisión. ¿Qué defiende un pobre sin salario? Eso es lo que estamos viviendo todos los días." "Según tú, Lencho, ¿cuál es la solución si los mexicanos no tienen ni voz ni voto en las decisiones de gobierno?" Lorenzo insistía en la educación y se deshacía en críticas contra la Iglesia, ese gran estorbo para el desarrollo social de México. "Hijito, aguanta, porque tuyo será el reino de los cielos." La Iglesia Católica había capado a millones de mexicanos echándolos a la calle, inermes ante los acontecimientos, y eso Lorenzo no lo perdonaba. "No todos son así, Lencho." Por toda respuesta, su amigo le dijo que lo llevaría a Tepetzintla, en la sierra norte de Puebla, a tres horas de Zacatlán de las Manzanas. "En esa hondonada donde todos caminan descalzos, con su mecapal en la cabeza para acarrear leña, tengo un compadre que trabaja por una miseria en una parcela que no es suya y me dice 'Comer es como tomar. En exceso hace daño'. Sus niños son pequeñísimos y no van a crecer, sufren un alto grado de desnutrición, tienen diez años y parecen de seis. 'Así como los ve de chiquitos, están

tan hechos al hambre que muchos no quieren comer'. Cuando voy a visitarlos, Diego, se esconden. Si
vieras su piel manchada y sus grandes ojeras, sentirías
la misma rabia impotente que yo."

—¿Cuándo vienes a México, hermano?

—A la Universidad y a Tacubaya voy cuatro
días a la semana, pero cada vez me siento más ajeno
a la vida de la ciudad.

—No deberías aislarte tanto. El jueves de la
semana que entra doy una cena, vente.

—La verdad, creo que mi comportamiento
sería el del abominable hombre de las nieves.

—Mejor, porque tengo una reina de las nieves
que presentarte. Mi mujer recibe muy bien y en la biblioteca te esperan varios volúmenes que no conoces.

Incluso en las reuniones de Diego, Lorenzo
era un pez fuera del agua. Clara, su mujer, comentaba libros, conciertos, exposiciones, pero nadie se aventuraba a hablar de una teoría científica. Si acaso,
discurrían acerca del peso del cerebro de Einstein.
Con tres o cuatro copas encima, Lorenzo se lanzó a
contarles su júbilo de adolescente al ver en el pizarrón las ecuaciones de Maxwell: "¿Cómo es posible
que este tipo haya despertado una mañana y escrito
las fórmulas de la energía eléctrica?" Se exaltó sin
que nadie compartiera su emoción. Diego lo habría
secundado, pero como perfecto anfitrión iba de un
grupo a otro. Seguramente Maxwell debía tener el
cerebro distinto a los demás y eso le permitió un gran

descubrimiento. Al cabo de un rato sus oyentes lo abandonaban en busca de otro interlocutor. "¿Qué no les interesa comprender el universo?", se preguntaba extrañado.

Lorenzo se indignaba cuando oía hablar de la pureza del vasconcelismo. ¿Puro, Vasconcelos? ¿Dónde estaba "el maestro"? ¿Qué había hecho realmente por México? ¿Qué diablos les había dado a los mexicanos? Nada, nada, sólo los confundió. ¿Les enseñó a oponerse al gobierno? ¡Por favor, no nos chupemos el dedo! A sus seguidores los dejó como novias, vestidas y alborotadas.

El drama de la juventud mexicana era precisamente ése: que no tenía en quién creer. No había grandes viejos hacia quiénes mirar. ¡Puros traidores!

"¿De qué sirvió repartir los cien clásicos en el campo? ¿Quién los leyó? Es dinero tirado por la ventana. Lo que necesitamos es 'saber hacer'. Los campesinos mueren de hambre en medio de una riqueza impresionante que nadie sabe aprovechar. Para ellos es más importante aprender cómo renovar la tierra y conservar la fruta, que recibir *La Iliada* y *La Odisea*. ¿Por qué no enseñamos a recoger los tejocotes tirados sobre la tierra y a utilizarlos? ¿Por qué son ricos otros países agrícolas con sus productos manufacturados? Acuérdate del dicho: 'Den un pez a un hombre y le dará de comer hoy, enséñenle cómo pescar y comerá todos los días de su vida'."

"Cajeta, hacemos cajeta envinada en Celaya", reía Diego, profundamente feliz por los reconocimientos a su amigo de infancia. "Creo que estoy más contento que tú, hermano."

—Claro, tú no sabes la que me espera.

También el camino de Diego en las altas esferas era ascendente. Terminaría siendo secretario de Hacienda, y si el país lo merecía, presidente de la República.

—Por cierto, hermano, el señor secretario ve con muy buenos ojos tu proyecto de laboratorio de óptica y creo que es el momento de que lo visites y amarres el asunto.

—¡Claro, qué espléndido, puedo ir cuando quieras y esta vez trataré de ser lo más diplomático posible!

—Más te vale —lo abrazó Diego.

Chava Zúñiga, curioso, se sentaba al lado de su viejo amigo:

—El de la ciencia es un mundo ajeno, difícil y además, sin Dios. Nadie te sigue. Aunque la enseñanza se proclame laica en México, asustas a tus oyentes.

—Siempre dijiste que eras ateo y libre pensador, y ahora me sales con eso, Chava.

—Las mujeres no toleran mi ateísmo, quieren que les hable de Dios.

—¿En la cama?

—Allí es donde... Mira Lencho, indudablemente eres un ateo con vocación de cura de parroquia. Tus sermones que intentan ser el eco del Espíritu Santo, en realidad sólo son dolor de tripas y consecuencia de una mala cruda.

¡Qué frívolo podía ser Chava y qué acomodaticio! ¡Y también Diego! Al salir, Lorenzo se juraba a sí mismo no volver jamás, pero su amor por Diego lo hacía regresar, siempre con las mismas consecuencias.

—Lorenzo, ¿no piensas casarte?

—¡Vade retro, Satanás! Eres al único al que le permito semejante pregunta, Diego.

—Es una pregunta normal.

—Las preguntas personales nunca son normales. Su índole es otra.

—¿Y Alejandra Moreno, por qué no? Es listísima, se ve a leguas que le gustas, anda en tu mismo medio, el de la educación, a diferencia tuya siempre está de buen humor. Tú mismo me has dicho que te levanta el ánimo.

De vez en cuando Lorenzo pensaba en Alejandra. Sabía que si se lo pedía se casaría con él, pero la atractiva Alejandra era una militante y no sólo eso, feminista. Aparecía en los periódicos con su boinita vasca reivindicando los derechos de la mujer, pedía la despenalización del aborto, participaba en marchas en favor de los obreros, háganme el favor. Su vida con ella se volvería un horno en el que se fabrican consignas, una guarida de militantes de cualquier causa. ¡Oh, soledad, bendita soledad, amada soledad!

Chava Zúñiga insistía en el tema de su juventud:

—No te ves feliz, hermano. ¿Sabes por qué? Porque tus hábitos, tu idea del mundo, tu ética equivocada, tus hábitos, destruyen tu afán natural, tu apetito por las cosas de las cuales depende la felicidad. Si sigues con la misma cruel resolución en contra de ti mismo vas a destruirte.

—¿Ah, sí? ¿Y qué me aconsejas tú, que eres el hombre de la cabeza hueca?

—Tómate unas vacaciones de ti mismo. Tu constante preocupación es una forma de miedo.

A lo largo del tiempo, a Lorenzo le había resultado imposible sustraerse a la vida del campo. Allá en el pueblo tenía al menos diez compadres. "Mi chilpayate viene en camino y le pedimos, con todo respeto, que no nos vaya a desairar. Si es hombre, queremos ponerle como usted: Tena." "Pero si Tena es mi apellido." "Así queremos ponerle, Tena Toxqui." Las mujeres se embarazaban, daban a luz y otra vez aparecían empujando su vientre por delante. "La traigo cargada", decía orgulloso Lucas Toxqui.

Tanto niño lo confirmaba en su propósito. "Nunca voy a tener hijos." Se preguntaba angustiado: "¿Qué será de ellos?" El nacimiento de una niña, sobre todo, le infundía terror: "Este mundo no es para las mujeres. Quizá dentro de cincuenta años, sí, pero ahora no, su camino está trazado, hay que construirles otro que no sea sólo el de la reproducción." Un día que sorprendió a doña Martina los pechos al aire, amamantando a su hija, sintió pudor y coraje y preguntó:

—¿No acostumbra usted cubrirse, comadre?

Veía a los niños ir a la primaria construida por su iniciativa y también cavilaba: "¿Qué les espera? ¿Cuál será su futuro?" Y sin embargo, habían prosperado. Desde que don Honorio Tecuatl sembró delfinios y se le dieron altísimos, los llevaba a vender a Puebla:

—Doctor, usted que es astrológico, a lo mejor aumento la producción, por eso necesito un préstamo para transportarla porque mucha se me pudre —le dijo una mañana.

Lorenzo suspiró de alivio. Hacía más de cinco años que se estrellaba contra su terco: "Así me quedo" y ahora, por fin, rindiéndose ante la evidencia, los campesinos empezaban a ceder. Hasta entonces una aterradora fatalidad los volvía inamovibles. El volcán y su volcana los tenían atados. Lorenzo habría querido estrangular con sus propias manos al cura que pasaba cada quince días a decir misa. Era él quien podría influir, educar, informar al menos, pero nunca decía nada porque no sabía nada. Lo que Dios mande, la voluntad de Dios, Dios lo quiso así.

Un día que lo oyó preguntarle a una pobre mujer: "¿Qué me traes?", Lorenzo gritó fuera de sí. "¿Cómo que qué me traes? ¿Qué le va usted a dar, vividor desgraciado? Ni siquiera les ha dicho a sus parroquianos que le compren un foco rojo a su bicicleta para que no los maten como moscos en la carretera."

El curita no aprendió la lección. Desprotegía a su rebaño, abandonaba a la oveja perdida. No los previno contra los ríos de lodo que bajan del Popocatépetl llevándoselo todo a su paso. Al contrario, Lorenzo lo escuchó platicar tranquilamente: "apenas el lodo encuentra su barranca, allí se queda y no pasa nada". Con razón repetían todos "así me quedo". Resistir era su única forma de sobrevivencia. El cura también insistía en una frase casi bíblica: "el día que verdaderamente pase algo, escucharán las campanas". Y ahora, después de cinco años, don Honorio canjeaba su inercia por un espíritu empresarial. Y a él le seguirían otros porque don Honorio Tecuatl, con su mandíbula fuerte y su frente estrecha, era cabeza de grupo.

Cuando Diego llamó a Tonantzintla para anunciarle la cita con el secretario de Hacienda, Lorenzo se entusiasmó y fue de inmediato a México. Por fin, el proyecto del laboratorio de óptica acariciado durante meses vería la luz. Su buen humor lo hizo pasar a ver a Leticia después de meses de ausencia. Al despedirse, su hermana le dijo: "Voy a prender una veladora para que nada vaya a fallar."

A las cinco en punto se presentó en la Secretaría de Hacienda y por primera vez no le repugnó hacer siete minutos de antesala. "El señor secretario está en una junta, pero ahora mismo lo recibe." Cuando pasó, el ceño fruncido del secretario le pareció un mal augurio:

—Mire usted, doctor De Tena, el señor presidente de la República considera que tenemos otras prioridades en este momento, pero más adelante examinaremos su petición para el laboratorio de óptica en Tonantzintla.

—¿Petición? Nunca he pedido nada.

—El señor licenciado don Diego Beristáin, a quien todos estimamos, nos hizo saber que usted buscaba fondos para un laboratorio.

—Diego Beristáin está muy equivocado. Me dijo que usted era quien tenía interés en el laboratorio, pero aquí termina el equívoco, buenas tardes señor secretario —se dirigió a la puerta.

De inmediato llamó a Diego.

—¿Por qué me hiciste creer que Hacienda le entraría? Todo ha sido lamentable y te prohíbo que vuelvas a meter la nariz en mis asuntos.

Sin más, Lorenzo colgó el teléfono. Si esto sucedía con su mejor amigo, ¿qué podría esperar de los políticos mexicanos que no tenían la menor idea de lo que significa la ciencia? Lorenzo se había dado portazo tras portazo contra la autoridad. "No, doctor, no hay presupuesto, el presidente sale de gira." "Lo siento mucho, doctor, pero lo suyo no entra dentro de las prioridades de la instrucción pública, le hemos dedicado toda la partida a la creación de aulas." "Doctor, usted que es reconocido internacionalmente, ¿por qué no recurre a los institutos de ciencia de Holanda, Suecia, Noruega, Australia, que son mucho más solventes que nosotros?". "Doctor, dejémosle ese capítulo a los países ricos, vamos hacia la globalización, falta poco para que todos seamos uno, no tenemos por qué gastar en nuestra propia ciencia."

Esa noche, Lorenzo regresó a casa de Leticia, quien con sólo ver la expresión en el rostro de su hermano supo que había fracasado. "Vente, hermano, un tequila te va a caer muy bien. Estos hijos de la chingada no te merecen, pero si me lo permites, voy a enseñarte a darles de chingadazos."

—Lo pensaré yendo a Tonantzintla.

Las horas en la carretera a Puebla no le pesaban porque el camino tenía grandeza. Al contrario, le permitían darle vuelta al asunto que más lo atraía, el de los objetos en el cielo. El incidente en Hacienda lo sacudió durante semanas, hasta que Diego lo llamó para decirle que después de este penoso asunto había presentado su renuncia.

Desde el momento en que dejaba atrás los últimos caseríos de Iztapalapa podía sumirse en sus reflexiones. Conducía el Ford al ritmo de sus pensamientos, muy despacio o pisando a fondo el acelerador, de modo que el coche, espoleado, daba un brinco. ¿Cuándo se llegaría a saber la distancia a las galaxias? Si aceleraba le imprimía una velocidad determinada, pero no iba siempre a la misma, a veces se detenía tras un camión. Si el universo se expandía, es decir, si a partir de la materia concentrada en un punto hacía miles de millones de años se expandía y en el universo no había líneas rectas sino curvas, ¿cómo calcular la distancia, atravesando qué espacios?

El viaje al Observatorio lo descansaba del ajetreo de citas, presiones y fracasos del Distrito Federal. Se daba cuerda dándole vueltas y vueltas a la densidad del universo. ¿Quién la descubriría? ¿Cuándo la descubrirían?

El campo que venía a tenderse junto a la ventanilla lo apaciguaba. Frente al parabrisas, en el camino de subida, se acercaban los pinos que atraen el agua: "tengo que sembrar más árboles en Tonantzintla", y al llegar a Huejotzingo, oloroso a manzanas, había recuperado la serenidad perdida y respiraba tranquilo. A esta hora, en la carretera escaseaban los tráilers y los camiones cargueros. Muy pronto, según la Secretaría de Comunicaciones y Transportes, harían la autopista. ¡Qué bueno que tenemos ingenieros capaces, porque eso sí, nuestros caminos son de primera! Los volcanes enseñoreaban esta vía real, sí, vía real, debieron pensar los viajeros de Veracruz a México. Ciudad real, dijo Bernal Díaz del Castillo deslumbrado por Tenochtitlán.

Lorenzo atravesó Puebla de los Ángeles casi sin darse cuenta. Buscaba amorosamente con los ojos la colina de Tonantzintla. En el fondo, la gente no le llamaba la atención y sonreía al recordar la frase de Pablo Martínez del Río que, interrogado sobre su vocación de arqueólogo, explicó que el hombre había dejado de interesarlo diez mil años antes de Cristo.

En la ciudad de México el ruido se le hacía insoportable, en Tonantzintla no oiría más que campanas y de vez en cuando los chillidos horripilantes de algún cerdo. El silencio era compacto. Ni siquiera los aviones pasaban, nada rasgaba el aire, el firmamento era propiedad del telescopio. Cerca de Acatepec, por poco y se lleva a un ciclista al borde de la carretera. ¡Qué bárbaro! ¿Por qué no los obligan a traer una luz? Tampoco los cargueros se preocupaban por sus faros y muchos se estacionaban a dormir, ¿o a coger?, al borde del camino. ¡México, qué país sin precauciones! La palabra precaución lo llevó a pensar en su hermano Juan, que en la ciudad lo buscaba con frecuencia.

Dio la vuelta a la izquierda y subió la pequeña pendiente bautizada con el nombre de Annie J. Cannon y tocó el cláxon. Ya no encontraría a Luis Rivera Terrazas, que era otro que le hacía bien, y seguramente las hermanas Graciela y Guillermina

González se habían retirado a Puebla. Como Guarneros tardaba en abrir, Lorenzo volvió a tocar, impaciente. "En este Observatorio hay puros locos,
incluyéndome a mí." Maldito Guarneros. ¿Dónde
estaría ese jardinero de mal agüero? Cuando se disponía a tocar por tercera vez, vio cómo descendía
corriendo una muchacha de pantalones de mezclilla
que se apresuró a meter la llave en el candado, quitar
la cadena y abrir los batientes con una sonrisa. Lorenzo entró y desde el asiento, sus dos manos sobre
el volante, gritó hecho un basilisco:

—Y usted, ¿quién es?

—Fausta, Fausta Rosales.

—¿Ah sí? ¿Y qué hace aquí, si es que puedo
saberlo?

—Estoy ayudándole a Guarneros.

—¿En qué, si me hace usted el favor?

—En el jardín, es mucho trabajo para él. Le
ofrecí mi ayuda y la aceptó.

—¿Cómo dice usted llamarse?

—Fausta, doctor.

—¿Fausta? —gritó rabioso— ¡Ninguna mujer se llama Fausta!

—Así me puso mi padre —respondió la chica, ahora sí espantada.

—Ahora mismo voy a correr a Guarneros.

Descendió del automóvil, le quitó la cadena
y el candado y le ordenó:

—Salga, no quiero verla aquí.

Erguida descendió el resto de la pendiente
rumbo al pueblo sin volver la cabeza. Lorenzo, fuera
de sí, arrancó el automóvil y lo estacionó frente a su

bungalow. Hacía tiempo que no le subía hasta la garganta un coraje semejante. Recorrió todo el terreno, llamó: "¡Guarneros!" cinco o seis veces, le dio vuelta al cuarenta pulgadas, hecho un energúmeno. Volvió a gritar: "¡Guarneroooos!", pero el jardinero no apareció por ningún lado y por fin regresó a su bungalow a hacerse una taza de té, ver si había algo en el refrigerador y descolgar la gruesa chamarra de cuero que usaba para observar en la noche.

Hacía diez años que Guarneros era el único empleado que dormía en el Observatorio, porque Aristarco Samuel vivía en Cholula y en las noches de luna de plano no venía. Solitario, opaco, Lorenzo algunas tardes convidaba a su acompañante nocturno a tomar té y oía su voz monocorde relatarle una catástrofe familiar tras otra: su madre paralítica, su mujer enferma, su hijo deficiente, su sueldo miserable, su salud cada día más deteriorada. Eran tantas sus desgracias, que una noche Lorenzo se sorprendió siguiéndolo sigiloso: "Voy a hacerle un favor. Si pasa por el depósito de agua, lo empujo y se resuelven sus problemas." Cuando tuvo conciencia de ello, Lorenzo se aterró: "Es la soledad, me estoy volviendo loco, mañana a primera hora regreso a México." Se lo contó a Luis Rivera Terrazas que rió de buena gana. "No te preocupes, Lencho, nunca lo habrías matado." Cuando ambos vieron a Guarneros entrar con su sombrero aguado y sus tijeras podadoras, se miraron a los ojos sonrientes. Guarneros no les devolvió la sonrisa. No tenía por qué ni para qué. "Doctor, se descompuso la bomba", emitió vengativo e impotente.

—Bueno, no se preocupe, acérquese, Guarneros, voy a dispararle un tequilita.

Lorenzo se enfrentaba ahora a un enigma tan inextricable como el de la edad del universo. ¿Qué diablos hacía esta estúpida muchacha con Guarneros? ¿Cómo se le había acercado? ¿A qué horas, de qué día, de qué semana le había dirigido la palabra? ¿Qué relación podían tener? Era de no creerse. Mañana a primera hora, cuando llegara el bueno del profesor Terrazas, le preguntaría qué diablos estaba pasando. Mientras él, Lorenzo, se sobaba el lomo en la ciudad, ellos aquí hacían de las suyas al grado de que era Guarneros quien ahora contrataba a trabajadores. ¡Y nada menos que a una descocada, y para colmo, llamada Fausta!

Al día siguiente, Luis intentó tranquilizarlo.

—La chamaca encontró un lugar donde vivir en el pueblo. Aquí a todos les cae bien. Es muy servicial y listísima. No sabes qué preguntas tan inteligentes me hace. Es hija de un médico que murió hace no sé cuántos años. Yo mismo le dí permiso de entrar a la biblioteca y van varias veces que la encuentro sumida en el Semat.

—Pero, ¿qué hace aquí? ¿Qué-ha-ce?

—Es ayudante del jardinero, anda con la escoba de varas para arriba y para abajo. Trabaja mucho más aprisa que Guarneros.

—¿Y dónde está el imbécil de Guarneros?

—Por allí anda, no te apures, al rato lo ves.

—¿Y la muchacha?

—Ésa sí quién sabe.

—¿Va a venir?

—¡No seas contradictorio, Lencho! ¿No dices que la corristes?

—Corriste —corrigió enojado Lorenzo—, corriste, no corristes. Sí, la corrí.

—Bueno, entonces no preguntes por ella.

—No, si no pregunto.

Nadie vio a Fausta ese día y Lorenzo tuvo la desagradable sensación de haberse excedido. "No es para tanto —sonreía Terrazas siempre ecuánime—, no hay que gastar la pólvora en infiernitos." También le encajaba el cuchillo en la llaga: "Lencho, tú eras un hombre cortés, ¿cómo es posible que hayas perdido los estribos en esa forma?"

Lorenzo esperó a que dieran las cinco de la tarde y le dijo a Luis:

—Si la ves en el pueblo, dile que puede venir.

Fausta regresó a sus tareas sin decir palabra. Lorenzo la vio caminar junto a Guarneros y a las seis de la tarde, desde su ventana, la miró batallar para colocarle un rehilete a la manguera; estuvo a punto de ir a decirle: "Así no", pero se contuvo. Cuando levantó la vista de nuevo, el rehilete echaba chorros de agua y ya no había muchacha. Así pasaron cuatro días. Fausta se mantenía lejos de su oficina y Lorenzo tuvo que volver al odioso Distrito Federal sin hablar con ella. No quería ser él quien la buscara, pero creyó que en cualquier momento se toparía con ella en alguno de los jardines o en la biblioteca a la que, según todos, era adicta. Fausta se cuidaba de entrar a los terrenos del director. "Es que te huele —rió Terrazas—, te tiene fichadísimo."

24

Fausta miró atenta los autorretratos de Rembrandt. A los diecisiete años, orgulloso, fanfarrón, las cejas pobladas, el mentón firme sobre un blanco cuello de encaje, las mejillas de durazno con un vello dorado, signo de juventud. 1606, 1629, 1630, 1632, 1634, 1652, el ceño definitivamente fruncido, 1659, la cabeza protegida por un yelmo de reflejos dorados, los distintos sombreros emplumados, el turbante, los suntuosos gorros coronando su frente, los ojos cada vez más hundidos, maldita sea, la vida caía a pique, el esbozo de sonrisa de 1662 resultó apenas una tregua, el tiempo lo devastaba, seguía su camino, el pelo encenizándose, la barba se hacía escasa, hasta llegar al último retrato en 1669, cuando apenas tenía 63 años y ya era un anciano. ¡Qué afrenta la edad! A lo largo de las postales que Fausta repasaba una y otra vez, Rembrandt rodaba al abismo, la mirada cada vez más desencantada, sus rasgos desbaratándose hasta precipitarse en la muerte, tres años más tarde, a los sesenta y seis años.

¿Cómo se hace un autorretrato? ¿En qué espejo mirarse? ¿En medio de qué soledad, de qué silencio pasan los años? También el padre de Fausta había ido entristeciéndose, la derrota impresa en todos los poros de su piel, los ojos empequeñecidos por el derrumbe y, sin embargo, la mirada bajo los párpados caídos y el abultamiento de las ojeras la requería fijamente, exigiéndole una respuesta, pero, ¿cuál? De niña, también le había reclamado: "¿Estarás a la altura? Vas a viajar sola y el trayecto es largo. ¿Resistirás?"

Fausta no conservaba en sus recuerdos un solo viaje. Las anginas inflamadas, la calentura le escamotearon cualquier aventura. En cierta forma, la aislaban. "Fausta no puede, tiene gripa", la negaba su padre, el doctor Francisco Rosales. Marginada, Fausta se replegó sobre sí misma. Leía cuanto caía en sus manos, tratados de medicina, consejos de higiene bucal, de lavados vaginales. "Algún día me iré", pensaba. También Alfredo, el mayor, leía pero nunca le prestó libro alguno. Salvo Alfredo, los hermanos corrían a sus distintas actividades, el fut, el remo en el canal de Cuemanco, la clase de piano, la de inglés. Envidiaba sobre todo a sus hermanos porque hacían deportes.

Antes de los siete años, Fausta descubrió el baño de su padre, un baño para él solo. Los hermanos lo llamaban "El Quirófano" y nadie tenía derecho a usarlo. Impulsada por el olor del agua de colonia, Fausta llegó como un sabueso a la puerta blanca y sin más, la empujó. Deslumbrada, examinó las dos regaderas, una de ellas de presión, el excusado último modelo, los mullidos tapetes, el espejo enorme y otro espejo en el techo acostado sobre la tina, ¿para qué tanto espejo? La báscula, las esponjas, la atmósfera afelpada invitaban a algo, pero ¿a qué? Sobre una repisa de vidrio una hilera de frascos impolutos ofrecían distintas posibilidades, las toallas más bonitas que las del resto de la casa eran una cascada de blancura. Un indefinible pudor invadió a Fausta y salió de puntillas esperando que nadie la viera. Llegó a la conclusión de que en la casa familiar vivía un desconocido.

De los hermanos, el más retraído era Alfredo. En la mesa todos gritaban, salvo él, que parecía estar de más. Su boca muy roja y húmeda sobresalía dentro de su rostro blanco. Una noche, Fausta quedó sola con él:

—Por favor, Alfre —le pidió—, dame una agua de limón. Tengo los labios secos por la calentura.

—¿Si te la hago, me dejas meterme a tu cama?

—Claro, métete.

¿Qué otra cosa responde una niña de siete años? El hermano, que le doblaba la edad, se coló entre las sábanas y empezó a manosearla hasta que, sin más, se acostó sobre ella e intentó penetrarla: "Alfre, pesas, quítate, ¿qué haces? Quítate, me duele." En los recuerdos de la niña quedó la fiebre, el forcejeo tratando de repeler un pedacito de manguera que hacía su camino entre sus piernas temblorosas. A la mañana siguiente se lo contó a su madre:

—Óyeme, no es cierto. Tú estás inventando —exclamó enojada—. ¿Cómo se te ocurre? Seguro oíste mal...

—¿Oíste? ¿Qué es lo que había que oír?

Su padre tampoco la apoyó. A partir de ese momento, Fausta se dio cuenta de que los padres no enfrentan lo que duele. Al no convencerlos, las desgracias no existen, consignarlas es lo que las materializa.

Si su madre la veía llorando, inquiría: "¿Tienes gripa?" "Pues sí mamá, eso ha de ser." Jamás la llamó a su recámara para preguntarle: "Fausta, ¿qué te pasa?" Cuando la niña, dolida hasta la médula de los huesos, intentó contarle su fracaso en la escuela, Cristina la interrumpió: "Tienes muy mala cara, estás cansada, vete a acostar. Mañana hablamos."

Nunca lo hicieron. ¿Cómo confiarse a alguien que todo lo atribuía a su salud?

Desde niña, Fausta caminó a contracorriente. Escogió muy pronto pasadizos secretos que la llevaran a donde se sentía mejor. "¿Cómo te llamas, niña?", le preguntaban y se ponía roja porque la habían descubierto.

De las cuatro habitaciones comunicadas entre sí, una gata callejera escogió la suya, como Alfredo la escogió a ella, para parir a sus crías. Al ver la colcha ensangrentada, Fausta tomó a los recién nacidos, los echó en una cubeta de agua y a la gata la ahorcó colgándola de la higuera del jardín. ¿Era Alfredo el muerto?

"Soy mala, malísima", se repitió, y para confirmarlo formó una banda de niños que apedreaba a otra. Sumisa y callada en la casa, Fausta se desquitaba en la calle, toda su energía concentrada en su brazo derecho. Tenía tan fina la puntería que los contrarios la temían: "No te acerques a 'la mosca muerta', cuídate de 'la mosca muerta'." Apedrearlos era una catarsis, el campo de batalla resultaba el lugar más seguro de la Tierra porque allí se sabía invencible.

"Mustia, hija de la chingada", le dijo una vez una compañera de la escuela.

A las ocho de la mañana, la madre portera hacía sonar la campana de entrada. Fausta, tímida, se formaba:

—Traes los calcetines de distinto color. Te quedas afuera hasta que vengan por ti.

Por una calceta más clara que la otra, Fausta permanecía en la puerta hasta la salida de clases. No le dolía la espera sino la humillación.

Para vengarse y destruir lo que las monjas más veneraban, a Fausta le dio por robarse las hostias consagradas. A la hora del recreo se metía a la capilla, tomaba la llave del tabernáculo tras la estatua de San José, trepaba como chango hasta sacar el copón sagrado y vaciar las hostias en las bolsas de su delantal. Todavía estremecida salía al patio, deglutía unas cuantas obleas y seguía comiéndolas a escondidas durante la clase. Se le adherían al paladar como papel de china y durante deleitosos segundos iba despegándolas con la puntitita de la lengua. La emoción del riesgo eliminaba la sensación de culpa, "qué pecado el mío, qué pecado, divino tesoro". Nadie se enteró nunca del sacrilegio.

"Somos hijas del Verbo Encarnado,/ ¿hay acaso nobleza mayor?/ Entonemos un himno sagrado,/ levantemos un himno al Señor."

"Si comulgas todos los viernes primeros y nueve sin interrupción, tienes el cielo asegurado." Desde los siete años, las alumnas se hincaban dentro del oscuro confesionario. El sacerdote era sordo, lo sabían todas, y como le avergonzaba reconocerlo, Fausta lo embromaba: "Padre, fíjese que hace dos noches maté a mi hermano Alfredo." "Está bien, hija, vete en paz. Reza tres Aves Marías y comulga el viernes primero." Su penitente siguió mintiendo sin temor a Dios. Para ella, la lámpara de Aladino era la del tabernáculo y, a la larga, la religión se volvió tan insustancial como un cuento de hadas.

Al espiar a las monjas para saber cómo eran, qué hacían, Fausta corría otro riesgo, ese sí menor. ¿Tenían pelo bajo las cofias? Detectar lo que comían era fácil, porque en los dientes de Sor Marta de la Inmaculada Concepción quedaban residuos de espinaca u hollejos de frijol. El hábito no las hacía de otro mundo, sólo concentraba su sudor, sus flatulencias y otras derrotas corporales.

La materia que más le atrajo al ir creciendo fue la de anatomía, por su padre médico. "¿Has visto un cuerpo vivo durante una operación?" Acompañarlo le resultó un prodigio: descubrió el desollamiento, el interior, el revés, sus brillos y colores, los órganos levantados por el fuelle de la respiración, lo nacarado del pulmón, que en el caso de los fumadores se cubría de sombras negras, el tórax, el costado en el que el cirujano metía las manos.

—Soy feliz aquí —le dijo él al salir del quirófano.

—Se nota, papá.

—Es la profesión más sacrificada, hija, ni siquiera cuando duermes descansas porque el enfermo de la cama 211 quizá no pase la noche, el de la 417 sufrió un choque postoperatorio que debiste prever, la del 302 no tolera el medicamento y hay que darle otro. Pero yo no cambiaría mi oficio por un imperio.

En alguna vacación a Ixtapan de la Sal, persuadido de haber dejado una gasa dentro del vientre de su paciente, el doctor Francisco Rosales regresó a México. Cristina se alzó de hombros, irritada, también los hijos lo resintieron, sólo Fausta ofreció acompañarlo. "No hija, no voy a permitir que sacrifiques tus vacaciones", y salió a la carretera en su MG, el único lujo de su vida. "Tu padre no va a regresar, ya verás", sentenció Cristina. En efecto, Francisco tuvo una operación de urgencia a la mañana siguiente. "¿Tú sabes lo que significa abrir cinco cuerpos al día?", lo defendió Fausta. Su madre la miró, displicente. "Pues a mí, mi padre me llena de orgullo y mi corazón desborda de amor y admiración por él." "¡Miren nomás la cursi!", comentó Alcira, la hermana mayor. Ninguno de ellos le llegaba a los talones, se consoló Fausta. Se proponía estudiar medicina, pisarle la sombra, vivir como él, ser el doctor Francisco Rosales de la generación del 65. Planeó su futuro en torno a la medicina y a la imagen de su padre, hasta que a los diecisiete años su adolescencia reventó embarrada en la acera.

El conocido doctor Rosales iba con cierta regularidad a la calle de López, sede de la Secretaría de Marina, a buscar marineros, que al ver su coche deportivo corrían a ofrecérsele y después lo extorsionaban.

Por su vida de homosexual, Francisco Rosales vivía en ascuas. Tener a su mujer embarazada era una forma de no hacerle el amor; sin embargo la quería, amaba sus hijos y vigilaba obsesivamente la evolución de sus pacientes. Habría dado su vida con tal de descubrir algún remedio al dolor e investigaba febrilmente; maltrataba su propia naturaleza forzándola al máximo, pero no podía evitar los encuentros vergonzantes con los muchachos de la calle de López. Era algo más fuerte que él.

Cristina adquirió poco a poco la certeza de que no era la única y cuando interceptó una llamada telefónica de un jovenzuelo que le pedía dinero al doctor para que su mujer, ella, no se enterara, lanzó el dardo final:

—¿Ah sí? Vas a ver que ahorita te deshago la vida —sollozó humillada.

Los hijos se aterrorizaron y se volvieron contra él. Ligaban el amor a la responsabilidad y su padre siempre había respondido a sus necesidades. "¿Cómo? ¿Mi papá? ¿Qué es lo que nos estás contando?" No entendían que un hombre tan escrupuloso tuviera una familia y al mismo tiempo buscara placeres considerados malsanos. "Somos hijos de un joto", dijo el mayor y al día siguiente dejó la casa, lo mismo hizo Alcira, y sólo quedaron Alfredo, que jamás se inmutó, y Fausta.

A diferencia de sus hermanos, Fausta buscó a su padre en el consultorio. Su figura se le hizo entrañable en esas visitas cada vez más frecuentes, a pesar de que la presencia de los pacientes les impedía hablar. Lo veía moverse a los sesenta y cuatro años, ágil y delicado, auscultar la espalda del niño, el vientre de la madre, "no se preocupe, es mi hija", advertía y Fausta lo miraba con una intensidad tan grande que lo hacía volver la cabeza, estetoscopio en mano, para encontrar los ojos negros de su hija y volver a bajar la vista a los omóplatos infantiles, al prepucio del adolescente, la infección, el sarpullido, el cabello seboso. "Mire, doctor, me han salido unas bolitas aquí." El mal aliento, la piel ajada y amarillenta, el esputo pesado, eran pan de cada día.

—¿Quieres que yo escriba la receta?

—Claro, tu letra es mejor que la mía.

Arrancar la hoja con el nombre de su padre, doctor Francisco Rosales, Universidad Nacional Autónoma de México, cédula profesional 87997, dársela a firmar y tenderla al enfermo, la enorgullecía. "Es a él a quien me parezco —se repetía Fausta— en la fantasía, en querer matarme por los demás, en la timidez y en eso negro que tengo adentro y no sé lo que es."

A él, que protegía tanto, no había quién lo protegiera. Varios extraordinarios cirujanos, cómplices de la homofobia reinante, reafirmaban su machismo riéndose de las "locas desatadas".

De sus hijos, Fausta era la más cercana y la que más lo inquietaba. ¿Qué sabía la niña de sí misma? Mentía, era obvio. Fausta fue la única que lo acompañó cuando tuvieron que operarlo de dos hernias. Se apersonó en el hospital y Rosales no tuvo más remedio que aceptarla. Lejos de conmoverlo, la presencia de su hija lo humillaba.

—Me da su prótesis, si es que la tiene. Abra su boca si quiere que yo se la saque.

—Yo mismo puedo hacerlo, déme el vaso de agua. Por favor salte, Fausta.

En lo que se refería a su persona, era un hombre traspasado por el pudor y su "enfermedad" crónica lo ponía en situación de inferioridad.

Para Fausta, la convalecencia significó la renuncia a sí misma para cuidarle el sueño, cambiarle la almohada empapada, las sábanas convertidas en sudario, la toalla en torno a su cuello que había que exprimir cada media hora porque, ¡ay, cuánta agua emanaba de ese cuerpo! Sus nobles manos temblaban, sus brazos también, la mayor parte del tiempo no podía controlar el castañeteo de sus dientes, ahora sí completos. De pronto abría los párpados también temblorosos y daba la orden:

—Vete a comer, Fausta.

—Papá, comí lo que dejaste en la charola, ya no tengo hambre. El que debe alimentarse eres tú.

Al igual que en los hospitales del Seguro Social, las enfermeras se tomaban su tiempo. Una tarde, Francisco Rosales se desesperó y quién sabe de dónde sacó fuerzas para ponerse el pantalón, los zapatos, caminar por el corredor y salir a la calle. Nadie lo vio, ni siquiera en la última puerta donde el policía exige la orden de salida. Tomó un taxi y lo pagó en casa. A Fausta, el incidente la llenó de admiración por su padre.

—Es como para demandar al hospital —repeló Cristina.

Nunca demandaron, nunca exigieron, quizá porque él también era médico, quizá por desidia, por escepticismo ¿valía la pena?, y porque en el fondo no querían escándalos y el homosexualismo los hacía menos.

A su madre la sentía lejos. Desde niña subía emocionada la escalera de cuatro en cuatro peldaños a la recámara para hablarle y se topaba con la ausencia. Cristina, distraída, apenas escuchaba lo que había venido a decirle y las palabras iban cayendo desencantadas al piso, ya sin vida. El registro de Fausta era tan distinto al suyo que jamás sintonizaron.

También en su apariencia física, Fausta era distinta. Su pelo delgado y negro caía en dos trenzas sobre los hombros. "Córtatelo, Fausta, eso sólo las criadas." A veces, en la noche, se lo recogía a la española, en la nuca, pero al día siguiente volvía a trenzárselo y se esmeraba en apretar bien la punta con una cinta negra a la que le daba varias vueltas para que no fueran a destejerse. La expresión de su boca pintada de oscuro era grave, pero no más que la mirada de sus ojos, carbones encendidos que hacían exclamar a su madre: "Ya deja de mirarme como Emiliano Zapata porque me incomodas."

Sus pómulos altos, su nariz afilada sobre la que se estiraba la piel morena, le daban un aire guerrero.

—¿Qué no hay otro tubo de labios que "Orquídea fatal"?

—Es el que me gusta, mamá.

Fausta usó el mismo color oscuro desde los dieciséis años.

Una noche en que se había tomado dos cubas libres en el bar del Sanborn's de San Ángel, al entrar y escurrirse con prisa a su cama para que su madre no la interceptara, oyó su voz ronca llamándola:

—¿Eres tú, Fausta? Ven acá.

—Tengo mucho sueño.

—Ven acá, encontraron a tu padre muerto, fue infarto.

—¡Mientes, bruja, no es cierto! —gritó Fausta.

—Es verdad, hija.

Era la primera vez que la llamaba así. Con tantos hijos, una se cansa.

Fausta supo que se había roto el único lazo de complicidad que tendría en la vida. Para hacerle tolerable la ausencia, siguió el diálogo ya imposible, consultaba con su padre en la mañana, como el *I Ching*. "¡Qué hueva, papá, no quiero ir a clases!" "Ve, Fausta, ve." Estaba más unida con él que antes. Ahora sí, era su cómplice. "¡No sabes qué oso, papá, me sacó a bailar la muchacha y le dije que no, qué oso, tuve miedo al qué dirán. Haz de cuenta, mi mamá!"

Sólo una vez, en la cocina, Fausta le reclamó a su madre:

—Mi padre era extraordinario. ¿Para qué le destruiste la vida en vez de decirle: "*Ciao*, allí nos vemos"?

—Quizá más tarde sólo recuerde lo bueno, Fausta, pero ahora no puedo.

—¿No puedes o no quieres?

—Niña, yo no sabía lo que era un homosexual, creía que eran hombres que se vestían de mujer y ya.

—Mamá, tienes cincuenta y cinco años y hablas como retrasada mental.

Ningún sitio tan apropiado para el llanto como los tumultuosos corredores del metro. Los pocos que la notaban, desviaban la vista y empezó a pedirles perdón por existir. "Es mejor que no me vean", pensaba al atisbar a los vecinos; rogaba "que no digan, que no se fijen, no me vayan a hablar".

Desarrolló un desprecio contra sí misma parecido al veneno de la atmósfera familiar. Los hermanos Rosales se habían ido para hacer esa cosa rara que llamaron "su" vida y ella quedó atrás, la única soltera y solitaria. En las recámaras ahora vacías sólo dormían Alfredo y ella, que escogió la que tenía llave. En realidad ninguno de los hijos tuvo su propia habitación, dormían en donde cayeran y eso les impidió desarrollar el sentido de la posesión.

La madre sabía que Fausta estudiaba teatro, pero cómo y con quién, no preguntó. ¿Por qué teatro? Quién sabe, quizá la desinhibiría, la haría menos huraña. "El teatro da mucho aplomo", le dijo Alcira, la mayor. Cristina veía a Fausta entrar y salir, comer apenas, hasta que la muchacha le anunció que ya no vendría porque iba a compartir el departamento de una amiga.

—¿Ah, sí? ¿Y cómo vas a mantenerte?

—Yo sé cómo.

Fausta guardó con cuidado la corbata paterna de moño azul marino, la prótesis: dos dientes montados en una placa con garfios, y quiso que el sastre le achicara algunos trajes de su padre. "No se puede, señorita, es demasiada la diferencia."

El departamento de Marcela, su amiga, le pareció horrendo y más su afición a la música electrónica, que prendía a todo volumen apenas regresaba del periódico *Excélsior*, donde era reportera. Ubicado cerca de la calle de Vallarta, "me voy a pata al trabajo", presumía Marcela, la habitación de Fausta era una caja de resonancia, y aunque sudaba rock pesado, el letrero de luces cegadoras que se encendía frente a su ventana le resultó intolerable.

—Fausta, no aguantas nada, mira nomás que cara tienes.

Cada vez que Fausta quería hablar en serio, Marcela le subía al volumen. Cuando abría el refrigerador, adentro se pudría algún jitomate, se ennegrecía medio aguacate. Alguna vez tiró la podredumbre a la basura y Marcela, injertada en pantera, le reclamó:

—¿Cómo te atreves? La que toma este tipo de decisiones soy yo.

Fausta buscó su propio departamento. Con lo del teatro podía pagarlo. Atendía la escenografía y el vestuario, la iluminación y la taquilla, todo lo hacía bien. Era la primera en llegar, la última en irse. Un día que no se presentó la actriz, Fausta, que se sabía los papeles de memoria, la suplió y lo hizo mejor. Como en las películas de Hollywood, sus bonos subieron y habría podido desbancarla, pero ésa no era su tirada, quería ayudar, como su padre. Fausta no se imponía, a nadie le pesaba, la rodeaba un halo de misterio, y eso la gratificaba más que el reconocimiento público.

Al paso del tiempo, las confidencias a su padre cesaron, no eran indispensables si podía mirar durante horas los autorretratos de Rembrandt.

25

Cuando Fausta invitó a su madre al estreno de la
obra de teatro, no la previno y al final la vio salir
lívida y sintió lástima.

—Es que esto no puede ser —murmuró.

—Sí es, mamá —Fausta la tomó del brazo.

—No, no —sacudió su cabeza.

—No vayas a ponerte a llorar, si lo haces me
muero.

—Como tu papá, como tu papá —masculló.

Súbitamente Fausta la vio vieja y encorvada,
entonces le echó el brazo alrededor de los hombros
cubiertos por un hermoso tapado de alpaca y acercó
su cabeza a la de su madre.

—Es que no quieres ver las cosas como son,
hace meses que son así.

—¿Meses?

—Quizá años, mamá.

—¿Vives con esa muchacha?

—Claro y me va muy bien.

Seguramente pensó que Fausta no sólo dor-
mía, sino que se exhibía para vergüenza de la familia.
Su hija besaba en el escenario a una mujer y se des-
vestía con ella; Fausta, su niña de trenzas negras,
desnuda, sus senos pequeños al lado de los senos más

grandes de la otra, su sexo, triángulo negro encima del triángulo más claro de la otra, la otra, la otra, la otra. Fausta tan callada, tan mustia, Fausta los ojos bajos pidiéndole un peso para sus chamois en la miscelánea.

—El mundo no es como tú crees, mamá, es de otro modo. Si quieres seguir viéndome tienes que asumir mi homosexualidad.

—Pero, ¿qué no tienes conciencia? —gritó.

—Nunca lo he vivido como una culpa. Mi cuerpo es más sabio que yo, mi cuerpo me lleva a donde él quiere. Mis neuronas...

—Fausta, ¿qué va a decir la gente? —interrumpió su madre.

—No creo que alguien tenga que opinar sobre lo que yo siento. Es mi territorio, mi cuerpo es mi libertad, mi universidad autónoma y además me fascina...

Y de pronto le dijo algo que nunca pensó que podría decirle:

—No vayas a hacer conmigo lo que hiciste con mi padre.

Alfre, que las había acompañado, fingía absoluta indiferencia o a lo mejor ya estaba por encima del mal suscitado hacía años.

—Ve por el coche —le ordenó—, quiero irme a la casa.

A Fausta empezaron a atraerle las mujeres en la primaria. Aunque tuvo novio, nunca alcanzó con él momentos entrañables: en cambio la intimidad con Raquel la hacía entrar a otra dimensión, como si estuviera dándose a luz.

Niña sobrada, perra sobrada, yegua sobrada, desfogar su tremenda energía era asunto de vida o muerte. Flaca como un alambre, Fausta ganaba los concursos de atletismo de la escuela por su sola energía y su respuesta al reto, era la primera en correr riesgos. ¿Por qué los corría? Ahora es tu turno. Siempre estaba la muerte en la parte trasera de su cabeza porque temía a los adultos, temía constatar que no la querían. Vivía con el recuerdo de una infancia de miedos y decepciones. La había amado su familia, sí, pero no como ella quería, nadie le dio lo que ella quería, o si la amaron, no fue suficiente.

Sólo el juego la vaciaba hasta dejarla olvidada de sí misma. En ese momento podía verse como espectadora, y era un enorme descanso.

Cuando la abandonó su primera amante, la del beso en escena, sufrió el mayor choque de su vida. Hecha un guiñapo, somatizó su dolor y fue a dar al hospital, le quitaron las amígdalas y apareció su madre. Entonces ya no le dolió pensar en la soltería, al contrario, se refugió en ella. Hasta que otra muchacha le dijo: "Vente", y no sólo eso, dejó a un hombre por ella. Resarcida, Fausta se parapetó en los poemas de su nueva enamorada que, alta y espigada, le abrió la ventana al mar: "Mira." Al principio Fausta no podía ver nada, se lo impedían las lágrimas de autocompasión. Al año, Marta confesó que finalmente su preferencia eran los hombres. "Somos adultas, ya no se trata de analizar si eres buga o gay o bisexual, eres una persona que ama y punto. El amor te arrasa con quien sea, simplemente te enamoras y punto."

Cuando se separó de la amante que decía punto, como los viejos telegrafistas decían *stop*, Fausta se hundió en una agotadora rutina detrás del escenario, entre bambalinas, en los camerinos. Barría y recogía, lo que nadie quería hacer ella lo volvía parte de su tarea cotidiana, había que ponerse al servicio de los demás, guardar un perfil bajo, como dicen los gringos, no tirarle a lo grande. Todavía actuaba, pero rehuía la mirada de los otros, qué contradicción, sobre todo rechazaba cualquier posibilidad de éxito. "No, yo lo mío, quiero servir, no destacar." "Fausta, puedes llegar a algo grande." "No se trata de mí sino de los demás. ¿Qué va a ser de ellos? Si ellos no triunfan, no quiero salir de la unidad del coro." El empresario alegaba: "Son mediocres, tú no lo eres, piensa en ti, te estoy escogiendo a ti." Airada, Fausta respondía: "No sin ellos." "Ah, pues entonces no hay trato, quédate con ellos. Si quieres ser la causa de tu desdicha, nadie lo va a impedir."

En un mundo ferozmente competitivo, Fausta se obligaba a pensar que los demás van primero, ésos que la fastidiaban con sus convenciones casi tanto como las monjas. "Lo que tú haces tiene más que ver con la antropología social que con el teatro", le dijo un día Martín, el hermano mayor, el que físicamente se parecía a su padre. "Deberías dejar de matarte en esta lata de sardinas y viajar, conocer tu país, otra gente". "¿Cómo los dejo, Martín?" "Simplemente no regreses, te aseguro que van a sentirlo menos que tú." "¿Cómo lo sabes, hermano?" "Soy mayor que tú y conozco a la gente."

Con una mochila a la espalda, una bolsa de dormir, una lámpara Everlast, sus pantalones de mezclilla, su gorra de Chiconcuac y su morral, Fausta emprendió el camino de las vacaciones. Regresaría en septiembre, sin ojeras y seguramente menos flaca. En el autobús México-Puebla se le fueron abriendo las compuertas al paisaje de aire y tierra. El verde iba metiéndosele por los ojos, la nariz, los oídos. Ya para San Martín Texmelucan respiraba a pleno pulmón y le llegó un olor a manzanas en la estación donde se detuvo el autobús. Después de tres horas en Puebla, hermosa y grande, decidió buscar el pueblo de Salustia, la muchacha que trabajó durante años en su casa y se despidió diciéndole que siempre sería bienvenida en Tomatlán.

Como en los cuentos de hadas, Salustia misma le abrió la puerta. "Pero cómo va a dormir en el suelo, señorita, aunque sea le consigo un catre." Acoplarse a la vida de familia le resultó fácil. La vida entera giraba en torno al maíz, sembrarlo, cosecharlo, comerlo. Amanecer a las cuatro de la mañana era un aturdimiento. En lo oscuro, suspendida en el tiempo, Fausta se preguntaba ¿dónde estoy?, ¿quién soy? "Yo soy la creadora del mundo. Me adelanto al canto del gallo." En la noche, como no había televisión, después de encerrar los animales también la familia dormía. La repetición tranquila de los mismos actos le daba a Fausta un sentido de eternidad que nunca había tenido en la ciudad. A las cinco de la mañana, don Vicente sacaba su rebaño del corral; Pedro, el hijo de doce años se iba con las borregas al monte, acompañado por los ladridos del perro Duque. Con los animales la relación era de humano a humano, parecían adivinarse. "Amanecí como perro chiquito", decía

Salustia temblando de frío. Tenían la misma mirada esperanzada. Los pájaros, sobre todo, fueron un descubrimiento. En la madrugada, los trinos del mundo recibían el nuevo día, unos graves, otros agudos, otros estridentes, cientos de miles de pájaros reunidos bajo ese pedazo de cielo cantando su particular felicidad. El piar era continuo, sin una fisura y se callaba mágicamente al salir el sol. ¿Ya no cantan? ¿Dónde se fueron? ¿Por qué callaron? ¿Tienen memoria? ¿Qué es lo que pasa en su cerebrito, en su cabeza de pájaros? Unos repetían exactamente la misma breve melodía, el canto de otros era lineal, un chiflido roto sólo para tomar aliento. ¿Tomarían aliento? Fausta se hacía cruces. Si se les enseñara otro canto, ¿lo aprenderían? Daban ganas de saber más de su pequeña y gallarda humanidad. Y de toda esa gente que nada pedía también daban ganas de saber más. "Es la calor la que los hace cantar", informaba Salustia. En la noche, de las ramas de los árboles subía ese enjambre de cantos agradecidos. Según Salustia, era su instinto. Según Fausta, viajaban en el tiempo, recordaban que habían cantado y por eso volvían a hacerlo con la puesta del sol. "Son humanos —se felicitaba Fausta— y almacenan acontecimientos como el de su canto en un puntitito del tamaño de un alpiste." "¿Su cerebro es un puntito? —preguntaba Salustia—. "Ha de ser del tamaño de sus ojos", concluía Fausta.

Los hombres salían al campo a sembrar, barbechar, aterrar la milpa, labrar con el arado según la época del año, mientras que Salustia y otras mujeres iban a lavar al río con su cubeta en la cabeza. Fausta las acompañó y vio cómo se ponían una penca de maguey bajo las rodillas y la doblaban hacia arriba para no mojarse. Después de tallar la ropa en la piedra, la asoleaban enjabonada. "Sólo así se despercude", le explicó Salustia. Una vez enjuagada la tendían exprimida en ramas de árbol, bardas de tecorral, puntas de maguey.

Salustia les decía a las sábanas:

—Séquense, ándiles, séquense.

Llamaba al sol:

—¿Dónde andas? No seas flojo, vente a secar las sábanas.

¿Cómo había tolerado Salustia el contraste entre la vida del campo y la ciudad? La comparación le hacía a Fausta el efecto de una bofetada. ¿Qué relación entre la lavadora y la secadora de metal y las pencas de maguey bajo las rodillas? ¿Qué le había dado la familia Rosales a Salustia a cambio de los altos pinos?

Fausta se adaptó al grado de pensar: "¿Por qué no he vivido así siempre?"

A la una de la tarde, las mujeres llevaban el almuerzo al campo. Se atajaban del sol con su rebozo, el mismo con el que habían coqueteado al salir de misa, el mismo en el que cargaron al hijo. Era una hora bonita cuando hombres, mujeres y niños se sentaban en círculo a comer, incluso alguno se alejaba para recargarse sobre algún tronco a echarse una pestañita, la siesta del trabajador. A Fausta, verlos y pensar en ellos le producía un bienestar intangible como una abstracción, un teorema, una teoría.

Salustia, su madre y sus hermanas la trataban con deferencia: "¿No quiere usted un té, señorita?

¿De qué le hago su taco?" "No Salustia, estoy muy bien, mejor que nunca." De aceptar habría sido la única. Ni los niños comían entre comidas. Trabajaban duro, al igual que los mayores, y su fascinación era acompañar al padre, que salía con su acocote y su cubeta a chupar el aguamiel, para luego vaciarlo a jicarazos en cubos de madera y ponerle su muñeca en espera de la fermentación. Los niños participaban en la hechura del pulque en sus diversas etapas. Esa muñeca los apasionaba porque era de caca. ¿Caca de la tuya o de la mía? De la que sea. De la señorita Fausta, si ella quiere. Más tarde, don Vicente curaría al pulque, con tuna, con apio, con guayaba.

A Fausta le dio por acompañar a los niños a entregar el pulque a La Marimba. "No se mojen." En el camino, los charcos ejercían un enorme atractivo, echarles una piedra y ver las ondas diminutas que se forman en el agua café o de plano dar el brinco y soportar la regañada. "Mira nomás cómo hiciste los zapatos, ahora no comes." Aprovechaban el viaje con el burro cargado de castañas llenas de agua para irse al monte a jugar *tixcalahuis*. Consistía en sentarse en una penca de maguey a la que le quitaban las espinas y venirse de resbaladilla sobre las agujas de los pinos, encinos, ocotes. Hasta escondían sus pencas para que otros niños no las agarraran. En la noche, después de darle agua a los animales, hacían la tarea a la luz de un candil con petróleo que dañaba a los ojos. Entonces, a Fausta le dio por contarles un cuento y surgió Alicia en el país de las maravillas. A los niños no les parecía asombroso que los animales hablaran, puesto que a diario interpelaban al burro, a la vaca, a los

perros, hasta a los madroños que dan flor y a la pastura. Tampoco les resultó incomprensible hacerse grande o chico a voluntad con sólo ingerir un minúsculo
pastel con pasas. Poco a poco, Modesta, Estela, Chabela, Lucía, Silvestre, Eulogio, Vicente y Felipe le fueron haciendo confidencias. Una compañera de clases
de Chabela tenía un novio que llegaba montado en su
caballo y se paraba frente al salón. Todas las envidio-
sas corrían a la ventana a verlo. Era el príncipe azul.

Cuando Fausta constató que sus ahorros habían menguado, habló con Salustia de la posibilidad
de trabajar: "¡Uy, pues aquí está difícil. Sólo en la
fábrica de Talavera de los Uriarte en Puebla, allá sí
hay trabajo como para usted. Dicen que en Tonantzintla fundaron un observatorio de ésos donde se
ven las estrellas y buscan secres..."

—¿Observatorio?

—Hasta le brillaron los ojos, señorita.

Fausta recogió sus bártulos, abrazó a todos, le
regalaron manzanas, un rebozo, y prometió regresar.
Salustia la acompañó hasta la carretera a tomar un
autobús que la llevaría a Puebla y otro hasta Tonantzintla, con su iglesia al pie del Observatorio.

Ahora que lo recordaba, a Fausta no le había impor-
tado el mal humor del neurasténico que la miró con
tanta antipatía detrás de sus anteojos porque supo
que a la larga se lo echaría a la bolsa. Había traspuesto la puerta y estaba dentro del *sancta-sánctorum*, a
unos cuantos pasos del telescopio. "Odia a los hip-

pies —le informó el subdirector Luis Rivera Terrazas, que le tendió la mano— y a lo mejor la confundió con una hippie totonaca. Muchos andan por aquí desde que se fundó la Universidad de las Américas y han contagiado a los campesinos, que ya se cuelgan collares y se dejan el pelo largo." Desde los primeros días, Fausta pudo hacerse una buena idea del personaje Lorenzo de Tena. Se enteró de que Rivera Terrazas estudiaba las manchas del sol y a las cinco regresaba a Puebla como lo hacían las dos secretarias, Graciela y Guillermina González, el bibliotecario y los astrónomos Braulio Iriarte y Enrique Chavira. No le resultó difícil aprender el movimiento del Observatorio y cuando terminaba de ayudarle a Guarneros podía entrar a la biblioteca a leer. En la noche, Enrique Chavira le permitió acompañarlo a la Schmidt a observar. Lo hacía incluso sola, sábados y domingos, porque Chavira le enseñó todos los mecanismos. "Oye, esta muchacha es una hacha, aprende más rápido que yo. En la madrugada, cuando cierro la cúpula, me dice desolada: '¿Tan pronto?' Hasta mi mujer me ha reclamado que por qué llego tarde. Antes me iba yo a las doce a más tardar, ahora son las dos de la mañana y no llego, todo por ella", le contó a Terrazas. "¡Qué rara es! ¿Quién será?" Aun sin conocerla, la aceptaban porque su buena voluntad saltaba a la vista. "Es leve como una plumita", comentó Toñita. "Le ofreció al sacristán cambiar las flores del altar" y don Crispín dice que no ha fallado un solo día."

La pasividad de Tonantzintla se prestaba a la introspección y Fausta tenía tiempo para pensar en lo que había sido su vida. La que vivía ahora la llenaba de gozo. Amaba el tañido de las campanas, la transparencia del aire, la gente del pueblo a quien saludaba religiosamente, los domingos de plaza, pero nada amaba tanto como acompañar a Chavira a la Schmidt.

El apoyo del subdirector Rivera Terrazas resultó definitivo. Habían tomado té juntos en varias ocasiones. Alguna vez Lorenzo la oyó reír a carcajadas con Terrazas en la cafetería. "¿Qué tanto estará diciéndole?", se preguntó con curiosidad. También de las hermanas González se había hecho amiga. Rivera Terrazas le contó casualmente: "Hace quince días la llevé a Puebla, necesitaba zapatos. Hubieras visto los suyos, un agujero en cada suela." "¿Tú se los escogiste?" preguntó Lorenzo con mala leche. "Casi —dijo Luis sonriente—; le urgían unas botas muy resistentes. Se le fue todo su sueldo, deberías aumentarle, esa chica es una lumbrera. ¿No sería bueno que tomara clases en la Universidad de Puebla, aunque allá la palabra marxismo no se conoce y por lo visto ella ha leído a Marx?"

26

La primera vez que Fausta pronunció la palabra "bio-energía", Lorenzo se carcajeó en forma hiriente pero ella no se dio por aludida, ni siquiera volvió la cabeza hacia donde se encontraba. Fausta era convincente, hasta él tenía que admitirlo. Su entusiasmo iba directo al corazón, tocaba no sé qué fibras en sus oyentes. "¿La has oído cantar sus salmos devocionales? ¡Es una encantadora de serpientes!", le informó Luis Rivera Terrazas. Ahora resultaba que había bebido agua del Ganges. ¿Cuándo? Todos los días. ¿Todos los días? Sí, con millones de peregrinos que lavan sus costras mugrientas, sus muñones y sus taparrabos en busca de purificación. En Benarés ayudó a quemar cadáveres con leña a orillas del Ganges, y con una escoba recogió las cenizas y las echó al río sagrado que viene de los Himalayas y desemboca en el Océano Índico. Todavía hoy, se levantaba de su estera a las cuatro de la mañana y practicaba Hatha Yoga. ¡Dios! ¿Así es que cuando Lorenzo cerraba el telescopio y anhelaba el calor del lecho, esta insensata, después de meditar, se bañaba en agua helada?

Fausta entraba a la biblioteca bajo la mirada inquisitiva de Lorenzo. "¿Qué está leyendo?" La

muchacha le enseñaba la tapa de *La Montaña Mági-*
ca" y advertía: "Me cansan las largas disquisiciones
de Settembrini y a ratos me las salto." Asistía a las
conferencias, se sentaba a la mesa en el bungalow del
director y alababa las tortillas de maíz azul y negro
palmeadas por las buenas manos de Toñita.

—¿Sabe usted lo que dice Lao Tse, doctor?
"Ser grande, significa extenderse en el espacio, extenderse en el espacio significa llegar lejos, llegar lejos significa volver al punto de partida."

—No sé quién es Lao Tse —refunfuñaba Lorenzo.

—¡Ay doctor, aliviánese!

Fausta lo volvía irascible. Una tarde la encontró abrazada al tronco de un árbol y cuando le preguntó por qué lo hacía, le respondió con otra
pregunta ¿No le parecía a él asombroso que el origen
de un árbol cuyo tronco ella no podía abarcar fuera
una minúscula semilla? Cuando Lorenzo alegó: "¡Qué
lugar común!" Fausta repuso que el amor también
podía contenerse en un punto.

—¿Y crecer hasta volverse un árbol frondoso?
—ironizó Lorenzo.

—O ahogarse como un alpiste en la boca del
primer pájaro —concluyó Fausta y se dio la media
vuelta.

Qué chica impertinente, con qué derecho lo
dejaba solo a medio camino. Hasta ahora, él era el
de la última palabra. Nadie se despedía antes que él.
Niña pelada. ¿No se daba cuenta que se exponía a
que la sacara a patadas del Observatorio? ¿A patadas? Bueno, no —sonrió para sus adentros—, tam-

poco es cosa de pegarle, pero ganas no le faltaban. ¿Por qué se atrevía esa desconocida a entrar en su intimidad y quitarle la calma?

Fausta le proponía a Lorenzo un mundo totalmente desconocido. ¿Cómo era posible que hubiera vivido tanto? ¿Qué las muchachas se movían ahora en el filo de la navaja? Su vida era mucho más azarosa que la de cualquier mujer de su época, incluyendo a sus hermanas Emilia y Leticia, o las de Diego Beristáin, casadas, madres de familia, amas de casa. Fausta, en cambio, había ido a comer peyote a San Luis Potosí, conocía a María Sabina, la chamana, y le contó de sus meses en Huautla de Jiménez, viviendo en una choza al borde del abismo, no sólo el de la naturaleza tasajeada en zig zag, sino el suyo propio, el de su salud mental. Había memorizado los encantamientos, las letanías, las palabras de la repartidora de hongos alucinantes y un día le repitió: "Soy la mujer Jesucristo, soy la mujer Jesucristo, soy la mujer Jesucristo", hasta que Lorenzo la interrumpió, enojado. Alguna vez sentenció: "Usted no es normal, Fausta" y la muchacha rió: "¿Normal como los que hacen tres comidas al día? No. ¿Normal como los que eructan de satisfacción? No. ¿Normal como las parejas que no tienen nada qué decirse? No. Tengo un poquito más de imaginación y usted también la tendría, doctor, si se dejara ir. Si lo quisiera, podría ser una rosa."

Una rosa, ¿yo? —pensó Lorenzo encaminándose esa noche hacia el cuarenta pulgadas.

—La lucidez de esta muchacha es tremenda —comentó Luis Rivera Terrazas—, no sólo para la astronomía, para todo... Habrías de oír lo que dice de ti, se las sabe de todas, todas.

—¿Ah, sí? —respondió Lorenzo enojado—, pues tendrá que oír lo que yo pienso de ella y mis razones para correrla.

Mientras todos se protegían, a Fausta no le preocupaba infringir reglas de convivencia. "Doctor, usted está mintiendo", se atrevió a interrumpirlo. Ni siquiera dijo: "Perdóneme doctor, pero creo que está equivocado." No. Sin más, Fausta lo confrontó ante el estupor de Rivera Terrazas. Esa cucaracha se atrevía a desafiarlo. "Es su naturaleza, es así, no la puedes cambiar, tómala o déjala", la defendió Luis. ¿Tomarla? ¿Él, tomar a Fausta, esa loca, irresponsable, inteligente sí, pero para qué le servía su inteligencia? A Lorenzo lo que tenía que ver con el esoterismo le repugnaba, la meditación trascendental, los gurús, los iluminados, los beatos de la India, los que lo abandonan todo para seguir al maestro le parecían retrasados mentales, cuando más unos pobres ilusos fáciles de engañar. Para él, la única India posible era la del científico Chandrasekhar, lo demás era ignorancia, miseria, evasión, basura, el delirio de una multitud hambrienta.

Entre sus facultades, Fausta adivinaba a los demás. No sólo los descubría sino que los desnudaba, de suerte que en cualquier reunión a Lorenzo le dio por seguirla para ser testigo del momento en que lanzara su juicio certero.

A Lorenzo, Fausta le producía vértigo. A lo largo de su vida había tenido poco tiempo para pensar en los demás, en el ruido que hacen, la risa que provocan, su movimiento al andar. Los veía de lejos. Eran una masa indeterminada en el espacio. A Norman Lewis ni siquiera le había preguntado por su vida personal y Norman tampoco lo interrogó al respecto. Tenían demasiado de qué hablar. De Leticia, de Juan, de Santiago no quería saber y si algo sucedía, ellos lo buscarían para sacarlo de sus casillas. Sus cuates giraban ya en una órbita aparte. Cortado de la ciudad de México, su vida se volvía infinita frente a los dos volcanes ofrecidos a su vista cada mañana y solía pensar en su existencia como en un desierto, sí, un desierto, pero de estrellas, hasta que Fausta irrumpió en ella con su mirada intensa.

¿A trastornarlo? Claro que hay que trastornarlo todo, doctor, cuestionarlo todo y no sentarse a contemplar el paisaje.

Con el alma en un hilo, mucho más alerta que antes, Lorenzo la acechaba. Voy a hacerla caer en una trampa. Toda la vida supo ponerles trampas a los demás, los vigilaba inclemente esperando el momento exacto en que caerían, "desconfía y acertarás", pero Fausta pasaba a un lado y seguía desafiándolo. "La luna, doctor Tena, es un organismo viviente, no una roca inerte rodeada de gases. Selene es nuestra amiga, debe saludarla siete veces cada que se aparece en su plenitud y pedirle un deseo porque se lo cumplirá." "Sólo me faltaba que usted viniera a darme clases de astronomía, además la luna es la luna y la Tierra no es Gaia." "No, doctor, soy incapaz de semejante desacato, hablo de su relación con la luna, creo que se equivoca rotundamente. La verdad, no sabe usted tratarla."

—¿Ah no? ¿Y a las mujeres?

—Tampoco, doctor, tampoco, póngase las pilas, se lo digo en buena onda.

¿Había leído a Dostoievsky? ¿Qué pensaba de *Crimen y castigo*? Cuando Fausta le respondió que abandonó la lectura después de *El príncipe idiota* y *Los hermanos Karamazov* porque le pareció malsano, Lorenzo tuvo un rictus de ironía. "¿Malsano? Según lo que he oído decir, usted no le tiene miedo a mal alguno." Lorenzo asestaba el golpe y la reacción de Fausta le producía un desasosiego mayor al que quería provocar.

Así como había una indeterminación en todos los acontecimientos del universo atómico que los exámenes más refinados, las medidas y las observaciones más exactas no podían despejar, Lorenzo no encontraba ecuación como la de $A=b/mv$ para Fausta.

Indeterminación, eso era. A Fausta no podía fijarla ni encajonarla. Sus rayos gamma de alta frecuencia resultaban inútiles. Si por lo menos dejara de intrigarlo, descansaría, pero no era su ciencia la que fracasaba sino la naturaleza misma de Fausta. ¿Cuál era su medida? Incapaz de determinar su posición y su velocidad o decir a qué ritmo se movía, algo inexplicable fallaba en ella que él descubriría, una mancha que él le restregaría en la cara.

Al ver a Fausta en el camino al pueblo, Lorenzo detuvo su automóvil.

—Fausta, ¿iría usted conmigo a Veracruz?

—Ni loca.

—Bueno, entonces nos vemos la semana que entra.

Cuando estaba por dar la vuelta a la pequeña calle Cannon, vio que la muchacha corría tras de él.

—Sí, voy con usted.

Sin más subió al asiento delantero.

—¿Por qué cambió de opinión?

—Por una razón cósmica que no alcanzaría a comprender.

—¿Y se va usted a ir así, sin nada?

—Todo lo que soy lo llevo conmigo.

—¿Ni un cepillo de dientes?

—Mientras haya tortillas no necesito cepillo.

Ninguno de los dos volvió a hablar. Cuando cambió el paisaje y los platanares les llenaron los ojos de verde, Lorenzo dijo:

—Si quiere la devuelvo a donde la encontré.

—No, doctor, quiero seguir, pero no creo que al paso que vamos lleguemos en la noche a Veracruz.

—Podemos quedarnos en Fortín. ¿Le gustan las gardenias?

Fausta guardó silencio. ¿Por qué diablos se había subido al coche del director? ¿Por qué obedecía a impulsos que la fregaban? Ahora mismo estaría tranquila en su casa y no acompañando a un hombre incomprensible. ¡Mil veces Rivera Terrazas y su trato fácil y no esta mula que la escrutaba con la mirada! Sin embargo, sabía que su relación con Lorenzo de Tena era más importante que la de Terrazas. Hombre o mujer, ave o quimera, animal o cosa, planeta o cometa, nadie la intrigaba en esa forma, ni siquiera su padre, el amor de su vida.

Fausta sabía que podía abandonar todo en un instante sin medir las consecuencias como lo había hecho antes, pero ahora no se sentía tan contenta de sí misma.

—¿Quiere que nos detengamos a cenar?

Fausta tuvo ganas de responderle: "Por qué no se detiene usted a chingar a su madre", pero no lo hizo. "Qué cobarde soy", pensó.

Ni en Fortín, ni en Veracruz, ni en Jalapa, ni en Orizaba, ni en el restaurante junto al río, dejaron de verse como bichos raros. En el hotel Lorenzo pidió dos habitaciones y ceremoniosamente preguntó: "¿A qué hora quiere que cenemos? ¿A qué hora desea desayunar?" Se veía descontento. A Fausta le dio por irse a caminar mientras él permanecía sentado en el jardín, la mirada fija en el horizonte, y se presentó con media hora de retraso a comer. Él la miró furioso: "¿Por qué me hace eso?"

Al regreso, antes de entrar por la puerta del Observatorio, Fausta preguntó enojada.

—¿Para qué me invitó?

—¿Para qué aceptó?

Al bajarse, Fausta azotó la puerta del automóvil.

Lorenzo permaneció en la ciudad de México casi diez días y cuando regresó, Fausta inquirió:

—¿Cómo se encuentra desde nuestra fallida luna de miel?

Deliberadamente Lorenzo había dejado de venir a Tonantzintla por culpa de esta pinche vieja que lo hacía sufrir y ahora lo recibía, mañosa.

—Vamos a remediarlo, Fausta.

—¿Cómo?

—Tengo una solución cósmica. La colisión de dos planetas, la inmersión en el caos, el círculo de la verdadera sombra cónica.

Fausta pasó sus dedos sobre los labios de Lorenzo y le dijo:

—Estamos a diez milésimos de milímetro del fenómeno ondulatorio y no sé si lo que me espera es una luz blanquecina y difusa. Déle tiempo a mi materia.

Lorenzo tomó la mano sobre sus labios y la besó.

—Será como usted diga, Fausta.

Lorenzo siguió agobiándose de tareas cada vez más apremiantes. "¿Cuánto tiempo me queda?", preguntaba, y en la noche dormía con el lastre de todo lo que no había hecho. En Tonantzintla, de pronto, le decía a Fausta, sobre un café:

—¿No me ha visto en las noches cabalgando a horcajadas sobre un tonel en el espacio?

Cuando en sus paseos contemplaban el Popocatépetl, el la tomaba del brazo y le decía: "Mi enamoramiento, Fausta, es volcánico." Ella le apretaba la mano. "Usted vino a inducirme a la tentación." En otra caminata le informaba: "El doctor Fausto soy yo, Fausta, que vivo encerrado en mi laboratorio y sólo oigo el tañido de las campanas de este valle inamovible."

—Pero la que se llama Fausta soy yo, doctor.

—Ése es el misterio. ¿Por qué usted y no yo? Soy yo el que me harto de los hombres, soy yo quien anhela conocer lo sobrenatural. Usted está muy contenta dentro de su piel, yo soy un hombre abrumado por las dudas.

—Descanse, doctor, trabaja demasiado.

—Siempre he deseado salirme de mí mismo pero estoy encarcelado.

Sin embargo, al principio la ciencia le había dado una sensación de libertad, porque su trabajo dependía de él, finalmente era creativo y al que confrontaba era a sí mismo, no tenía que rendirle cuentas a nadie. El que lo llamaran "sabio loco" lo protegía y le creaba un espacio único. Podía entender a los demás, al político, al dentista, al administrador, pero ninguno de ellos comprendía lo que él hacía y eso lo aislaba en un mundo propio. El conocimiento científico no era mezquino y tenía la certeza de estar haciendo algo en beneficio de los demás, y como quiera era una sensación agradable, parecida a la de subirse en una nave sobre un mar enorme en que nada es previsible ni rutinario y los días no se parecen el uno al otro. Lo más gratificante era su relación con sus colegas através del mundo que giraba en torno a un tema: la investigación los unía y por ella se comunicaban, pero al pasar de los años, Lorenzo había perdido mucha de su fantástica energía. "La ciencia es muy demandante, las cosas cambian muy rápido y no se te puede ir un adelanto en tu campo científico porque quedas fuera de la jugada", le dijo alguna vez Graef, y había una angustia en su voz que entonces Lorenzo no comprendió y ahora vivía en carne propia.

27

Lo que más lo desconcertaba es que Fausta lo proyectara a mundos desconocidos sobre los que no ejercía el menor control, como el de la computación. Cada vez que se aventuraba con Fausta fuera del perímetro en el que sus órdenes de director del Observatorio se cumplían al pie de la letra, Lorenzo giraba en el espacio sin saber qué hacer, como en aquella ocasión en que de pronto, en medio de la nada, un muchacho con el pelo demasiado largo vino hacia la mesa a sacarla a bailar y ella, sin una sola mirada, se levantó y lo siguió hasta el centro de la sala.

"Yo no soy un rebelde sin causa/ ni tampoco un desenfrenado", el grito estridente del rocanrolero salía de la sinfonola y Lorenzo, estupefacto, la veía bailar de la mano de ese perfecto desconocido que la hacía girar levantándole el brazo en alto y enseñar su hermosa axila. Interrumpirlos, golpear al pelado, sacar a jalones a Fausta, patear la sinfonola, todas esas ideas cruzaron su mente en unos cuántos segundos. Sólo acertó a llevarse la Negra Modelo a la boca y mirar a la pareja.

Esa tarde se le había ocurrido invitar a Fausta a tomar café en el único restaurante cercano a Tonantzintla y ella aceptó contenta. Para su sorpresa pidió una cerveza. Diez minutos más tarde, cuando Lorenzo entraba en confianza, la joven bailaba con el greñudo del rock.

El hipiteca metía una y otra moneda en la sinfonola y Lorenzo pensó en dejarla plantada. ¿Se apenaría por su ausencia? No. ¿Sentiría miedo? No. Él era el de los temores. ¿Le preguntaría mañana por qué se había ido? No. Solo, frente a su cerveza, un sentimiento espantoso de abandono lo invadió. Soy un hombre incompleto, se dijo y pidió otra cerveza. A cada paso de baile, Fausta pisoteaba su orgullo y lo sumía en una realidad oscura: estoy obsesionado por ella. Lejos de darle satisfacción, esa certeza lo abrumó. Fausta, allá al centro, movía las caderas, echaba la cabeza atrás, largas piernas separadas, pechos balanceándose bajo la blusa azul, brazos tiernos enlazando al hombre, riéndole a la cara, cómplice. Era con el rockero sudoroso con quien hacía pareja, no con él. Lorenzo pidió su tercera Negra Modelo. Si se interpusiera entre ella y él, ¿podría reemplazarlo? No se veía a sí mismo, el señor director, zangoloteándose a medio salón, sería algo así como la disolución del cielo. Sintió urgencia de ir al baño y al regreso pensó en largarse, pero la inutilidad de su gesto lo retuvo, en el fondo no quería irse. En la mesa, frente a la enésima cerveza, llegó a la conclusión de que a lo largo de su vida se había ocupado más de su espíritu que de su cuerpo, y que de no seguir así, se desmoronaría. "La justificación de mi existencia es trabajar como lo hago", se dijo. La razón de su vida era la ciencia. Ser astrónomo bastaba para colmarlo. No podía darse el lujo de sentirse insatisfecho y, sin embargo, Fausta se lo hacía sentir, "pinche vieja de mierda que no había hecho nada en su vida".

En una de esas vio que Fausta le sonreía seductora desde la pista. Por esa sonrisa era bueno no haberse ido. El deseo subió como una ola dentro de él, anegándolo. Sin embargo, alcanzó a pensar que lo único que podía salvarlo era sublimarlo, volverse espíritu puro. El rigor de la observación le había dado también un conocimiento de los secretos resortes del alma de los demás. ¿Qué haría cuando Fausta regresara a la mesa, si es que regresaba? "No voy a cometer el error de parecer trágico." Una súbita oleada de deseo volvió a invadirlo y en ése mismo momento Lorenzo la sustituyó por una certeza, la de que Fausta nunca lo amaría, o lo amaría entre otros; peor tantito, entre otras, y esto le resultaba intolerable. La visión de su impulso destinado al fracaso lo encolerizó contra esa hembra inconsciente que se había acercado tanto. Expulsarla de su universo no sería difícil, al cabo sobraban las mujeres de paso y ésta también lo era, y peor aún, ni siquiera sabía a dónde iba.

Cuando el rockero le dijo con una mueca: "Gracias por prestarme a su hija", todavía le respondió: "Se parece a mí, ¿verdad?" a lo que Fausta le puso la mano sobre el brazo. "¿Nos vamos?", preguntó él, y ella en respuesta le tomó la mano y sin soltársela salieron del restaurante. En el coche, en vez de hacerlo junto a la ventanilla, como era su costumbre, se sentó junto a él y el astrónomo se alteró. ¿Por qué le hacía esto? Estaba loca o era una cabrona. Se había hecho a la idea de que, para él, el amor era imposible y esa cuzca venía a repegársele, confundiéndolo con el pachuco con el que bailaba cinco minutos antes. ¡Pinches viejas, de veras, pinches viejas! ¿Por qué no la llevaba ahora mismo al primer motel, se la echaba, la corría al día siguiente y acababa de una vez por todas con esa friega?

Frente al parabrisas, la Iztaccíhuatl se le apareció bajo una leve neblina y la vio como si fuera la primera vez. Todos los demonios de su corazón, todas las vergüenzas de su espíritu cedieron ante esa imagen y con voz tranquila le advirtió a su acompañante: "No puedo cambiar las velocidades" y ella se recorrió de un salto.

La cimas perfectas del Popocatépetl y la Iztaccíhuatl recortándose sobre el azul negro profundo de la noche, lo hicieron recobrar su significación antigua, su lugar en el paisaje. Él era la pieza que faltaba dentro del rompecabezas, un poco de azul aquí, un poco de negro allá, y ya está, se completaba; en cambio la muchacha no tenía cabida, por su misma naturaleza nadie sabría dónde ponerla y eso era lo que ella buscaba: la diferencia. ¿No le había dicho que ella era una luna que sale de día?

Detuvo el coche frente a la casa donde se alojaba y Fausta, insinuante, le preguntó haciéndole una reverencia:

—Señor director, ¿quiere pasar?

—No, voy a subir a observar.

—¿Puedo acompañarlo?

—Mañana, m'hija, mañana.

Al descender del automóvil se sintió mortalmente cansado. Sacó del botiquín un frasco de somníferos, tomó uno más que los prescritos y cayó en la cama, que le pareció triste y profunda.

Fausta lo obligaba a regresar a su adolescencia. Inevitable también repensar en las mujeres, sobre quienes ni siquiera hacía juicios. Eran eso, mujeres, una sucesión de bolsas que fabricaban niños no deseados. Había que protegerlas, pobrecitas, tan previsibles. Adivinarlas como él lo hacía era quitarles todo misterio. Bolsas. Cargadas, se llenaban de leche y se vaciaban en sangre y en humores. Blandas. Hincadas en medio de las sábanas esperaban la salvación. Mientras que a él lo curtía el sol ennegreciendo su cuerpo, ellas se hinchaban para luego postrarse a los pies del hombre como un globo pinchado. Cogérselas, una eyaculación rápida y vámonos, no entramparse como Chava Zúñiga en las mieles de Rosita Berain. A ese asunto de las mujeres había que aplicarle la misma fórmula que a la muerte: lo que sea que suene, salir rápido de entre sus piernas, lavarlas fuera de uno, pobres criaturas, todavía no llegaba su tiempo sobre la Tierra.

Fausta rompía sus parámetros, el vencedor ya no era él sino esta vieja malcriada que lo revolcaba y le daba la certeza de algo que él quería esconder: la de ser un hombre débil. Fausta lo devolvía a memorias sepultadas en lo más hondo y Lorenzo repasaba sus relaciones con las "pinches viejas", la primera, la del Cine Eureka del padre Chávez Peón cuando los domingos, en el momento en que se apagaba la luz, los muchachos corrían en una estampida que hacía retumbar el piso a sentarse al lado de las niñas. El padre Chávez Peón acostumbraba tapar el lente del

proyector con su sombrero cuando los besos se pro-
longaban en la pantalla, y fila tras fila de butacas, gritaban los muchachillos: "Beso, beso, beso." Entonces
Chávez Peón con su traje negro, su olor a rancio y su
sombrero Tardan metido hasta las orejas, subía al escenario a hablar de la decencia. Cuando bajaba del
presidio, la película se reanudaba hasta el próximo
beso y cintas de episodios de treinta minutos duraban de las cuatro a las seis y media de la tarde.

A Lorenzo le dio por correr a sentarse al lado
de una niña mayor que él, Socorro Guerra Lira. Su
pelo negro que espejeaba, su olor a limón lo atraían
y ella muy pronto le correspondió al dejar que le
tomara la mano. Ya no veía más película que la de
sus sensaciones, que se hacían más apremiantes a
medida que ella se ablandaba. El deseo de besarla se
hizo doloroso, Socorro fingía no darse cuenta, pero
cuando Lorenzo la jaló hacia él, ella fue quien lo besó
primero. A partir de esa función inolvidable, domingo tras domingo, Lorenzo se formó frente a la taquilla del Eureka y corrió al lugar que le guardaba Socorro
para besarla a su antojo. No se reconocía y lo que
sentía lo asustaba. ¿Hasta dónde podía llegar? Por lo
visto él era el de los límites, porque Socorro le ponía
la mano sobre la bragueta, lanzándolo a abismos ini-
maginables. Por primera vez en su vida sabía lo que
era una eyaculación y tres horas más tarde regresaba a
la casa de Lucerna, confuso y avergonzado.

Abdul Haddad lo desafió:

—¿Qué haces con mi novia?

Aunque Abdul era más alto, Lorenzo se le
abalanzó y le dio un puñetazo. De mucho le habían

servido las clases en el gimnasio de los Beristáin. Le salió una fuerza sobrehumana y su golpe fue definitivo. El alto echó a correr y al ver que Lorenzo se le venía encima de nuevo, sacó una pistolita y le disparó a la altura del vientre. Un gran silencio cayó sobre la pelea, los gritos de "dále Lencho", "mátalo Abdul" cesaron por encanto. Lorenzo todavía tuvo tiempo para pensar que ojalá estuviera allí Diego. Debió perder el conocimiento, porque lo recuperó en una blanca cama de hospital, un horrible dolor de cabeza y una basca que pretendía arquearlo. "Es la anestesia", le dijo Leticia, los ojos llorosos. En torno a la cama, ella y la tía Tana hacían guardia.

—Jovencito, ya no te vamos a dejar jugar a d'Artagnan.

La convalecencia transcurrió en la casa de Lucerna. Tía Tana, Tila y Leticia se turnaban al pie de su cama. "Gracias a Dios el balazo no tocó los intestinos y la herida entró en sedal; rozó el sacro iliaco, la operación fue sencilla."

A Socorro Guerra Lira jamás volvió a verla, aunque una enfermera le contó que una voz femenina había preguntado por él entre sollozos, pero colgó cuando pidió su nombre. Lorenzo enrojeció al oír lo del llanto.

—Eres un torito, muchacho —comentó el cirujano con simpatía—, tienes una fuerte pared muscular. Unos cuantos días de descanso y quedarás mejor que antes.

A Lorenzo le sorprendió que el recuerdo de Socorro y del árabe resurgiera vivo y palpitante de su memoria. También una tarde, tía Tana, sentada al borde de su cama, le desabotonó la camisa del pijama:

—Hace demasiado calor, Lencho, destápate.

Al contacto de esa mano, Lorenzo sintió el mismo retortijón del Eureka. Doña Cayetana debió percibirlo, porque no volvió a acariciarlo. Por la ventana de la buhardilla entraba todo el calor de México.

—Vas a levantarte muy pronto, no te muevas para que no te duela.

—¿Pasividad frente al sufrimiento, tía? ¡Eso nunca!

Al contrario, lo invadía el más estimulante de los impulsos.

—Tía, yo moldeo mi vida, yo me mando.

—Siempre las grandes palabras —rió Leticia.

Preso del deseo, Lorenzo no se reconocía. Se suponía que estaba metido en el lecho del dolor y las erecciones lo atormentaban. Tila cambiaba las sábanas cubiertas de grandes flores blancas sin decir palabra y Lorenzo sabía que la vergüenza los obligaba a ambos a guardar silencio. Lo que le sucedía era absolutamente real y todos, incluso él, fingían no darse cuenta. "En esta casa no hay cuerpos, nadie se debate contra la tiranía del sexo", pensó Lorenzo. La frustración tampoco tenía cuerpo. Sólo una vez Leticia —la única que según él se mantenía al margen de tantos dobleces, incorpórea por su edad— le contó:

—La tía Tana le dijo a Tila que hay que rezar mucho por ti. ¿Ves como sí te quiere?

—¿Y qué más dicen allá abajo?

—Dicen que eso te pasó por andar de coscolino, el padre Chávez Peón vino a acusarte.

En el horno inclemente de su buhardilla, Lorenzo era todo carne. Antes había sido puro espíritu. Ahora tenía que domesticar ese cuerpo ingobernable, esconder sus impulsos bajo las sábanas, que nadie los viera aunque seguro sospechaban.

—Dice tu padre que te verá cuando puedas bajar al comedor y que recuerdes que el sufrimiento purifica —le comunicó solemne tía Tana.

—¿Y si el sufrimiento es tan gran maestro, ¿por qué no sufre él y sube a verme?

—Habráse visto, muchacho impertinente, ¿tu padre en una buhardilla?

—Oye Leti, ¿podrías hacerme un enorme favor y hablarle a Diego para que me traiga *El origen de las especies*?

Cuando subió Diego hablaron no sólo de Darwin, del infeliz de Abdul Haddad y de Socorro, sino del balazo. "Enséñame tu herida." Lorenzo presumió una cicatriz inmensa. "¡Qué suerte tienes hermano, qué bárbaro! ¿Te duele?" "Sólo me pica, siento ganas de rascarme pero se abrirían los puntos." "¿Cuántos puntos?" "Trece y con hilo negro." Acelerado, Lorenzo le preguntó a su amigo si de veras la naturaleza humana era fuente de libertad. "No soy biólogo, Lencho, no sé." "Debes saber, Diego." "Te digo que no sé." "Bueno, pregúntale al doctor Beristáin de mi parte." "Sí claro, ¿te dije que te mandaba un abrazo?" "Gracias, pero pregúntale lo de la naturaleza." "Hermano, veo que tu condición volcánica no ha cambiado, seguro ya te van a dar de alta, mira, papá te manda el *Facundo* de Sarmiento." "¿No podrías traerme *Los miserables* de Víctor Hugo?" "No me parece apta para convalecientes, pero allá tú."

Sólo una vez Lorenzo regresó al Eureka. A Socorrito nadie la había visto desde el balazo y Chávez Peón le reprochó: "Le hiciste fama de mancornadora, quién sabe si se case."

¡Maldita sea! Si Lorenzo bajara ahora mismo a la sala a decirle a los De Tena que a raíz del balazo se le había revelado que otra vida, infinitamente mejor, los esperaba afuera, seguro le responderían que el oprimido era él, él estúpido era él. ¿Cómo no iban a tener la mejor de las vidas si los De Tena se contaban entre lo más granado de la sociedad? La tatarabuela Asunción había sido dama de la emperatriz Carlota. Los De Tena, como los Escandón, los Rincón Gallardo, los Romero de Terreros, los Martínez del Río cumplían cabalmente con el lema en su escudo y eran muy pocas las familias en México con su abolengo y el honor de un nombre sin tacha. Venían de España, hablaban del rey como su propiedad y de Maximiliano y Carlota como sus íntimos ¡No, ninguna posibilidad de que su discurso tuviera el menor eco! Al contrario, los efectos se harían sentir en Juan y en Leticia, ¡maldita sea!

Sus recuerdos eran una tregua porque la intensidad con la que pensaba en Fausta volvía fantasmagórica su propia existencia; Harvard, Tonantzintla, se deshacían en torno suyo.

—Tengo que trabajar. Es la única forma de salir de Fausta. El amor me hace perder tiempo.

"¿Ya es miércoles? ¡Qué barbaridad, cómo pasa el tiempo." Fausta respondió al escucharlo:

—Todos los días, en ocasiones hasta dos veces, se lamenta usted por la pérdida del tiempo. Si nadie sabe realmente lo que es el tiempo, ¿de qué se preocupa? Haga de cuenta que es un aire muy delgadito que va pasando y no hay manera de asirlo, y deje de torturarse.

Con mucho cuidado, a lo largo de días solitarios, Lorenzo hizo a Fausta partícipe de su obsesión por el tiempo. Cuando le habló de *La vida es sueño*, lo sorprendió que le respondiera que el Siglo de Oro descansaba en Góngora, Velázquez y Calderón de la Barca, nacido treinta y ocho años después de Lope.

—¿Y por qué conoce usted a Calderón de la Barca, Fausta?

—Por el teatro. Me gustó mucho el nombre del criado: Clotaldo, el único que trata a Segismundo. Es un nombre feo y atractivo a la vez. Fíjese doctor, de niña dibujaba yo, pero como no me gustaban mis engendros les ponía nombres feos, recuerdo uno: Jedaure. Pensaba que el día que me salieran bien los llamaría Rodrigo, Tomás, Andrés, Nicolás, Lucas, Cristóbal, Inés, pero nunca llegué a dibujarlos con destreza, por lo tanto no pasé de Jedaure.

—Ésa es la búsqueda de la perfección.

Fausta le repitió cómo Basilio, el rey de Polonia, encerró a Segismundo en una torre porque su mujer murió a la hora de darlo a luz y los profetas aseguraron que le robaría su poder.

"Mire, doctor, a Segismundo nadie lo conoce salvo Clotaldo. Cuando llega a su mayoría de edad, después de consultar a los hados, el rey le ordena al criado liberar al hijo y llevarlo a la Corte para probarlo. Clotaldo le da un bebedizo y Segismundo amanece en el palacio. Al despertar, agrede a Rosaura porque nunca ha visto a una mujer, injuria a la Corte y tira a uno de los cortesanos por el balcón. Segismundo es una bestia, imposible que sea rey y su padre lo devuelve a la prisión, haciéndole creer que todo ha sido un sueño. 'Yo sueño que estoy aquí/ destas prisiones cargado,/ y soñé que en otro estado/ más lisonjero me vi./ ¿Qué es la vida? Un frenesí /¿Qué es la vida? Una ilusión,/una sombra, una ficción,/y el mayor bien es pequeño,/ que toda la vida es sueño,/ y los sueños, sueños son.' Sin embargo el príncipe Segismundo se ha enamorado y finalmente lo único que recuerda es el amor por su prima Estrella. ¿No le parece chida esta historia, doctor?"

—¿Qué?

Tanto a Lorenzo como a Fausta les dio por ponderar el monólogo de Segismundo y preguntarse por qué tenían menos libertad que el ave y el oso. Recitaban al unísono "y teniendo yo más alma, ¿tengo menos libertad?", "¿y yo con mejor instinto, tengo menos libertad?"

Regresar al pasado era una señal muy clara de envejecimiento y Lorenzo sintió miedo. "Estoy de acuerdo en que mi cuerpo envejezca pero no mi cerebro. Ése no debe abandonarme. Nadie puede ganarme."

28

Cada vez que venía del Distrito Federal, el corazón de Lorenzo se apretujaba pensando en que a lo mejor no encontraría a Fausta. Ya era parte del personal de Tonantzintla y aparecía en la nómina. ¿Qué edad podía tener Fausta? Daba la sensación de haber sobrevivido a muchas cosas, quizá demasiadas. ¿De cuántas sangres mezcladas estaba hecha? ¿Quién la había configurado así? El milagro de la renovación de sí mismo, Lorenzo ya no lo esperaba y una mujer venida del infierno se lo había dado. Fausta se drogaba, fumaba marihuana, los jóvenes la sentían una de ellos porque compartía sus pastas, hablaba como ellos. "¿Qué onda, mi doc?", lo había abordado y Lorenzo tuvo ganas de decirle: "No me diga *mi doc*", pero se contuvo y quiso vengarse preguntándole a su vez. "¿Siempre con los mismos pantalones?" "Estos son distintos, mire, mi doc, éste lleva bolsas en las nalgas, el otro las tenía laterales." A su vez, ella también le hacía preguntas.

—¿Por qué no se deja el pelo largo?

—¿Yo?

—Sí, como Einstein, largo y alborotado.

En otra ocasión se emocionó al oír rock:

—¿Conoce a Janis Joplin? ¿Ya la había oido?

Se piró. Un ser humano formidable.

A los pocos meses de llegar a Tonantzintla, se presentó con los pelos parados en picos. Se había cortado sus hermosas trenzas negras. Sin dejar transparentar su disgusto, Lorenzo le preguntó:

—¿Cómo se le detienen así?

—Con gel, doctor, lo que usan los hombres. Mire, tóquemelos.

Fausta guió la mano de Lorenzo sobre su cráneo. Estaban totalmente tiesos, una tabla de clavos de fakir no habría sido más penetrante. Su mano rebotó y sin embargo ¡qué atractiva se veía Fausta con esas púas! Al cabo del tiempo se aburrió y se dejó crecer el pelo.

Para Lorenzo la droga, la marihuana, implicaban un mundo sórdido de hoyos funkies, discos, rock, médicos abortistas, asaltos en los supermercados, promiscuidad y en consecuencia, un final desolado. Él se acostaba con quien le daba la gana pero era hombre; ella, por lo visto había ido mucho más lejos y sin embargo le daba la misma sensación de pureza que las T-Tauri.

Por lo pronto Fausta era el sarampión de Tonantzintla y al rato sería el de la Universidad de Puebla en vista del entusiasmo de Rivera Terrazas. A Luis le preocupaba mucho su universidad y solía darle noticias a Lorenzo. "Por lo menos se comienzan a discutir problemas económicos y políticos." Hasta hace poco las únicas actividades que podríamos llamar culturales, eran las misas de acción de gracias."

Lorenzo y Luis dedicaban horas a hablar de educación superior. Según Luis, al entrar al vestíbulo del Carolino, un pizarrón anunciaba: "Se invita a los alumnos de Derecho a la misa de acción de gracias con motivo de los exámenes." El arzobispo los visitaba con frecuencia y las peregrinaciones a la Basílica de Guadalupe contaban para el historial académico. "¿Dónde vivimos, Lencho?" se desesperaba Luis. Lo mismo sucedía en el Departamento de Física, que tenía un único libro de texto, pésimo, hermano, pésimo, el autor, un español, Lerena, sabe de física lo que yo de corte y confección. ¡Y pensar que cerca de setenta mil estudiantes de preparatoria lo compran!

Luis se estrujaba las manos: "¿Por qué no das una clase, hermano, una sola? Hazlo por mí." "Ya sabes que me choca, Luis. Ten piedad de mi investigación, cada vez le dedico menos tiempo." Luis insistía: "Debo conseguir profesores que por lo menos no confundan el peso y la masa. Imagínate Lencho, entré a la clase de física y me di cuenta de que el maestro no conocía la diferencia entre grados centígrados y grados Kelvin."

Terrazas terminaba riéndose porque Lorenzo se burlaba de su guadalupanismo comunista y su lealtad al "Poema Pedagógico" de Makarenko. "En la Universidad otro maestro me ilustró acerca de lo que él llama 'la raza mexicana', aborto de la virgen de Covadonga con la de Guadalupe."

—¡Hombre, le gana a Vasconcelos cuando habla de la raza cósmica, la quinta, superior a las otras cuatro: blanca, negra, amarilla y cobriza, sintetizada en los mexicanos, tan buenos los pintos como los colorados! —reía Lorenzo.

Una madrugada, los muros de Tonantzintla amanecieron pintarrajeados: "Tena y Terrazas comunistas", "Antimexicanos", "Fuera los rojos", "Enemigos del pueblo", "Abajo el comunismo", "Traidores", "Tena y Terrazas putos". La campaña anticomunista llegaba hasta Tonantzintla. Cualquier persona con ideas nuevas amenazaba el tradicionalismo poblano; más que ningún otro estado, Puebla era conservador y a cualquier liberal lo tachaban de bolchevique vendido a Moscú.

En la Universidad Autónoma de Puebla, ciento veinte estudiantes se apretujaban en salones para sesenta. Cuando Terrazas les dijo a los maestros: "Compañeros, tienen la obligación de quedarse ocho horas en la universidad", uno de ellos protestó: "De acuerdo, pero, ¿quieres que me ponga bajo un árbol o me siente en una piedra?" ¿Cómo exigirle a un profesor de tiempo completo permanecer en la universidad sin cubículo? Muchos estudiantes no contaban con espacio en su casa para hacer su tarea y faltaban salones.

"Fíjate, sólo podemos brindarle apoyo a cuarenta estudiantes porque hay diez mesas para cuatro, y eso que somos la universidad de mayor tradición de la República." Lorenzo prometía hablar con el Secretario de Educación Pública, pero él y Luis eran pesimistas por naturaleza. "¡Pobre país! ¡Pobre México! ¿Qué será de la juventud?"

Los problemas que padecía Rivera Terrazas en la Universidad de Puebla le recordaban a Lorenzo la fundación de los Institutos en Ciudad Universitaria y años más tarde, la de la Academia de la Investigación Científica. El químico Alberto Sandoval Landázuri derrumbó muros personalmente para ampliar espacios en los pisos 11, 12 y 13 de la torre de Ciencias. "Sé exactamente cuales son las necesidades de mi laboratorio, dónde quiero el taller de vidrio, dónde el almacén, dónde las máquinas de compresión de aire y de vacío." Exigió, marro en mano, la instalación de extinguidores de bióxido de carbono y regaderas de alta presión, no podía correr un solo riesgo. Como el arquitecto Cacho protestara, le contó que Fernando Walls había resbalado en un charco de diesel frente a la caldera con un garrafón de metanol que se incendió y sufrió graves quemaduras.

El director del Instituto de Química tenía fama de hosco y una voz extraordinariamente enérgica. Su forma directa de hablar le resultó agradable a Lorenzo. "Es el tipo de hombres con quienes me gusta tratar." Encaraban los problemas en la misma forma. Tomar té juntos a media tarde se volvió costumbre.

A diferencia de los hombres de ciencia que se quejaban de su salario, a Sandoval Landázuri seiscientos pesos mensuales le parecían un magnífico sueldo y ese total desinterés emocionaba a Lorenzo.

—Algo anda mal en nuestra torre de Ciencias —le planteó Sandoval Landázuri—. Como estoy en los últimos pisos, me doy cuenta de que mis colegas salen del elevador sin saludar a nadie. Las distintas disciplinas se ignoran mutuamente. Si no hemos logrado siquiera despertar la curiosidad de los científicos, ¿cómo vamos a despertar la de la población? ¿No te parece el colmo que nuestros colegas no se comuniquen entre sí? Tú eres mi cuate, Lorenzo, ayúdame.

La Nica, su perra, lo acompañaba a todas partes. De pelo negro como chapopote, se echaba bajo la larga mesa de acuerdos sin moverse, al grado de

que le preguntaban: "¿Está disecado tu animal?"
Cuando La Nica oía los aplausos, señal de que había
terminado la sesión, se levantaba como resorte moviendo la cola, lista para salir. Murió de un navajazo
en el lomo y Lorenzo compartió la tristeza de su
amigo. "Siempre he tenido un perro y siempre he
vivido en un jardín", le confió.

"¿A quiénes vamos a nombrar además de nosotros?",
rió Sandoval Landázuri cuando decidieron fundar la
Academia de la Investigación Científica. Con el apoyo de Lorenzo, escogió a los miembros. "No, ése no,
es un desgraciado." "A la vieja ésa chocante no la
puedo ver." "Este es un hijo de la guayaba, no le
tengo la menor confianza." Educado en escuelas de
gobierno, Sandoval Landázuri emitía juicios tajan-
tes, como un niño grandote. Al igual que a Lorenzo,
le parecía urgente actuar en vez de teorizar. "Nuestro
retraso es inmenso, no contamos con infraestructura
ni recursos humanos ni económicos, nuestros programas tienen cincuenta años de atraso, si no logramos
interesar a los empresarios mexicanos jamás podremos competir con el desarrollo científico de los países del primer mundo; la ciencia es una prioridad,
pero mientras los políticos tarados no lo entiendan,
nos va a llevar el tren, Lorenzo."

Lorenzo se sentía bien presidiendo las reuniones de la flamante academia, que admitió primero a
veinticinco miembros y luego a otros veinticinco.
Insistió en la excelencia, "Gente de primer nivel,

hermano, de absoluto primer nivel. Tenemos que ser severos. Nada de momias ni de vacas sagradas, tampoco asnos solemnes." Instituyó premios anuales para investigadores no mayores de cuarenta años. Desde luego, le daría prioridad a la ciencia pero promovería las humanidades. Uno de los primeros en obtenerlo fue un abogado, Héctor Fix-Zamudio. Pero a Lorenzo le dio un gusto enorme premiar al joven físico Marcos Moshinsky.

Uno de los puntos clave del reglamento para pertenecer a la Academia fue producir un trabajo científico en los últimos tres años.

Lorenzo llevaba su intransigencia a límites inauditos y había quien lo escuchara con estupor.

"Necesitan publicar un artículo reconocido por lo menos cada tres años y, desde luego, esto elimina a Sandoval Vallarta. Son inaceptables los carcamanes que viven de sus laureles. Manuel Sandoval Vallarta no ha publicado, por lo tanto ¡fuera!"

¿Cómo podía De Tena ensañarse contra el máximo hombre de ciencia? Sandoval Vallarta lo había recibido en El Colegio Nacional.

—A mí me parece que lo importante es demostrar que uno es bueno —respondió Alberto Barajas—. Tu exigencia elimina a casi todos los matemáticos, entre ellos a mí y al rato al propio Graef.

—¡Es demencia pura! —intervino Nabor Carrillo.

—Marcos Moshinsky, Alberto Sandoval y yo creemos que hay que publicar en forma continua para ser investigador activo.

—Nadie puede publicar con la frecuencia con la que tú lo haces —insistió Nabor Carrillo—. Modérate, mi cuate, no vamos a dedicarnos a juzgar a la comunidad científica con tus parámetros. De por sí somos pocos y si tú empiezas a correr gente, recuerda que los que nos siguen pueden llegar a ser tan implacables contigo, como tú con los que nos enseñaron el camino.

—Si los viejos no trabajan, a la basura —repitió Lorenzo—. Si exigimos excelencia de los jóvenes, no podemos ser complacientes con nosotros mismos.

—Vas a acabar totalmente solo.

—Estoy dispuesto a correr el riesgo. Si condescendemos vamos a fracasar. La ciencia no se ha insertado en la vida del país. En la India, en África, están mejor que nosotros. Ni siquiera el treinta por ciento de los mexicanos llega a la prepa, cuando en los países del primer mundo es el ochenta por ciento. A excepción de la Universidad Nacional y del Politécnico, nuestras universidades no deberían llevar ese nombre porque ni a secundarias llegan. No pertenecemos a la élite de la investigación y tú lo sabes mejor que nadie, Barajas. Si no hacemos un esfuerzo educativo titánico a todos los niveles, estamos perdidos.

—Quizá lo que vale no sea cuánto se publica sino cuánto se sabe —insistió Alberto Barajas—. Lo del *publish or perish* es influencia gringa.

—Sí, y la única manera de volvernos competitivos es contender contra Estados Unidos.

—Hermano, cada día te pareces más a Erro, ya te hiciste fama de ogro. "¿Tena, el que corre a todos?" —comentan los muchachos—. Te huyen. Vienen a quejarse conmigo. Pretendes formar un cuerpo científico y los maltratas."

—Lo que pasa es que ustedes son inconscientes y frívolos, Nabor, igualitos a los tres caballeros de Walt Disney. ¿Recuerdan? "Somos los tres caballeros...", Lorenzo, sin más, esbozó unos pasos de samba y añadió: "Tienen el síndrome de la vedette. Lo único que les interesa es ser reconocidos."

—Tú como ya lo eres, no tienes problema. Vas a hundir a la Academia con tu intolerancia.

—Al contrario, la voy a hundir si no pido lo imposible y elimino a los zánganos.

México se estrenaba en el poder. "Hay un Ford en tu futuro" adquiría más significado que "Por mi raza hablará el espíritu". También en la Universidad el poder se subía a la cabeza. A las primeras de cambio, Lorenzo tuvo un encontronazo con el rector.

—No estoy de acuerdo —hizo un gesto de desprecio—; es indigno.

—¡Ay contigo, Lorenzo, de inmediato los juicios apocalípticos!

—Es indigno que un rector se lleve a los jardineros de la Universidad a arreglar el jardín de su casa, que se busque el suyo.

De Tena no permitía flaquezas. "¡Qué bárbaro Lorenzo, ahora sí que se te fue la mano!", le dijo Luis Rivera Terrazas en Tonantzintla, el ceño fruncido.

"Déjalo en paz, después de todo es nuestro invitado." Hacía ya cuatro años que Tonantzintla invitaba a científicos de la Unión Soviética y de Estados Unidos para llevar a cabo su propia investigación y dar pláticas a un pequeño número de entendidos. Impresionados por la belleza de Tonantzintla, todo iba muy bien hasta que Lorenzo agarraba por su cuenta al visitante, se enfrascaba con él en discusiones laboriosas, acosándolo hasta que, agotado, el investigador en turno terminaba asintiendo con la cabeza a "¡Esto es misticismo, amigo, misticismo y no ciencia!", decía el director. Según él, estas diatribas estimulaban al huésped dándole ideas para su investigación.

Lo mismo hacía con los muchachos que venían de la Universidad de Puebla y de la Universidad Nacional, los retaba durante horas. A lo largo del día, Lorenzo maduraba sus ideas, las escribía, las discutía con Luis, y en la noche se aventaba sobre su contrincante. "Voy a tirar a matar." Aunque era un polemista feroz, a la mañana siguiente Luis lo encontraba desanimado: "No sé lo suficiente de física", y un día de plano le gritó que dentro de algunos años no podría competir con los jóvenes. "No tengo la formación académica y no va a bastarme la intuición."

Sin embargo, su única forma de enfrentar problemas era a través del reto.

—¿Por qué obligas a Harold Johnson a hablar español, Lencho? Lo pones a parir chayotes —protestó Rivera Terrazas.

También a Donald Kendall, de Texas Instruments lo había corregido cuando éste le dijo: "Yo soy americano." "Yo soy americano también, usted es de Norteamérica", respondió tajante. "A pesar de que lo codician, aún no tienen el monopolio del continente."

—Estamos en México y este gringo va a hablar nuestro idioma.

—Perdemos mucho tiempo.

—No le hace, tengo paciencia.

—Es lo que menos tienes, fíjate.

—El gringo va a hablar español, cueste lo que le cueste.

—¿Y qué sentido tiene? ¿Qué ganas con eso?

—Respeto, que sepa que valemos tanto como él.

—Lorenzo, el idioma científico es el inglés, el latín del mundo moderno. Todo mundo lo habla, alemanes, italianos, suecos, holandeses.

A raíz de la discusión, Tena y Rivera Terrazas se encerraban cada uno en su oficina.

A pesar de los malos augurios, la entereza de Lorenzo fortaleció a la Academia. Sin embargo, al abrir su correspondencia un lunes, encontró una carta de Alberto Sandoval Landázuri. "Ni modo, hermano, no he publicado nada en los últimos tres años y tengo que ser congruente conmigo mismo, hicimos la ley y no debemos infringirla." Cumpliendo con su propio reglamento, Sandoval Landázuri renunciaba a la Academia.

Cuando dejó de asistir a las reuniones, Lorenzo lo extrañó. Había promovido la expulsión de

Sandoval Vallarta, la de Santiago Genovés, y se sentía cada vez más solo. Adivinaba los comentarios a su paso. "Es odioso", oyó decir alguna vez a Ignacio González Guzmán. Los demás miembros temían algún estallido pero Lorenzo no daba su brazo a torcer. Sandoval Landázuri le hacía falta con sus comentarios críticos.

Hasta un pasado tenían en común. Ambos trataron a Guillermo Jenkins. "Lencho, haz a un lado tu orgullo, olvida tu repugnancia y ve a ver a Jenkins —le sugirió Beristáin—. Adora a Puebla, y si eres diplomático, a lo mejor te ayuda. Todos conocemos sus omisiones de tipo fiscal en la venta de alcohol, pero es un hombre de empresa, quizá el único que pueda comprenderte." "¡Mira nada más cómo hablas —se indignó Lorenzo—:*omisiones de tipo fiscal*! ¿Así llamas ahora a las ratas defraudadoras?" "Rata o no, ve a verlo. Yo haré todo lo posible por mi lado para ayudarte pero nunca, ni en sueños, tendría los recursos de Jenkins."

Dueño de media Puebla, Jenkins había hecho una gran fortuna deshonesta.

Becar estudiantes era una de las ambiciones más cercanas al corazón de Lorenzo. El secretario particular de Jenkins lo llamó: "El señor cónsul lo recibirá el lunes a las doce del día."

Al abrir la puerta de su despacho vio a Lorenzo y, sin más, se midió con él:

—¡Ah, el comunista!

—¡Ah, el contrabandista!

—¿Con que soy un contrabandista? Está usted equivocado.

Lorenzo le dio la espalda y la mano poderosa del excónsul estadounidense se posó en su hombro:

—Doctor, pase usted.

Al terminar su exposición, Jenkins pronunció tres palabras:

—Voy a entrarle.

—¿Qué quiere usted a cambio de su apoyo? —preguntó Lorenzo.

—Que me invite a ver lo que hizo con el dinero.

—Bueno, a ver si así lava usted sus culpas.

Al salir, un hombre alto y fornido lo abrazó sin más: "¡Qué bárbaro, qué valiente! Jenkins es un señorón, el hombre que más tierras posee en el estado. No sólo su fortuna es colosal, sino que ha hecho inmensamente ricos a sus incondicionales. ¿Conoces su ingenio de Atencingo, el de la producción de alcoholes?"

Lorenzo se zafó del abrazo, no así el hombrón: "Soy amigo de Rivera Terrazas, pero también quiero ser su amigo. Pertenecí hace años al Partido Comunista. Mi nombre es Alonso Martínez Robles y lo invito a comer. Al igual que usted y el profesor Terrazas, pienso que el ingreso está mal repartido."

El astrónomo estuvo a punto de preguntarle qué hacía entonces en la antesala de un capitalista de dudosos antecedentes, pero se contuvo: también el otro podría inquirir lo mismo. ¡Pinche capitalismo, de veras, qué jodido tener que venir a pedirle ayuda a un hombre como Jenkins! Sin embargo el gringo no le había caído mal, iba al punto como todos los ejecutivos. Sí o no. Y a él, Jenkins le había dicho sí.

A propósito de Jenkins, Sandoval Landázuri le contó que él, muy joven, trabajó como químico en el ingenio de Atencingo: medía el azúcar con sacarímetro y los porcentajes de alcohol hasta que se dio cuenta que Jenkins sobornaba a los inspectores. Fabricar alcohol con guarapo estaba prohibido y en Atencingo el guarapo se fermentaba en grandes tinas metálicas para luego destilarse. "Aguanté un mes, Lencho y cuando supe que había una vacante en el ingenio El Mante, solicité la plaza."

Al igual que Sandoval Landázuri, Lorenzo quería persuadirse de que los empresarios invertirían en ciencia si uno sabía presentarles un proyecto. Alberto había tenido una experiencia importante con los laboratorios Syntex y Hormona en la investigación de esteroides. El químico Russell Marker descubrió que del barbasco, hierba rastrera de Oaxaca, podía extraerse las saponinas y de ellas las sapogeninas, y de éstas, con procedimientos muy sencillos, las hormonas sexuales masculinas y femeninas. ¡Un bombazo! Los dueños de Syntex y Hormona, Somlo, Rosenkranz y Kaufmann se hicieron multimillonarios con la píldora anticonceptiva.

En química y en biología los descubrimientos tenían aplicación inmediata, pero ¿quién invertiría en astronomía? Lorenzo resentía la frase: "Ustedes, los astrónomos..." porque sabía que de inmediato lo convertirían en un lunático caminando de noche en la azotea con un cucurucho en la cabeza y un gato en el hombro dispuesto a salir volando por los aires, montado en su anteojo de larga vista, como las brujas. Óptica sí, la óptica podía despertar el interés de empresarios porque el vidrio era redituable, tenía una aplicación inmediata. ¿Hacer nuestro propio vidrio óptico y venderlo a precios más bajos que los de importación? ¿Podríamos competir con Bausch and Lomb? La electrónica también era la ciencia del futuro, pero "los astrónomos estamos perdidos en la estratosfera, desentendidos de los problemas del mundo".

Sin embargo, de todas las materias, la astronomía resultaba la más romántica y los estudiantes preguntaban por ella, sobre todo las muchachas. La efervescencia de la Universidad resultaba contagiosa y a Lorenzo le complacía encontrar en el elevador caras jóvenes y lozanas que lo miraban con curiosidad. "Cada vez tengo más alumnos", le decía Paris Pishmish con su sonrisa alentadora. "¿Buenos?", inquiría desconfiado el director. "Aún no lo sé, pero algunos hacen preguntas brillantes, cuya respuesta me obliga a estudiar toda la noche." Graef tenía fe en el futuro de la ciencia y no se diga Alberto Barajas, quien seguía a Graef en todo.

En la Universidad, Rafael Costero subió a avisarle que la joven Amanda Silver, estudiante de la Facultad de Ciencias, despotricaba en contra suya y el director la mandó llamar:

—Me dijeron que usted anda por allí mentándome la madre...

—Sí, doctor —le respondió tragando saliva.

Amanda había leído en el periódico que el comunista Rivera Terrazas, su maestro, quien venía a la Universidad a darles clase durante quince días seguidos cada mes, estaba preso en Puebla. Sin más culpó a Lorenzo de Tena. ¿Qué hacía en México en vez de defenderlo?

—¡Ah! ¿Usted cree todo lo que dicen los periódicos?

Lorenzo tomó el teléfono, marcó el número de Tonantzintla, respondió Fausta y pidió hablar con Rivera Terrazas. "Luis, aquí hay una alumna tuya que dice que te arrestaron por mi culpa y soy un tal por cual... Te la voy a pasar."

Espantada, la muchacha tomó la bocina:

—Al contrario, Amanda, Tena siempre me ha protegido; no sólo eso, en 1959, cuando la huelga ferrocarrilera, me dio asilo en el Observatorio. Ahora mismo estoy aquí escondido. Si quiere usted venir el fin de semana con sus compañeros, bienvenida, hay un bungalow para recibirlos.

Amanda miró al director de reojo antes de dirigirse apenada a la puerta.

—A partir de mañana se viene usted a trabajar —la detuvo Lorenzo.

—¿Y la escuela? Todavía no acabo. ¿Y la doctora Pishmish?

—Quiero verla aquí en la tarde a partir de mañana.

¿Cómo se desenvolvería? Su fe en las científicas se limitaba a Cecilia Payne Gaposhkin. Las demás no podían compararse con los hombres: no había una Hale, una Shapley, una Hubble, una Hertzprung, y aunque Erro le había puesto el nombre de Annie Jump Cannon al pequeño tramo de carretera que subía al Observatorio para agradecerle su entusiasmo en el proyecto de Tonantzintla, sus aportaciones no llegaban al tobillo de las de Bok, Schwarzschild, Zwiky, Kuiper y Hoyle.

En cuanto a Amanda, sus conocimientos de física, matemáticas, electrónica y óptica al fin iban a servirle. Repetía: "Seré astrónoma", como una revelación.

Durante su estancia en Tonantzintla, le asombró ver los letreros: "Tena y Rivera comunistas". "Vinieron unos de fuera y los pintaron a plena luz del día", le informó Toñita mientras hacía la limpieza del bungalow. "Vamos a encalarlos", sugirió Amanda. "La señorita Fausta ya compró pintura." "¿Quién?" "Fausta Rosales; nos ayuda a todos."

Una parvada de muchachos guiados por Paris Pishmish traían mucha alegría a Tonantzintla. En la noche se agolpaban en torno al cuarenta pulgadas, cada uno tenía un campo específico de observación, y a la mañana siguiente cotejaban sus placas. A pesar de que Lorenzo les exigía mucho, buscaban al director, querían ganarse su confianza y sobre todo su aprobación. "Dicen que es un gran crítico literario y ha leído a todo Thomas Mann." A Rafael Costero, el director no lo cohibía y le hacía las preguntas que los demás se tragaban.

En contra de quienes alegaban que la ciencia es una actividad internacional imposible de aislar, Lorenzo promovía una ciencia que le sirviera a México. Buscaba que los mexicanos se graduaran y compitieran con las universidades más importantes de Europa y Estados Unidos, pero temía la fuga de cerebros, un riesgo que a pesar de todo, estaba dispuesto a correr. "¡Oigan, regresen, tienen una obligación moral con México!", pero le era imposible negar que si México se aislaba de los demás, se hundiría. Alberto Barajas alegaba: "El talento está en todas partes. Mira a Chandrasekhar, de familia aristócrata hindú, viajó a Inglaterra y se quedó en Estados Unidos. Es imposible que los investigadores del tercer mundo dejen de recurrir al primero. ¿En dónde están nuestros laboratorios? Ningún científico nuestro podría ganarse el Nóbel viviendo en el tercer mundo."

En Tonantzintla, los muchachos desconocían la paciencia y ansiaban hacer un descubrimiento. Al mes querían encontrar otra galaxia y ponerle su nombre. Ninguna humildad, nada del lento y laborioso bregar de las abejas sobre las que Erro había escrito un tratado. Cuando Lorenzo les advertía que el más mínimo descubrimiento en un centésimo de milímetro de la bóveda nocturna sería ya un triunfo, se alteraban. Ardían en su propia ambición, el combustible de su juventud los volvía astros que se extinguen. Pedían tiempo de observación también en Tacubaya, aunque fuera tan difícil hacerlo con el telescopio refractor de cinco metros de distancia focal y treinta y ocho centímetros de diámetro. Revisaban sus placas y, finalmente frustrados, gritaban que ellos no serían astrónomos observacionales sino teóricos como la doctora Pishmish. "Sean lo que quieran, pero trabajen", respondía el director.

Al atardecer, guiados por Rafael Costero, algunos se atrevían a tocar a la puerta de su bungalow y les convidaba una taza de té. Entonces hablaban de su propio futuro y de política, de la ciencia en México y de política, de electromagnetismo y de política. Muchas noches Lorenzo terminó por invitarlos a cenar a El Vasco de Puebla para seguir conversando. Nunca se imaginó que los estudiantes querían saber más de él porque para él la vida personal era lo de menos ¿Era soltero o casado? ¿Tenía una amante oculta? ¿Por qué le gustaba tanto leer? ¿Qué libro les recomendaba? Lo temían y lo endiosaban. "Doctor, parece que tuvo una formación filosófica. ¿Le atrajo Nietzsche? ¿Kant? ¿Sartre? ¿Ortega y Gasset?" Alguna vez Lorenzo les habló de la *Paideia* de Jaeger, tal y como lo había hecho durante horas con Diego Beristáin.

Con los estudiantes recuperaba el entusiasmo de su adolescencia, pero lo atenazaba el paso del tiempo y el avance tan lento y difícil de la ciencia mexicana a la que ningún sexenio quería apoyar. Rafael Costero lo sorprendió preguntándole: "¿Por qué no invita a Fausta Rosales? ¡Es brillante." "¿Brillante?" "Sí, tiene una mente privilegiada. No sabe cómo la disfrutamos. Se hizo amiga de Amanda y observaron juntas. Es tan acuciosa que Amanda va a darle crédito en su tesis de maestría." "¿Fausta observa?" "Sí, doctor, además su vida es alucinante."

Así que Fausta les había contado su vida, diablo de mujer. Con todos se veía, menos con él.

Curiosamente, los estudiantes le hacían pensar en Fausta. ¿De dónde venía? ¿Por qué no era más comunicativa? ¿Cómo acercársele? ¿Habría vendido su alma al diablo? Si a los muchachos les faltaba espíritu de aventura, pensó para sus adentros que a Fausta le sobraba.

29

"Mexicano sobresaliente, ojalá puedas enseñarme tu ciudad. Estaré en el Hotel Majestic", escribió Norman Lewis. Llegaba de Harvard, deseoso de pasar sus vacaciones con él. ¡Qué bueno! Disertarían acerca de los objetos extremadamente débiles, que Norman conocía bien. Por fin, alguien con quien hablar de astronomía.

En el hall del hotel, Lorenzo lo abrazó con fuerza. "Te dije que te caería en México, *old chap*", le dijo Norman. "¡Se me ha hecho un siglo!" Al verlo, se dio cuenta de cuán solo había estado a pesar de Diego. Norman no había cambiado, conservaba sus notables manos de dedos largos y fuertes, su andar de gambusino acentuado por esa barba descuidada, y la graciosa cabeza de bucles dorados y ariscos. "Es como los antiguos buscadores de oro, filtra la arena universal para hallar las pepitas que han dejado otras civilizaciones en la infinidad del espacio", pensó Lorenzo. Con el rostro pálido de tanto mirar la luna, una figura frágil a pesar de sus casi dos metros y sus ojos inquisitivos, Norman correspondió al abrazo de Lorenzo.

Ambos compartían una pasión que los unía con un lazo inextricable. No se preguntaban ¿cómo estás? sino ¿en qué estás trabajando? Confrontaban sus recientes descubrimientos y todo lo demás resultaba secundario.

"Quiero conocer tu arte, vamos a las pirámides mañana mismo." Teotihuacán lo dejó boquiabierto, era en verdad la ciudad en la que los hombres se convierten en dioses. Agotó a su amigo al pretender recorrer sus veinte kilómetros de extensión. Cuando Lorenzo lo llevó al convento de Acolman, dijo que prefería mil veces sus horas entre las pirámides del Sol y de la Luna.

A partir de Teotihuacán quiso ver los demás sitios arqueológicos, examinar los códices que registran fenómenos celestes, las mediciones, los ciclos de pueblos tan grandes como los antiguos mexicanos. "Vamos a Chichen-Itzá, a Uxmal, vamos a Mitla, al Tajín, a Monte Albán." "Por lo visto tus mediciones no son tan buenas como las de los mexicas, Norman, ¿no te has dado cuenta de la distancia entre un sitio y otro?" Norman ni lo escuchaba, maravillado. "La cuenta de los años del indígena es absolutamente extraordinaria. ¿Cómo es posible que en Harvard no habláramos de ello?"

Un guía de sombrero de paja le indicó que la Calzada de los Muertos se orientaba hacia las Pléyades. "Mire, antes se veían muy clarito, ahora se mudaron o a lo mejor se murieron porque en el cielo todo cambia." A Norman le sorprendió que un hombre cualquiera le diera su interpretación de solsticios y equinoccios y le informara que "los astros que desaparecen del firmamento, se van, como nosotros, al mundo de los muertos".

A ratos, a Lorenzo le parecía que Norman deliraba: "¿No tendrían tus antepasados contactos con seres de otros mundos y de ellos adquirieron su sabiduría? ¿Cómo es posible que tuvieran por sí solos esa facilidad para el pensamiento abstracto y las matemáticas? Tuvo que haber algún encuentro, ¿no crees? La capacidad de los antiguos mexicanos no es de este mundo."

Norman preguntaba qué ruidos del espacio podrían haber escuchado y si les había llegado el peculiar sonido sibilante de la Vía Láctea. ¿Habrían mandado señales de radio las estrellas y galaxias?

En todo veía Norman a las estrellas, el primer petroglifo en un muro era un mapa del cielo, tres rayas representaban tres constelaciones, todo un planetario podía descubrirse grabado en una estela. Bastaba relacionarla con las latitudes y las longitudes para descubrir que tal figura aparecía allí ligada al solsticio de verano.

—Norman, voy a enseñarte algo más, no vas a quedarte sólo con el arte precortesiano.

Lo llevó a ver los murales de Diego Rivera en el patio de la Secretaría de Educación. Hizo un comentario: "sabe su oficio pero es plano". Lorenzo le explicó con mucha paciencia que Rivera rescataba al indígena y repudiaba la Conquista. "No me interesa. Es panfletario." Entonces, con gran ilusión, lo condujo a San Ildefonso a ver los murales de Orozco. Esperaba el asombro de su amigo como si la obra fuera suya. Norman dejó caer con voz fría: "Es mucho peor que el otro, éste es grotesco."

—¿Cómo? —grito Lorenzo ofuscado.

—Es descriptivo, caricaturesco, estúpido, feo, feo, es simplista a morir. Nunca he visto nada tan malo. ¿Cómo es posible que se ofenda en esa forma a un pueblo que conoció el pensamiento abstracto?

Lorenzo no pudo contener su rabia:

—El abominable eres tú, que no entiende de la historia de este país.

—Son demasiado intencionadas sus figuras, el trazo es vulgar y tremendista. *This is absolutely gruesome* —concluyó.

—Ahora el que va a escuchar eres tú —Lorenzo echó espuma por la boca y lo jaló de la manga, obligándole a salir del patio de San Ildefonso. A medida que iba exponiéndole sus ideas se tranquilizó hasta tomarle familiarmente el brazo y guiarlo paso a paso al Hotel Cortés.

—Mira, pinche Norman, el indio fue hecho pedazos, sus estructuras pisoteadas, sus dioses y sus templos destruidos, sus conocimientos científicos y religiosos que tanto admiras, borrados de la faz del mundo, primero por los españoles y luego por los mestizos. Dime si algo más trágico puede sucederle a un pueblo. Les robaron su risa, su ternura, su capacidad de goce, de compartir, de socorrer, su animalidad. Imagínate lo que debió ser para ellos perder a sus dioses del fuego, del agua y ver que eran reemplazados por un dios que no sólo no tenía poderes, sino que moría como una pobre cosa.

—Todos los pueblos colonizados perdieron momentáneamente su pasado.

—Cállate, gringo pendejo, no es lo mismo. En nuestro caso la herida fue mortal. Extraviamos el sentido mismo de la vida. No sabíamos quiénes éramos ni a dónde íbamos. Pasamos de indígenas apaleados a mestizos acomplejados hasta que estalló la Revolución. Con ella quisimos nacer de nuevo a partir de los más golpeados, los indios. Diego Rivera invirtió los términos, encumbró a los indígenas y ridiculizó a los conquistadores, los de fuera y los de dentro. Ni los evangelizadores se salvaron, míralos, Norman, sifilíticos, degenerados, babeantes. Después, los afrancesados destrozaron con cuchillos la obra de los muralistas, el sexo de La Malinche, los "monotes" que la agredían con su fealdad morena.

Lorenzo no debió ser muy convincente, porque su amigo lo paró en seco: "I can't stand this nonsense anymore. You were more intelligent in Harvard." "¡Y no me hables en inglés, estamos en mi país, cabrón!" En el patio del Hotel Cortés pidieron dos tazas de té y Norman aseguró: "Oye, te ha sentado mal el regreso, estás hecho un azteca, por poco y me encajas un cuchillo de obsidiana en el pecho, ¿qué te pasa?" "Es que ustedes los gringos no comprenden a México." "Soy más inglés que gringo y no vine aquí a sacarte el corazón para ofrecérselo a los dioses, porque creo que ya tu corazón lo dejaste en el sofá-cama de Lisa." "Ah, ¿a eso viniste, a hablarme de esa bruja?" "Esa bruja es perfectamente capaz de arreglar sus asuntos sin mi intervención. Vine porque soy tu amigo y porque tanto hablaste de tu país que quise conocerlo, pero si sigues así, a partir de mañana viajo solo. Lo que tú quieres es romperme la cara. ¿Sabes lo que te sucede, Lorenzo? Estás cayendo en el sentimentalismo y si el sentimentalismo es una liberación, es también un relajamiento de las emociones. Me tonificabas más en Harvard, cuando le dabas otra forma a tu exaltación."

"*Your driving is ghastly* —comentó Norman cuando viajaron a Tonantzintla—. Algún día te vas a matar. ¿Por qué no aceptas al chofer de la Universidad? Te vas a ahorrar una cantidad enorme de tiempo." "No quiero crear dependencias", respondió Lorenzo en tono irritado. Llegar a importante no encajaba dentro de sus esquemas, aunque dar órdenes era inherente a su naturaleza. Le repelían las prebendas y la parafernalia en torno al puesto. Claro, había que ganar tiempo, tener tranquilidad de espíritu para tomar decisiones, pero algo no cuadraba. Los atributos del poder rugían voraces, ganaban terreno, entraban a la casa. El chofer del automóvil pasaba a ser el de la señora que alegaba: "I'm worth it", en su inglés del Helena Herly Hall. Norman entonces le contó que Pierre Curie, que había descubierto el polonio y el radio en un cobertizo de madera en la rue Lhommond en París con su esposa Marie Curie, fue propuesto para la Legión de Honor y Curie respondió a Paul Appel: "Por favor, tenga la bondad de dar las gracias al ministro y de informarle que no siento la menor necesidad de ser condecorado, pero que tengo la mayor urgencia de un laboratorio."

—A mí también me urgen dos laboratorios, uno de óptica y otro de electrónica.

—Quizá Harvard pueda ayudar, aunque sin Shapley no prometo nada.

En los días que siguieron, bajo la influencia benéfica de Norman, Lorenzo se calmó y hasta lo invitó a jugar basquetbol en la vieja cancha a la que se había aficionado con Luis Enrique Erro. Por toda respuesta, Norman metió la pelota en la canasta con un solo gesto de la mano innumerables veces, su altura le dio la victoria aunque los brincos de Lorenzo lo hacían exclamar: "You are really a jumping bean!" Rieron mucho, sudaron más y, hermanados, fueron a echarse un regaderazo.

Norman y Fausta se conocieron en la biblioteca y simpatizaron de inmediato. Norman le hizo notar a Lorenzo que, sin que nadie lo pidiera, además de su eficacia cotidiana, Fausta llevaba té a su oficina, contestaba llamadas, allanaba el camino. Lorenzo, a su vez, le dijo que Fausta regresaría con ellos al Distrito Federal, o sea a la capital, a formar el *Boletín* de los observatorios de Tonantzintla y Tacubaya. "¡Qué bueno, tu boletín ha alcanzado fama mundial y nada me gustaría tanto como acompañarlos a la imprenta!", se entusiasmó Norman.

Al darse cuenta de que era una estupenda correctora a pesar de la aridez de los temas, el director, que no había confiado antes en nadie, le dio esa responsabilidad, "la chamba", como la llamaba ella. Salían a México desde la noche anterior para encontrarse en la imprenta a las siete de la mañana y Fausta corregía incansable las galeras, marcaba las letras rotas y después revisaba plana tras plana sin perder la paciencia como él. Los linotipistas la preferían. A Fausta le fascinaba el ambiente de la imprenta, las largas y estrechas mesas de lámina donde se formaban los tipos, las impresoras y el sonido de las prensas, de las que iba saliendo cada plana que Lorenzo examinaba de inmediato llevándosela en brazos hasta la mesa con una ansiedad que rayaba en la histeria. Equivocar los signos, un más en vez de un menos en una ecuación, podía resultar catastrófico, el fin de una teoría. Fausta lo sabía y la concentración de su cuidado conmovía a Lorenzo. De veras, era una correctora excepcional. Entonces, con su cabello cayéndole sobre la cara, Lorenzo le descubrió algunas canas. "Fausta, su cabello blanquea", le dijo satisfecho porque al encanecer ella, él rejuvenecía.

A mediodía compartían una torta y un refresco embotellado con los linotipistas y seguían corrigiendo galeras. "El olor de la tinta es una droga mucho más poderosa que cualquier pasta", decía Fausta y sonreía para tranquilizar al director. "Ésta es una verdadera odisea, pero a diferencia de Penélope no me quedo en casa, corrijo el cielo y sus designios inescrutables al lado de Ulises." Terminaban a la una de la mañana. "Esto es más largo y exige más cuidado que una noche de amor", reía a punto de caer exhausta, y Lorenzo la despedía en casa de la amiga que la hospedaba: "Mañana a las siete", porque la formación y corrección del *Boletín* podía durar de tres a cuatro días y Lorenzo sólo volvía a ser el mismo cuando, después de la última revisión decía: "Bueno, creo que ya..." y el jefe de la imprenta daba el "Tírese".

Norman y Lorenzo volvieron a ser los de antes, con una diferencia, la presencia de Fausta. Discutían. En el fondo la ciencia era eso, una interminable discusión. Ni Norman ni él tenían la verdad absoluta, pero Lorenzo añadía a sus preocupaciones científicas la angustia por el futuro de su país. "¡Cállate Norman, ustedes ya tienen futuro, nosotros no!"

Alegaba que la total indiferencia del gobierno por la ciencia los condenaba para siempre. "De por sí somos estáticos, mira el campo paralizado frente a nosotros." "Sin embargo, un presidente les dio el Observatorio." "Lo hizo como una deferencia a Erro. Igual le habría dado una secretaría de Estado, una aduana, un rancho." "Lencho, no seas pesimista." "No lo soy, así son las cosas en México."

Lorenzo contó que en una ocasión detuvo su automóvil en la carretera para darle un aventón a un campesino, y como viajaba callado, le preguntó qué soñaba y éste le respondió: "Sabe usted, señor, nosotros no podemos darnos el lujo de soñar." Sorpresivamente Fausta lo rebatió con fiereza. "¿Qué cree usted, doctor, que pueden soñar hombres y mujeres que han sido amedrentados durante siglos? No sólo es el hambre, doctor, ¿qué me dice de la miseria sexual de los mexicanos? ¿Dónde está la libertad sobre nuestro cuerpo? ¿Qué espacio conoce usted que no controle el poder? En México campea la esclavitud en todos los órdenes. Esas niñas que ve usted en la carretera acarreando leña viven violaciones cotidianas, el matrimonio precoz es un hecho, millones de mujeres no saben lo que es el placer." "¿Violación?", preguntó Norman. "Claro, doctor Lewis, ocurren por miles en mi país. Para nosotras no hay derechos humanos."

A Lorenzo le sorprendió la virulencia de Fausta, que sin más se lanzó al tema de la sexualidad. Creer que su único fin es la reproducción es una de las razones por las que se sanciona la homosexualidad; por eso los homosexuales son considerados perversos, disminuidos, sucios, incapaces.

—Yo creí que la sexualidad era una opción inviolable e íntima de la vida humana —intervino Norman.

Lorenzo, azorado por el giro que Fausta le había dado a la conversación, afirmó que en México la iglesia pregonaba que las mujeres debían tener los hijos que concebían, pero que este tema, impuesto por Fausta, no venía al caso en este instante, ¿o deseaba ella que los tres se pusieran a hablar de maricones?

Norman apoyó a Fausta. Nadie en Estados Unidos conservaba la peregrina idea de que la sexualidad es sólo reproductiva. México, país machista, tenía fama de tratar mal a sus mujeres. Pensar en el homosexualismo como una perversión era una forma de discriminación.

Entonces Lorenzo intervino, preguntándole a Fausta de qué podía servirles a las niñas su libertad si no tenían agua, lo primero era la satisfacción de las necesidades básicas. Fausta, exaltada, le recordó que él le había contado una tarde, aquí en su bungalow, la historia que iba a repetirle palabra por palabra. En ese momento, la actriz se puso de pie:

"Voy a representar dos papeles: el de Galileo y el del cardenal Cremononi." Sentó a Norman y a Lorenzo en la sala y los saludó desde el comedor. "Estrellero Magnífico y Gran Amo y Señor de Tonantzintla, Cacique de la Ciencia del Valle de México" —le hizo una profunda reverencia a Lorenzo—.

"Ilustre Visitante y Quetzalcóatl del Siglo XXI, Observador de Eclipses, Oidor de Sonidos Radiales, Cibernauta, Descubridor de la Electrónica" —se inclinó ante Norman y con dos cabriolas prosiguió como un juglar a interpretar la obra.

Según el personaje, Fausta cambiaba de voz y de actitud, Galileo fuerte, seguro de sí mismo, Cremononi tembloroso y encorvado, la voz cascada. Con una colcha a modo de capa y una toalla convertida en gorro veneciano explicó:

Cuando Galileo demostró con su pequeño telescopio que Júpiter tenía lunas y éstas se movían, acudió a la casa romana del cardenal Cesare Cremononi, famoso matemático, y le dijo: "Monseñor, tengo la prueba de que Aristóteles está equivocado —para Aristóteles el universo no tenía movimiento—, venga a ver cómo las lunas de Júpiter se mueven."

"Mira, Galileo —respondió atemorizado Cremononi—, la ciencia de este mundo se construyó sobre los pilares de la sabiduría aristotélica. Desde hace dos mil años los hombres han vivido y han muerto en la creencia de que la Tierra es el centro y el hombre el amo del universo. A nosotros, Dios nos hizo a su imagen y semejanza. Después Jesucristo bajó a la Tierra y nos dio su regalo: el cristianismo, que ha ido mucho más allá de Aristóteles, lo ha perfeccionado y espiritualizado."

—Todo lo que sabemos hoy, de lógica, medicina, botánica, astronomía, es aristotélico —intervino Lorenzo—. Durante dos mil años los más grandes cerebros han trabajado en esa creencia y han hecho de ella una unidad espléndida y perfecta, pero no hay que olvidar a los judíos, a los árabes, a los chinos, a los hindúes además de los cristianos.

—Y a los pueblos de Mesoamérica, a los antiguos mexicas, los olmecas, los mayas y los incas en Sudamérica —Norman se puso de pie e hizo un gesto teatral.

—¡No se vale que los espectadores interrumpan la función, sobre todo porque estoy a punto de citar, doctor Lewis, la respuesta de Cremononi a Galileo!

—Perdón, ¿cuál es esa respuesta?

"He gastado mi vida al servicio del cristianismo, su enseñanza me ha traído paz y felicidad. Y ahora que soy un viejo y me queda poco tiempo, ¿por qué vienes a destruir mi fe en todo lo que amo? ¿Por qué quieres envenenar los pocos años que me quedan con vacilaciones y conflictos? No me lastimes, no quiero ver a Júpiter ni a sus lunas."

"Pero, ¿la verdad, Cesare, no significa nada?"

"No, déjame, lo que necesito es paz."

"Qué extraño, para mí la paz y la felicidad siempre han consistido en buscar la verdad y admitirla. El mundo se compone de gente como tú y yo, Cremononis y Galileos. Tú quieres que se quede como está, yo lo empujo hacia delante. Tú tienes miedo de mirar al cielo porque quizá puedas ver en él algo que desmienta las enseñanzas de toda tu vida, y yo te comprendo porque nuestra tarea es pesada y desgraciadamente hay muchos como tú, pero sólo uno de nosotros es el que triunfa."

"¿Y si triunfas, Galileo? Si te las arreglas para demostrar que nuestra Tierra es una pequeña estrella miserable como miles de otras y la humanidad es sólo un puñado de criaturas aventadas al azar en una de ellas, ¿qué habrás ganado? ¿Rebajar al hombre hecho a la imagen de Dios? ¿Degradar al amo de la Tierra y convertirlo en un gusano? ¿Es eso lo que Copérnico y Kepler y tú están buscando? ¿Es ésa la verdadera finalidad de la astronomía?"

"Nunca pensé en eso —respondió Galileo—. Busco la verdad porque soy matemático y creo que cualquiera que acepte la verdad está más cerca de Dios que aquellos que construyen su dignidad humana sobre errores sin sentido."

"Galileo, tengo ochenta y tres años, he fundamentado mi vida en una filosofía y en un modo de pensar aristotélico, déjame morir en paz."

Hasta aquí la historia del doctor De Tena, finalizó Fausta e hizo correr una cortina invisible para regresar a sentarse entre los dos hombres.

—¡Qué buena memoria, Fausta! —dijo Lorenzo encantado—, pero no veo qué tiene que ver lo que acaba de representarnos con nuestra discusión.

—Claro que viene al caso. Ese "déjame morir en paz" del cardenal Cremononi es una cobardía, el no querer enfrentar la verdad y seguir pensando como en el pasado, refugiarse en los dogmas de fe para conseguir la paz. Renovarse cuesta, doctor De Tena. Un científico tiene que estar dispuesto a cambiar de criterio apenas se le propone una nueva evidencia. Si no, no es crítico ni autocrítico.

—Estoy totalmente de acuerdo con usted, Fausta. La ciencia es un proceso evolutivo y ahora los jóvenes saben mucho más que nosotros, porque cualquier científico actual está mejor preparado de lo que lo estuvimos los científicos en los treinta y los cuarenta.

—Sus ideas científicas son progresistas, doctor, pero las otras son abominables. Acaba usted de decirnos a Norman y a mí que no quería hablar de maricones. A usted se le escapan muchos temas esenciales o a lo mejor no quiere verlos. No ha logrado la combinación de lo muy grande con lo muy pequeño. A diferencia de Einstein, todavía no se da cuenta (o no quiere darse cuenta) de que todo es relativo y que una lesbiana sobre la Tierra es parte de la ley de atracción universal de Newton desde 1687. Tiene usted tres siglos de retraso, doctor, ¿no cree que ya va siendo hora de que se ponga al día? Francamente hubiera esperado de usted ideas más sanas.

Cuando Fausta se despidió de ambos, Norman preguntó admirado: "Lencho, who is this woman?"

Lorenzo le explicó que Fausta era una entidad monstruosa que había encontrado entre nubes de gas en la nebulosa de Orión, que como Norman bien sabía era una guardería de estrellas jóvenes, localizada a mil quinientos años luz de distancia. Entre cientos de estrellas en formación, Fausta le había dado una nueva conciencia de sí mismo. Gracias a ella desarrollaba ahora una capacidad de ver a los demás, antes desconocida. "¿Así que te ha humanizado?", rió Norman. "Creo que soy más tolerante —respondió Lorenzo con gravedad—, aunque te confieso que tengo miedo. Las estrellas que acaban de nacer como Fausta hacen explotar lo que les rodea con sus torrentes de luz ultravioleta y sus poderosos vientos estelares destruyen a su progenitora, cometen un matricidio cósmico. ¿Qué me espera? ¿Qué va a ser de mí en los brazos espirales de Fausta?"

Lorenzo no lo dijo en voz alta pero hacía mucho que le dolían las murmuraciones en torno a ella. ¿No le había afirmado Braulio que Fausta compartía el relajamiento de los hippies y que para ella era lo mismo hombre, mujer, ave o quimera, pero a su hora? ¿Era un chiste de Braulio? ¿No le había contado que Fausta se desnudó en una reunión y que no estaba tan buena, más bien esquelética? ¿Qué vieron los hijos de la chingada que la contemplaron? Sí, la energía de Fausta lo jalaba, ejercía una fuerza inexorable, aunque no podía explicársela, como tampoco comprendía a las estrellas. La fuerza de gravedad de Fausta lo tenía cautivo, era el oxígeno que respiraba, el calcio en sus huesos, el hierro en su sangre, el carbón en sus células. Si alguna vez llegara a entenderla, a lo mejor comprendería por qué había muerto Florencia.

A los tres días, Lorenzo se dio cuenta de que Norman buscaba la aprobación de Fausta. "Capta lo inteligente que es", se felicitó. Bajo la mirada amorosa de Lorenzo, Fausta contó que los políticos sentían miedo hasta por la palabra *ciencia*. Se escondían tras de una frase: "Yo fui pésimo en matemáticas, por eso soy filósofo." "En ese caso nunca vas a ser un buen filósofo", citó Fausta a Lorenzo, y hasta la fecha el secretario de Comunicaciones no le perdonaba su altanería.

Al atardecer se detuvieron en el mirador. México iluminado parecía una inmensa estrella caída sobre la Tierra. "¡Qué salvajada!", se indignó Lorenzo al ver las viviendas apelotonarse en torno a la ciudad ensanchando los cinturones de miseria. Fausta, a su lado, bebía sus palabras. "Se mueren de hambre en el campo, por eso vienen a hacinarse en verdaderas pocilgas." Fausta volvió a rendirle culto: "El doctor De Tena ha interpelado en público al presidente preguntándole qué hace la Secretaría de Pesca en el centro de la República en vez de impulsar algún puerto del Golfo o del Pacífico. ¿Qué hace Petróleos Mexicanos en el Distrito Federal en vez de estar en Coatzacoalcos o en Poza Rica? En cuanta conferencia da el doctor De Tena en El Colegio Nacional, habla a favor de la descentralización. En una de ellas contó, con endiablada ironía, cómo el general Heriberto Jara, un héroe de la Revolución, a la hora de ocupar un puesto en el gobierno mandó construir un astillero en las Lomas de Chapultepec e hizo barcos de cemento."

En el último té de la noche en el Hotel Majestic, y en ausencia de Fausta, Norman preguntó a boca de jarro: "¿Por qué no te casas con ella? Es extraordinaria." "Vive dentro de mí, pienso en ella a todas horas, la verdad, no he tenido tiempo para mi vida personal, pero lo voy a encontrar Norman, apenas tenga un respiro le propondré matrimonio." Norman lo interrumpió: "Lo que pasa es que eres mucho más conservador de lo que crees, Lorenzo. Estás marcado por tu pasado. Yo no tengo tus ideas fijas." "¿Conservador, yo?", se indignó Lorenzo, pero ya en la noche, la cabeza sobre la almohada, pensó que de no serlo habría llevado a Norman a ver a Juan, pero la sola idea hacía que su rostro ardiera de vergüenza. Además, tal y como había visto a su hermano en la última visita, ¿sería capaz de darle la respuesta a Norman?

Al día siguiente los tres fueron a la imprenta, aunque Norman los abandonó a las cuatro horas para ir a entrevistar a Alfonso Caso. Fausta no trabajó con el primor acostumbrado. En un momento dado, hasta dejó de corregir, el lápiz en el aire, y Lorenzo le preguntó: "¿En qué piensa, Fausta?" "En que Norman me dijo que muy pronto todo esto se haría electrónicamente."

Lorenzo volvió a la carga y Norman intentó serenarlo. "Es más estimulante vivir en México que en los países del primer mundo." "¿Entonces qué esperas para mudarte acá?" "Si me das trabajo me vengo, y más ahora que conozco a tu Fausta, no la de Gide, la tuya", rió Norman. "Me fascinaría no saber lo que va a pasar mañana, porque allá en Estados Unidos todo está planeado de antemano. Nunca he sentido la necesidad de salvar a mi país como tú al tuyo. Allá me pierdo en el anonimato, soy uno de tantos." "Así que tú también padeces el síndrome de la vedette", ironizó Lorenzo y continuó: "¡Qué bueno que te sumes a las filas de los charros, las coristas, el futbol, porque es lo único en que triunfa en mi país! Los mexicanos vibran cuando ganan un partido contra Jamaica o Bolivia. Sueñan con meter un gol y se identifican con el futbolista porque está a su alcance." "Bueno, pues mete un gol en la ciencia." "Lo voy a intentar." "Creo que el doctor De Tena ya lo logró", se presentó Fausta y entró al quite. "Ustedes no están solos, les vamos a ayudar", respondió Norman abrazando a Lorenzo. "Lo que está sucediendo —se sulfuró el mexicano— es que muchos de los que salen a hacer su maestría o doctorado fuera escogen tu país porque les ofrecen sueldos nunca vistos y una mejor calidad de vida, pero yo me voy a encargar de que regresen, así es de que ayúdame pero exactamente cómo yo te lo ordene."

Norman regresó a Harvard y Lorenzo se sintió extrañamente vacío. Recordaba cómo en el aeropuerto, casi para despedirse, frente a la última cerveza, Fausta les cantó, ladeando la cabeza y con una gracia ante la cual era difícil no sucumbir:

> South of the Border
> down Mexico way,
> that's where I fell in love
> when stars above
> come out to play.
> And now as I wander,
> my thoughts ever stray,
> South of the Border
> down Mexico way.

¿Dónde había aprendido inglés? ¿Cuándo? De veras, Fausta tenía reacciones termonucleares que le llegaban al fondo del alma, sus ondas de radio y su luz infrarroja penetraban más lejos de lo que él habría esperado jamás. No le importaría girar dentro de su órbita, volverse uno de los discos de gas de Orión para cuidarla. Así como muy joven le había impactado la definición de Heráclito sobre el universo: "Este universo, el mismo para todos, es una unidad en sí misma. No fue creado por ningún dios ni por ningún hombre, ha sido, es y será un fuego eterno que se enciende y apaga conforme a leyes", Fausta obedecía a leyes que lo intrigaban por inaccesibles.

30

Cuando Carlos Graef le informó que el gobierno pensaba crear un nuevo Consejo Nacional de Ciencia que sustituyera a su Academia Nacional de la Investigación Científica, hoy rebasada, y destinarle un presupuesto nunca visto, Lorenzo se sorprendió:

—¿Adivina quién va a ser el director y ya anda rodando en carroza con un sueldo que ni tú ni yo hemos visto ni en sueños?

—¿Quién? —preguntó Lorenzo.

—Fabio Argüelles Newman.

—¿El filósofo?

—Ése mismo, y te va a caer uno de estos días porque nos anda pastoreando a todos.

Una mañana, a las once, Lorenzo recibió la visita de Argüelles Newman. No lo reconoció con un traje azul de Armani que habría hecho palidecer de envidia a La Pipa Garciadiego. Peinado con gomina, ya no era el joven existencialista con quien había sostenido un larguísimo diálogo hacía seis años. Fabio tampoco parecía querer recordar ese encuentro. Explicó que había aceptado el nombramiento del señor presidente de la República porque quería impulsar la ciencia, y que ahora sí habría presupuesto para proyectos tan importantes como el de To-

nantzintla. Lo invitaba a desayunar o a comer o a cenar en el momento en que quisiera y se ponía a sus
órdenes. Aquí estaba el teléfono de su privado. Prendía
cigarro tras cigarro y en un momento dado prendió el
de Lorenzo con un encendedor de Hermès. Sacó una
tarjeta y se la tendió. "Fabio Argüelles Newman, Ph.
D.", y cuando hubo terminado su encendida pero-
rata, Lorenzo se puso de pie:

—Es usted un miserable y no quiero volver a
verlo en mi oficina.

Fabio se levantó, aterrado, y Lorenzo prosiguió:

—Usted iba a ser un buen astrofísico y todo
lo ha canjeado por un plato de lentejas.

—Doctor, no me insulte. Voy a seguir haciendo mi investigación, mi puesto no es eterno, además,
podré dedicarle los sábados y domingos a mi tesis.

—¿Ah, sí? Entonces ni siquiera ha terminado
su doctorado pero se atreve a ponerle un Ph. D. a su
apellido cuando aún no lo recibe. Ya me extrañaba
que lo sacara en cuatro años. Podría yo denunciarlo
ante el Consejo Universitario, pero como lo saben
mis colegas y me lo recuerdan con mentadas de madre, yo tampoco tengo doctorado, aunque mi limitación obedece a razones circunstanciales y desde
luego mucho más desinteresadas que las suyas.

—Doctor, lo mío no es traición ni motivo para
que me insulte. Cuando termine el sexenio volveré a
la investigación y mientras tanto voy a impulsar los
proyectos científicos de muchos colegas que, a diferencia suya, están satisfechos con mi nombramiento.

—Bueno, no hay nada qué decir, salga de aquí.

En ese momento, la actitud de Fabio fue de tal desvalimiento que tuvo que retenerse del dorso de la silla para no caerse. La misma expresión de inseguridad de la primera entrevista hizo que Lorenzo se apiadara:

—Si se va a desmayar, siéntese.

Fabio se desplomó en la silla y se secó el sudor de la frente, y Lorenzo se sintió súbitamente derrotado. Sí, la de Fabio era su derrota.

—Lo peor, doctor, es que usted va a tener que tratar conmigo para el presupuesto de los institutos que dirige.

—Bueno —se dulcificó Lorenzo—, no se preocupe demasiado. Soy un ogro, pero a veces se me olvida porque con la edad he perdido algo de mi formidable impulso.

En la Secretaría de Educación Pública, el maestro y el discípulo volvieron a verse.

—Doctor, vamos a reconfigurar el presupuesto de los organismos que usted dirige. Debe usted, además de partidas para instrumentos, pagar salarios decentes, incluyendo el suyo.

—¿Qué me quiere decir?

—Vivimos en otra época y ésta requiere un cambio de actitud.

—Estoy satisfecho con mi salario y ellos también.

—Han venido a quejarse conmigo y les doy la razón. Mire, vamos a comer aquí cerca y le explico antes de darle la nómina.

—Deme la nómina, voy a ver qué puedo hacer.

A las dos y media de la tarde, Lorenzo no quiso ir a comer con Fabio, que salió con un colega. Al regresar, a las cinco, encontró al director del Instituto de Astrofísica y del Observatorio de Tonantzintla, pluma en mano, exactamente en el mismo sitio y en la misma postura frente a la nómina, a su lado un cenicero colmado de colillas. No había terminado de ponerle salarios a la gente. Fabio se asomó a ver la lista.

—Doctor, ahora que ya no hay normatividad, aprovéchese.

—No, eso es corrupción.

—Doctor, por favor, haga lo que hace la Universidad Nacional, que ya tiene categorías, auménteles, pero no trescientos o cuatrocientos pesos sino tres mil o cuatro mil. Permítame que lo convenza de darles un aumento sustancial. Mire, su sueldo es una miseria. Le conseguí dinero no sólo para salarios, sino para el espectrógrafo, el laboratorio de electrónica; vea usted, tiene que aprender a gastarlo y éste es el momento, vamos a dejar atrás el presupuesto consolidado que se regulariza cada año...

—Usted no me convence, Fabio, y éstos son los únicos aumentos que, como director, estoy dispuesto a autorizar.

—Doctor, nadie se queja cuando le aumentan el sueldo y ésta es la forma en que puede evitarse problemas sindicales. Si no lo hace va a perder gente. ¿Cómo va a competir con los sueldos norteamericanos? Se le van a ir investigadores de primer nivel.

Modernícese, doctor. ¿Se acuerda del espectrofotómetro que valía once mil dólares y que usted insistió en que se construyera en el laboratorio de electrónica de Tonantzintla sin saber hacerlo? Costó doce mil dólares. Usted siempre ha insistido en que nosotros mismos hagamos los instrumentos aunque nunca hayamos sido entrenados para ello. Sin embargo, lo obedecimos en los laboratorios de electrónica y de óptica, y obtuvimos algunos triunfos, logramos patentes en micromaquinaria y en celdas solares, transistores y capacitadores, condensadores de electricidad que a usted lo enorgullecieron porque interesaron a Texas Instruments, pero finalmente llegamos tarde. ¿Sabe por qué le obedecíamos, doctor? Por miedo. Allá en Tonantzintla todos, salvo Luis Rivera Terrazas, le tienen miedo...

Mareado por la filípica de Fabio, por toda respuesta Lorenzo se puso de pie. No permitió que Fabio lo acompañara, descendió la gran escalera circundada por los murales de Diego Rivera y salió a la calle. No había comido, pero no sentía hambre. Lo alimentaba su tristeza. "Estoy desfasado. No entiendo nada." Además de la divergencia de criterios, era urgente encontrar en México otro sitio para montar un nuevo observatorio e instalar un telescopio más potente. En el cuarenta pulgadas ya no se podía observar. Las construcciones del Observatorio servirían para laboratorios de óptica y electrónica. ¡Y claro, de enseñanza e investigación! Tonantzintla había quedado atrás, pero no así los boletines de Tonantzintla y Tacubaya, que lo habían hecho célebre en el mundo entero. ¡Al menos eso!

Sólo los viajes desconectaban a Lorenzo de la angustia que le causaba su país. Eran una consecuencia de su internacionalización. No sólo lo invitaban los observatorios de Kitt Peak, Monte Palomar y Monte Wilson en Estados Unidos, sino los de Tololo y Córdoba en el cono sur. Ahora conocía Monte Brukkaros en el suroeste de África y sobre todo Bloemfontein, la estación de Harvard en África que visitó con emoción porque por un pelo lo habría encabezado. El actual director exclamó al recibirlo: "¡So you are the great doctor Tena!" Los especialistas del Smithsonian Astrophysical Observatory, los de la American Astronomical Society y los de la Unión Astronómica Internacional se reunían periódicamente en congresos en las grandes capitales del mundo, y Lorenzo subía al avión exaltado, porque recordaba además la frase de una astrónoma muy atractiva: "Los viajes son para coger y emborracharse", y a Lorenzo le dio por beber bárbaramente. Era otro hombre. Habría aventado su cartera al primer río de pedírselo una muchacha. ¿El Sena, el Támesis, el Danubio? Tú escoge. Varias veces, en Londres, caminó por Picadilly y Downing Street a caza de algo que no encontraba y en realidad nunca supo qué era. "El corazón es un cazador solitario", escribió Carson Mc Cullers y Lorenzo, bien armado y mejor dispuesto, disparaba al aire y las presas caían, llamándolo "azteca" y rogándole que por favor les sacara el corazón. Ahora se sentía como un pobre venadito bajado de la serranía. Parecía que todas las escopetas del mundo apuntaban hacia él. Andaba cojo y malherido, lleno de recuerdos, viejo y al mismo tiempo como recién nacido: el amor por Fausta lo volvía vulnerable. Cuántas cosas había aprendido y olvidado en estos últimos años. Acostumbrado a enamorar a Claudines y Colettes y decirles que las amaba desaforadamente, para todo efecto práctico Lorenzo era un soltero codiciable, director de dos institutos de ciencia en un país exótico que francesas, rusas, polacas, checas e italianas querían conocer. Nada les parecía tan romántico como hacer su vida con un astrónomo que las despertaría a la hora en que nace el sol para hacer el amor, la Vía Láctea a la mitad del lecho.

El mexicano las entretenía contándoles la vida de Tycho Brahe, favorito del rey Federico II de Dinamarca en el siglo XVI. El astrónomo mandó construir en la isla de Hven, regalo del rey, un espléndido castillo gótico: Uraniborg. Desde sus torres, domos, azoteas y balcones estudió los astros. Cuatro años más tarde, el Observatorio resultó insuficiente y levantó otro al que llamó Stjàrneborg, castillo de las estrellas. Una infinidad de sextantes de cobre, círculos, semicírculos y cuarto de círculos, astrolabios, cuadrantes solares, relojes de sol completaban al mayor instrumento de todos: un cuadrante mural de madera montado sobre una pared, con el que estableció, como nunca, las posiciones exactas de los astros.

Aunque demasiado técnico, ellas fingían entenderlo, porque Lorenzo las embelesaba con su relato. ¡Amar a un astrónomo, ser dueña de una isla, vivir en el castillo de las estrellas, qué sueño inconmensura-

ble! Cada vez que el mexicano amenazaba con terminar su relato, gritaban "¡Noooo!" a coro y Tycho Brahe adquirió la popularidad de Alain Delon. Que el
número de observaciones de Tycho Brahe fuera enorme no importaba al lado de lo que podía darle a la
amada: el sol, la luna, planetas, cometas. Brahe tuvo a
un ferviente discípulo: Kepler, quién leyó y releyó la
obra en catorce volúmenes, pero Tycho murió triste
como todos los astrónomos, el 24 de octubre de 1601.

—¿Por qué mueren tristes los astrónomos?
—preguntó Elma Parsamian, una linda astrónoma
armenia.

—Porque no pueden ver.

El Observatorio de Byurakan en Armenia,
convertido en una magnífica y rica institución, lo
exaltaba sobre todas las cosas por la presencia de Víctor Ambartsumian. Cuando lo visitó por primera vez,
en 1956, era poco menos que Tonantzintla y Ambartsumian había logrado crear uno de los observatorios más prósperos y activos del mundo. Los
mexicanos no tenían nada parecido dentro o fuera
de la astronomía. Y no sólo eso, como presidente de
la Academia de Ciencias de Armenia, impulsaba una
formidable cadena de instituciones científicas, técnicas y humanistas que correspondían con creces a
lo que Lorenzo habría deseado, en el más optimista
de los sueños, para México: metalurgia, biología, geo-
desia, física, astronomía, matemáticas, petroquímica,
química, mecánica de suelos, óptica, electrónica, historia y filología, todo en una pequeña República hecha del trabajo de generaciones, de apenas tres
millones de habitantes.

En Byurakan, las cosas que antes lo embriagaban ya no tenían el menor sentido. Lorenzo, quien había descubierto las estrellas ráfaga, discutía apasionadamente, aclaraba puntos y su trabajo, antes controvertible, se consolidaba. Contento consigo mismo, cosa que le sucedía raras veces, ya no se sentía tan en desventaja frente a Ambartsumian, que seguía creciendo ante sus ojos. No sólo había descubierto la repartición espacial de las nubes galácticas, sino que trabajaba entre catorce y dieciséis horas diarias en la administración y atendía un mundo de problemas sin considerar que perdía el tiempo como Lorenzo, para quien la tarea administrativa era insoportable.

—Lo que más falla, Víctor, es el material humano. En Byurakan la gente será más o menos inteligente, pero nunca sabotea. En México, hasta un sindicato quisieron hacerme y yo les dije que si trabajaban veinte horas al día tendrían derecho a su cochino sindicato.

—Aquí también las cosas fallan, amigo Tena —sonreía bondadoso Ambartsumian—; hay que tener paciencia.

—Es precisamente lo que no tengo, los hombres y las mujeres me enfurecen, los abomino aunque luego me arrepienta.

—No sirve de nada arrepentirse —concluía Ambartsumian.

Qué lástima que no se diera en México ese tipo sobresaliente de hombres. Gracias a Víctor, su trabajo era conocido en la Unión Soviética y eso lo llenaba de humilde vanidad. ¡Ojalá y en México él pudiera hacer una centésima parte de lo que Víctor había logrado en Armenia! ¡Pinche país y más pinches los hombres que lo componen! La retórica, la demagogia y la falta de reciedumbre le hacía llegar a la conclusión de que México estaba irremisiblemente perdido. "Somos los condenados de la Tierra", le había dicho a Diego Beristáin citando el libro de Frantz Fanon. Alegaba que los más privilegiados se conformaban con ser senadores de mierda, rectores de universidades de quinta, presidentes de Naucalpan o, a lo más, lucir premios y famas de juegos florales.

Byurakan, verdadera torre de Babel, entretenía a europeos y norteamericanos llevándolos en manada a Erevan, a sitios arqueológicos del siglo XV antes de Cristo. El nivel medio de vida era alto y la mayoría de la población se dedicaba a la agricultura. Lorenzo no podía dejar de comparar. "Ya lo quisiéramos los mexicanos de aquí a medio siglo." Hervía de coraje contra la demagogia consoladora de México, el hambre, la falta de educación, y se deshacía en denuestos en contra del PRI y el mal gobierno.

Invitado por Ambartsumian, asistió a la colocación de la primera piedra del nuevo Instituto para diseño y construcción de instrumental científico en Ashtarak, un pueblo cercano a Byurakan. Presentes desde los más notables de la región hasta los trabajadores y campesinos más humildes. A Lorenzo le resultó imposible distinguir a los campesinos de los notables, cosa que jamás le habría sucedido en México.

Pasaba horas con Jean Claude Pecker, Eury Schatzman y con Charles Fehrenbach, amigos franceses empeñados en el proyecto de colaboración en

Baja California, tomando vino armenio que a él le parecía sublime y a ellos infecto. Fehrenbach había inventado un espectro comparador para medir las velocidades radiales. Allí sí, Lorenzo sentía su falta de francés. ¡Todo por culpa del maldito padre Laville! Les contó con una furia inaudita que el sacerdote le había acariciado los muslos diciéndole: "estos jamoncitos de Westfalia" y por eso se cerró al francés. A él también le ganó la risa cuando vio la hilaridad que su relato provocaba. "¡Tú sí que eres azteca, Lorenzo!" Con o sin francés, publicarían artículos en conjunto y serían sus primeras letras en armenio y en ruso.

Lorenzo hacía reír a los investigadores y al personal de Byurakan con sus suaves gruñidos, exagerados ademanes y hasta gemidos. Se defendía valerosamente con unas cuantas palabras en armenio, y después de una minuciosa investigación en diccionarios y fotografías aclaraba situaciones. Exhausto, en la noche daba vueltas en la cama, tratando de explicarse con los hombres y pidiéndole al universo una explicación.

Al terminar las discusiones, en que repetían dos y hasta tres veces su argumento, Lorenzo se recogía en su cuarto. Despertaba a las cuatro de la mañana y resistía hasta las ocho, cuando abría el restaurante del Observatorio. ¡Qué divertido pedirle a los sirvientes, entre gestos y visajes que los hacían reír, huevos y café con leche! "A lo mejor erré la vocación y soy un mimo a todo dar." Aparte de su natural simpatía, su dominio de la escena lo convertía en un visitante de lo más popular. Los armenios hacían cola para que aceptara invitaciones para desayunar con ajo, vodka, y menudo a las seis de la mañana.

Perdido por completo el sentido del tiempo, tenía una rara impresión de flotar en el vacío. No sabía quién era, qué demonios hacía, de dónde venía, si era espectador de sí mismo o sujeto de una buena o mala broma, ni contento ni desgraciado, sólo neutro, como una fracción de meteoro que se mueve o estaciona de acuerdo con leyes que le son completamente ajenas. Sin periódico a su alcance, creía que en verdad no pasaba nada en el mundo, salvo Byurakan, sus científicos y su silencio. El trabajo seguía su camino como si lo hiciera dentro de la eternidad, pero para qué apurarse si el universo es infinito y el tiempo sólo tiene el sentido que uno quiere darle. Soñaba, flotaba, recordaba a Fausta como una estrella lejana con la que no podía comunicarse. También México hablaba una lengua extraña, no había código capaz de descifrarla. ¿Realmente existía México? ¿Cuándo había vivido en él? ¿De qué manera era mexicano? El suyo era un mensaje sin destino lanzado al infinito sólo para ver si alguien, ¿Fausta?, lo pudiera encontrar.

A lo mejor ni siquiera él existía. De todos modos, inventaba. Sueño o realidad resultaban a veces hermosos, otras una tortura. ¿Cómo lo veía a él Fausta? ¿Lo recordaría? ¿Para ella sólo era un venerable anciano? Hacía mucho que había querido abolir el reino de los sentimientos. Aborrecía la intuición, pero ahora vivía en una suerte de sonambulismo hipnótico que a veces lo hacía temer por su cordura. "Los astrónomos, ya se sabe, somos lunáticos", pero en Europa, los lunáticos eran los locos. Un poderoso baño de agua helada lo volvía a sus sentidos. El resto del día se la pasaba flotando en un mundo fantástico que le recordaba el sueño hecho realidad de Tycho Brahe.

De pronto, en la cama de cualquier hotel, despertaba angustiado. "¿Dónde estoy?" Le costaba trabajo recordarlo, mientras su frente se cubría de sudor frío. De México, según su reloj, lo separaban diez horas. Por lo tanto, a Fausta le faltaban diez para estar con él. ¡Qué desesperación no poder hacer coincidir las manecillas! "Dejé a Fausta hace mil años." Sentía que era la primera vez que estaba lejos, de verdad muy lejos. "Quiérame Fausta", había enviado un telegrama que quedó sin respuesta.

A una pregunta de Ambartsumian, Lorenzo respondió que amaba a Fausta caníbalmente. "Tengo la cabeza llena de estúpidos pajarracos —le informó—. Aquí tiendo a olvidar mucho de lo que lastima, rodeándome de un gran silencio, este magnífico y egoísta silencio con el que nos protegemos. De pronto irrumpe el agudo sonido de la realidad y aturde en forma brutal. ¿Cómo es posible que pueda uno vivir tan confortablemente solo, tan protegido, tan indiferente?"

Le apenaba ser incapaz de ocultar su estado de ánimo. Su estancia en Byurakan había llegado al límite. "Estamos ya, como burros de noria, repitiendo una y mil veces los mismos argumentos."

"Es esa bruja la que me ha echado la sal, ya en ningún sitio me siento bien", pensó Lorenzo fastidiado. La vitalidad de Fausta lo envejecía, la rapidez de sus movimientos le daba el estoque final. Cuando salían a caminar por el campo de Tonantzintla, ella, como un cachorro, se le adelantaba, iba y venía, duplicaba su trayecto, pegaba una carrera frente a él para regresar con las mejillas enrojecidas, el cabello al aire, todo en ella sonreía, también su sexo que él aún no poseía.

Mientras paseaban, Fausta cortaba ramitas de romero para aplastarlas entre sus dedos y luego se las llevaba a la nariz, entusiasta: "Huela doctor, ¡qué maravilla!" Le contaba de los campos de lavanda que atravesó en bicicleta en Francia. ¿Cuándo? Eso no lo decía. Hay mujeres que saben envolverse en un halo de misterio y Fausta era una de ellas. Caminaba mucho, iba con frecuencia a Cholula a pie y Lorenzo le hacía la broma: "¿Por qué no se entrena para ir a Puebla y luego al Distrito Federal?" Fausta respondía con inocencia. "Puebla no está lejos, camino doce kilómetros con facilidad, el regreso es el cansado." "Debe usted tener los pies curtidos." "¡Uy, sí! ¿Se los enseño?" Los ingredientes mágicos de su universo eran los que Lorenzo no comprendía.

Él la miraba y su inconsciencia lo entristecía: "Eres como tu especie, una imbécil moral." Quería desangrarla, vaciarla de sí misma, ocupar ese espacio dentro de ella. ¡Ah, cómo la odio! ¡Ah, cómo la amo! Su más mínimo poro, el más diminuto de sus vellos era objeto de irritación, de veneración. Si a alguien podía matar, era a ella.

Desde que comenzó a tratarla, su corazón y su cabeza eran un tormento. Fausta lo hería en lo más hondo. ¿Era eso el amor?

31

En una reunión de rectores de universidades en el edificio Carolino, el de la Universidad de Puebla se dirigió a Lorenzo, que no abría la boca: "Es usted una autoridad, doctor, queremos escuchar su opinión sobre la educación superior."

—Tomaré la palabra en el momento en que el rector de la Universidad de Chilpancingo deje de mascar chicle.

Lo miraron asombrados y se disolvió la reunión. En el trayecto de regreso a Tonantzintla, Lorenzo se sintió mal. ¿Por qué humillar al joven rector? No medía el alcance de sus palabras, en otras ocasiones también había sembrado el desconcierto.

Fausta lo escuchó con la misma incredulidad manifiesta cuando Lorenzo le preguntó al encontrarla en el Observatorio:

—Fausta, ¿cuando usted me vio, venía yo caminando por la derecha o por la izquierda?

—Por la derecha.

—¡Ah! Entonces ya comí.

Su ensimismamiento crecía, al igual que su rechazo a todo lo que no tuviera que ver directamente con la astronomía. Para lo único que encontraba tiempo, además de su investigación, era para los tres caballos. Salía a caminar con dos manzanas en las bolsas de su chamarra, una destinada al Tom Jones. Cuando el caballo reventaba una, Lorenzo le hincaba los dientes a la otra con el mismo sonido.

Los caballos habían llegado a Tonantzintla como un regalo de Domingo Taboada, benefactor del Observatorio. "Doctor, usted tiene muchísimo espacio y hasta puede darle techo a este noble animal."

—Va a destrozar mis frutales.

—Téngalo en los terrenos de abajo, donde no los hay.

Después del Tom Jones vino La Muñeca, blanca y dulce. Domingo Taboada se cuidó de informarle que estaba cargada, si no, el director no la recibe. El día en que nació su potrito, ante los ojos azorados de Fausta, sin más, enrolló las mangas de su camisa y metió las manos en las entrañas del animal. "Traiga usted agua" —le gritó a Fausta paralizada. Cuando el potro estuvo de pie junto a su madre, Fausta preguntó:

—¿Dónde aprendió usted? Nunca me lo imaginé de partero.

—Es mi secreto —sonrió Lorenzo.

—¿Cómo le vamos a poner? —acarició al animal empapado.

—El Arete.

¡Qué enigma ese doctor De Tena! Luis Rivera Terrazas era mucho más accesible.

—A ver si es usted tan charrita y monta al Tom Jones —desafió a Fausta.

—No sé montar, doctor, y en todo caso, montaría a La Muñeca que es menos alta.

—Terrazas dice que usted todo lo puede, así que la estoy esperando.

Fausta resentía al director y él a su vez habría deseado abrirla en canal, exprimirla, sacar sus tripas al sol.

—Alguna vez he pensado, doctor, que los torturadores han de ser como usted.

—¿Por qué me dice eso? —se ofendió Lorenzo.

—Porque no busca sino confrontar a los que giran en torno suyo, en cambio yo soy de las que piensan que la gente es siempre mejor de lo que parece.

—¿Ah, sí? Pues aquí en Tonantzintla el objetivo es común, pero todos compiten para lograrlo.

Lorenzo le aseguró a Fausta que al igual que, en la leyenda del siglo XVI en la que se inspiró Marlowe para su *Fausto*, a él el diablo se le había aparecido en forma de perro y Fausta sonrió, pero dejó de hacerlo cuando lo vio apuntarle con su rifle a un perro negro que subía la cuesta y le pegó exactamente entre los ojos. El animal dio una vuelta en el aire y cayó. Ya le había contado Terrazas que Tena era un excelente tirador, pero el disparo la alarmó. "Nunca pensé que podría matar a un perro. Ese hombre me da miedo", le dijo a Rivera Terrazas. "¿Por qué?" "Odio a los que cazan." "Tena es un cazador nato. También en la carretera los machuca." "¡Qué horror!"

Alguna vez Lorenzo le preguntó a Fausta, los ojos infinitamente tristes:

—¿No podríamos irnos usted y yo a un país solitario y no preocuparnos ya de nada? —pero al instante arremetió contra ella:

—Usted es Mefistófeles, ha venido a tentarme, a hacerme creer que tiene la solución a lo que busco, pero finalmente Mefistófeles es una caricatura, un pobre diablo.

—¿Y yo una pobre diabla?

—Quizá, no digo que no.

—Seré una pobre diabla, pero no mato animales indefensos.

—¿Ah sí? ¿Y la gata que ahorcó?

—Eso fue de niña y en estado de trance.

—¿Y qué tal su atracón de hostias?

—Eso fue voluntariamente.

A Fausta y a Lorenzo los unía una adolescencia que aún los angustiaba.

Al verla frente a su escritorio en la biblioteca, Lorenzo se acercaba con una sonrisa:

—¿Me dará el filtro del rejuvenecimiento?

Y salía tan abruptamente como había entrado.

A veces, Fausta se impacientaba:

—Usted, que yo sepa, doctor, no le ha dedicado tiempo a una mujer. No sabe lo que es amar como loco.

—Ah, ¿y usted sí?

—Tengo una intuición prodigiosa, sé que si yo lo obsesiono es porque usted no tiene vida afectiva.

¿Cuántos años habían transcurrido desde que Fausta se hizo cada vez más indispensable en Tonantzintla? Era una dicha verla subir al Observatorio sobre sus largas piernas elásticas. Daba unas zancadas de mujer joven y exponía su rostro al sol. Lorenzo percibió sus patas de gallo. "Yo creo que anda cerca de los cuarenta", confirmó Terrazas.

A veces Fausta desaparecía durante uno o dos meses. Viajaba. ¿Sola? ¿A dónde iba? A Grecia. ¿Cómo que a Grecia? ¿Con qué dinero? "Con mis ahorros. Cuando usted estuvo en Armenia me fui a Grecia. Me era indispensable ver Micenas."

Entonces Lorenzo ardía en celos y buscaba todas las ocasiones para castigarla. Siempre las había, porque Fausta le daba motivos a cada instante. Sembró flores junto al cuarenta pulgadas, y cuando las vio, Lorenzo le ordenó a Guarneros que las arrancara. "¿Cómo, si las sembró la señorita Fausta?" "Si no las quita usted, voy a hacerlo yo." Y en un momento de ira, Lorenzo las sacó con todo y raíces. En alguna caminata posterior volvió a encontrarlas en un extremo del inmenso jardín, todas juntas. "¡Soy un bruto!", se avergonzó al verlas, porque cuando Fausta le preguntó qué daño le hacían las flores, había respondido furioso: "No van con el Observatorio, éste es un lugar de trabajo." "Soy un cretino de mierda", pensó más tarde. "Fausta me saca lo peor de mí mismo."

A diferencia suya, Fausta no parecía inmutarse. Si él montaba en cólera, desaparecía durante un día o dos meses y Lorenzo entonces la extrañaba al grado de que en el Observatorio comentaban:

—El doctor De Tena está que arde porque se le fue la Faustita.

Fausta se había vuelto su termómetro. Regresaba y Lorenzo volvía a la normalidad. Entonces se pescaba de cualquiera de sus frases para tranquilizarse. "A mí lo único que me dolería es sentir que soy una extranjera", y eso lo hacía concluir: "Imposible que vuelva a irse", pero Fausta viajaba de nuevo y él volvía a su mal humor.

Cuando salían a caminar al atardecer, después de la taza de té, decía cosas que lo tranquilizaban:

—Mire, doctor, es ésta la luz que quisiera ver a la hora de mi muerte —y le señalaba el valle frente a ellos.

Era cruel, debía tener conciencia de que él moriría antes, y él, por pudor, no le hablaba de la muerte, pero se extasiaba ante su juventud asombrosa.

—Sí, me dicen que soy como Cortázar, un escritor que rejuvenece cada año, un hombre altísimo y bueno.

—¿Lo conoce?

—Sí, y me dio un frasco de su elíxir mágico con la condición de que no se lo pasara a ningún otro.

Imposible juzgarla. A lo mejor otro pensaba en su lugar porque él, Lorenzo de Tena, era intolerante. Su fuerza yacía en su tenacidad, en la lógica de sus juicios, en su incapacidad para ceder, y ahora esta mujer, aunque la condenara a cada instante, lo obsesionaba y ni siquiera a solas consigo mismo podía destruirla. "La odio", se repetía inútilmente. ¿Qué era Fausta? "Explícame, mi amor, lo que no entiendo. Dime quién eres, dime qué hago para dejar de amarte." Todo en ella debía de repelerlo. Fausta fumaba marihuana, se echaba sus pastas, los jóvenes la sentían una de ellos, aunque ya no lo era. ¿Por qué con él jamás se había puesto una borrachera?

Doctor, usted, usted, doctor, hasta luego, doctor, ¡cuánta distancia Dios mío! Fausta se cuidaba de él. ¿Habría podido tenerla en algún momento? Quizá al principio, cuando llegó a Tonantzintla, aquella noche en que ella lo invitó a pasar a su casa después del desenfrenado baile con el rocanrolero. Definitivamente Fausta lo había vencido. Tan fácil que era con las demás mujeres. Fausta levantaba una barrera contra la cual él se estrellaba. Ni con un minucioso análisis, ni con la constancia de observación de las T-Tauri, podría entender cuál era su origen, cuál su conciencia, cuál su evolución. Era el más complejo e inquietante objeto de todos los que había observado a lo largo de su ya larga vida. Por voluntad propia había elegido los objetos azules, después las estrellas ráfaga. A Fausta jamás la eligió, cayó como un meteorito sobre la cúpula del cuarenta pulgadas, hiriéndolo de muerte. ¿Por qué no se quedó flotando allá arriba? Lorenzo, inquieto, ahora tenía plena conciencia de sus limitaciones y sus predisposiciones para juzgarla, a lo mejor esa misma falta de apertura mental lo embargaba para entender los fenómenos celestes.

Le estaba negado el recurso de la experimentación, porque, ¿qué podría hacer con Fausta? ¿Desmembrarla? Se enfrentaba a un problema teórico de extraordinaria complejidad, y él siempre había sido un observador práctico. Aunque la ponía en placas bajo microscopio, no la entendía. A lo mejor era sólo una pobre briznita a la que él, con sus obsesiones, magnificaba, una mujer de tantas, sólo que más loca, pero ni así podía borrarla de su pensamiento.

Con Fausta vivía en carne propia los cantos del *Cantar de los Cantares*, memorizados con Diego en la preparatoria:

"El amor es más potente que la muerte, los celos son más fuertes que el infierno, y su ardor es como el fuego de las llamas de Jehová."

"Muchas aguas no lo pueden extinguir, ni los ríos apagarlo han de lograr."

"Que aunque un hombre dé su vida y dé su hacienda por amor, el desprecio solamente ha de alcanzar."

Aún no sucedía nada de consecuencias entre él y Fausta, pero Lorenzo ya experimentaba el desprecio. "Eso es lo que yo he alcanzado —se repetía—, lo que estoy tragando a puños: desprecio. Fausta sabe perfectamente que la amo y por ello me desprecia." Hasta el día de hoy, una vez poseídas, Lorenzo podía aventar a "las viejas" muy lejos, y ahora, a esta hora del crepúsculo, Fausta lo poseía a él.

Fausta lo había tocado más profundamente que las T-Tauri. ¿Por qué? ¿A cuenta de qué, si ni méritos tenía?

Con su tendencia a idealizar, Lorenzo todo lo veía en términos absolutos. Odiaba o amaba. No había vuelta de hoja. Echó la cabeza para atrás, cerró los ojos y se solazó en el pensamiento del estudiante Saúl Weiss. Era verdaderamente fuera de serie y tenerlo en Tonantzintla lo resarcía de todas las decepciones. Weiss llegaría lejos, le traería gloria a México. Cuando lo veía en su cubículo inclinado sobre el escritorio, Lorenzo bebía leche y miel. Su madre acostumbraba enviarle su ropa limpia regularmente cada viernes, acompañada de alguna golosina que Saúl, compartía. Era un poco insistente la señora Weiss porque cada quince días dejaba oír su voz aguda por teléfono: "¿Cómo va Saúl, doctor?"

Cuando Weiss empezó a aflojar, Lorenzo lo llamó a su oficina:

—¿Qué le pasa, Saúl?

—Es que estoy enamorado.

Se había apasionado por una de las secretarias y una noche a las once fue a buscarlo al cuarenta pulgadas.

—Doctor, ¿le importaría llevarme a Cholula en su automóvil? Necesito hablar urgentemente a Puebla.

Lorenzo miró al muchacho flaco y narigón, el cuello de pollo y la calva incipiente, los ojos implorantes tras de los gruesos anteojos, y en vez de sulfurarse, cerró la cúpula:

—¡Cómo no, Weiss, vamos!

—No puedo dormir, necesito hablarle a mi novia.

—Menos mal que no es a su mamá —ironizó el director.

Lorenzo estaba seguro de que una vez en Caltech, donde había obtenido una beca, Saúl Weiss se forjaría en la adversidad como todos los muchachos que sufren de soledad. Por eso, cuando seis meses más tarde recibió un telegrama de Caltech diciéndole que Saúl Weiss se había suicidado colgándose con su cinturón dentro de un clóset, Lorenzo se desmoronó. "A mí no me importaría disolverme en la nada", había dicho Weiss en Tonantzintla antes de salir a California.

Lorenzo se enteró de que su novia poblana terminó con él justo antes de su partida, pero todo fue tan rápido que jamás habló de ello con Weiss, tampoco Fausta. "Hay algo raro en este muchacho, su madre no lo deja ni a sol ni sombra." "Es un genio —protestó Lorenzo— y lo demás no importa."

En Caltech, sus calificaciones no fueron todo lo buenas que podía esperarse. Lorenzo escribió alentándolo. Allá no había nada que lo distrajera, por lo tanto nada justificaba un descenso en el nivel de rendimiento. Estaba seguro de que se recuperaría. Estaría escribiéndole continuamente. Y así lo hizo hasta que, persuadido de que ya había pasado la temporada de adaptación y Weiss iba por buen camino, llegó la terrible noticia.

A Lorenzo le dio por hablar obsesivamente del suicidio del estudiante, que ni una carta dejó.

—A lo mejor tenía un tumor en la cabeza.

—No doctor, no se engañe. Se quitó la vida por decisión propia.

—No me diga eso, Fausta, es inaceptable.

Amanda Silver —le confió Fausta a Lorenzo— dijo que usted lanzaba sus provocaciones para sacar lo mejor de los jóvenes, pero muchos se sentían agredidos. Sus palabras textuales fueron: "Se la pasa chingue y chingue y chingue y a veces eso da frutos, pero nunca mide hasta dónde puede chingar y a algunos les ha creado una brutal desconfianza en sí mismos."

—Sí, reconozco que a veces los resultados pueden ser contraproducentes pero Saúl Weiss era un cerebro, Fausta, un cerebro.

—Déjeme continuar con lo que me dijo Amanda Silver. "Ante Weiss, el director estaba de rodillas, no lo bajaba del pedestal. Lo mismo hizo con Graciela Ocejo, una astrónoma con dos hijos. Cuando le preguntó cómo iban en la escuela, Graciela le respondió: 'Mi hijo es un flojonazo terrible y mi hija es muy aplicada'. El director hizo un tango. 'Qué barbaridad, ¿por qué?' 'Porque le aburre la escuela, no le interesa, pero pasa de año'. 'Eso es gravísimo, Graciela, a lo mejor lo que sucede es que usted no se ocupa lo suficiente de él'. Entonces Graciela respondió: 'Ay maestro, no se ponga en ese plan porque me azoto, ya de por sí cuando estoy aquí siento que soy mala madre y en mi casa pienso que soy mala investigadora, así es que no me joda ni me cargue con la culpa de mi hijo, porque ya es mayor y debe responsabilizarse'."

Amanda —prosiguió Fausta— lo considera a usted muy contradictorio. Según ella, a los dos días usted cambió por completo y cuando Graciela le pidió una carta de recomendación para Monte Stromlo, en Australia, escribió que además de una gran investigadora era una madre ejemplar. Graciela protestó: "¿Sabe qué? No soy una madre ejemplar, ni una investigadora ejemplar, a veces la riego. Por lo visto a usted le cuesta mucho trabajo aceptar a la gente como es."

—¿Y eso qué tiene que ver con Weiss? —preguntó Lorenzo, agotado.

—Dice Amanda que probablemente Weiss sintió que usted lo subía al Pico de Orizaba y si no respondía a sus expectativas, lo bajaría al Cañón del Sumidero.

—¡Ah, entonces usted considera que yo soy el responsable del suicidio de Saúl! —se desplomó Lorenzo.

—Claro que no, no ponga esa cara de tragedia.

—Entonces, ¿por qué me dice todo eso en el momento en que más puede dolerme? ¿No se da cuenta de mi infinita tristeza?

—Se lo digo ahora porque es en los momentos duros, en las situaciones límite, en las que se habla con la verdad y lo de Weiss es una situación límite. Yo también, como Amanda, creo que su apasionamiento puede hacerle daño a los muchachos. Saúl sacaba dieces en la escuela, entregaba las tareas, usted lo encumbró como al Einstein mexicano, pero me parece que la inteligencia no consiste en resolver problemas sino en encontrarlos. En Caltech, Weiss se dio cuenta de que tenía que usar su cerebro de otra manera y que no era el único inteligente, y esto puede haberle provocado una depresión.

—Es normal, muchos cuando llegan se deprimen pero después se adaptan y viene la recuperación.

—Mire doctor, el diez de promedio no es ninguna garantía. ¿Quiénes la han hecho como científicos? Usted mismo no tiene formación científica. En la ciencia hay que saber inventar problemas y no hacer la tarea, como Weiss.

Fausta se marchó dejando a Lorenzo en la depresión total. "Quizá Amanda Silver tenga razón.

No sólo he tenido que ser astrónomo sino ingeniero civil, capataz y médico de almas." A lo mejor se había equivocado al creer que los demás eran tan implacables consigo mismos como él.

Recordó que durante la construcción de la brecha al Pico del Diablo en Baja California, el primer día pensó que no podría bajar del caballo. Su amor propio lo hizo mantenerse todo el día al paso del ingeniero Carlos Palazuelos y su equipo, apretar el lomo del animal, fingir que le era fácil, aunque el reclamo de su espalda y sus riñones le nublaba la vista. Tuvo la certeza: "Me voy a caer al bajar." La rigidez había convertido sus piernas en dos barras, también sus brazos eran de hierro, sus dedos no podrían soltar la rienda. ¿Cómo lo hizo? Quién sabe. Fausta lo miró con inquietud. O el ingeniero Palazuelos no lo veía o aparentaba no verlo. Nadie dijo nada cuando mandó avisar que no cenaría. Simplemente no podía mantenerse en pie.

El dolor de sus músculos le impidió dormir. Toda la noche sintió que sus sienes palpitaban. "Mañana no podré seguir." En un esfuerzo sobrehumano, al día siguiente Lorenzo se encaramó en su montura. Lo sostenía el orgullo, tenía que dar el ejemplo. "Aunque muera en el intento, yo no me rajo."

En los días que siguieron se desató la lluvia, que en la montaña enloda la tierra y la deslava.

Con el agua escurriendo de su sombrero de paja, el director tuvo la certeza de su edad. La manga de hule cubría también las ancas del caballo, que continuamente sacudía la cabeza, inquietándolo. Alguien dijo que ahora la tierra iba a hacerse muy resbaladiza, que habría que cuidarse del fango, y Lorenzo lo tomó como un asunto personal. Las advertencias se las dirigían a él, el más viejo, el citadino, el que no conocía el terreno. "El agua encoge la voluntad", comentó risueño el ingeniero Palazuelos y Lorenzo pensó que tenía que demostrar lo contrario.

—Vamos a empezar antes del amanecer, ingeniero.

—No, doctor, no les podemos pedir eso, además no hay luz.

—Basta comprar lámparas de petróleo y ponerse a la talacha. Es la única forma de que no nos agarre el agua.

—¡Dónde se ha visto eso!

—Las órdenes las doy yo, ingeniero Palazuelos.

—Sí, doctor, pero no va a dar resultado.

"Construir, no cabe duda, tiene que ver con la fuerza bruta, todos nos volvemos bestias de carga", pensó Lorenzo. Era eso lo que él tenía que imponer, su propia fuerza, y se repetía irónico. "No son lo mismo los tres mosqueteros que veinte años mas tarde."

Cada día en la sierra era una confrontación entre dos fuerzas, una pelea a muerte entre la naturaleza y la voluntad de los hombres, las dos inmensas rocas errantes que en *La Odisea* causaban la muerte de los navegantes al estrellarse contra ellas, Caribdis y Escila, según Homero.

¿Sería ésta su propia odisea?

Primero el ingeniero Palazuelos y su segundo pensaron en dinamitar un costado de montaña para abrir paso a la brecha, pero la calidad de la cantera no lo permitía, era arena, la montaña se vendría abajo. Los dinamiteros esperaban para meter los cartuchos y perforar trayectos.

—No hay que cimbrar este suelo, al contrario, debemos consolidarlo, es indispensable la terracería, dijo Lorenzo.

Palazuelos lo miró, este científico parecía saber de todo.

—No vamos a dinamitar, vamos a meter maquinaria, el caterpillar entra mañana —dijo con respeto Palazuelos.

—Aquí un tráiler hunde la carretera —comentó El Hocicón entre dientes, su casco en la cabeza. Era el único que lo usaba, los demás trabajaban en unas condiciones de abandono intolerables, ni cantimplora tenían. El Greñas se amarraba un paliacate haciéndole un nudo en las cuatro esquinas y así aguantaba la lluvia o el sol inclemente.

Las condiciones adversas, la elevación, las fuertes pendientes y la piedra suelta hacían que la construcción de la carretera avanzara con una lentitud desesperante. Si el material hubiera tenido más cohesión, el avance habría sido de 200 metros diarios, pero la grava rodaba al abismo. De pronto en la noche, un tramo de cinco a seis metros se hundía hasta formar un bache que tardarían días en rellenar. Volvían para atrás en una intolerable marcha de cangrejo. En la noche, en su bolsa de dormir, Lorenzo apenas si podía conciliar el sueño contando las horas para regresar a la brecha. Entre los preparativos y el pobre almuerzo de los camineros se perdían horas. Nadie parecía ansioso de tomar de nuevo el marro, el pico o la pala.

—Es un mito eso de que los camineros son trabajadores.

—Ármese de paciencia, doctor, sólo así saldremos adelante.

Palazuelos le contó que un ingeniero amigo suyo acondicionó un campo de futbol durante la construcción del tramo Cuernavaca-Acapulco.

—Nada más eso faltaba, hacerles un campo a esos haraganes para que desgasten la energía que deben emplear en levantar el marro.

—Un campo de futbol a nadie le hace mal —terció Fausta.

—Si ellos sintieran su simpatía, doctor, trabajarían mejor —insistió Palazuelos.

—Nunca he oído nada semejante, además de huevones, ahora soy yo el que tiene que hacer concesiones. Es inmoral.

—Con el campo de fut evitaría que gasten su paga en la cantina y en las prostitutas. Ya se ha hecho, doctor, y ha mejorado considerablemente el rendimiento de cada uno. Habría además que acondicionar su campamento...

—Nuestro campamento es igual al suyo y no hemos pensado en cambiarlo.

—Usted tiene una bolsa de dormir, doctor, ellos no. No se lo digo por razones humanitarias sino prácticas, lo he comprobado, a mejor trato mejor rendimiento, recuerde lo que sucedió en la cima de La Colorada.

Lorenzo miró a Palazuelos con visible irritación. El rostro terco y opaco del campesino José Vargas invadió su memoria y lo estremeció de rabia, y a pesar de que habían pasado cuatro años sintió las mismas ganas de golpearlo. Tuvo que hacer un esfuerzo sobrehumano para no echársele encima. Pensándolo bien, toda su vida estaba hecha de esfuerzos titánicos. "Calma, fiera, calma." Los valiums ayudaban, claro. ¿Qué haría él sin la ciencia médica? Hacía cuatro años había comprado un radiómetro a Texas Instruments para instalarlo en el pico más alto de La Colorada, el aparato costó un dineral, más de ciento ochenta mil dólares, pero lo valía por los beneficios que traería, ya que trabajaba prácticamente solo y el único requisito era "checarlo", y eso hasta una mujer podía subir a hacerlo dos veces a la semana.

A los tres meses, en Tonantzintla, Fausta contestó el teléfono y vino con la cara extraviada a decirle que el radiómetro ya no existía: los lugareños habían aventado el delicado equipo electrónico a la barranca. Casi ciego de coraje, Lorenzo se lanzó con ella a La Colorada, llegó al pueblo de San Fermín y como bólido entró a la presidencia municipal. Pidió que citaran a los responsables y se encontró con el rostro de José Vargas, que evitaba mirarlo a los ojos. Acompañado por cinco hombres, Vargas contó que les había dicho a sus compañeros que si no llovía era culpa del aparato que "los sabios" pusieron allá arriba.

—Cuando vinieron los ingenieros a montarlo, les dije que no lo dejaran y se rieron de mí. Miren, apenas lo tiramos llovió dos noches una lluvia prolongada que arreció en la madrugada.

Los hombres en la presidencia municipal escuchaban a José Vargas con respeto. Lorenzo estalló y con voz de mando les dijo que el radiómetro les iba a traer beneficios incalculables y que habían atentado contra un bien de la nación, que cada hombre tenía derecho a ser tan pendejo como quisiera pero ninguno lo tenía para fregar voluntariamente a los demás, que habían cometido un acto cri-mi-nal.

—¡Llévenme a donde lo aventaron!

En la cañada intentó rescatar algo del desastre, recogió cuatro antenas que se erguían como horquillas en el aire, localizó algunos páneles solares. ¿Cómo era posible que este pueblo ignorante impidiera su propio progreso? De pronto, desde abajo, escuchó el grito de Carlos Palazuelos:

—Ya no le muevan, aquí hay algo.

Era el cuerpo de una mujer en avanzado estado de descomposición.

—No jodan, no vaya a ser la de malas —dijo un campesino—, debe ser una muchacha de por aquí.

Fausta tomó el brazo de Lorenzo.

—¿No recojo las laptops? —preguntó Palazuelos

—No, hay que dar aviso, todo tiene que quedar tal y como está.

En el trayecto de regreso, Lorenzo le preguntó a Fausta qué diablos podía andar haciendo una muchacha en La Colorada, a casi cuatro mil metros de altura.

A Fausta empezaron a escurrírsele las lágrimas.

—¿Cree usted que la fueron a tirar allá arriba después de asesinarla? Pobre mujer, seguro no tenía ni veinte años.

¿Qué clase de pueblo era ése que aventaba a sus muertos al precipicio? ¿Quién era esa muchacha?

De muchacha, Lorenzo pasó a llamarla niña y a las siete de la noche comenzó su duelo, vivía su muerte como una pérdida personal, ¡pobrecita niña!, ¡maldito pueblo, nada bueno podía salir de él, ni radiómetro ni estación meteorológica ni observatorio! ¡Nada, nada, no merecía nada, que se pudrieran todos! La muerta entre los aparatos destrozados se volvía un símbolo del fracaso científico de México. Sin más, Lorenzo y Fausta se abrazaron y así regresaron a Tonantzintla.

Ahora, en esta noche oscura, Lorenzo veía el cadáver de la niña desbarrancada al lado del de Saúl Weiss, en quien había puesto todas sus esperanzas. Una mariposa negra revoloteó en torno a su lámpara nocturna y Lorenzo pensó: "Es lógico, así debe ser, es la muerte de Florencia la que me acecha."

32

Lorenzo encontró a Fausta frente a la computadora, como la había dejado horas antes. El chal había caído de sus hombros. Le sorprendía su capacidad para adaptarse a esta nueva herramienta, el Internet. Sin apartar los ojos de la pantalla, se mantenía, al igual que miles de hombres y mujeres a lo largo y ancho del planeta, en estado de hipnosis frente a su computadora, sentados de cualquier modo, imantados en espera de la señal.

Lorenzo todavía tenía en la memoria las primeras computadoras, gigantescos roperos atiborrados de cables. Estarían oxidándose a la intemperie, en un deshuesadero, con sus cerebros quemados por el sol, como lo estaban las carrocerías vencidas de los automóviles que alguna vez fueron gloriosos.

Mientras veía a Fausta entregarse a la computación, Lorenzo recordaba la llegada a Tonantzintla del primer ordenador, instalado en el laboratorio de electrónica, que las hermanas González rechazaron. "Prefiero mi Olivetti", argumentó Chela y añadió: "¿No es más fácil oprimir una letra del alfabeto, que a su vez se imprime sobre un listón negro y deja su imagen en la página en blanco que esta incomprensible novedad?" Le resultaba imposible adaptarse. "A mí me chocan los ratones y más corretear a uno en la pantalla."

Entonces Fausta entró al quite. Fascinada, aprendió de inmediato y su conversación cambió. Bits, arroba, celular móvil, VHS, web design, pagers, ruteadores, encriptadores. Lorenzo protestó, "Qué espantosas palabras, está usted masacrando al castellano." Windows. ¿Ventanas a dónde? Tan sólo era una computadora con un disco duro capaz de conectarse en un instante al mundo entero y almacenar información como para confundir a la biblioteca de Babel, como si la sabiduría universal pudiera condensarse en un cerebro electrónico. Eso era la computadora hasta el día en que se desconfigurara y no habría Quick Restore que la volviese a la vida.

A lo mejor Fausta estaba perdiendo contacto con la Tierra porque cual satélite artificial emitía bips bips que en vez de acercarla la lanzaban a doce mil millones de años luz. Sus programas duraban por lo menos tres mil horas, corría a comer, si es que comía, y volvía, un café en la mano, a obnubilarse, los ojos enrojecidos, la espalda encorvada, metida dentro de un sistema visual diseñado para capturarla y amarrarla definitivamente a las fibras ópticas.

"Fausta", bautizó el director a la computadora del Observatorio, que se fue relevando como cataplasma cada año hasta llegar a este Servidor de Alta Densidad Altos 1200LP, desarrollado para los usuarios que demandan gran capacidad de procesamiento y necesitan maximizar espacio. La ciencia debía mantenerse a la vanguardia en equipos de última generación a través de módems inalámbricos que aceleran el flujo de información entre los dispositivos portátiles y el vasto contenido de Internet.

Lorenzo alegó que prefería dictarle a una esclava. Para eso estaban las mujeres en torno suyo, para recibir órdenes. Aun bajo la conducción de Fausta, al director se le confundió el hardware con el Explorer, los bits con los microchips, el software con el Microsoft. Tanta suavidad le resultaba más cortante que un cuchillo de cocina.

Le faltaba una pequeñísima conexión que lo ligara al espacio cibernético. ¿Cómo era posible que él, un hombre de ciencia, padeciera el rechazo de una caja de plástico? Para colmo plástico, ese material tan innoble.

Las reglas del mundo de la tecnología eran tan implacables como él lo había sido años atrás al pedir en la Academia que los científicos presentaran una nueva investigación cada tres años.

Fausta nunca le había dado a él la atención que ahora le prodigaba a estas cajas perturbadoras que absorbían el cerebro e introducían un lenguaje del que se sentía excluido.

—Usted es una autista de la computadora.

—Doctor, esto me une a los hombres y mujeres del mundo.

—La globalización es un nuevo totalitarismo. Mientras usted se pierde dentro de la computadora, yo soy lo que hago y ésa es mi identidad. Soy un investigador y no ando buscando por el mundo entero a qué sombra arrimarme.

A Lorenzo le volvía la frustración de los años cincuenta cuando, el corazón acelerado, enfocaba el

telescopio y la Cámara Schmidt no le respondía.
"¡Qué desesperación cuando los medios físicos llegan a su límite!" Sin embargo, él había vencido a la
Schmidt y ahora las dos Faustas, muchísimo más
complejas, le cerraban el camino.

Hacía frío. Fausta recogió el chal y lo acomodó sobre sus hombros. ¿Se habría dado cuenta del
tiempo que llevaba frente a la computadora? ¿Exha-
laría ante él su último suspiro? "Quítese ese chal, nada
envejece más a una mujer que un chal", le ordenó.

Lorenzo leyó mexico.com.mx, servidor unam,
botones de búsqueda. Fausta, ese funesto engendro
femenino, usurpaba su ciencia y minimizaba su saber. No distinguía entre el amor por Fausta y el celo
por el conocimiento que ella le ocultaba. La acumulación de esos diminutos signos, que brillaban como
las estrellas, parecía decirle que la vida en Tonantzintla podía girar en torno a las órdenes de un hombre
inteligente, pero las Hewlett Packard y las Macin-
tosh suplían al cerebro humano, o peor aun, la computadora Fausta se había chupado a Fausta, la que él
consideraba mujer.

—¿No quiere entrar a la página de la NASA,
doctor? Están transmitiendo en vivo el eclipse solar
de Europa occidental —le informó en uno de los
momentos en que se percataba de su existencia.

Años atrás, el 20 de julio de 1969, ambos se
habían sentado a ver por televisión el arribo del hombre a la luna y a Lorenzo no le importó llorar de
emoción frente a ella, y ella lo abrazó y lo besó como
nunca, tanto que él pensó que a lo mejor él también, como los astronautas, había pisado la luna y

dicho con Neil Armstrong: "Éste es un pequeño paso para el hombre, pero un salto gigantesco para la humanidad", pero después del último beso Fausta se negó a que él la acompañara a su casa: "Estoy muy prendida y necesito caminar un rato sola."

Como se sentía rechazado por la electrónica, Lorenzo cayó en el terreno de los sentimientos. ¿Tendría sentido del humor la computadora, cantaría hasta que se descompusiera y no pudiera pronunciar las últimas sílabas de la canción "Daisy, Daisy" como en *2001: Odisea del espacio*? Como jamás se lo había permitido antes, Lorenzo inquiría:

—¿Por qué la computadora no me dice: "Quiero que seas muy feliz"?

Olvidaba que él había eliminado a Chava Zúñiga del cenáculo de los pensadores. "No está a la altura, no puede ser un interlocutor válido", le dijo a Diego. Sólo él era digno de hablar con Arturo Rosenblueth. Norbert Wiener venía al laboratorio de fisiología del Instituto Nacional de Cardiología a desarrollar la nueva ciencia de la cibernética y Rosenblueth organizaba reuniones con él y con Lefschetz y otros matemáticos, a las que sólo eran requeridos su sobrino Emilio, José Adem y Guillermo Haro. Esas reuniones estimulaban a Lorenzo casi tanto como el generador electrostático Van de Graaff de dos millones de voltios del Instituto de Física, acelerador de protones y de deuterones que Carlos Graef llamaba risueñamente "la bolita".

—De todas las utopías de la humanidad, ésta es la más perfecta y la que sobrevivirá —sentenció Fausta sin despegar la vista de la pantalla y añadió, docto-

ral: "Los hombres que carezcan de un acceso completo e instantáneo al Internet quedarán rezagados."

"Fausta" computadora le enmendaba la plana, qué desgracia la de Lorenzo al dejarse contami-
nar por el espíritu fáustico que lo obligaba a
permanecer en una historia que no entendía. ¿Sabría
Fausta convertir el tiempo, trascenderlo? ¿Qué filtros poseía con todos sus términos en inglés de me-
gabites, *call centers* y *flexible solution*?

"¿Doctor, por qué no usa su biblioteca virtual
para encontrar las referencias a los adelantos astro-
nómicos del mundo?", le había dicho Fausta. Mire,
doctor, el Internet llegó para quedarse y si usted no
le entra, va a estar *out*, me entiende, fuera del mundo real. Doctor, por favor, no sea terco, ya no necesita ir a Cholula a comprar el periódico ni hacerle
conversación al dueño del puesto mientras le recibe
el cambio, ni considerarlo su amigo para que se lo
guarde. Al contrario, puede leerlo en el Internet, así
se salva del mundo real y ahorra todo el tiempo que
pierde en la esquina.

Un salto adelante en la comunicación tecnológica era para Lorenzo un salto atrás en su comunicación con Fausta. Como lo había dicho Fausta,
Lorenzo se sentía *out*. Todas las noches, por más cansada que estuviese, Fausta checaba su correo electrónico y, cautiva, permanecía hasta altas horas
navegando entre miles de portales que contenían información seleccionable para imprimirla en la
Hewlett Packard Laser Jet.

Atrapada en el espacio invisible del e-mail,
Fausta, antes tan servicial, no le hacía caso a nadie.

Parecía que se iría de un momento a otro por el monitor. Una noche, después de que le dijera exaltada: "Tengo una fe ciega en el ciberespacio", Lorenzo le preguntó a quién le estaba escribiendo con tanta velocidad y emoción: "A Norman", respondió. "¿A Norman? —se sorprendió Lorenzo—. ¿A cual Norman?" "Al suyo, al nuestro, tanto que nos hemos hecho novios por Internet; nos escribimos a diario." Lorenzo se fue de espaldas. "¿No quiere usted decirle algo, doctor? Yo siempre le doy noticias suyas." "No, cuando quiero escribirle, le dicto a mi secretaria", alcanzó a decir Lorenzo antes de salir como zombie del laboratorio de electrónica. Seguramente eso de que eran novios era una despiadada ironía de la estúpida de Fausta, pero con ella nunca se sabía.

Lorenzo durmió mal y en el único momento que concilió el sueño tuvo una pesadilla. Fausta y Norman enlazados reían a carcajadas desde la pantalla atrozmente azul. A la mañana siguiente, Lorenzo la mandó llamar a su oficina.

—A propósito de Norman, ¿es cierto?

—Claro que lo es, doctor, incluso lo he visitado en Harvard.

—¿Cómo es posible que él nunca me haya dicho nada?

—Quizá no quiso lastimarlo y pensó decírselo en algún momento, no lo sé, los enamorados, doctor, están solos en el mundo, olvidan todo lo demás.

—¿Los enamorados?

—Norman y yo.

Lorenzo escondió su rostro entre sus manos y Fausta reprimió un movimiento de compasión.

—Está bien, Fausta, puede retirarse.

En un impulso Lorenzo tomó su portafolio y decidió ir a México. Los días que siguieron fueron espantosos. Diego, su confidente, no estaba en la ciudad, Chava Zúñiga se habría reído de él, o quién sabe; en todo caso, no importaba. A Juan y a Leticia hacía años que los había eliminado de su vida. Ni siquiera fue al hospital cuando Leticia, internada de urgencia, estuvo a punto de morir. Lorenzo dejó pasar el tiempo, agobiado por las tareas del Observatorio. Si él mismo anteponía el trabajo a su propia salud, y no se diga a su vida amorosa, fue desatando los lazos que antes lo unían a otros. Olvidó a Norman, salvo por las cartas de trabajo que intercambiaban de vez en cuando. Él, que siempre encontró la solución a problemas y contratiempos, reconocía en Fausta una frontera insalvable. Virus, eso es lo que era, un virus, el más grande de los que podrían atacar una computadora, y Norman en su conversión de formatos, era un *hacker* que había incurrido en un robo de información criminal contra el que Lorenzo actuaría, ¡ah, sí que actuaría! Apenas se sintiera en condiciones de regresar a Tonantzintla, giraría la orden terminante. Fausta no volvería a entrar al Observatorio. En segundo lugar, le reclamaría al gringo su traición. En tercero, aprendería computación costara lo que costara, navegaría por la red, respondería como lo había hecho Fausta, que él vivía para la red, aumentaría y profundizaría su mundo virtual, le vendería su alma al diablo. A él, nada lo vencía. Todavía podía oír la voz de Fausta diciéndole: "¿Cómo va a diferenciarse, doctor, de los nuevos cibernautas con portales nacidos fuera de nuestras fronteras? En la época que viene los fondos de inversión de alto riesgo le darán preferencia a los portales que añadan una amplia variedad de periféricos a cualquier ordenador a través de una conexión plug-and-play de tamaño universal, inherentemente más veloz durante la digitalización. Ahora las soluciones, doctor, son *face-to-face* a la Web, *hot swappable*, y requieren adaptabilidad."

Quince días más tarde, Lorenzo tocó el cláxon frente a la puerta de Tonantzintla y entró con la reluciente armadura de sus resoluciones. Preguntó a Chela González, lo más casualmente que pudo, por la señorita Fausta.

—Hace tres días que no viene, tiene un virus, lo malo es que se han acumulado muchos e-mails.

A la mañana siguiente, Lorenzo decidió bajar al pueblo a buscarla. Ella misma abrió la puerta, sola, unas ojeras negras atestiguaban su gripa viral. Al verla, un inmenso sentimiento de compasión lo invadió por ella, por él, y pensó decirle: "Estoy desconfigurado, mi amor, y sé que es imposible restaurarme. Estoy muerto, mi amor, y no hay mayor acto de soberbia que el tuyo al pretender matar a un muerto." Había ido con la firme intención de correrla: "Fausta, no vuelva ya a presentarse en el Observatorio, le daremos una compensación, perdió usted la plaza, está fuera de nómina", pero cuando ella le dijo, cansada: "Pase usted, por favor, doctor", se desconcertó y en vez de espetarle su decisión y darse la media vuelta, le preguntó desde cuándo tenía gripa y ella a su vez quiso saber por qué se había ausentado tantos días, él estuvo a punto de responder que qué le importaba si tenía a Norman, pero ella le ofreció una taza de té, les caería bien a los dos y por favor siéntese, doctor, por favor, se ve usted extrañísimo allí de pie a media pieza, siéntese, él entonces se armó de valor e inquirió cuándo pensaba irse a Harvard y ella respondió que aún no sabía, que la disculpara sólo un instante mientras hervía el agua porque la había agarrado desprevenida y quería darse una peinada. Iba a ir a su habitación unos segundos y en efecto así lo hizo; entonces él, sin pensarlo dos veces, entró tras de ella, despeinada, pálida, tosijienta y griposa, la tomó entre sus brazos y empezó a besarla.

Fausta lo miró como a un loco. ¿Qué le pasa, doctor, ha perdido la cabeza?, se zafó de su abrazo, pero él no vio la expresión de su rostro ni oyó el rechazo en su voz, tampoco percibió la indignación de su cuerpo. La hizo rodar sobre la cama, le arrancó el camisón y sin más, sin desvestirse siquiera, se aventó encima de ella con toda la urgencia de años de soledad, el dolor de esta relación tantas veces aplazada.

Ella, inmóvil, ya sin defenderse, con la expresión más grave que Lorenzo le hubiese visto jamás, le pidió: "Desvístase, doctor." Él se levantó y ante los ojos de Fausta, terriblemente serios, fue despojándose de su ropa y ella lo esperó como a una condena. "Me está salvando la vida", murmuró Lorenzo estirando su cuerpo sobre el de ella, delgado, las costillas a la vista y miró con ternura el rostro demacrado y cercano, nunca antes tan cercano, de la enferma. "Estoy salvando mi vida", respondió ella, pero Lorenzo ya no lo escuchó, la había montado, tenía la certeza de que se vendría muy pronto y eso era lo único que importaba.

Cuando Lorenzo salió aliviado del dormitorio, después de taparla y asegurarle que regresaría a la media noche, supo al dirigirse al cuarenta pulgadas que Fausta era el planeta rojo descubierto a la hora del crepúsculo. De pie frente a la consola, abrió la cúpula y se dispuso a tomar placas, pero trabajaba sin ver lo que hacía. Encinto de Fausta, sus imágenes lo invadían y le impedían concentrarse. ¿Cuántos años había vivido con Fausta? La recordaba en el automóvil a su lado durante los largos y pesados trayectos a la sierra de San Pedro Mártir, atravesando el desierto bajo el sol implacable. Fausta sabía encontrar belleza donde él veía polvo y rocas, y exclamaba: "¿Estaremos en la luna? ¿Será así la superficie lunar o falta el Mar de la Tranquilidad?" La veía metida hasta el fondo de su bolsa de dormir, su pelo negro asomándose y el buen humor con el que preparó el café a la intemperie en la madrugada antes de emprender la subida al escarpado Picacho del Diablo, en la Sierra de San Pedro Mártir, al lado de la Botella Azul, donde instalarían el telescopio con un espejo de dos metros de diámetro, el más grande de América Latina. Durante el trayecto ponía su manita sobre su brazo para que él no se lanzara en contra de los peones que abrían la brecha y avanzaban a paso de tortuga. "¡Qué desgraciados, mire nada más la cantidad de cajas de cerveza!" Fausta lo había acompañado en sus expediciones en busca de un sitio ideal para el nuevo observatorio. "Doctor, aquí, según los cálculos y según los campesinos, es enorme el número de noches despejadas." "Doctor, aquí nunca llueve." "Me gusta viajar a la caza de cielos, nunca creí que tendría este privilegio. ¿Se imagina usted, doctor, lo que significa para cualquiera buscar cielos sobre la Tierra?" Era su compañera. Sólo con ella su vida sería por fin lo que él quería. Mandaba sobre sí misma y lo había hecho sobre él porque era libre. Admiraba su autonomía. Le daba fuerza y Lorenzo le hablaba lo mismo de latitudes y del gran observatorio austral con el que soñaba Shapley, que de Guarneros, los caballos, la corrupción política. "¡Estoy loco de veras! ¿Por qué no he luchado por Lorenzo el hombre como por Lorenzo el astrónomo? Con Fausta voy a dejar de girar en esta órbita solitaria y volveré al rumor de la vida diaria, es mi última oportunidad."

Una emoción incontrolable hizo que las manos de Lorenzo temblaran. "¿Qué hago aquí en vez de estar allá abajo con ella?" Sí, definitivamente, con ella quería vivir, no era demasiado tarde para tener hijos, una hija a la que llamaría Florencia. Sí, imposible perder a Fausta, era su salud, su razón de ser. ¿Qué le importaba haber llegado a regiones alguna vez enteramente inaccesibles, de qué valían sus descubrimientos de seis objetos espectacularmente distantes sin Fausta? Ahora sí la poseería lentamente, le daría placer, la esperaría, ahora sí se amarían. Por fin cumplirían un acto de amor pospuesto hacía años. Surgió fulgurante la figura de Leticia. "Por primera vez en mi vida voy a ser como tú, hermanita."

Sin más, Lorenzo cerró la cúpula, cubrió apresurado la consola y, con el corazón en la garganta, descendió corriendo la colina hasta la casa de Fausta.

Ni en la peor de sus pesadillas pensó jamás que nadie le abriría, ni que don Crispín, curiosamente despierto a esa hora tardía, le comunicara:

—La vi salir hace un rato. Se veía mal. Llevaba una maleta. Le pregunté cuándo volvería y respondió que nunca jamás.